JUSTIN STEINFELD, geboren 1886 in Kiel, seit 1892 aufgewachsen in Hamburg, gestorben 1970 in Baldock, England. Nach einer kaufmännischen Ausbildung wechselte er zum Journalismus und Theater und war in den 1920er Jahren Zeitschriftenherausgeber, Theaterkritiker, Dramaturg und Mitgründer des »Kollektivs Hamburger Schauspieler«. Er war Mitglied der Deutsch-Israelitischen Gemeinde in Hamburg und stand der KPD nahe. 1933 war Steinfeld kurzzeitig im Konzentrationslager Fuhlsbüttel interniert; 1934 gelang ihm die Flucht nach Prag. Dort schrieb Steinfeld für diverse Organe der deutschen Exilpresse. Nach dem Münchner Abkommen 1938 floh er mit seiner Frau und deren Sohn über Polen und Schweden nach Großbritannien, wo er bis zu seinem Tod lebte. Sein – bisher als der einzige geltende – Roman *Ein Mann liest Zeitung* (Neuer Malik Verlag 1984, Neuausgabe Schöffling 2020) schildert die Schicksale deutscher Emigranten im Prag der 1930er Jahre und ist ein bedeutendes Dokument der deutschsprachigen Exilliteratur.

JUSTIN STEINFELD

CALIFA

ODER

DIE LIEBE ZU EINER

STARKSTROMTECHNIKERIN

ROMAN

EDITION NAUTILUS

Edition Nautilus GmbH
Schützenstraße 49 a
D - 22761 Hamburg
www.edition-nautilus.de

Originalveröffentlichung
Erstausgabe März 2024
Umschlaggestaltung:
Maja Bechert
www.majabechert.de
Porträt des Autors Seite 2:
© Sammlung Weinke

MIX
Papier aus verantwortungsvollen Quellen
FSC® C083411

Druck und Bindung:
CPI – Clausen & Bosse, Leck
1. Auflage
ISBN 978-3-96054-336-7

Editorische Notiz

Der vorliegende Romantext folgt dem Original-Typoskript, wobei offensichtliche Tipp- und Zeichensetzungsfehler stillschweigend korrigiert wurden. Ebenso wurden Schreibweisen mit ae, ue, oe und ss, die der englischen Schreibmaschine geschuldet waren, durch Umlaute und ß gemäß geltender Rechtschreibung ersetzt. Akzente auf französischen Namen und Ausdrücken wurden ergänzt und variierende Namensschreibungen innerhalb des Manuskripts vereinheitlicht.

Alle weiteren orthografischen und stilistischen Eigenarten des Autors sowie Anglizismen, uneinheitliche Groß-/Kleinschreibungen und Getrennt-/Zusammenschreibungen wurden hingegen so belassen, wie sie im Typoskript stehen.

Der Verlag dankt Jo Hauberg für den Hinweis auf diesen Roman und die Überlassung des Manuskripts und Bernd Leunig für die Texterfassung, außerdem Dorette Flach-Bäuml, der Witwe von Steinfelds Neffen Martin Bäuml, für ihre Unterstützung. Dank gebührt auch Wilfried Weinke, der diesen Kontakt hergestellt und sich schon lange um Justin Steinfelds Werk verdient gemacht hat.

Inhalt

Vorwort

»Es heißt, sie, die es überlebten, seien allesamt Helden (…) nur Mütter hätten das Erbarmen aufgebracht, hinter der irrlichternden Heldengeste ihr armes, versehrtes Kind zu lieben.« Justin Steinfeld, *Califa*

In den Publikationen zur Exilliteratur heißt es übereinstimmend, dass *Ein Mann liest Zeitung* Justin Steinfelds einziger Roman sei. Die damit unterstellte Gewissheit ist falsch. Es ist nicht sein einziger Roman. Das Manuskript war nicht das einzige, das Martin Bäuml, der Neffe Steinfelds, Thies Ziemke und mir bei unserem Besuch in Hamburg übergab.

Das Manuskript, das wir im Neuen Malik Verlag 1984 veröffentlichten, hatte selbst keinen Titel. Ihn fanden wir auf einem losen beiliegenden Blatt mit dem handschriftlichen Vermerk: »Ursachen und Wirrungen. 1 Teil Ein Mann liest Zeitung«. Das zweite Manuskript, im Original titellos wie das erste, liegt jetzt als Buch mit dem vom Verlag gewählten Titel *Califa oder Die Liebe zu einer Starkstromtechnikerin* vor.

Auf einer einfachen Postkarte fragte Martin Bäuml 1983, ob der Neue Malik Verlag Interesse an Manuskripten seines Onkels hätte. Bei unserem Gespräch erzählte er uns, dass er den Verlag aus zwei Gründen angeschrieben habe. Der Name Malik sei ihm natürlich als der Verlag Wieland Herzfeldes bekannt gewesen. In Verbindung mit Kiel jedoch, dem Geburtsort seines Onkels, sei es eine Überraschung und deshalb für ihn geboten gewesen. Heute neige ich zu der Vermutung, dass sich Martin Bäuml durch Presseberichte über die Gründung eines Verlages in Kiel mit dem anspruchsvollen Namen an die Manuskripte erinnerte, die er aus dem Nachlass seines Onkels bei sich verwahrte.

Obwohl Steinfeld in der kommunistischen und der Presse im Exil zahlreiche Spuren hinterlassen hat, war er für die Forschung nur eine Randfigur. Ob er Anstrengungen unternommen hat, für seine Manuskripte in der BRD oder DDR einen Verlag zu finden, wissen wir nicht. Auch vor seinem Tod am 15. Mai 1970 in Baldock bei London gab es politische Krisen, durch die seine düsteren Ahnungen, wie sie in *Califa* Gestalt annehmen, grauenvolle Wirklichkeit hätten werden können. Dennoch meine ich zu Recht vermuten zu können, dass er als unbekannter Autor aus unterschiedlichen Gründen in Westdeutschland und in der DDR entweder auf Desinteresse oder gar auf Ablehnung gestoßen wäre.

Sein schonungsloses Urteil über Deutschland, von ihm Mitteleuropa genannt – bewohnt von Menschen, die Teufel zu nennen »dem Höllenfürsten keine Kränkung antun« soll, »satanische Massenmörder«, schuld an der »entsetzlichsten, schändlichsten, barbarischsten Katastrophe aller geschichtlichen Zeiten« –, lässt jedoch Zweifel zu, ob er überhaupt eine Veröffentlichung in der Adenauerrepublik anstrebte, in dem westlichen Restdeutschland, das unmittelbar nach seiner staatlichen Konstituierung die Wiederbewaffnung plante und den Widerstand gegen diese Remilitarisierung kriminalisierte und mit Polizeigewalt unterdrückte. Als Zeitungsmensch und scharfsinniger Analytiker hatte er die Entwicklungen in der BRD genau verfolgt. In seinem Roman verweist er auf einen Konflikt in der Adenauerregierung. Der Militärchef der Besatzungsmacht fordert von den Vertretern der Sektoren A, B und C von Potatis eine Bewaffnung für einen kommenden Krieg. Einer der Vertreter, Raab, jedoch zögert: »Eine Frage von so schicksalbestimmender Bedeutung kann (…) überhaupt gar nicht beantwortet werden, ohne dass man die Nation oder zumindest seine Vertreter befragt.« Die Antwort des Militärchefs war, dass das eben nicht ginge. Steinfeld lässt Raab durch die

Faust des »Alten Herrn von Rechts« töten. Gustav Heinemann trat wegen dieser Pläne aus dem Kabinett zurück und forderte zusammen mit Pastor Niemöller eine Neuwahl, weil diese Pläne nie Thema von Wahlen waren und deshalb nicht demokratisch legitimiert seien. Und wollte Steinfeld in einem Land verlegt werden, dessen Regierung keinerlei Bemühungen machte, die Exilanten zur Rückkehr zu bewegen und lieber seine staatlichen Institutionen mit Hilfe ehemaliger Nazis aufbaute? In dem Eigentumsverhältnisse und Klassenstrukturen wieder in die richtige Ordnung gerückt und ein Aufbegehren der Werktätigen und ihrer Gewerkschaften dagegen als politische Streiks verboten wurden? Die Programme der Verlage dieses Landes boten in den 1950er Jahren keinerlei Anlass, ihn dazu zu ermuntern.

Seine Haltung zu den Deutschen erklärt auch, warum Steinfeld eine Rückkehr in deren Land abgelehnt hat. In einem Brief an seinen Neffen Martin Bäuml beteuert er, nie wieder einen Fuß auf ihren Boden setzen zu wollen. Eine Übersiedlung nach Palästina scheint er dagegen mit der Hoffnung erwogen und verbunden zu haben, dass dort ein anderes, ein besseres und freundlicheres Land entstehen würde als das, in dem er lebte. Sonst »können wir bleiben, wo wir sind«.

Erst die politischen, sozialen und kulturellen Rebellionen ab Anfang der 60er Jahre vor allem von sehr jungen Frauen und Männern aus allen gesellschaftlichen Klassen in zahlreichen Ländern haben in der BRD Türen aufgestoßen zu einer Welt, die nach dem Faschismus den meisten gänzlich unbekannt war. Die Literatur jener Autorinnen und Autoren, die 1933 aus Nazideutschland flüchten mussten, wurde bis auf wenige Ausnahmen erst nach Steinfelds Tod dem Vergessen entzogen. Häufig von neugegründeten kleinen Verlagen und nicht selten als Raubdrucke. Erst Jürgen Serkes Artikelserie »Die verbrannten Dichter« im Magazin *Stern* weckte 1976 das Interesse eines zahlreicheren Publikums für die Exilliteratur.

Aus dem Geist dieser Rebellion heraus, auf der Suche nach

dem Anderen, haben Hanna Mittelstädt und Lutz Schulenburg in den frühen 1970er Jahren ihre Edition Nautilus gegründet und den Weg ins Offene, Nichtversicherbare angetreten. Zwei revolutionäre Freigeister ihrer Zeit wie Justin Steinfeld zu seiner Zeit einer war. Den Verlag, der nach 50 Jahren immer noch von Konzernen unabhängig ist, der jetzt von einem Kollektiv von Eigenen geführt wird, die weiterhin den Mut haben, Unruhe zu stiften und dem Zeitgeist zu widersprechen. Jetzt gemeinsam mit Franz Jung in so einem Verlag in Hamburg zu erscheinen, seiner ehemaligen und zweimal zerstörten Heimat, hätte Justin Steinfeld vermutlich gut gefallen. Deshalb lag es für mich nahe, ihnen dieses Manuskript zu übergeben.

Warum der Neue Malik Verlag nach der Veröffentlichung des ersten Romans den zweiten nicht herausgegeben hat, vermag ich heute nicht mehr eindeutig zu sagen. Obwohl *Ein Mann liest Zeitung* in den Feuilletons zahlreicher Zeitungen außerordentlich lobend besprochen wurde und der *Spiegel* ihm sogar eine »Spiegel-Geschichte« widmete, entsprachen die Verkaufszahlen wohl nicht unseren Erwartungen. Heute zählt der Roman zu den wichtigsten Werken des literarischen Exils, damals jedoch scheute der Verlag wohl das wirtschaftliche Risiko. Das Thema des Romans *Califa* und seine literarische Qualität waren es nicht, denn ich hatte als Erstleser wiederum zwei/drei schlaflose Nächte mit dieser fesselnden und beunruhigenden Geschichte verbracht, die in der Exilliteratur und in dem gängigen Kanon westdeutscher Nachkriegsliteratur beispiellos ist. Der Verlag hatte andere Sorgen, und das Manuskript verschwand in einer Schublade meines Schreibtisches, blieb aber immer abrufbar in meinem Gedächtnis.

Steinfeld beschreibt in seinem Roman, worum es zu seiner Zeit ging: »Ums Ganze. Jeder, der jetzt bei den kommenden Dingen irgendwie Partei ergreift, muss daran denken, dass er Partei ergreift für die Allmacht oder für den Bäcker.« Wohin der Griff der Mächtigen nach der Allmacht die Menschheit einmal führen werde, wissen wir heute. Als »Herren der Apokalypse«, wie Günther Anders sie nannte, machten sie sich aber zu »ohnmächtigen Titanen«, blind und hilflos gegenüber den Folgen ihres Handelns. Eine eindringliche Mahnung für uns Nachgeborene, in dieser von Kriegstaumel und neuer Heldenverehrung befallenen Zeit und für viele bereits heute fast nicht mehr bewohnbaren Welt für die Vernunft des Friedens Partei zu ergreifen und Brote zu backen statt Schwerter zu schmieden.

Jo Hauberg, Oktober 2023

Häufig auftretende Figuren

In Panterra:

Oberst Grady, Leiter der Militärkommission
Leutnant Ritehand, Protokollant
Tenner, Ordonnanz
General Harkensee, Oberbefehlshaber
Generaloberst Booth, Stabschef
Oberst Spark, Generalinspektor
Oswald Stander, Staatsminister für Handel und Finanzwesen
Thomas Spät, Parlamentsabgeordneter
Potter, Parlamentsberichterstatter

In Nomandy:

Präsident Boswell
Primerus, Generaldirektor der Vereinigten Währungsbanken
Sanders, Börsendirektor
Merton, Vertreter der Seestraße
Tommy Levinger, Börsenmakler
Portermeyer und Frank, Börsenmakler

In Cistransatia:

Mankiewicz, Minister für Volkserziehung
Bredow, Arbeitsminister
Leistikow, Minister für Schwerindustrie

Prenn, Minister für Mechanik
Techner, Verkehrsminister
Olsson, Handelsminister
Liefmann, Minister für Volksernährung
Hestermann, Stadtplaner
Lyonel, Professor
Romanus, Ingenieur
Alex Rettberg, Pilot
Anna Prenn, Starkstromtechnikerin

In Potatis:
Erwin Raab, Regierungspräsident

In Vinarnia:
Marschall Lepage

I.

HANDELSMINISTER IM KRIEGSMINISTERIUM

Oberst Grady trommelte mit den Fingern beider Hände auf der Platte seines aufgeräumten Schreibtisches, so heftig, dass die beiden drahtgeflochtenen Aktenkörbe rechts und links zitterten. Seine Leute nannten das »Trommelfeuer«, eine Vokabel, die vom ersten Weltkrieg übrig geblieben war. Es war Zeichen gespannter Nervosität, das wusste Leutnant Ritehand und griff zum dritten Mal in die Rocktaschen, um sich zu vergewissern, dass der Bleistift rechts, der Schreibblock links vorhanden seien. Sie waren da.

Jetzt schlug der Oberst mit der ganzen Fläche der linken Hand hart auf. »Aha«, dachte der Leutnant, »jetzt geht's los.«

»Das Chefzimmer nebenan ist seit gestern früh leer«, sagte der Oberst.

»Ich weiß«, sagte Leutnant Ritehand und wusste sofort, dass er eine überflüssige Bemerkung gemacht habe.

»Der Neue wird um zwölf Uhr da sein, das ist in fünfzig Minuten.«

»Jetzt wird er sagen, wer der Neue ist«, dachte der Leutnant und irrte sich.

»Und jetzt hat sich für viertel nach elf Stander hier bei mir angesagt. Telefonisch, durch seine Sekretärin. Stander. Der Handelsminister. Mensch, machen Sie kein so dummes Gesicht! Ich weiß auch nicht, was ein Handelsminister hier will. Ich habe nie im Leben mit solchen Leuten ernsthaft gesprochen. Schreiben Sie alles mit. Ich werde ihm nötigenfalls sagen, das sei hier Befehl.«

Der Leutnant griff wieder in die Taschen und zog die Schreibsachen hervor.

»Noch ist er ja nicht da, oder ist er doch schon da?«, meinte Oberst Grady, denn eine Ordonnanz war eingetreten und stand jetzt neben der Tür. Der Oberst sah den Mann an.

»Herr Oswald Stander«, meldete die Ordonnanz.

Der Oberst sah immer noch den Mann an. »Sagen Sie mal, Tenner, womit putzen Sie eigentlich Ihre Knöpfe?«

»Mit Rennis Politur, Herr Oberst.«

»Dann machen die bei Rennis auch mehr Reclame, als ihre Sache wert ist. Lassen Sie Herrn Oswald Stander eintreten.« Der Oberst hatte sich erhoben. Der Leutnant, mit ein paar Schritten im Viertelbogen, stand nun etwas hinter ihm. Herr Oswald Stander, Staatsminister für Handel und Finanzwesen, trat ein. Oberst Grady ging ihm entgegen, die beiden Herren grüßten sich mit Händedruck, gleichsam wie alte Bekannte, stellten dabei an den Ringen fest, dass sie beide verheiratet seien, fragten nach dem beiderseitigen Wohlbefinden, ohne darauf die Antworten zu erwarten, dann nach dem Wohlbefinden der Frauen, um einander zu sagen, dass diese wohlauf seien, Leutnant Ritehand wurde vorgestellt, ohne Händedruck, er hatte auch, mit Bleistift und Schreibblock, die Hände gar nicht frei. Man setzte sich.

»Was kann ich für Sie tun?«, eröffnete der Oberst.

»Medias in res«, sagte der Minister. Ritehand wusste nicht genau, wie das geschrieben wird, und verwunderte sich innerlich, dass dieser Mann von der sogenannten Volkspartei Lateinisch könne.

»Medias in res. Ich breche den alten Brauch, dass hohe Ämter nebeneinander her arbeiten, ohne miteinander Fühlung zu nehmen, was sich manchmal als, äh, unpraktisch erwiesen hat. Hier bei Ihnen zieht heute ein neuer Chef ein. Sie wissen, was das zu bedeuten hat.«

»Der Dritte in vier Monaten«, versuchte der Oberst die Bedeutung des Umstandes abzuschwächen.

»Aber Sie wissen sicherlich, was es dieses Mal zu bedeuten hat. Ich weiß es auch«, sagte Stander mit einem Seitenblick auf den Leutnant.

»Mein Aide mémoire«, sagte der Oberst, »und folgt einem alten Dienstbefehl. Er ist ein Sohn von Herrn Thomas Ritehand von der Zementplatten-Gesellschaft.«

»Dann brauchen Sie, was ich jetzt sagen werde, Ihrem Herrn Vater nicht gerade heute schon weiterzuerzählen. Nun also, der Mann, der hier gleich einziehen wird, das ist, äh, der Mann. Der Mann.«

Der Oberst sah starr geradeaus, ein Loch in die Luft.

»Vielleicht«, fuhr der Minister fort, »befinden wir uns in einer Woche schon in einer völlig veränderten Lage. Ich meine, äh, im Krieg. Der neue Mann, äh …«

»Wird es gegebenenfalls verantworten.«

»Verantworten. Ja. Wem ist er verantwortlich? Hier niemandem. Geht's schief, so geht's schief für die Anderen. Wir Verantwortlichen kriegen einen anderen Posten und den nächstbesten Orden. Bliebe der liebe Gott. Lassen wir das. Es kommt also darauf an, von wo das Signal gegeben werden wird. Von hier oder von der anderen Seite des Ozeans. Vielleicht wird, äh, gar kein Signal gegeben werden. Zum Beispiel in Ihrem besonderen Falle, Herr Oberst. Vielleicht, äh, werden wir in einer Woche im Kriege sein, ohne dass die Nation, ich meine unsere Nation, davon etwas erfährt.«

»Sie meinen den Krieg gegen Cistransatia.«

»Eben den.«

»Mit der Atombombe Ur.«

»Nein. Mit der Atombombe C.L.F.«

»Was will dieser Mann«, dachte der Oberst, »wovon redet er? Blufft er? Wen und wozu? Soll ich ihn verhaften lassen?« Er blickte unverändert, starr, vor sich hin.

»Jetzt bin ich in meinem Rayon«, fuhr der Minister ruhig

fort, der die heftige Anspannung beim Oberst wohl bemerkte. »Sie wissen sicherlich, dass eines meiner Hauptprobleme das sogenannte Währungsproblem ist. Das Problem ist, dass es gar keine Währung gibt, was alle Welt weiß, dass aber die ganze Welt so tut, als ob es eine gäbe. Nämlich die Goldwährung. Lachhaft, aber es ist so. Haben Sie ein goldenes Cigarettenetui? Ich habe eins.« Er zog es aus der Westentasche, hielt es mit Daumen und Zeigefinger. »Wollen Sie damit den Krieg finanzieren? Ich nicht. Den Krieg nicht. Und den Frieden auch nicht. Mit Cigarettenetuis. Aber lassen wir das. Nun, unsere Freunde in Nomandy, unsere sogenannten Freunde von der anderen Seite des Ozeans, haben zwar das Gold, aber sie wissen, dass es nichts wert ist. Und da wollen sie also gegebenenfalls die Währung umschalten, damit es doch wieder eine Währung sei.«

»Ja. Ich hörte davon.« Der Oberst hatte sich wieder beruhigt und meinte, etwas Freundliches bemerken zu sollen. »Ich verstehe gar nichts davon. Ehrlich gesagt, gar nichts. Währungsgrundlage Ur. Weil das die Herren, so sagten Sie, von der anderen Seite des Ozeans allein haben. Soviel verstehe ich am Ende doch. Ur. Inbegriff der Kraft.«

»Zunächst immer noch und nach all den Jahren der Zerstörung. Leider. Kein Vorwurf, bitte sehr, aber, und darum bin ich hier, ich weiß, äh, ich habe erfahren, äh, bitte fragen Sie mich nicht wie, es stimmt, ich stehe Ihnen dafür, also wenn da eine Umstellung kommt, mein Gott, warum nicht, Humbug, so oder so, also dann wird die Währungsgrundlage nicht Ur, sondern Clf.«

»Das heißt …«

»… für Sie, dass die Atombombe Ur überholt ist. Ramsch, für den Altwarenhandel. Das Ding heißt jetzt Atombombe Clf. Ja. So ist das. Clf.«

»Aber um Himmelswillen, was ist das, Clf?«

»Wenn ich das wüsste, Oberst Grady, bei Gott, an den ich nicht glaube, nicht sehr, aber einerlei, Sie würden es erfahren, gleich und sofort. Aber ich weiß es nicht. Clf. Ich habe keine Ahnung. Clf.«

»Und wissen Sie vielleicht, wie sich Clf zu Ur verhält? Ich meine, soweit es mein Departement angeht?«

»Keine Ahnung. Zehnfach. Hundertfach, Tausendfach. Keine Idee.«

»Wir haben die Ur.«

»Haben Sie die?«

»Meine Arbeit hier geht von der Voraussetzung aus, dass wir sie haben.«

»Ja. Und darum meinte ich, Ihnen meinen Bericht auf schnellstem Wege zu schulden. Entschuldigen Sie, wenn ich alte Dienstgebräuche übergangen habe. Aber ich glaube, wenn jetzt der neue Chef kommt, werden Sie ihm zuerst und vor allem diesen teuflischen Salat servieren müssen.«

»Darf ich fragen, Herr Minister, warum Sie das nicht selbst tun wollen?«

Stander lächelte. »Ich bin nie im Leben Soldat gewesen. Ich hinke da etwas, mit dem linken Bein. Sie haben es gar nicht bemerkt? Ist auch nicht viel daran. Aber die Ärzte damals refüsierten mich. Ja. Ein Minister von der Volkspartei und hinkt auf dem linken Bein. Phantasie hat die Wirklichkeit, nicht wahr? Na, so dachte ich, so weit das Dienstreglement doch nicht durchbrechen zu sollen. Besser so, Oberst Grady. Für mich. Sie haben da nun freilich, äh, naja. Aber das ist nicht meine Schuld.« Stander war aufgestanden. Auch die Offiziere erhoben sich.

»Herr Minister, Sie haben uns jedenfalls einen sehr großen Dienst erwiesen.«

»Weiß ich, Oberst Grady. Weiß ich. Und wenn ich draußen bin, werden Sie sagen, und mit Recht, dass mich der Teufel holen soll.«

»Aber Herr Minister.«

»Nein, bitte tun Sie das auch nicht. Denn an den Teufel, wissen Sie, an den Teufel glaube ich.«

Der Oberst geleitete den Minister zur Tür.

»Wie viel ist die Uhr?«, fragte Oberst Grady, als der Minister gegangen war.

»Zehn Minuten vor zwölf.«

Dann war Stillschweigen. Erst ging der Oberst auf und ab. Dann setzte er sich an den Schreibtisch. »Trommelfeuerte« einige Minuten lang. Dann wurde es ganz still im Raum.

»Der große Pan schläft«, dachte der Leutnant in die Stille hinein. »Pan schläft.« Er hatte das einmal gehört oder gelesen. Vor geraumer Weile, als noch die privilegierte Schule war oder so.

Genau um zwölf Uhr trat der neue Chef ein. Beide Offiziere waren aufgesprungen.

Draußen vor dem Raum, auf dem Gang der dicken, roten Teppichläufe stand Tenner. Von rechts und links, den Gang hinauf, kamen je zwei Militärs, mit vielen Ordensbändern auf der linken Brust, auf ihn zu.

»Tenner, wer ist da eben hineingegangen?«

»Harry.«

»Wer?«

»General Harkensee.«

»Der Kirchengänger!«

»Dann sei Gott uns gnädig.«

II.

IM GRÜNEN SAAL (ZWÖLF BEI TISCH)

Die Wände des weiten Raumes waren ganz mit grünen Kacheln ausgelegt. Nicht in einheitlicher Farbe, manche Felder gingen ins Orangefarbene und Gelbliche, andere dunkelten in Blaues und sogar Purpurviolettes hinüber. Es bleibt dahingestellt, ob Absicht des Architekten da vorgelegen, oder Unzulänglichkeit der Kachelfabrik das Farbenspiel veranlasst hatte, aber der vorherrschende Grundton gab dem Raum mit Recht den Namen des »Grünen Saals«, der sicherlich im Winter, wenn der gewaltige, von grünblauen Steinen mit mancherlei Goldäderung eingefasste Kamin angeheizt war, eine gute Wärme gab und jetzt im Sommer erfrischend kühl war. Um den großen, mit grasgrünem Filz überspannten, rechteckigen Tisch in der Mitte versammelten sich eine Anzahl Männer, wohl ein Dutzend, und warteten auf den Dreizehnten, denn dreizehn Stühle standen um den Tisch, sechs an jeder Längsseite und einer an der oberen Schmalseite. Abergläubische Furcht vor der ominösen Tischgesellschaft der »Dreizehn« schien es hier nicht zu geben.

Obwohl ein wunderschöner Sommertag zur Neige ging, eine gewaltige, tiefstehende Sonne strahlte durch die breiten Fenster und blinkte spiegelnd in hundert Kachelfeldern, sprach niemand vom Wetter. Drei oder vier Gruppen hatten sich gebildet, doch kam in keiner eine eigentliche Unterhaltung auf. Es blieb in Fragen und Antworten.

»Wird die Parteilinie wieder einmal abgeändert werden?«,

fragte einer, dem ein schwarzgeränderter, uralter Kneifer etwas schief saß.

»Parteilinie! Parteilinie! Brauch' doch nicht immer so vermottete Begriffe«, gab sein Nebenmann zurück, ein Riese mit rotem Haar, der feine, weiße, frauenhafte Hände hatte und sie vielleicht darum, so auch jetzt, in die Taschen des zugeknöpften Rocks steckte.

»Soll ich es etwa Weltanschauung nennen, wo uns zur Welt noch allerhand fehlt?«

»Seid ihr schon wieder beim Wortespalten, ihr ewigen Silbenstecher!«, versuchte ein dritter, etwas untersetzter Mann abzulenken, der immer sehr bedächtig, fast leise zu sprechen pflegte, um sich auf diese ausgeprobte Weise sicheres Gehör zu verschaffen. »Vielleicht macht er wirklich einen Abänderungsvorschlag, wegen der Chinesen.«

»Die Chinesen, o diese Chinesen«, murrte Schirmer, der rothaarige Riese. »Fangen an mit einem Elan wie ein Wetterschlag und dann zog es sich hin und zieht sich hin, in das sechste Jahr schon. Der Geist vom Chiang Kai-Schek geht um und um. Ich wollte, diese ganzen Chinesen hätten nur einen Kopf ...«

»Um ihn abzuhauen, du hitlerischer Massenmörder!«

»Nein, um ihn zurechtzusetzen. Aber fünfhundert Millionen Chinesen. Ich kann schon nicht mehr schlafen, wegen dieser Chinesen.«

»Ich höre immer Chinesen«, trat einer hinzu, der eben angekommen war, »o meine väterlichen Freunde, ich habe da den Schriftsatz jetzt fertig, für die chinesische Fibel. In zehn verschiedenen Dialekten. Wunderbar. Ich sage euch: wunderbar. Ich habe dabei versucht, wenigstens etwas Chinesisch zu lernen. Umsonst. Werde immer stupider. Aber wunderbar, diese Fibeln. So hübsch. So hübsch. Manchmal weiß ich nicht, was hübscher ist, die Bilder oder die Schriften. Und jetzt wird gedruckt. Gedruckt, meine väterlichen Freunde. Zehn Millionen chinesischer Fibeln, im ersten Anlauf. Und dann weiter. Immer weiter. Hundert Millionen Fibeln, wenn das Papier reichen wird. Noch eine Generation und kein Chinese mehr, der nicht lesen und schreiben kann.«

»Vorausgesetzt, dass …«

»Vorausgesetzt was?«

»Nun, ich dachte nur an das Papier und so.«

»Ja, das Papier.«

»Und so!«

»Wie viel Uhren?«, hörte man in einer anderen Gruppe.

»Nun eben zwei. Die kleine Armbanduhr und die große Taschenuhr.«

»Wo unsere Leute endlich etwas mehr Abwechslung brauchen.«

»Kriegen sie, kriegen sie ja. Zwanzig verschiedene Gehäuse oder fünfzig. Spielt ja keine Rolle. Runde, viereckige, sechseckige, achteckige. In allen Farben. Weißer Stahl, gelber Stahl, roter Stahl, blauer Stahl. Kristallgehäuse, aus ich weiß nicht was. In allen Farben des Regenbogens. Wenn Sie wollen, können Sie das Werk innen arbeiten sehen. Und präzise, das ist die Hauptsache. Mögliche Abweichung eine Zehntelsekunde in zehn Tagen. Und das Beste, läuft ein halbes Jahr. Genau 190 Tage. Sie brauchen ihre Uhr nur zweimal im Jahr aufzuziehen. Mankiewicz, wo ist Mankiewicz? Da ist er. Mankiewicz, du musst in Zukunft, am, sagen wir mal am ersten Mai und am ersten November auf deinem Radio ansagen lassen: Vergessen Sie nicht, Ihre Uhr aufzuziehen. Noch ein, zwei Jahre, Mankiewicz, dann ist es soweit. Aber ich sage es dir schon heute. Also denk daran!«

»Wie wird denn deine Produktion sein? Ich meine, in Wirklichkeit. Nicht auf dem Plan?«, fragte der behäbige Mankiewicz.

»Das ist eben das Problem. Die Uhren sind kein Problem. Wir können so viele machen, wie wir wollen. Seit wir die Präzisionsstanze haben. Schneidet durch den Hartstahl wie ein Rasiermesser durch Butter. Wenn wir täglich sechs Stunden arbeiten, hat in zwei Jahren oder so jeder eine neue Uhr. Also werden wir dann nur fünf Stunden arbeiten, oder nur vier. Das ist eben das Problem. Die viele freie Zeit.«

»Nun, das Ministerium für Volkserziehung …«, setzte Mankiewicz an, er wurde aber gleich unterbrochen.

»Volkserziehung! Wenn ich das schon höre. Meine Leute brauchen nicht erzogen zu werden. Nein. Und das wollen sie auch gar nicht. Und Tennisspielen wollen sie auch nicht immer. Und dann tifteln sie. Und dann erfinden sie was. Und die Erfindungen sind sogar gut und sie wachsen einem über den Kopf. Je weniger wir arbeiten, umso mehr Uhren. Und das ist so mit meiner ganzen Feinmechanik. Ob das nun Uhren sind oder Barometer, Küchenwaagen oder Apothekerwaagen oder Patentschlösser. Und das eben ist das Problem. Die Menschen sind zu gescheit, Mankiewicz. Mankiewicz!«

Aber der war nicht mehr da. Er stand mit einem langen, hageren Mann in den besten Jahren, und der noch jünger aussah als er wirklich war, in einer oberen Ecke des grünen Saals.

»Wie weit bist du, Hestermann, mit deiner toten Stadt?«

»Bist du verrückt geworden, davon so einfach zu reden?«

Mankiewicz zeigte mit dem Daumen über die Schulter in den Saal. »Aber die wissen doch alle darum!«

»Aber reden nie darüber.«

»Warum hat der Alte das eigentlich so, ich meine soo verboten?«

»Frag ihn.«

»Ich werde mich hüten. Lässt uns übrigens mal wieder hübsch warten, der Alte. Also wie weit, Hestermann?«

»Fertig sozusagen. Ja. Praktisch fertig.« Und Hestermann legte den Zeigefinger der linken Hand über den Mund.

»Donnerwetter!«

Hestermann zuckte nur mit den Achseln.

»Sag mal Hestermann, kann man das Ding nicht mal zu sehen kriegen?«

»Wünsch dir was du willst, aber doch das nicht.«

»Nein, ich meine, nur mal so ansehen.«

»Frag den Alten.«

»Ich werde mich hüten.«

»Als ich damals in Holland Glas schleifen lernte«, erzählte ein Alter mit gepflegtem weißen Vollbart, »habe ich eine kleine Tintenflasche erfunden mit schrägem Boden. Das hatte den Vorteil, dass man mit dem Halter auch den letzten Tropfen Tinte herausholen konnte. Ich offerierte das Ding der größten Tintenfabrik. Großartig, sagten sie, aber haben wollen wir sie nicht. Warum nicht? Das ist doch eben unser Verdienst, dass die Leute die Tinte nicht aufbrauchen, sondern ein Achtel bis ein Siebentel wegschmeißen, weil sie zu bequem sind, die Flasche schräg zu halten. Davon leben wir doch. Ja, so ist das, denn unter dem kapitalistischen System ist die Tinte nicht zum Schreiben da, sondern zum Profit. Ich versuche jetzt, das in Verse zu bringen, in Chansonform. Hört zu.« Und er versuchte zu singen:

»Denn wozu ist der Weizen?

Zum Profit und zum Heizen.«

Seine Zuhörer brachen in Lachen aus.

»Was gibt's da so Lustiges?«, fragte Mankiewicz, der schnell hinzutrat.

»Bredow erklärt uns die Grundlage des kapitalistischen Systems.«

Hestermann stand immer noch in seiner Ecke. Der große Rothaarige trat zu ihm. »Wie die kleinen Kinder«, sagte er und wies auf die lachende Gruppe. »Wie kleine Kinder, ja, so sind wir eben. Ich war jetzt im Süden. Inspektionsreise, wegen des Gemüseanbaus und so. Unsere Bauern da, harte, tüchtige Arbeiter, obwohl das Land ein reines Paradies ist. Harte Arbeiter, aber wie die Kinder. Du müsstest so einen Farmer singen hören, hoch oben auf dem Traktor, wenn er über ein Brachfeld rattert, dass einem vom Zusehen die Knochen wehtun. Und singt, wie ein großes Kind.«

»Hast du die Glasplantage gesehen?«

»Deswegen war ich doch da. Also Hestermann, das muss man gesehen haben. Drei, vier Gemüseernten im Jahr. Immer hintereinander weg.«

»Und die Glashäuser?«

»Ja, eben die Glashäuser. Also da kommt so eine Riesenrolle an. Sieht aus wie ein Papierballen, der zur Zeitung kommt. Dann ist da kein Papier, sondern Glasgewebe. So kilometerlang. Wie ein Zeitungsballen. Und dreht sich so ab. Wie Papier in die Rotationsmaschine. Durchsichtig, wie Wasser. Und unzerreißbar. Und bricht nicht. Und einen Nagel können Sie glatt durchklopfen.«

»Ich weiß. Und weiter?«

»Wenn erst ein Boden reguliert ist, ist der Rest Spielerei. Eisengestell drauf und das Glaspapier drüberweg mit ein paar Schraubenmuttern festgedreht. Alles vorgelocht. Eh du bis zehn zählst, ist so ein Glaskasten für hundert Tomatenpflanzen fertig.«

»Wie die Kinder. Vielleicht muss man doch bis zwanzig zählen.«

»Meinetwegen. Aber das geht. Was hast du, was kannst du. Und diese Plantagen, meilenweit. Alles unter Glas. Wird's kalt, drückt man auf den Knopf und die elektrische Heizung ist da.«

»Ist die Heizungsanlage auch in den zehn Sekunden oder so mit drin?«

»Zieh mich nicht auf, Hestermann, du weißt schon wie ich es meine. Hestermann, meinst du, dass man die ganze Ernte unter Glas bringen kann? Ich meine einfach alles. Weizen, Roggen, Gerste, Mais. Einfach alles, Hestermann. Jedes Jahr zwei Riesenernten. Was meinst du?«

»Vielleicht. Warum eigentlich nicht? Ich weiß nicht. Ich habe da leider in letzten Jahren mich so gar nicht kümmern können.«

In dem Augenblick trat der Dreizehnte in den Saal. Ein mittelgroßer Mann in grauer Uniform, der Militärrock etwas zu weit, ohne irgendwelche Rangabzeichen, kurzes, weißgraues

Haar und ein weißgraues Gesicht, wie aus Zement geformt. Eine graue Erscheinung, aus der heraus ein Paar dunkler Augen brannten.

(Man erzählte die Anekdote, eine der ganz wenigen Anekdoten, die es um ihn gab, dass ein bekannter Maler ihn habe porträtieren wollen und es dann aufgab. Gefragt warum, sagte der Maler: Sein Gesicht erscheint so steinern, scheint, denn alles sind die Augen. Und die kann ich nicht malen. Seine Augen versengen mir die ganze Farbe.)

»Ich habe euch warten lassen, das hat einen ernsten Grund. Ihr werdet ihn gleich erfahren. Sind wir beisammen?«

»Lyonel habe ich nicht gesehen«, sagte Mankiewicz.

»Lyonel, ist er krank?«, fragte einer.

»Das würde ihn doch nicht abgehalten haben«, sagte ein anderer. »Er muss tot sein.«

»Schlechter Witz«, sagte Mankiewicz.

»Kamerad Lyonel ist unerreichbar«, sagte der Graue. »Als wir ihn anriefen, erhielten wir Bescheid, er habe sich in seinem Laboratorium eingeschlossen und kann nicht gestört werden.«

»Aber in diesem Fall?«

»Kann nicht gestört werden. Er hat sogar das Telefon abgestellt. Hat den Verkehr mit der Umwelt abgebrochen.«

»Ist er allein?«

»Nein, es ist jemand mit ihm.«

»Wer?«

»Unbekannt. Also, Kameraden, setzen wir uns.«

Sie setzen sich um den großen Tisch. Ein Stuhl blieb frei. Der Dreizehnte, der nun der Zwölfte war, saß an der Schmalseite.

III.

ZWEI IM LABORATORIUM

»Schade«, sagte Professor Lyonel zu dem Mann, der ihm gegenüber in einem Ledersessel saß – der Professor selbst saß rittlings auf einem gewöhnlichen Holzstuhl und hielt mit beiden Händen die Lehne –, »schade, dass wir hier nicht rauchen können. Mein Laboratorium, oder wenigstens dieser Winkel, ist ganz bequem eingerichtet, nicht wahr? Aber rauchen geht nicht. Na, also noch ein Glas Kornschnaps, mein Lieber.«

»Danke, Professor, ich möchte lieber nicht.«

»Eins und eins sind zwei. Und dann sei es genug. Sie werden es nötig haben, mein lieber Romanus.«

Er griff mit der Linken über die Stuhllehne, erfasste die Flasche und schenkte zwei Glasbecher voll, die auf der viereckigen Milchglasscheibe des Tisches standen.

»Im Grunde, Romanus, ist dieser Schnaps nichts anderes als Brotessenz und wer weiß, wann ich Sie herauslasse und Sie wieder etwas zu essen bekommen werden. Sagen Sie, Romanus, wie sind Sie eigentlich zu Ihrem Namen gekommen?«

»Wieso, Professor, ich hieß immer so. Mein Vater, auch mein Großvater, immer Romanus. Drüber hinaus reicht meine Familienchronik nicht.«

»Gut, Romanus, freut mich. Ich habe da mal in Paris einen Mann kennengelernt, der war Schriftsteller oder so was, er machte damals auch in Völkerverständigung und ewigem Frieden und so was, ich weiß nicht, wie er eigentlich hieß, er nannte sich Julius Römer. Verstehen Sie, Julius der Römer. Gajus

Julius Römer und hatte Angst vor der eigenen Konsequenz. Ja, also ich bin froh, dass Sie wirklich heißen, wie Sie heißen.«

Es gab eine kleine Pause, in die Romanus hinein fragte, »Ja, Professor, werden Sie mir jetzt sagen, warum ich hier sein darf?«

»Gemach, Romanus. Ich habe vielleicht mehr Eile als Sie, Romanus. Aber gemach. Vielleicht auch werden wir zwei in Kurzem die gleiche Eile haben. Ja, Romanus. Jetzt werde ich Ihnen was erzählen. Aber Romanus, ganz unter uns. Kein anderer darf davon erfahren. Sie und ich, Romanus, der Dritte wäre: der Tod! Und darauf wollen wir jetzt Brüderschaft trinken. Romanus und Lyonel. Lyonel und Romanus. Du und du. Der dritte ist: der Tod.«

Wieder eine Pause. Ganz still. Beide Männer ergriffen die Glasbecher, tranken einen tüchtigen Schluck. Stellten die Becher wieder hin, das gab einen kurzen, klickenden Ton. Der Professor zog Luft durch die Nase ein, wie ein Sänger, der zu einem großen Ton ansetzt.

»Was wir hier in diesem Laboratorium machen, meinst du zu wissen, Romanus. Du meinst, wir machen hier Experimental-Versuche – schlechtes Wort, aber einerlei – zur Herstellung oder zur Verbesserung von Atombomben. Stimmt. Haben wir hier gemacht. Aber alles, was darüber hier oder im Ausland an die sogenannte Öffentlichkeit kam, ist Humbug. Verstehst du, Romanus, alles Humbug. Zwecks Irreleitung der Ansicht. Haben wir Atombomben und was für welche? Oder nicht? Darüber zerbricht die Welt sich den Kopf. Wir haben nichts, Romanus. Nicht Bombe A und nicht Bombe B und nicht Ur. Fiasco, Romanus, Fiasco. Ich könnte dir sechs Stunden lang erzählen, warum wir selbst manchmal gemeint hatten, nun hätten wir es, und warum es jedes Mal wieder nichts war. Einerlei. Es war nichts. Fiasco. Die anderen haben nun mal den Vorsprung gehabt. Und, hol mich der Teufel, noch irgend was, was nicht nur Vorsprung ist. Hol mich der Teufel. Als mich der Teufel nicht holte, was hätte ich tun sollen? Mich aufhängen, Romanus! Ich habe mich nicht aufgehängt. Ich sage dir, Romanus, es hat Mut dazu gehört, sich in meiner Lage nicht aufzuhängen. Trink noch einen Schluck, Romanus, Junge, du bist gelblich geworden. Siehst du, Romanus, was habe ich dir gesagt? Wirst es nötig haben. Na also. Irgendwie muss man mit der Situation fertig werden. Habe ich mir auch gesagt, Lyonel, alter Scheißkerl, habe ich gesagt, jawohl. Früher hätte ich nicht geduldet, dass ein Mensch mich derartig beschimpft. Aber jetzt hat jeder unserer Staatsbürger das Recht, mich einen Scheißkerl zu nennen. Ja, alter Scheißkerl, habe ich mir gesagt, jetzt musst du das Pferd also von hinten aufzuzäumen versuchen. Jetzt musst du von der anderen Seite her an die Atombombe ran. Meine einzige Möglichkeit, wenn ich mich nicht wirklich aufhängen soll.

Ich könnte mir da eine Ideologie zurechtlegen. Ich könnte sagen: Unsere Nation ist keine aggressive Nation. Wir müssen gar nicht Angriff und Gewalt mit größerer Gewalt und heftigerem Angriff zuvorkommen. Aber das war nicht meine Aufgabe. Meine Aufgabe war: Angriff. Und ich habe meine Aufgabe nicht gelöst. Ich bin in die Verteidigung gedrängt worden. Gedrängt worden, Romanus. Durch wen? Durch meine eigene Unfähigkeit. Versager, Romanus. Von all den Männern um unseren Alten bin ich der einzige Versager.

Nicht dass wir die Versuche eingestellt hätten. Im Gegenteil. Das geht weiter. Siehst du da hinten die gelbe Wand? Das ist eine Eisenbetontür. Durch die kommt man in einen Garten. Das heißt, der Garten ist nur obenauf. Das ist ein großer Betonhof. In der Mitte des Gartens ist eine Wasserkunst. Oben ein Springbrunnen und Kaskaden ringsum. Das ist keine Wasserkunst, oder soll wenigstens keine sein. Das steht auf einem ungeheuren Zementklotz. In dem Zementklotz ist ein Laboratorium. Darin arbeiten zwei Männer. Ich darf dir nicht sagen, wie sie heißen. Aber vielleicht haben sie mehr Glück als ich. Hinten im Garten, der keiner ist, steht ein Bungalow. Da wohnen die beiden Männer. Kommen nie heraus. Hausen da wie im Kloster. Du weißt doch, was ein Kloster ist? Wann sie herauskommen werden? Wenn sie die Aufgabe gelöst haben werden, oder, wie ich, daran verzweifelt sind.

Ja. Wo war ich stehengeblieben? Bei dem Scheißkerl Lyonel, der sich eine Ideologie zurechtmacht. Angriff ist die beste Verteidigung, hat einmal ein Preußengeneral die preußische Weltanschauung in einem Satz zusammengefasst. Das Resultat war hundsmiserabel. Ich bin kein Philosoph, Romanus, aber vielleicht war diese preußische Weltanschauung oder was es war von Anfang an faul. Nicht wahr, ganz gut mache ich mir da meine Ausrede zurecht. Nun drehe ich das Ding um, jetzt stelle ich den Preußen auf den Kopf. Und wenn auf den Kopf stellen heißen kann, auf ratio stellen, auf Vernunft, so stelle ich also meine Sache auf die Vernunft und postuliere: Verteidigung ist der beste Angriff. – Sei dem, wie dem sei. Das Postulat ist eines wie andere auch. Und einstweilen hat es mir das Leben gerettet: Verteidigung ist der beste Angriff.

Aber wie, Romanus, wie? Aber wie verteidigt man sich gegen Atombombe A und Atombombe B und Atombombe Ur und Atombombe C.l.f.?«

Der Professor machte eine Pause. Zog wieder Atem ein, wie ein Opernsänger vor dem Bravourton. In die Pause hinein fragte Romanus: »Was ist die Atombombe C.l.f.?«

»Gut gefragt, Romanus, ich sehe, du bist auf dem Laufenden. Ich weiß nicht, was das ist. Ich weiß nur, dass es das gibt. Seit gestern weiß ich das. Die drüben haben sie.

Der Vorsprung, Romanus. Der Vorsprung. Den holen wir zunächst nicht ein. Und da ist es schon ganz egal, ob A oder B, ob Ur oder Clf oder XYZ. Verteidigung, Romanus, Verteidigung ist der beste Angriff.

Dieses, Romanus, habe ich dir sagen müssen, damit du Bescheid weißt über die Situation. Damit ich nun zu dem kommen kann, was ich von dir will.

Die Verteidigung nämlich. Die Verteidigung. Du musst mir helfen.«

»Ich bin doch ein Chemiker, Professor, und ein ganz spezialisierter, das wissen Sie doch, entschuldige, das weißt du ja. Ich verstehe etwas von Gas. Das heißt von ganz bestimmten Gasen, nicht mal von sogenannten Giftgasen. Von bestimmten Gasen verstehe ich was. Aber von solchen Dingen ...?«

»Wird sich erweisen, Romanus. Nämlich ob du wirklich was von deinen Gasen verstehst. Wird sich erweisen. Kneif nicht, ehe es angefangen hat.

Also im Anfang des vorigen Krieges machten die Engländer die Ballon-Barrage. Erinnerst du?«

»Ich habe das damals mal gesehen. Ja. Lauter fliegende Elefantenküken. War ganz unzulänglich.«

»Ja. Die Ausführung war dilettantisch. Aber die Idee war gut. Der ursprüngliche Plan hatte das um die ganze Insel herum vorgesehen, ich denke, so die ganze Küste entlang. Aber zu spät begonnen und auch dann nur mit halbem Herzen. Zeitalter des appeasement und so. München und so. Erinnerst du dich?«

»Ja. Das klingt heute wie Legende und war einmal Wirklichkeit. Wenn ein Romanschreiber sich sowas ausdächte, man würde ihn einen verrückten Einfaltspinsel nennen.«

»Einerlei. Aber die Idee war gut. Ich meine die Ballon-Barrage.«

»Professor, du willst doch nicht etwa? Ballon-Barrage gegen Atombomben? Aber das ist doch heller Wahnsinn!«

»Ja. Heller Wahnsinn. Eben das will ich. Wahnsinn gegen Wahnsinn. Nicht gerade, wie sagtest du, fliegende Elefantenküken. Aber Barrage. Rund um das ganze Land. Barrage, wo keine Maus durchkommt und kein Atomgefliege.«

»Aber darüber weg!«

»Eine Barrage, bis an die Sterne hoch. Oder, um bei der Sache zu bleiben, bis in die Stratosphäre hinein.«

»Solche Ballons – solche Ballons – die das Netzwerk halten – nicht mal Helium – nicht mal Transhelium, wenn ich es hätte – solche Ballons kann ich nicht machen.«

»Wer redet von Ballons?«

»Professor, du sagtest doch …«

»Barrage, sagte ich. Barrage!«

»Erkläre mir.«

»Nun wirst du vernünftig. Nun, wo vom Wahnsinn die Rede ist, wirst du vernünftig. Eine Gasbarrage. Romanus. Eine brennende Gasbarrage. Eine bis in die hohe Stratosphäre brennende Gasbarrage. Gehst du manchmal in die Oper? Kennst du Wagners Walküre? Sowas werde ich machen. Ohne Musik. Nicht nur um einen Berg herum, um das ganze Land. Eine Wand von Gasfeuer. Ohne Musik. Der Richard Wagner war ein Stümper, mitsamt seinem Wotan, dem Gott. Die Götter sind Stümper. Mit und ohne Musik. Die Feuerwand muss ich haben.«

Lyonel hielt die Stuhllehne umklammert, dass man die Knöchel der Handrücken weiß durch die Haut schimmern sah.

Jetzt ergriff Romanus den halbgeleerten Becher des Professors und reichte ihm ihn hin. Nahm dann selbst ein Glas. Beide Männer tranken ihre Gläser in einem Zug leer. Romanus stellte seines auf den Tisch zurück. Lyonel hielt seines in der Hand, wiegend, als ob er das Gewicht prüfen wolle, und warf es dann mit solcher Gewalt durch das ganze Laboratorium, dass es hinten, an der gelben Wand, zersplitterte.

»Ich komme nicht hoch genug. Romanus. Verstehst du. Ich komme nicht hoch genug.«

»Wie – hoch – kommst du?«

»Zweitausend Meter hoch. Vielleicht zweitausendvierhundert.«

»Solange sie die Atombombe von Fliegern abwerfen lassen müssen …«

»Müssen sie? Und wenn sie mit Raketen schießen? Mit Langrohrgeschützen? Was weiß ich. Was ist Clf? Ich muss höher. Ich muss viel höher. Ein Risiko wird am Schluss immer bleiben. Auch das Unwahrscheinliche von heute kann Erreichnis von morgen sein. Aber der Wahrscheinlichkeitsfaktor, Romanus, mit dem muss ich doch rechnen.«

»Wie hoch musst du?«

»Zehntausend Meter.«

»Zehntausend!« Romanus seufzte, dann war eine Pause, dann schlug sich Romanus mit der flachen Hand mehrfach vor die Stirn, sagte wieder »Zehntausend!« und seufzte nochmals.

»Seufz nur, Romanus, mit jedem Seufzer nimmst du mir einen Stein vom Herzen.«

»Wieso?«

»So seufzt man doch nur, wenn man eine Möglichkeit ahnt. Schwer, Romanus, wie? Schwer. Aber doch möglich, wie? Sag, Romanus.«

»Das ist ja total verrückt. Wie willst du das Gas überhaupt abblasen, die unendlichen Grenzen entlang?«

»Das lass nur meine Sorge sein … oder gut. Schön. Also hast du von Schirmers Glasplantagen gehört?«

»Ja. Natürlich. Treibhäuser. Er soll im Süden die ganze Gemüsezucht unter Treibhäuser gesetzt haben.«

»Ja, und sonst?«

»Sonst nicht viel. Er soll noch eine ganze Menge Versuchstreibhäuser gebaut haben. So an den Grenzen. Man sagt für die Fremden. Dass sie was sehen, gleich, wenn sie die Grenzen passieren. Die Fremden sagen Potemkinsche Dörfer und lachen.«

»Gut so. Sollen sie lachen. Potemkinsche Dörfer ist gut. Ich habe seinerzeit Schirmer geraten, das Wort von den Potemkinschen Dörfern unter die Leute bringen zu lassen. Die Potemkinschen Dörfer gehen die ganzen Grenzen entlang, Romanus, die ganzen Grenzen. Jedes Glashaus hat eine elektrische Heizanlage. Und in die Heizanlage eingebaut ein Röhrensystem. Und darunter einen Betonkeller. Und da werden wir Gas abblasen. Die ganzen Potemkinschen Dörfer entlang.«

»Könnte man da Gas abblasen, in mehreren Staffeln?«

»In zwei. An vielen Stellen in vier.«

»Zwei ist unzulänglich. Vier ist gut.«

Wieder war Stillschweigen und wieder seufzte Romanus. »Ich komme nicht so hoch.«

»Wie hoch kommst du?«

»An den viergestaffelten Strecken hoch genug. An den zweigestaffelten nicht hoch genug. Wovon sind mehr?«

»Meistens zweigestaffelt.«

»Das ist der Haken.«

»Also wie hoch?«

»Ich weiß nicht. Das kommt drauf an.«

Wieder war eine Pause. Romanus schlug sich wieder mit der Hand vor den Kopf. Die Pause dehnte sich. Romanus zog ein zerknittertes Blatt Papier aus der Tasche und einen kurzen Bleistiftstummel. Was er dann auf das Papier schrieb, waren nichts als Spiralen.

»Ich weiß nicht, was du für Gas hast«, begann er wieder, »aber du sagst, es brennt 2400 hoch.«

»2000 bis 2400.«

»Also 2400. Wenn ich nun sage, dass meines etwa viertausend brennt, so macht das 6400. Wo eine dritte Staffel möglich ist, nochmal viertausend, macht zehntausendvierhundert.«

»Aber dein Gas muss doch auch vom Erdboden abgeblasen werden.«

»Und entzündet, zweite Staffel, wo deins aufhört. Und entzündet in dritter Staffel, wo die zweite abgebrannt ist. Vierundzwanzig und vierzig sind vierundsechzig und vierzig sind hundertvier.«

»Und wenn ich nun Columbus wäre, anstatt einfach Lyonel, dann würde ich sagen, wir lassen einfach mein Gas weg und fangen mit deinem an. Und dann sind vierzig plus vierzig achtzig. Mein ich.«

»Meinst du auch, dass ich genug Gas habe?«

»Wie viel hast du?«

»Eine Menge. Sehr viel. Aber zu dem Zweck? Bei dem Verbrauch? Da war vor ein paar Jahren, sechs Jahre sind das jetzt, da war die Erdölexplosion von Baklam-Krasnie. Eine Gegend, wo es nie Öl gegeben hatte. War auf einmal aus der Erde gebrochen, eine Fontäne, himmelhoch, hatte sich entzündet und brannte wochenlang, wie die Feuersäule des Moses. Erinnerst du?«

»Dunkel.«

»Nein, verdammt hell.«

»Man fuhr damals hin, um die brennende Fontäne zu sehen. So eine Art Ausflugsort.«

»Es brauchte Wochen, um abzudrosseln. Ich war auch als so ein Neugieriger hingefahren. Dann fiel mir auf, so brennt keine Petroleumfontäne. So brennt kein Rohöl, nicht mal raffiniertes brennt so. Da brennt Gas mit.«

»Natürlich war Gasdruck dahinter. Erdgas.«

»Aber was für eines, Professor. Ich ließ mich damals nach Baklam-Krasnie versetzen und untersuchte das. Ja, das hat alles in allem über drei Jahre gedauert. Aber das Gas dann. Ich habe es nämlich über Kältefilter nehmen müssen. Und die Kältefilter waren nicht ausreichend. Und da haben wir dann eine Kälte erreicht, da reichten meine Messapparate nicht mehr aus und das war auch nicht genug. Dann kamen wir auf eine Kälte, die war ausreichend. Aber das hielten die Behälter nicht aus. Die stärksten Stahlflaschen sind einfach gerissen. Bis dann der zweite Hartstahl gemacht wurde und die neue Stahlstanze erfunden war, und jetzt schneiden sie die Stahlflasche direkt aus dem Block und seit über zwei Jahren ziehen wir das Gas auf Flaschen.«

»Wie heißt das Gas?«

»Hat gar keinen Namen. Wir nennen es Peter. Da war im Anfang ein Hund, der hieß Peter und der ist an dem Gas krepiert, da haben wir es so genannt. Ich wollte mich mit den Spektralanalytikern in Verbindung setzen, ob die etwas wissen. Vielleicht hat man in der Sonne oder wo das gleiche Gas festgestellt und es hat irgendeinen großartigen Namen. Aber dazu kam es dann immer nicht und so blieb es bei Peter.«

»Nun sag mal, Romanus, wieso habe ich bis heute nichts

davon gewusst? Wieso hast du uns das nicht längst mitgeteilt?«

»Habe ich ja. Aber wer hat sich denn gekümmert? Ich gehöre doch nicht zum Apparat. Wenn man nicht zum Apparat gehört, dann ist das nicht so einfach. Entschuldige schon. Ich habe auch zweimal direkt an den ›Alten‹ geschrieben. Ich weiß nicht, ob er das je bekommen hat, ich erhielt jeweils nie eine Antwort.«

»Die verdammte Bürokratie. Also wo waren wir stehengeblieben? Bei dem Gas, ja. Wo denn sonst? Und das kannst du so einfach abblasen auf Fernzündung?«

»Auf Fernzündung.«

»Ohne dass es vorher verfliegt? Mensch. 2400 m hoch. Bedenkst du das?«

»Das, das habe ich bedacht. 2400, 4000, 6400«, sagte Romanus und starrte auf sein Schreibblatt, als ob er aus den gekritzelten Spiralen etwas herauslesen könne.

»Romanus«, sagte der Professor und seine Stimme klang ganz tief, »wenn du kein Phantast bist, dann bist du ein großer Mann.« Er sah auf den Tisch. »Ach so. Ja. Habe ich vorhin zerschlagen. Ganz zwecklos. Müssen wir uns mit einem Becher weiterbehelfen.« Er schenkte das leere Glas voll. »Aber ich kriege den ersten Schluck, ich hab's nötig.«

»Wo liegt eigentlich dein Peter?«, fragte der Professor dann.

»Der Schinder hat ihn damals abgeholt.«

»Ich meinte doch das Gas. Peter, das Gas.«

»Ja. So. Natürlich. Alles bei Baklam-Krasnie. Das ist eine Gegend, alles Kreidegrund. Wie kommt Kreidegrund dahin? Gegen alle Gesetze der Geologie, glaube ich. In den Kreidegrund haben wir die Keller eingeschnitten. Etliche Meilen weit. Da liegt es. Und wartet, dass man es abruft. Manchmal habe ich gedacht, das ist ja verrückt, immer so aufzustapeln. Aber ich habe ja genug andere Arbeit gehabt und seit etlicher Zeit bin ich gar nicht mehr hingekommen.«

»Und da wird immer so weiter gestapelt.«

»Bisher ja. Aber die Quelle kann in jedem Augenblick aufhören. Man kann da ja nicht messen. Ich jedenfalls kann sowas nicht.«

»Ja. Und wenn die Quelle versiegt?«

»Ich weiß nicht, ob man eine zweite findet. Vielleicht gibt es auf der ganzen Erde keine zweite.«

»Verdammtes Risiko.«

»Ich kann da keine präzisen Zahlen nennen. Rechnen ist überhaupt meine schwache Seite. Ich kann das nur so ungefähr in einen Rahmen bringen. Ich weiß nicht, wie lang die Grenzen sind. Und wenn du es mir sagst, besser sag es nicht. Zahlen machen mich nervös. Alles über hundert fällt mir schwer. Ja. So ist das und die Gaswand wird sehr dünn sein.«

»Wie dünn?«

»Sehr dünn. So dünn es geht. Aus Ersparnisgründen. Millimeter oder so. Die Abtrennhitze ist ungeheuer. Von Weltraumskälte zu Protuberanzenhitze. Da geht nichts durch. Ich sage, nicht mal die Asche, obwohl das Blödsinn ist, denn die Asche muss doch bleiben, aber ich habe sie nie feststellen können.

Die Atombombe, wenn sie nicht verbrennt, muss explodieren. So weiß man, wo sie bleibt. Weiter als die Gaswand kommt sie nicht. Vielleicht gibt es sehr interessante Feststellungen für die Atomtechniker. Keine Zahlen, das macht mich nervös. Aber die Gesamtgrenze.«

»Im Norden werden wir einen Streifen aussparen können. Voraussichtlich werden sie ja von der Westgrenze her ansetzen. Aber das ist natürlich nicht sicher.«

»Wie viel Zeit bleibt noch?«

»Was weiß ich. Vielleicht gar keine. Vielleicht kommt es auch gar nicht dazu. Im Augenblick ist der sogenannte politische Himmel so klar, so wolkenlos, so herrlich himmelblau, dass ich das Schlimmste befürchte. Ja.«

»Und wie lange kann das dauern? Vier Jahre und sechs Jahre haben wir gehabt. In der algebraischen Reihe also diesmal neun Jahre. Ja. Und was wir hier reden ist Quatsch. Neun Jahre hält mein Gas nicht vor und die Produktion, selbst wenn die Quelle ewig wäre, was sie nicht ist, käme nicht nach. Das halte ich nicht aus.«

»Wie lange hältst du's aus?«

»Du meinst, wie lange das Gas vorhält? Ich meine der Vorrat, denn die Produktion ist Risiko. Keine neun Jahre, Blödsinn. Keine neun Monate, Quatsch. Keine neun Wochen. Es ist alles Unsinn.«

»Also wie lange?«

»Wahnsinn.«

»Wie lange? Mensch, wie lange?«

»Vielleicht knapp einen Monat, eher weniger als mehr.«

»Achtundzwanzig Tage?«

»Ich möchte nicht garantieren.«

»Fünfundzwanzig Tage?«

»Das kann schon sein.«

»Also zweiundzwanzig Tage. Und jeder Tag hat 24 Stunden, Romanus.«

»Ja. Hat vierundzwanzig Stunden.«

»Abgemacht, Romanus. Abgemacht. Zweiundzwanzig Tage. Und du sagst, du kannst nicht rechnen.«

»Ja. Aber garantieren kann ich nicht.«

»Wer kann etwas garantieren, wenn Wahnsinn und Teufel sich paaren?«

Romanus war aufgestanden. Er ging auf das Fenster zu, wo ein mattes, schwaches Licht noch durch die Milchglasziegel kam. Die Sonne war schon untergegangen. Das war gedämpfte, letzte Dämmerung. Und da stand Romanus, reckte zitternde Hände in das ersterbende Licht. »So, so habe ich das nicht geträumt.«

»Sei still, guter Junge, sei still. Meinst du, ich hätte mir das erträumt?«

Romanus ließ die Arme sinken und stand reglos im letzten Licht, das nur noch wie Schatten war.

So dauerte das Schweigen für etliche Augenblicke. Dann, mit einem Satz, sprang Professor Lyonel auf. »Genug«, rief er, »genug«, und schaltete das elektrische Licht an. »Da ist noch ein Rest in der Flasche.« Er schenkte den Rest ein, tat einen guten Zug und gab den Glasbecher Romanus in die Hand, der ihn leertrank.

»Was nun?«

»Nun gehst du in dein Hotel, nimmst ein gehöriges Abendessen und schläfst dich aus. Und morgen früh um zehn Uhr bist du wieder hier. Und dann wird es vielleicht Arbeit geben. Ich fahre inzwischen zum Alten.«

»Zum Alten?«

»Ja. In die Hauptstadt. Ich habe ihn heute schändlich bemogelt. Er hat mich auf eine Sitzung beordert, und ich hatte ihm sagen lassen, ich sei unerreichbar, weil ich mit dir sprechen musste. Ja. Und nun fahre ich hinüber. Solche Sitzungen dauern lange genug, dass ich noch zurechtkomme.«

Er war an den Telefonapparat gegangen. »Hallo! Stephan? Stephan, steht das Flugzeug im Hof? Ja, dann sag, dass wir fahren. Ich komme schon.«

Im Hinausgehen nahm der Professor Romanus unterm Arm. »Mein neues Flugzeug musst du sehen. Fünf Meter Anlauf über ein Sprungbrett. Dann zweihundert Meter senkrecht in die Höhe und ab …«

IV.

POLIZEI AUF DEM BÖRSENPLATZ

Als die Telefonjungens und die Telegrammboten zur Börse kamen, sahen sie schon beim Herannahen, dass die großen Türen geschlossen waren. Wie Feiertag. Aber nicht ganz. An jedem Portal war ein großer Papierzettel mit etlichen Heftzwecken angeschlagen, darauf dann, mit dickem Blaustift geschrieben: »Auf Wunsch und im Einverständnis mit der Zentralregierung von Centralstadt für alle Staaten von Nomandy bleiben die Börsen bis auf weiteres geschlossen. Die Wiedereröffnung wird mitgeteilt werden.«

Die Meisten, an bequeme Denkfaulheit gewöhnt, beschlossen, zunächst an Ort und Stelle abzuwarten, was sich da entwickeln würde. Die Gewitzteren liefen in die nächsten Telefonkioske, um ihre Firma zu informieren. Ganz Schlaue rannten ein paar Gassen weiter, wo etliche sogenannte Winkelbankiers wohnten, um dann noch schnell in die Spekulation à la Baisse zu gehen und noch ein paar Papiere auf Termin zu verkaufen, die man bestimmt in ein paar Stunden würde billiger einkaufen können. Das gelang nur einigen wenigen. Die Winkelbankiers wussten zumeist schon Bescheid oder rochen Lunte.

Tommy Levinger gehörte zu denen, die Glück hatten. Er war drei Blocks weiter gelaufen als die anderen, zu Solmar & Co., und konnte sechs schwere Papiere »Vereinigte Munition« per Mitte des sechsten Monats verkaufen, zu 102 ⅞. Der Banker hatte den Auftrag gerade vorliegen. »Vereinigte Munition«

notierten 105 prompt. Nächste Monatsmitte mussten sie mindestens 103 ½ bringen. Der alte Solmar hatte ihn schön geschnitten. Einerlei, in zwei Stunden würde er den alten Solmar auslachen.

Als Tommy Levinger, gemächlich schlendernd, auf den breiten Platz vor der Börse zurückkam, schwitzte er immer noch, so war er vorher gelaufen. Nun, das wird der Mühe wert gewesen sein. Er wird nicht lange abwarten. Im ersten Rutsch wird er sich eindecken. Bei 98. Nein, nicht gar so ängstlich. Bei 96. Man kann sich den letzten Gewinn mitnehmen. Bei 96 also. Heißt 6 ⅞ x sechs. Heißt 41 ¼ runde Eier bar verdient. »Besser als in die Hosen gemacht«, zitierte Tommy Levinger einen der wenigen Aussprüche, die er kannte.

Es kamen auch schon die ersten »Herren« an. Chefs und Disponenten in großen Wagen. Buchhalter und Handlungsgehilfen in Taxis. Etliche aus den umliegenden Straßenblocks kamen zu Fuß gelaufen. Auf dem Börsendach landete auch schon das erste Flugzeug, und Portermeyer selbst kam die etwas zu steile Treppe schwankend heruntergesegelt, immer zwei Stufen auf einmal, mit hochrotem Gesicht, aber das bedeutete nichts. Das war seine Naturfarbe. »Was geht hier vor«, herrschte Portermeyer seine Jungens an, die ihm entgegen kamen. Als ob die Jungens irgendetwas dazu konnten. »Frank, was ist los«, rief er einen eben den Wagen entsteigenden an, ohne eine Antwort von den Jungens abzuwarten.

»Ja, was ist los?«, fragte Frank zurück. Wie konnte Frank wissen, wenn Portermeyer nichts wusste.

Portermeyer lief die breite Freitreppe zum Hauptportal hinauf. »Der Wisch ist ja nicht mal unterschrieben«, rief er, und starrte das Plakat an. »Das ist ein Gangsterstreich. Wer hat das da aufgehängt?«

»Das habe ich hingehängt«, sagte ein Mann in hellblauem Anzug mit einem Strohhut, ein Börsenbeamter.

»Wer hat Sie beauftragt?«, schrie Portermeyer.

»Regen Sie sich nur nicht auf, Herr Portermeyer«, sagte der

Beamte etwas spöttisch. »Ist alles in Ordnung. Das Plakat hat mir Sanders selbst gegeben, ja.«

»Man muss doch erfahren«, schrie Portermeyer und trommelte mit der Faust gegen die riesige Eichentür. Es machte natürlich niemand auf. Eine Menge Jungens bildeten einen grinsend zuschauenden Halbkreis.

»Kommen Sie, Herr Portermeyer, das hat doch keinen Zweck«, sagte der Beamte.

»Man muss doch erfahren können«, schrie Portermeyer unentwegt. »Also Herr Portermeyer, kommen Sie mit mir«, sagte der Beamte, der dicht an den Tobenden herangetreten war, und kniff dabei mit dem linken Auge.

»Na schön«, sagte Portermeyer und ging mit dem Beamten fort. Die Jungens setzten sich wieder in Gruppen auf die Sockel der dorisch-ionisch-korinthischen Säulen.

»Ich bringe Sie durch die Beamtenkantine bis an das Vorstandszimmer, die Herren haben Sitzung, seit heute früh. Wenn einer rauskommt, müssen Sie sehen, ob Sie was erfahren.«

»Wissen Sie was?«

»Ne. Ich verstehe 'nen Dreck davon. Es ist wieder von Gold die Rede und von Währung. Und von etwas wie G.L.F. oder C.L.F. oder so. Ich weiß nicht, ist das ein Mann oder was? Wer ist G.L.F.? Der alte Fontheim heißt doch Max Emil. Und Freeman heißt John Aby.«

»G.L.F. Ich habe keine Ahnung. C.L.F.? Keine Idee.«

»Frank, was sagen Sie?«, fragte ein kleiner Dicker den allein Stehengebliebenen.

»Ich? Ich sage nichts, was sagen Sie?«

Der kleine Dicke lief schon weiter.

»Entweder es geht rauf oder es geht runter«, überlegte Tommy Levinger. »Zunächst geht es natürlich runter, das ist klar, und ich steige aus. Aber es kann nachher genauso gut raufgehen.«

Er kramte Cellophanpäckchen aus der Hosentasche und zündete sich eine Cigarette an. »Eine ganze Weile war das nun stabil. Also geht es runter oder rauf. Konjunktur oder Krise. Es war immer so. Früher soll es mehr Konjunktur gegeben haben als Krise. Jetzt gibt es mehr Krise als Konjunktur. So ist das, und das ist alles.«

»Ich habe doch Orders auszuführen«, jammerte einer der kleinen Makler.

»Was hast du schon ganz?«, fragte ein anderer.

»Ich gebe *Brot und Kuchen*. Ich gebe *Reifenpatent*. Ich gebe *Infra Photo*.«

»Brauch ich alles nicht.«

»Ich nehme *gelochte Bleche*. Ich nehme *Vereinigte Condensmilch*.«

»Ich nehme *Drahtlose Glühlampen*.«

»Hab ich alles nicht. Da ist Sixstern. Hallo, Sixstern, du hast doch Manila Hanf, wie?«

»97 ½«, rief Sixstern.

»Komm mal her.«

»Was los ist, willst du wissen?«, sagte ein Hagerer zu einem eben Ankommenden, »die Coulisse etabliert sich schon, vor der offiziellen Zeit.«

»Die Stoiker.«

»Dein ewiges Latein.«

»Diesmal ist es Griechisch.«

»Bildungsprotz.«

»Warum die sich nur aufregen?«, führte Levinger sein Selbstgespräch weiter. »Schließen sie die Börsen zum ersten Mal? Ich habe das schon zweimal erlebt. Und da kommt auch mein Chef. Er wird mich jagen …«

Jetzt waren ziemlich viele Menschen da. Oben im Säulengang und auf den Treppen. Unten auf dem breiten Fußgängerweg und darüber hinaus auf dem von Sonnenhitze aufgeweichten Asphaltplatz. An jeder Seite des Platzes waren zwei Polizisten. An anderen Tagen war nur einer da. Aber das war eine Verkehrsangelegenheit. Sie wiesen den anfahrenden Autos einen weiten Bogen, weil so viele Menschen in den Platz hinein standen, die man jedoch nicht wegkriegen würde. Es waren auch eine Menge Frauen darunter.

Die Jungens waren nicht mehr als besondere Gruppen da. Sie wurden »gejagt« von den Vorgesetzten und die Vorgesetzten wurden gejagt von den Chefs und die Chefs jagten einer den anderen.

Die Kulisse kam in Gang und vergaß darüber schon fast, dass was los war.

Auf einmal schrie eine Stimme: »Wie, die Währung?«, schrie so kreischend, dass man nicht wissen konnte, ob es eine Frau oder ein Mann gewesen. Und dann ging es über den ganzen Platz und über die Treppen und die Säulengänge. Die Währung? Die Währung! Die Währung!!!

Was ist mit der Währung?

Aufgehoben.

Was?

Auf – ge – ho – ben!

Verrückt. Total verrückt. Vor zwei Jahren, fast auf den Tag, haben sie die Goldwährung wiederhergestellt. Und jetzt heben sie sie wieder auf. Wer soll sich da auskennen? Verrückt. Total verrückt.

Wieso verrückt? Vielleicht ist es ganz vernünftig. Was hat die Goldwährung schon gebracht? Stagnation. Nichts als Stagnation.

Aufgehoben? Was heißt aufgehoben? Es muss doch 'ne Währung sein. Also was ist die neue Währung? Was ist denn die neue Währung?

Weiß denn keiner, was und wie die neue Währung ist? Muss doch wissen, was mein Geld wert ist! Ich werde verrückt.

Was ist mein Geld wert? Ich werde verrückt. Was ist dein Geld wert? Du bist verrückt. Was ist sein Geld wert? Er ist doch verrückt. Was ist unser ganzes Gold noch wert? Wir werden ja verrückt gemacht.

»Jetzt kommt der Rutsch«, dachte Levinger, »wo steige ich aus? Bei 96. Vielleicht auch erst bei 94. Wer weiß?«

»Nur keine Panik, meine Herren«, rief ein alter Herr in einem ungemein korrekt gebügelten hellen Anzug. »Nur keine Panik!«

Die Frage bleibt offen, ob er auf diese Weise eine Panik wirklich verhindern oder befördern wollte.

Der Platz war nun voll von Menschen. Die Untergrund hatte Anweisung bekommen, den Bahnhof »Börse« glatt zu überfahren. Autos konnten nicht mehr durch. Oben, an einer Säule, inmitten eines Gedränges war ein Mann auf die Schultern eines anderen gestiegen und signalisierte etwas mit einem weißen Taschentuch. »Die Presse«, sagten einige, die es bemerkten. »Morsezeichen oder so.« »Drei kurz, eins lang ist V.« »Können Sie was rausbringen?« »Die müssen einen Code haben.« »Das ist alles zum Verrücktwerden.«

Die Polizisten hatten Zuwachs bekommen. Anscheinend war das vorbereitet gewesen, es ging alles in gewisser Ordnung. Der Platz war nun von einem Polizeikordon umgeben. Neuankömmlinge kamen nicht mehr durch. Wer auf den Börsentreppen stand, konnte sehen, dass auch die Zufahrtstraßen von Menschen voll waren. Das waren nicht mehr Börsianer. Das waren Volksmassen. Gerüchte mussten durchgekommen sein.

Auf dem Börsendach kamen immer noch Flugzeuge an. Brachten die »Großen« oder wenigstens die »Größeren« oder solche, die meinten, dazuzugehören.

Weiß denn immer noch keiner, wie die neue Währung ist? Wofür hält man uns? Sind wir kleine Kinder? Halten die uns für verrückt?

Tommy Levinger war zum Telefon gejagt worden. Alle Kioske besetzt. Er musste zwei Straßenblocks weiter. Als er zurückkam, ließ die Polizei ihn nicht durch. Er zeigte seine Börsenkarte vor. Umsonst.

»Was nun?«, dachte er. »Wenn sie die Währung abwerten, gehen die Kurse rauf und ich lieg schief.« Eine halbe Stunde später sah man ihn auf der Börsentreppe. Er war doch durchgekommen. Seine zwei Stunden waren um, aber es war kein Rutsch da. Es wurden überhaupt keine Kurse genannt. Es war seltsam still geworden auf dem ganzen Platz. Die Börse hielt den Atem an. Nur eine hysterische Stimme schrie von Zeit zu Zeit: Wie viel ist mein Geld wert? Und jedes Mal kam eine dunkel dröhnende Antwort: Halts Maul, alter Besen!

Dann kam eine kurze Periode von Gerüchten. Keiner wusste, wie sie entstanden. Da hieß es, die Zentrale Balkan Bank sei zusammengebrochen. »Die kann noch gar nicht zusammenbrechen, das ist doch nur eine Abwicklungsstelle unter Aufsicht der UNO.« »Aber es gibt doch praktisch keine UNO mehr, also warum soll sie nicht zusammenbrechen können?« Dann hieß es »Ein Monsun hat die gesamten Irak-Ölquellen vernichtet. Royal Shell notiert fünfzig Punkte niedriger.« »Aber im Irak gibt es gar keinen Monsun.« Oder »Sämtliche Direktoren der Staatsbank sind verhaftet!« Und es war schon schwerer, ein überzeugendes Aber zu finden. Dann kam ein phantasievoller Scherz: »Afrika, der Kontinent der Zukunft. Wir gliedern unsere Währung an Afrika an.« »Und Kauri-Muscheln werden die große Währungseinheit.« »Teweles, wie notieren Sie Kauri-Muscheln?« Aber immer wieder hieß es »die Währung« und alle dachten, was die hysterische Frage krächzte: »Wie viel ist mein Geld wert?«

Dann kam ein Gerücht, dessen Entstehung umso unerfindlicher ist, als es ein seltsames Gemisch von Wahrheit, Dichtung und Pseudowissenschaft enthielt, nämlich dass die gesamten Goldbestände der Weltbanken mit Aqua regia aufgelöst seien oder aufgelöst werden sollten, und dann habe die Goldwährung praktisch zu existieren aufgehört.

Zu welchem Zweck?

Zwecks neuer Währungsgrundlage.

Warum? Wozu? Weshalb?

Vermögenskonfiskation.

Das ist Anarchie.

Ausplünderung der Welt.

Und die hysterische Stimme: mein Geld ist nichts mehr wert.

Und der Orgelton: Halts Maul, alter Besen!

Und tausend Stimmen: Das ist zum Verrücktwerden.

»Sardinen in der Dose. Enggepresst. Die Köpfe sind schon ab. Und sie wollen verrückt werden«, stand später in einer bösartig spöttischen Zeitschrift.

Irgendwo musste etwas durchgesickert sein. Vielleicht auch hatte man etwas durchsickern lassen. Auf einmal ging eine Vokabel durch die Menge. Wie? Was? Wie heißt das Ding? Was hat er gesagt?

»Califa.« Wie sagen Sie? Califa. Was ist das? Califa. Califa. Califa. Ca steht für C, li steht für L, fa steht für F. Califa.

Was ist das?

Das ist ein Metall. Das ist ein Öl. Das ist ein Gas. Das ist weder ein Metall, noch ein Öl, noch ein Gas. Ja, was denn? Das ist eine Substanz.

Schrecklich.

Wo kriegt man das? Ich muss mir sofort aufschreiben. Wo ist denn mein Bleistift? Califa. Ich muss sofort ein Muster haben. Wer kann mir ein Muster besorgen. Ich zahle jeden Preis für ein Muster.

Womit bezahlst du?

Womit?

Wenn dein Geld nichts mehr wert ist?

Mit meiner Saloneinrichtung. Mit meinem Smyrnateppich. Mit meiner echten Badewanne aus Pompeji. Mit meiner Frau, wenn es sein muss.

Wo, sagen Sie? Nicht die Möglichkeit. Man hat Ihnen gesagt? Wer ist man? Ohne meine Verbindlichkeit.

Wo ist mein Auto? Wo kriege ich ein Auto her? Man muss doch durchkommen. Lassen Sie mich bitte durch. Lassen Sie mich gefälligst durch. Sind Sie verrückt, ich muss hier durch. Wer ist verrückt? Ich bin verrückt? Selber verrückt!

Sie kommen doch nicht durch. Die Polizei hält den Platz doch gesperrt.

Polizei? Wieso Polizei? Ich bin ein freier Bürger dieses Staates oder nicht?

Und die ganzen Straßen sind gerammelt voll, Sie kommen nirgends durch.

Wieso? Was haben die da verloren? Die ganze Welt ist verrückt geworden. Ich muss ein Muster haben.

Jetzt kam auf einmal die Stimme eines mächtigen Lautsprechers durch, vom Fenster eines mittleren Stockwerks der anschließenden Häuser. Aha! Eine Regierungserklärung! Jetzt wird man hören. Man hörte:

»Waschen Sie Ihre Wäsche mit Schneewittchen-Seife, Schneewittchen ohne Sieben Zwerge, die beste Seife der Welt!«

»Haben Sie Schneewittchen-Seife in Ihrem Badezimmer? Schneewittchen ohne Sieben Zwerge, die beste Seife der Welt.«

»Pontius Pilatus hat die Hände in Unschuld gewaschen. Waschen Sie Ihre Hände mit Schneewittchen-Seife! Schneewittchen ohne Sieben Zwerge, die beste Seife der Welt.«

»Lassen Sie mich durch«, schrie der Aufgeregte.

»Haltet den Mann an!«, schrie ein anderer und meinte den Lautsprecher.

»Idiot, du willst mich aufhalten«, schrie der Aufgeregte und hielt den anderen am Jackenknopf. Der versuchte sich loszumachen und der Knopf riss ab.

»Gangster, will hier Knöpfe plündern.«

Die Panik war da. Zwei Männer schlugen aufeinander ein. Die nächsten versuchten einzugreifen. Andere nahmen Partei. Ein Dutzend Menschen prügelten sich. Eine Frau, der ein großer Hut mit Straußfedern über das Gesicht gerutscht war, schrie unaufhörlich: »Hilfe, Polizei, Hilfe«, und schrie weiter, als ihr irgendwer den Hut wieder auf den Kopf, verkehrt herum, gedrückt hatte. Alles schrie jetzt durcheinander. »Ruhe.« »Vernunft!« »Irrsinn!« »Bolschewiken!« und immer wieder »Ich, du, er, sie, es, wir, ihr, sie werden verrückt« oder »sind« es.

Verrückt, verrückt, verrückt war die Hauptvokabel, zusammen mit Idiot, Idioten, Idiotenbande.

Einer blutete heftig über das Gesicht. Vielleicht war er verletzt. Vielleicht hatte er nervöses Nasenbluten. »Mörder«, schrie einer. »Wer? Ich? Selbst Mörder? Verrückter Idiot!«

Dann war auf einmal berittene Polizei da. Auch die schienen in Vorbereitung irgendwo versteckt gewesen zu sein. Die Pferde pressten seitlich gegen die Menschen, die nicht wussten, wohin sie wollten oder sollten. Das Gedränge wurde nach der Mitte zu gefährlich. Levinger, der mitten auf dem Platz in einem Gedränge stehend darüber nachdachte, ob er nicht, ganz egal wie, sein Engagement mit Solmar liquidieren sollte, befand sich auf einmal im Säulengang vor der Börse, ohne zu begreifen, wie er hingekommen. Auf eigenen Füßen war er bestimmt die Treppe nicht hinaufgestiegen.

Drüben, überm Platz, an der Straßenecke, war ein Börsenrestaurant. Da gingen jetzt rundum die Rolljalousien herunter. Das Gleiche geschah einen Augenblick später an der anderen Ecke, wo ein Laden für Papierwaren, Geschäftsbücher und dergleichen war. Wahrscheinlich fürchteten die Besitzer für die breiten Fensterscheiben. »Sie schließen die Geschäfte«, hieß es. Alles trug jetzt zur Panik bei: »Lasst mich durch, ich muss noch Brot kaufen«, schrie wieder eine Frau, »ich habe Kinder zu Hause.« »Brot«, »Kinder«, »Kinder«, »Brot«, jedes Geschrei wurde aufgenommen und weitergetragen. »Verrückt.« »Idiotenbande.«

Einer fing an ohne Worte eine Melodie zu singen, immer die gleiche: O trulala und tralali. »Was grölst du da?«, wurde er angeschnauzt. »Meine Frau spielt es immer auf dem Klavier. Sie sagt, das ist der Kalif von Bagdad.« »Wie kommst du darauf?« »Wegen Califa. Ca für C. Li für L, fa für F«, und sang heiser, »O trulala und Califa. O Califa und tralali.« Jemand schlug mit einem sauber gerollten Regenschirm auf ihn ein. Er schlug mit einer ledernen Aktentasche zurück. Die Tasche sprang auf. Papiere flatterten auf den Platz. Menschen lagen in Knäueln auf dem Asphalt, um die Papiere zu haschen, die außer dem Besitzer keiner brauchen konnte. Der Besitzer stampfte mit den Füßen den Liegenden in die Rücken.

Was war denn eigentlich los? Unsicherer Lärm. Hysterisches Geschrei. Ängstliche Furcht. Brutales Gebrüll. Schlägerei, mit und ohne Absicht. Keiner wusste, was geschah. Alle hatten vergessen, was sie anfänglich gewollt, soweit sie überhaupt etwas gewollt hatten. Keiner war gegen irgendwen, und darum war jeder gegen alle, alle gegen einen. Am nächsten Tag erzählte jeder, er sei der einzige gewesen, der weit und breit bei Vernunft geblieben wäre, alle anderen seien verrückt geworden.

Verrückt, verrückt und Califa und trulala.

»Sollen wir sie unter Wasser setzen«, fragte ein junger Polizeileutnant seinen Chef im Zivilanzug, »ich habe sechs Hydranten anschrauben lassen.«

»Reden Sie keinen Blödsinn«, sagte der Polizeichef, »holen Sie mir lieber ein Megaphon.«

Der Leutnant holte ein Megaphon aus dem Polizeiauto.

»Drei Leute mit mir«, sagte der Polizeichef. Er schob sich, so weit es ging, mit den drei Polizisten in die Menschenmasse, kletterte auf einen der drei Uniformierten, setzte sich dem rittlings über die Schulter und brüllte ins Megaphon.

»Alles herhören!«

Keiner hörte hin.

»Alles herhören! Regierungserklärung. Re-gie-rungs-erklärung!«

Er wusste von keiner Regierungserklärung. Er wusste auch gar nicht, was er weiter sagen, schreien, brüllen würde. Er wusste nur, dass es hier so nicht weiter ginge. Und er war verantwortlich.

Noch mal: »Regierungserklärung!« Und dann weiter: »Geld ist Geld.«

»Was sagt er?« Die Nächsten hörten hin.

»Regierungserklärung! Geld-ist-Geld! Geld-ist-Geld«, und weiter, »Gold – ist gleich – Ca – li – fa! Ca – li – fa – ist gleich – Gold. Geld – ist Geld – Regierungserklärung – Geld – ist – gleich – Ca – li – fa –, Ca – li – fa – ist – gleich – Geld.«

»Und die Preise«, rief einer fragend und war sogar vernehmbar, es kam Stille über den Platz.

Der mit dem Megaphon: »Preis ist Preis, und Geld ist Geld. Nichts ändert sich. Preise sind Preise und Geld ist Geld.«

Der Polizeichef schwitzte und der Polizist, der ihn trug, schwitzte noch mehr.

»Was ist mein Geld wert?«, kreischte die fast heisere Frauenstimme.

Das Megaphon: »Dein Geld ist genau wert, was es wert ist. Geld ist Geld. Wert ist Wert.«

Der Polizeichef wischte sich mit dem Rockärmel den Schweiß von der Stirn. Was hatte er gesagt? Alles in Ordnung. X gleich X. Nichts weiter. Ihm würde keiner kommen können, mit Irreführung öffentlicher Meinung und so. Kommt ja gar nicht infrage. Nur nicht die Nerven verlieren. X gleich X.

»Regierungserklärung: Geld ist Geld – Preis ist Preis – Califa ist Califa – Alles – ist – wie – es – ist!«

Den Satz fand der Polizeichef selbst großartig. So großartig, dass er ihn wiederholte: »Alles – ist – wie – es – ist.« Er fand sich selbst großartig.

»Vielleicht komme ich noch mit heiler Haut heraus«, dachte Levinger. So kehrte Vernunft wieder.

»Wer ist der Mann eigentlich?«

»Das ist der Primerus.«

»Primerus? Von den Vereinigten Währungsbanken? Woher wissen Sie?«

»Na ja. Der weiß doch Bescheid. Der einzige, der wirklich Bescheid weiß. Und außerdem kenn ich ihn persönlich.«

»Also das ist Primerus. Gut sieht er aus!«

Als einige Stunden später die Straßenkehrer den Platz fegten, kam ein ziemlicher Berg von Papier, Zeitungen, zerschlagenen Schirmen und Spazierstöcken, zerbeulter Hüte, ausgerissener Rockärmel und Kleiderfetzen zusammen. Auch ein künstliches Gebiss fand sich, mit Goldzähnen. »Ist ja doch nichts mehr wert«, meinte der Straßenfeger.

Etliche Verletzte waren erst in die Beamtenkantine getragen, dann ins nächste Hospital gefahren worden. Zu ernsten Zwischenfällen war es nicht gekommen.

So ging das zu, als das »Gold«, die »Basis«, auf der die Wirtschaft angeblich ein paar tausend Jahre gestanden hatte, auf einmal weg war.

Geld ist Gold und Califa ist Califa und Flatterata und Chimäre.

Der Polizeichef – des 37sten Reviers, »Börse« – hatte sich als wirklicher Prophet erwiesen. Genauso kam es, wie er zwar nicht gesagt hatte, was ihn aber verstanden zu haben man zu meinen glaubte.

Nichts änderte sich. Die Basis war gegangen, die ein paar tausend Jahre lang die Menschenwirtschaft getragen hatte. Aber der Polizist, der seinen Polizeichef trug, der Polizist, der hatte gestanden. Und nichts änderte sich. Ein wirklicher Regierungsbefehl erklärte alle Preise vom Vortage bis auf weiteres und gesetzlich für bindend. Vom Ladenpreis bis zur Börsennotierung. Gold gleich Califa. Nach drei Tagen war es allen »wurscht«, was irgendwo in Stahltresors oder Betonkellern begraben lag. Goldbarren oder Califaeinheiten. Was ist das noch? Ach so, ja. Substanz. Es hieß, die Börsen würden demnächst wieder eröffnet werden. Alle Banknoten waren sofort und spätestens innerhalb eines Monats und allerspätestens innerhalb drei Wochen gegen neue Banknoten gleichen Wertes umzutauschen.

So sagten die Regierungserklärungen in allen Ländern des Wirtschaftsblockzusammenschlusses.

V.

IM TREIBHAUS DER GRÜNEN NELKEN

Der wirkliche Primerus, mit dem Titel Generaldirektor der Vereinigten Währungsbanken, der einzige Mann im Lande, der den Titel Generaldirektor zu Recht trug, sah nicht gut aus. Ein kleiner Mann auf besonders kleinen Beinen. Wenn er am Schreibtisch oder an der Konferenztafel saß, machte er eben ausreichende Figur, wenn er stand, erschien er wie ein Zwerg, und sein gelb pergamentenes, zerknittertes Gesicht verstärkte diesen Eindruck. Sehr nach der Mode gekleidet, aber immer etwas zu elegant, die Bügelfalten etwas zu steif, die Cravatte zu bunt und zu korrekt gebunden, die Stiefel mit zu dicken Sohlen, die ihn doch nicht größer machen konnten, hätte man ihn für einen Zirkusclown in Zivil halten können. Professor Cyprian von der Hephaestos-Universität hatte ihm nahegelegt, sich Injektionen machen zu lassen und hatte ihm ein Wachstum von zehn bis zwölf Zentimetern garantieren wollen. Das hatte Primerus abgelehnt, er war nun, wie er war, und so kannten ihn die wenigen Menschen, die ihn kannten und er meinte, er könne sich in seinen Jahren nicht lächerlich machen. Es wäre wohl das erste Mal gewesen, dass es im Umgang mit Primerus etwas zum Lachen gegeben hätte.

Maßloser Ehrgeiz hatte Primerus über zähe verfolgte Wege, wo ihm die Schranken sogar noch zu Staffeln wurden, die er nie ansprang, aber immer mit affenartiger Geschicklichkeit erkletterte, bis in den Generaldirektor-Sessel gebracht. Er war ein intensiver, aber nicht übertreibender Arbeiter. Tätigkeit und

Muße mussten das genau errechnete Gleichgewicht halten. Sein regelmäßiger Schlaf war ihm heilig, das einzige, was ihm heilig war, er grollte der Natur, die bei vorschreitenden Jahren seinen Schlaf so leicht machte, dass ihn das geringste Geräusch weckte. Maßloser Ehrgeiz hatte verhindert, dass er geheiratet hatte. Die Damen der großen Gesellschaft hatten den kleinen Mann unbekannter Herkunft – man erzählte da unterschiedliches, zumeist hässliches, was mit mancherlei Widersprüchen wahrscheinlich nicht stimmte – abgelehnt, und die eleganten Frauen vom Film, vom Theater, oder gleich ihm ehrgeizige Studentinnen, die in die große Gesellschaft oder mindestens in den großen Luxus wollten, hatte er abgelehnt. So lebte er als Junggeselle in anspruchsvollem Luxus, rauchte schwere Zigarren, die schwarz sein mussten und hielt – Orchideen waren ihm zu parvenuhaft erschienen – in seinen Treibhäusern auserlesene, bei allen Fachleuten der Welt bekannte, herrliche Nelkenzüchtungen.

Das genügte ihm. Was er hatte, hielt er mit den kleinen, schmalen Händen fest, Hände, die wie Krallen aussahen, weil die wohlmanikürten Fingernägel immer zu lang waren. An großem Besitz, an Riesenvermögen lag ihm nichts, nun er die Macht besaß, die er angestrebt hatte.

An diesem Sommertage war der Generaldirektor Primerus nicht von seinem Heim in einem Villenvorort der Centralstadt weggegangen. Nicht einmal ein paar Stunden morgens ins Stadtbüro, denn die Bank war auf seine Anordnung nur eine Morgenstunde geöffnet gewesen und schloss genau in dem Augenblick, an dem die Plakate an den Börsen ausgehängt wurden. Alle Portierlogen und Auskunftstellen waren geschlossen, alle Telefone unbesetzt, nur die Telefone mit den Geheimnummernkonten antworteten.

Am Nachmittag, wenn er sonst Zeitschriften »von drüben« durchzublättern und stellenweise anzulesen pflegte, schlenderte er allein durch seine Treibhäuser. Im Glashaus V a betrachtete er mit gewissem Wohlgefallen die großköpfigen, grünen

Nelken. Echtes Rasengrün. Nicht etwa gefärbt. Sein Gärtner war der einzige auf Erden, dem es gelungen war, grüne Nelken zu züchten.

Das Telefon meldete mit leise singendem Ton. »Was gibt's?«, fragte er über die grünen Nelken hinweg. Eigentlich hatte er gar nicht gestört werden wollen. Aber es war ihm nun doch angenehm, fast erfreulich, dass es was gab. »Polizeidirektor Richardson!«, gab das Telefon. »Will ich sprechen.«

Auf einer bronzegerahmten Milchglasscheibe an der einzigen Ziegelwand des Glashauses erschien das glatte Gesicht eines Mannes mit besterntem Uniformkragen. »Hallo Richardson, hier Primerus.«

Der Direktor der Polizeizentrale von Nomandy gab Bericht von den Vorgängen auf dem Börsenplatz. »Keine Einzelheiten bitte, nur das Resultat«, sagte Primerus. Das glatte Gesicht über dem Uniformkragen veränderte keineswegs seinen Mangel an Ausdruck und sprach weiter. »Sonst ernsthafte Zwischenfälle?« »In etlichen Arbeitervororten in insgesamt 27 Städten Läden gestürmt und geplündert, als man schließen wollte. Bisher 103 Tote, noch keine Verletztenziffern.« Was geht mich das an? dachte Primerus und sagte: »Danke Ihnen, Richardson, rufen Sie wieder an, wenn wirklich was ernsthaftes ist.« Die Milchglasscheibe erlosch.

Langweilig. Es gab nichts. Genau so hatte Primerus das erwartet. Dass die einen schlau genug waren um zu wissen, dass das für sie alles ganz gleichgültig sei, und die anderen dumm genug, um auf die platteste Regierungspropaganda hineinzufallen. Dazwischen gab es nichts. Und darüber hinaus? Anscheinend auch nichts. Langweilig.

Primerus versuchte wieder auf seine grünen Nelken zu kommen, aber jetzt hatten ihn schon Gedanken anderer Art und ließen ihn nicht. Er starrte auf die Blumen, ohne sie zu sehen, er sog den Duft ein, ohne es zu merken. Farbe sagte ihm im Grunde wenig, Geruch gar nichts. Er hatte das Bedürfnis, mit jemandem zu reden, man kann nicht immer die Gedankenlast mit sich allein herumtragen, aber mit wem hätte er reden können, mit tödlicher Sicherheit, dass der andere schweigen könne? Wenn der nicht schwieg? Wer war zuverlässig? Der Generaldirektor Primerus wusste, dass der Mann Primerus nicht einmal zuverlässig sei. Also wer, wenn der nicht mal? Mit grünen Nelken kann man reden, die verstehen davon genauso wenig und so viel als die meisten Menschen und sind wenigstens schweigsam.

Als einziger auf der Welt hatte er grüne Nelken und als einziger auf der Welt hatte er 711 Einheiten Clf. 711 Einheiten, jede in ihrer Glasstahlpatrone. Er sah sie alle. Jede einzelne in einem Fach. In Reihen nebeneinander und in Reihen übereinander. Zahlen waren ihm nicht Ziffernbegriffe, Zahlen sah er in Quantitäten, in Gestaltungen, in Tatsächlichkeit. Sichtbarlich, greifbar. Töricht zu sagen, er sei ein Mensch ohne Phantasie, hier in den Zahlen war er voll außerordentlicher Wirklichkeitsphantasie.

711 Einheiten Clf. Aber hatte er sie? Sie gehörten ihm ja gar nicht. Lagerhalter der Nation, sonst gar nichts. Einerlei. Er hatte sie. Er hatte den Schlüssel zu dem stärksten Tresor der Welt. Das Kriegsministerium hatte sie haben wollen und das mit Recht. Aber er hatte sie bekommen. Die Herren vom Kriegsministerium hassten ihn und er hasste sie. Aber seit er der Lagerverwalter der Nation war, waren sie höflich mit ihm geworden. Die, und noch ganz andere. Die Herren von der Seestraße, die längst nicht mehr in der Seestraße wohnten. Aber einer von der Seestraße, das war ein Begriff in der ganzen Welt. Von der Milliarde aufwärts. Und waren so höflich mit ihm geworden. 711 Einheiten. Wenn es nun nur 710 wären und eine wäre leer? Und allenfalls würden ein Dutzend Kontrolleure an den Galgen kommen? Wie wäre das, von der Milliarde aufwärts? Ich spucke auf die Höflichkeit der ganzen Seestraße! Und Primerus spie mitten in eines der Nelkenbeete. Da war das Mädchen aus Cistransatia gewesen, dass angeblich höhere Gartenkunst studierte und dem Gärtner eine

Weile geholfen hatte und die versucht hatte, ihm den Kopf zu verdrehen und Dinge zu erfahren, die er gar nicht wusste, denn was wusste er von der Clf-Herstellung? Und eines Tages war sie als Spionin verhaftet worden und jetzt sitzt sie in einem Frauengefängnis. Nein, 711 Einheiten. Der Regierungsplan hatte 600 Einheiten als Minimum vorgesehen. Minimum für was? Die Regierung wusste und er, Primerus, wusste. Aber nie war ein Wort darüber geredet worden. Und was er, Primerus, da heute hat machen müssen, Hokus-Pokus, wo ist das Gold, wo ist die Währung, Hokus-Pokus, da ist sie ja und heißt Califa und was ist das heute? Das ist das Klingelzeichen und der Akt hat begonnen, von dem man nie sprach, auch jetzt noch nicht.

711 Einheiten und jede 75. Stunde kam eine hinzu. Morgen um diese Zeit werden es 712 sein, die Hälfte davon wäre genug, um den Mond gegen den Mars zu sprengen. Wer weiß, wenn einmal dieser Erdenplanet einig sein wird, wenn wir die »Vereinten Staaten der Erde« haben werden, ein Reich, eine Gesellschaft, eine Wirtschaft, eine Weltanschauung und einen Gott, dann werden wir Krieg gegen den Mars führen. 712 in Stapeln von links nach rechts, von unten nach oben. Die Hälfte wäre genug, um die ganze Wüste Sahara in ein Paradies zu verwandeln. Eine Weltkornkammer, und was für eine. Statt dass man sich mitleiderregende Berichte anhören muss, über Hungersnöte in Indien. Primerus Africanus in allen zukünftigen Geschichtsbüchern der Welt. Wo jetzt die gebratenen Gänse auf den Bäumen wachsen, da war Wüste und nichts als Wüste, weil die Menschen so dumm waren.

Dann kam Primerus Africanus und machte ein Paradies daraus. Wie das? Indem er einfach auf einen Knopf drückte, und weil er auf den Knopf drückte, mussten die Herren der Technik und die Doktoren der Chemie und die Professoren der Physik und aller Wissenschaften auch jeder auf einen Knopf drücken und so wurde die Energie umgewandelt in Kraft. Und mit der Kraft hat man hunderttausend Meilen Kanäle gebaut und Straßen und Wege und den ganzen Wüstensand hat man zusammengefegt und Betonstädte daraus gemacht und prächtigen Boden dafür hingesetzt und eine Million Traktoren sind um und um gefahren und eine Million Flugzeuge haben gesät und eine Million Super Combines haben geerntet und die Silos gehen bis in den Himmel und oben darauf, auf dem höchsten Silo ist eine Sternwarte mit dem größten Refraktor der Welt und kein Pharao braucht mehr von sieben mageren Kühen zu träumen.

Wer träumt hier? Fakten, Primerus, Fakten und keine Phantasien. 711 Einheiten und die Energien werden gar nicht umgewandelt in aufbauende Kraft, sondern in zerstörende Gewalt. Und wenn du sie bisher an das Kriegsministerium herausgegeben hast, weil so befohlen war von der Macht, die du anerkennst und der du dienst, herausgegeben mit innerem Widerstreben, aber Stück um Stück, so wirst du sie herausgeben an das Kriegsministerium im Dienste der Macht, die du anerkennst und der du dienst, in Serien und in Reihen und zu Hunderten. Wer weiß. Morgen kommt eines hinzu. Und vielleicht fahren morgen hundert ab. Wohin? In die Hölle.

711. Da war der Professor Cyprian von der Hephaestos-Universität, der so gut Bridge spielt und ein noch viel besserer Medizinmann sein soll. Der hat eine Experimentierklinik mit lauter wunderbaren Ergebnissen. Krumme Menschen macht der grad und verbogene Glieder streckt er, Zurückgebliebene macht er normal, Verrunzelte macht er jung, Lahme macht er gehend, Weißhaarigen macht er jede natürliche Haarfarbe. Nun ja. Jeder wie er kann. Hokus-Pokus, eine neue Währung. Hokus-Pokus, meinetwegen ein neues Gehirn. Jetzt hat er eine Augenklinik und er behauptet, er könne die Blinden sehend machen. Und was braucht er dazu? Eine von den 711. Eine. Und sonst nichts. Und die kann er nicht bekommen. Primerus wusste, dass er sie nicht würde bekommen können. Und hatte sich doch überreden lassen, in dieser Sache bei der anerkannten Macht vorstellig zu werden. Natürlich hatte die ab-

gelehnt, denn wie darf die Gewalt von Tod und Zerstörung um ein siebentel Prozent geschwächt werden. Primerus war es nicht gewohnt, sich ein Refus zu holen und hatte es in dieser Sache getan. Das kommt davon, wenn man sich mit solchen Idealisten einlässt. Blinde sehend machen? Darf man einfach in Gottes Gesetze eingreifen? Phantastereien sind das. Faktoren bitte und keine Phantasien.

Wieder kam das freundlich singende Telefonsignal. »Was gibt's?«, fragte er über die grünen Nelken hinweg. »Herr Merton«, sagte das Telefon. Aha! Der Gewaltige von der Seestraße, nun wird es was geben. »Ja, will ich sprechen.« Primerus ging mit kurzen, raschen, trippelnden Schritten hinüber, wo auf der Milchglasscheibe Mertons Gesicht erschien, breit, vierkantig, was trotz der etwas fett hängenden Backen fast wie das eines älter gewordenen Schwergewichtsboxers erster Garnitur aussah. »Guten Abend, Herr Merton«, sagte Primerus und sah sein eigenes Pergamentgesicht in dem kleinen Metallspiegel unter dem Milchglas. »Was macht die werte Gesundheit?«, fragte Merton. »Danke gut«, sagte Primerus und sah, dass Merton weder Kragen noch Schlips anhatte, noch sonst überhaupt etwas, soweit das Telefonbild zeigte, er konnte Hitze schlecht vertragen. »Und wie geht es der Frau Gemahlin?«, fragte Primerus. »Wem. Meiner Frau? Ja, danke. Und was gibt es sonst, verehrter Direktor?«

»Nichts Besonderes, Herr Merton, nein.« »So, gar nichts Besonderes. Da hätte ich ja beinahe nicht zu stören brauchen.« »O, keine Störung, Herr Merton, durchaus nicht.« Primerus sah sein Spiegelbild lächeln, als er dachte: »Wie lange noch wird er so weitermachen?« »Nun, ich hatte fast befürchtet, an einem so emsigen Tag wie heute zu stören«, redete sich Merton vorsichtig an das Thema heran. »Ja, war ein ziemlich warmer Tag heute«, plänkerte Primerus weiter.

»Ja, beinahe heißer als nötig gewesen wäre.«

»Nun, etwas frische Luft tut gut. Sind Sie in Ihrer Stadtwohnung oder draußen am Wasser?«

»Ich bin hier draußen am Meer«, sagte Merton. Primerus hatte gesehen, dass er log, er hatte das eine Auge gekniffen.

»Ich wette, er ist im Office«, dachte Primerus, »und seine ganzen Leute sind da und die ganze Seestraße überhaupt«, und es entstand eine kleine Pause. »Ja, sicher frisch da draußen am Meer«, sagte er.

»Verdammter Schwindler«, dachte Merton, »er weiß doch genau, dass ich im Office bin.« So entstand wieder eine Pause.

»Und womit kann ich Ihnen sonst dienen?«, fragte Primerus, den das Präludium zu langweilen begann und bereute im gleichen Augenblick das Entgegenkommen.

»Wüsste eigentlich gar nicht«, sagte Merton, »aber gestern, da hätten Sie können, verehrter Direktor.«

»Wie schade, wie schade. Warum, Herr Merton, haben Sie nicht gestern angerufen?«

»Konnte ich denn ahnen, dass Sie das Ding heute drehen würden? Der Termin, verehrter Direktor, hat mich überrascht. Das Ding an sich natürlich nicht.«

Hatte seine Spionage ihm wirklich was gesteckt, oder bluffte er? »Wie schade, wie schade«, sagte Primerus. »Sie haben recht, Verehrtester, ich hätte Ihnen wirklich einen Tip geben sollen. Ja, das hätte ich.«

Das sollte nichts sein als eine Höflichkeitsfloskel, aber der andere biss sofort an. »Nun, das lässt sich gutmachen, Direktor. Den kleinen Tip können Sie mir heute noch geben.«

»Von Herzen gern«, sagte Primerus. Wo saß sein Herz? Das kam darauf an.

»Sagen Sie mir nur«, sagte Merton, »was Sie davon halten. Ich meine, wie das so weitergehen wird.«

»Wir werden nicht intervenieren. Entweder geht die Börse runter, oder sie geht rauf.«

»Oder sie bleibt, wo sie ist. Aber das mein ich doch gar nicht, das ist doch ganz egal. Ich bin nicht mal am Gold interessiert. Wissen Sie, wie viele Barren ich habe? Einen, lieber

Direktor. Einen in meiner Sammlung für Altertümer. Was sagen Sie nun?«

Dass du ein infamer Lügner bist, hätte Primerus gern gesagt, stattdessen sagte er: »Ich wusste immer, dass Sie ein moderner Mann sind.«

»Aber wie wird das auf der erweiterten Linie? Es geht ja schließlich um mehr, als um private Interessen. Es geht doch um das Interesse der Nation, oder der Nationen.«

Wenn der von Nationen und Menschheit redet, dann meint er die Seestraße. »Ja, freilich. Freilich«, sagte Primerus. »Also, verehrter Herr, hören Sie zu.« Dann eine Pause. »Sagen Sie, lieber Herr Merton, hört noch jemand zu?«

Merton kniff wieder das Auge. Primerus dachte, er muss ein schlechter Pokerspieler sein. »Kein Mensch hört zu, keine Menschenseele«, sagte Merton, obwohl er wusste, dass über private Querverbindung die ganze Seestraße zuhörte und obwohl er wusste, dass auch Primerus das wusste!

Natürlich wusste Primerus das, aber er wusste auch, dass die Seestraße immer noch eine gewaltige Potenz sei. Die Seestraße hat ausgespielt, hatte es oft genug geheißen und dann spielte sie verflucht ernsthaft mit. Die Seestraße ist tot, hatte es geheißen und dann war sie auferstanden, ein Scheintoter, der im Starrkrampf alles vernommen, was die Erben geredet und der jetzt den Sarg in Stücke haut und die Stücke den Erben um die Köpfe. Nein, die Seestraße konnte man hassen, aber sich im Ernst mit ihr anlegen, das konnte man nicht. Und Merton wusste, dass Primerus das nicht riskieren könne. Außer in einem Falle. Und der Fall hieß: Revolution. Und dafür war Primerus nicht der Mann. Dafür nicht. Und während diese Gedanken den beiden Telefonduellanten durch den Kopf schossen, wiederholte Merton sehr gedehnt: »Keine Menschenseele.«

»Gut, gut«, sagte Primerus, »und nun möchte ich Ihnen einen kleinen Rat geben. Nur für Sie bestimmt, lieber Merton« – er hatte wohlüberlegt Merton gesagt, nicht Herr Merton – »nur für Sie. Also wenn Sie wissen wollen, was Sie tun sollen, so empfehle ich Ihnen, tun Sie gar nichts. Gar nichts. In vierzehn Tagen, nun ich bin kein Prophet, aber in etwa vierzehn Tagen, da ist alles wie es gewesen. Wie es gewesen, Merton, hören Sie? Tun Sie gar nichts. Und den Goldbarren in Ihrer Sammlung, den behalten Sie. Schmeißen Sie ihn nicht in den Ascheimer. Behalten, Merton, ruhig behalten. Ja.«

»Ehrenwort, Direktor?« Jetzt ließ auch Merton sehr bewusst den »verehrten Herrn« fort.

»Ehrenwort. Und was das ganze Ding angeht, so geht es weder die Nation noch die Nationen im Ernst an. Bis auf eine. Verstehen Sie? Bis auf eine. Die muss bis auf Weiteres vom Weltmarkt abgeriegelt sein. Bis auf Weiteres. Ich bin kein Prophet, aber ich meine in vierzehn Tagen …«

»Werden wir beim Weiteren sein?«, fragte Merton.

»Werden wir das Weitere hinter uns haben.«

»Donnerwetter. Und wer zieht die Leine?«

»Ich bin nur ein Bankdirektor.«

»Und wenn der Alte von Cistransatia die Leine zieht?«

»Dann ist er der Aggressor.«

Das Bild Mertons verschwand aus der Milchglasscheibe. Ganz ohne den Höflichkeitsaufwand vom Beginn. Hatte es ihm die Rede verschlagen? Dem nicht.

»Jetzt hängt die Seestraße Netze aus. Die großen Netze, mit denen man im Trüben fischt«, dachte Primerus und noch einmal spuckte er aus. Dieses Mal nicht in ein Nelkenbeet, sondern mitten in die weiße Milchglasscheibe. Und dann widerte ihn das eigene Tun an und mit kurzen, raschen, trippelnden Schritten verließ er das Treibhaus der grünen Nelken.

VI.

EINER VON 17B UND 48731

Auf der Pilotenschule 17B herrschte eine besonders starke Disziplin. Disziplin muss bei militärischen Formationen nun einmal sein. Mit einiger vulgärer Philosophie kann man es als besondere Freiheit auslegen. Die Freiheit, sich freiwillig einzuordnen, unterzuordnen, das Individuum den Notwendigkeiten der Gesamtheit anzupassen. Was heißt Disziplin haben? Aus der Summe des Möglichen das Notwendige errechnen und dieses Notwendige aus Erkenntnis und also freiwillig tun. Ändert nichts daran, dass die Disziplin auf der Pilotenschule 17B besonders streng war. Sogar in den knapp bemessenen, für »Ausgehen« erlaubten Freistunden trugen die Pilotenschüler 17B einen deutlich erkennbaren blau und gelb gestreiften Gürtel von kräftiger, dicker Seide. Jeder Kellner in einem Speisehaus, jeder Besitzer selbst einer kleinen Kneipe wusste, dass er diesen Leuten nicht mehr als ein Glas Bier geben dürfe und keine schweren Getränke. Nicht ein Gläschen Kornschnaps oder Kirschwasser. Diese Leute durften es gar nicht fordern, und taten sie es doch im Übermut, oder weil niemand da war, der es hätte sehen können, so durfte man es ihnen nicht geben. Sogar die hübschesten Mädchen wussten, dass es hoffnungslos war, diesen blau-gelben Jungens freundlich zuzulächeln, über eine höfliche, formelle Beziehung hinaus konnte sich kein freundliches Verhältnis gestalten.

»Die wissen ja gar nicht, ob sie Kerle oder Weiber sind«, sagten besonders muntere Mädchen, und wenn es vielleicht nicht hübsch war so zu reden, so mussten die blau-gelben Jungs doch beinahe zugeben, dass sie recht hatten. Disziplin war Eines und der ewige Salat und die flaue Krautsuppe und Rahm und Milch und saure Milch in blauen Glasschalen und Äpfel und Orangen und Citronenlimonade und schwarzes Brot und langweilige Kartoffeln und gelegentlich mal ein mit dem Seziermesser geschnittenes, dünnes Scheibchen Fleisch war auf die Dauer ein Anderes. Mit der ewig gleichgestellten Diät träumte man ja schon nichts Vernünftiges mehr und man muss sich schon Wachträumen hingeben, um einmal an ein gewaltiges Beefsteak mit gepfefferten Gurken zu denken und an eine Gänsekeule in Gelee und eine Flasche schwerfließenden Burgunder und einen Quarkkäse, der nicht Quark, sondern auch ein Haufen Paprika ist und den Paprikabrand muss man mit Pflaumenschnaps wegspülen und eine Mohnkuchentorte, mit Honig und Rosinen und Korinthen und ein Schuss Rum darüber weg. Einmal angefressen sein bis da hinauf. Von anderen Dingen gar nicht zu reden, von denen sich träumen ließe und auf die man, verdammt noch mal, Erlebnisrechte hätte. Stattdessen Disziplin und Diät und eine philosophische Disputation vom freien Menschenrecht und das Maul ist zum Schweigen da. Und das sind die Piloten von 17 B und das muss so sein, wenn man über 400 Meter in der Sekunde fliegt und jeden zweiten Tag zehn Meter mehr und in zwanzig Tagen wird man auf 500 Sekundenmeter sein. Da ist vorläufig ein Stop. Und da ist auch eine Gewitterwolke und es blitzt, hoppla und drüber weg und da ist man über der nächsten Stadt, hoppla, noch ehe der Donner ankommt.

17 B und schneller als der Schall und die Herren von der Medizin mögen sich den Kopf zerbrechen, ob und wie weit das gegen die Natur sei oder nicht, dass einem Hören und Sehen vergeht und wenn man eine Signalbombe abwirft, dann kann man höchstens nachher auf den Infrarotphotos sehen, ob und wo die gelandet ist und auf den Knall muss man schon ganz verzichten. So ist das bei 17 B und blau-gelb wenn man Urlaub bekommt, ausnahmsweise und weil es die einzige Schwes-

ter ist, die heiratet, dann fährt man auf »Ehrenwort« und schaut zu, wie die anderen acht Tage lang nach altem Brauch feiern, bis sie allesamt sich den Magen verdorben haben, den kein Champagner einstweilen auskuriert und man ist auf Ehrenwort der einzige Gesunde. Und wenn man zurückkommt, blau-gelb und 17 B, dann meldet man sich beim Hauptmann und sagt ihm, dass alles in Ordnung ist und der schaut einem in die Augen, so, durch und durch, und sagt: »Danke, Kamerad.«

Es kann auch so kommen, dass man schon im Hinausgehen ist und der Hauptmann sagt »auf ein Wort, Kamerad« und man steht wieder vor ihm. Der Hauptmann aber schaut auf seine eigenen Stiefelspitzen, räuspert sich und sagt »schon gut, Kamerad, danke« und so geht man ab. Und der Pilot Alex Rettberg bekam im Hinausgehen einen roten Kopf und er spürte, dass er einen roten Kopf bekam.

Was hatte der Hauptmann gewollt? Was hatte er wissen wollen? Was der Pilot Alex Rettberg selbst nicht wusste oder was noch nicht so klar über des Bewusstseins Schwelle getreten war, dass es ihm hätte zur Erkenntnis werden können. Aber doch hatte er einen roten Kopf bekommen. Das aber war nun die Frage: Hatte er einen roten Kopf bekommen, weil er einen bestimmten Gedanken dachte, oder waren ihm bestimmte Gedanken entstanden, weil sein Blut in Wallung geriet, und die Frage und ihre Beantwortung sind müßig und belanglos.

Acht Tage war Hochzeit gefeiert worden, nach altem Brauch und mit allen alten Bräuchen und nur der Kirchgang war etwas dürftig und farblos gewesen. Acht Tage lang hatte Alex Rettberg das alles mit gebotener Reserve mitgemacht und alles hatte ihn dabei respektiert und ein paar schlechte Scherze, die der eine oder andere gemacht, wenn er vom Wein oder Kornbrand angeheitert war, hatten die muntere Friedlichkeit nicht gestört. Sogar seine Freiübungen und Gymnastikexerzitien hatte der Pilot an jedem Morgen gemacht. Bei weit offenen Fenstern und eine Stunde lang. Alles in Ordnung und dann war er zurückgefahren. Eine langweilige Rückreise auf der Eisenbahn, zwei Nächte und ein Tag, obwohl die Eisenbahn längst elektrifiziert war. Langsam und langweilig, solche Fahrerei. Erst schaut man aus dem Fenster, dann liest man, dann schläft man, bis schließlich alles eins wird, lesen und schlafen und aus dem Fenster schauen, wobei man doch nichts rechtes sieht, denn es geht zu rasch. Nicht schnell. Was ist schnell für einen Piloten von 17B? Aber doch zu rasch, es vergeht und verweht, die Landschaft und die Häuser und die Brücken und die Menschen, die hier und da und dort sind und die Buchseiten verzetteln und der Schlaf zerflattert und es ist langweilig. Bis auf den Rest der Fahrt, die letzten Stunden, wo er sich interessant und gut unterhalten hatte.

Über Städtebau und Architektur und alles, was da so dazugehört und was jemand so alles erzählen kann, der mit dabei ist, wo man Städte baut und es spielt gar keine Rolle, dass es zufällig ein Mädchen gewesen war. Wusste der Pilot doch nicht einmal ihren Namen. Freilich hatten sie Adressen miteinander ausgetauscht und zugesagt, einander gelegentlich zu schreiben. Jeder hatte im letzten Augenblick die Adresse auf einen Zettel geschrieben und auf einmal musste das alles in Eile geschehen, der Zug war schon im Einfahren und sie sagte, sie hätte umzusteigen. Wohin? Ja, nun, noch ein ganz gehöriges Stück weiter und auf seinem Zettel stand dann: 48731. Sektion 48. Abteilung 123, G. Stadtbau II, und er hatte gleich gesagt, dass da kein Name sei und sie hatte lustig geantwortet: braucht es bei uns nicht, Nummer genügt. So war das und das war Alles. Und die Nummer 48731 wusste er auswendig und vielleicht war es das, was ihm einen roten Kopf gemacht hatte? Oder war es, weil er eben nur eine Nummer hatte und keinen Namen, dass sie ihm gar nicht erzählt hatte, was man eigentlich baute, woran sie mitarbeitete und auch nicht einmal, wo das war. Alles war etwas geheimnisvoll gewesen und doch wieder schlicht und offen. Nein, das wäre läppisch und lächerlich, daran etwas zu finden. Etwas Verdächtiges? Da müsste man sich schämen, so etwas auch nur zu denken. Wenn ein Mensch so aussieht. Wie denn aussieht? Ein so ehrliches, offenes Gesicht hat. Und einen kleinen, dunklen Fleck auf der einen Wange. So, auch das? Und was hätte das damit zu tun? Hätte er vielleicht doch nicht so offen von seinen Dingen sprechen sollen? Wie das ist, wenn man so fliegt, und so die Kameraden von 17B und wie das so zuging, mit der vorgeschriebenen Disziplin und den ungeschriebenen Gesetzen. Aber das war ja alles kein Geheimnis. Warum hatte sie also Geheimnisse? Das würde er ihr sagen, ganz unumwunden und kameradschaftlich bei nächster Gelegenheit schon. Aber bei welcher Gelegenheit, wenn er noch nicht mal den Namen wusste? War nun die Sache klar oder war sie nicht klar? Wenn sie nicht klar war, dann hätte er zunächst mit seinem Stubenältesten darüber sprechen sollen. Das war auch eines der ungeschriebenen Gesetze. Aber die Sache war ja völlig klar. Dann hatte er ja auch mit dem Stubenältesten darüber sprechen können, mit dem er sehr freundschaftlich stand. Er hatte das auch wollen und dann von etwas ganz anderem geredet, von der Hochzeitsfeier und wie bildschön seine Schwester mit der Brautkrone ausgesehen habe. War nun die Sache klar? Ja. Also was war unklar, wenn die Sache an sich klar war? Ja, das war es eben.

Der Zufall, den man auch Fügung des Schicksals nennen kann, gab eine überraschende Klärung des Problems. Eine Abteilung der Pilotenschule 17B, der zufällig oder durch Fügung des Schicksals Rettberg angehörte, erhielt die Aufgabe, am nächsten Morgen einen langsamen, sogenannten Geländeflug auszuführen und dabei aus bestimmter, sehr großer Höhe photographische Aufnahmen zu machen, einer Landschaft, die auf Flugkarten genau eingezeichnet und mit manchen Einzelheiten präzisiert worden war, mit dem Hinweis, dass sich diese Landschaft von irgendwelchen durchschnittlichen, flachen Gegenden nicht weiter unterscheide, oder hoffentlich nicht unterscheide und eben das solle durch diesen Flug und die Photographien festgestellt werden. Es handle sich um das Gelände G. Stadtbau II. Wahrscheinlich hatte es niemand bemerkt, dass

Rettberg auf einmal, und wie er wusste wiederum, einen sehr roten Kopf bekam, jedenfalls fragte ihn keiner danach und die jungen Piloten waren mit ihren eigenen Gedanken beschäftigt, als ihnen eingeschärft wurde, dass es sich hier um eine streng vertrauliche Aufgabe handele, über die mit niemandem außerhalb der Gruppe gesprochen werden dürfe. »Streng geheim« war ein unverbrüchliches Siegel. Dem Piloten Rettberg war sehr nach Jubilieren zumute. Darum also das Geheimnis und nur noch Nummer und nicht einmal Name. Staatsgeheimnis.

Nun wäre also die Sache ganz klar und war doch noch ein Rest, der sich nicht definieren ließ und der war unklar, oder flüchtete der ehrliche, brave und sicherlich, wenn es darauf ankommen würde, tapfere Pilot Alex Rettberg in die Unklarheit?

Jedenfalls machte er sich später, nach dem Tee, an den Stubenältesten heran, der gerade auf dem Rand seines Bettes saß und seine Schuhe putzte, sprach mit ihm dies und das, setzte sich dicht neben ihn auf den Bettrand und fragte, so als ob das eine ganz beiläufige Frage sei: »Was ist eigentlich G. Stadtbau II?«

»Also das ist denn doch das Tollste, was mir je vorgekommen ist«, sagte der Stubenälteste aufbrausend, beherrschte sich aber sofort und fuhr leise sprechend fort. »Eigentlich müsste ich dich jetzt beim Hauptmann melden. Zweitens sollte ich dir jetzt glatt in die Fresse schlagen, aber ich werde beides nicht tun. Ich werde nämlich, bitte behandle das noch vertraulich, in den allernächsten Tagen versetzt.«

»Mit Offiziersrang?«, fragte Rettberg, weil ihn das natürlich sehr interessierte und weil er, sehr bewusst, das Gespräch als ganz harmlos erscheinen lassen wollte.

»Mit Offiziersrang. Ja. Na und dann wirst du hier Stubenältester. Ich hatte dich dafür vorgeschlagen und das kann ich nicht rückgängig machen, ohne mich zu blamieren, obwohl ich das jetzt müsste. Ja, und als Stubenältester und demnächst als Fliegeroffizier 17 ABC wirst du ja ohnehin erfahren, was es mit G. Stadtbau II ist. Und da überlege ich jetzt wahrhaftig, ob ich dir das sagen soll.«

Rettberg war aufgestanden. Stand militärisch gerade und sagte »Vielen Dank, Kamerad Stubenältester«, als ob er sich anschicke wegzugehen, und so den Kameraden der bedenklichen Aufgabe entheben wolle.

»Setz dich her, du rätselhaftes Rindvieh. Ich will dir jetzt deine Frage beantworten. Warum? Weil du da einen verdammten Disziplinarbruch begangen hast und nun will ich dich wieder ehrlich machen. Verstehst du? Und weiter kein Wort! Also G. Stadtbau II, das ist Hestermanns Tote Stadt. Ja. Das ist die erste unterirdische Stadt. Ja. Und nun könntest du mir den anderen Schuh da blank reiben. Da ist ein Lappen.«

Hätte der Pilot Alex Rettberg nicht jetzt so ehrlich sein sollen, seinem Stubenältesten zu sagen, er habe da jemanden kennengelernt, der arbeitet da in G. Stadtbau II, ja, mehr weiß er darüber auch nicht, im Übrigen ist das ein Mädchen. Aber er sagte das nicht. Stattdessen dachte er darüber nach, ob er nicht am nächsten Tag über G. Stadtbau II einen Blumenstrauß abwerfen solle, an den man einen pappenen Zettel hängen könne, mit 48731.

Und darüber dachte er noch spät abends nach und beim Einschlafen und Aufwachen und in der Nacht, was ihm sonst nicht passierte, dass er nachts aufwachte und über romantische, poetische Dinge nachdachte, und erst am nächsten Morgen war ihm klar, dass diese poetische Romantik eine ganz hanebüchene und höchst gefährliche Dummheit wäre. Höchst gefährlich vielleicht, für Nummer 48731.

Dennoch, als dann später die Photographen beim Geländeflug ihre Aufnahmen machten, warf ein laut singender Pilot einen Strauß bunter Blumen ohne Zettel und Nummer ab und sang und sang.

Die Blumen fielen irgendwo auf ein Kleefeld. Eine weidende Kuh fraß sie auf. Das wusste der singende Pilot aber nicht.

Alle Photographien waren zur vollen Zufriedenheit ausgefallen. Nichts war darauf zu sehen als Gelände.

VII.

IM GRÜNEN SAAL II (DOCH DREIZEHN BEI TISCH)

Obwohl die zwölf Männer um den grünen Tisch im »Grünen Saal« nun schon einige Stunden beisammen saßen, wussten sie oder vermuteten zum mindesten, dass der wichtigste Teil dieser Sitzung noch gar nicht begonnen habe. Bisher hatten die Meisten mehr oder weniger ausführliche Berichte über die Ergebnisse in ihren Ressorts, den Stand der Arbeiten, Statistiken und so weiter gegeben, oftmals auf wesentliche Fragen oder scheinbar nebensächliche Bemerkungen, die sich oftmals dann als wichtig erwiesen, geantwortet, und es stand jetzt nur noch der Bericht von Hestermann aus, den man mit großem Interesse erwartete und in der Hoffnung, dass der »Alte« nun endlich zulassen würde, dass man genaueres erfahre, über das, was eigentlich los sei. Dieses und das Gefühl, dass noch etwas von besonderer oder entscheidender Wichtigkeit kommen würde, gab dem Raum eine mit Hochspannung geladene Atmosphäre, als auf einmal die Tür aufging und Lyonel, der Professor, eintrat. »Guten Abend, Kameraden.« Er sah sich mit gewisser Munterkeit im Kreise um, als ob er fragen wolle: Nun was sagt ihr dazu, dass ich da bin. Aber niemand nahm besondere Notiz. Das Zentrum der Spannung verlagerte sich nicht. Der »Alte« wies mit einer freundlichen Handbewegung auf den einen, leeren Stuhl. Lyonel setzte sich. Nun waren es also doch dreizehn.

»Wir waren hier bei der Berichterstattung, Lyonel«, sagte der Alte und fuhr in gleichmütigem Referatton fort. »Im Ganzen, Lyonel, ist es so, dass alle Ressorts im Allgemeinen ihre Aufgaben erfüllt haben. Sagen wir zwischen 90 und 120 Prozent. Ja. Dieses zu deiner Information, Lyonel, die Aufgaben kennst du ja.«

»Der Hieb sitzt«, antwortete Lyonel, »meine Aufgabe ist mit null Prozent erfüllt.«

»Du hattest keine effektive Aufgabe zu erfüllen. Du leitest eine Versuchsstation. Sei nicht gekränkt. Nun käme also Hestermanns Bericht, da uns Lyonel, wie er selbst eben sagte, nichts zu erzählen hat.«

Lyonel, der sich gar nicht gekränkt fühlte und von unbewusster, innerer Munterkeit war, meinte: »Nun, gar nichts zu erzählen, so ist das wieder nicht. Meine Versuche sind allesamt missraten. Hols der Kuckuck. Bis auf einen, der aber auf einer Nebenlinie liegt. Alles missraten, bis auf eines. Ja.«

Verlagerte sich das Spannungszentrum nun doch? Alle sahen Lyonel an. Leistikow von der Schwerindustrie, der mit dem schwarzgeränderten, ewig schiefsitzenden Kneifer, war sogar aufgesprungen.

»Setz dich ruhig wieder, Leistikow. Ich sagte ja, Nebenlinie. Ja. Na also ich meine verstanden zu haben, Hestermann hat das Wort.«

»Ja, Hestermann oder du, ich möchte fast euch überlassen, auszuknobeln wer zuerst dran ist. Aber im Ernst, ich für meinen Teil würde gern dich zuerst hören, Lyonel.«

»Also schön. Oder nicht schön.« Lyonel machte eine Pause und sah vor sich hin. »Also kurz und gut, es geht um die Atombombe. Um die hundsgemeine Atombombe. Und die habe ich nicht.« Er war aufgestanden und ging so weit der Tisch reichte mit großen Schritten auf und ab. »Ich hab sie nicht. Ich kann dafür hundert Einzelheiten nennen, warum alles am Ende nichts war. Aber was hilft uns das? Ich habe sie nicht. Hol mich der Kuckuck. Bitte sehr, Alter, ich fluche ja gar nicht. Ich habe sie eben nicht. Aber ich hab was anderes. Wir haben keine wirksame Atombombe. Schön. Oder nicht schön. Fertig. Und die anderen? Die die Atombombe haben? Und was für welche? ABC und XYZ und CLF und so? Sollen sie sie haben. Zu uns kommt da keine herein. Punkt und fertig. Hier kommt keine herüber. Soll sie mit ihren Atombomben der Teufel holen. Bitte sehr, das ist mir so rausgerutscht und ich meine es auch so. Ja. Mit der Angriffswaffe ist es nichts geworden. Bis zur Stunde nicht. Jedenfalls nichts Brauchbares. Aber die Verteidigung. Meine Herren, ich bin in die Verteidigung gegangen. Kurz und gut. Das ist so, Schirmer pass auf, Schirmer jetzt kommst du doch noch dran mit deinen potemkinschen Glashäusern. Ja. Also, da habe ich einen Gasometer gefunden, ich meine einen Mann, der macht Gas. Er heißt Romanus. Ja, seltsamer Name, aber heißt so. Romanus. Der Mann ist schon wert, dass man ihn kennt, mitsamt seinem Namen. Der wird in die Geschichte eingehen.«

»Romanus?«, fragte der Alte, »habe ich den Namen nicht schon mal gehört?«

»Wahrscheinlich ja.« Lyonel setzte sich wieder hin. »Jedenfalls hatte er geschrieben. Ja. Aber der Apparat, der vertrackte Apparat, meine Herren, er hat nie Antwort bekommen und das war schade. Einerlei. Also ich habe ihn mitsamt seinem Gas und das ist nun so.« Und nun erzählte Lyonel den Inhalt des spätnachmittäglichen Gesprächs im Laboratorium unter Weglassung des zersplitterten Schnapsglases und seines Zusammenhangs. »Ja, so ist das und fertig«, endete er den Bericht.

»Allerhand«, sagte der Alte.

»Also wie viel Prozent werden mir nachträglich zugebilligt?«

»Wenn das alles so ist, wie du sagst, Lyonel, na dann meinetwegen 50 Prozent.«

»Aber das ist, wie ich sage.«

»In der Theorie. Aber praktisch?«

»Na ja. Versuche haben wir noch keine gemacht.«

»Wann könnten solche Versuche frühestens gemacht werden?«

»Frühestens? Nun ja, wenn ich da mit Schirmer nachher

mich besprechen kann und vielleicht Hestermann mit dabei ist, nun ja, ich denke, wenn es sein muss, morgen.«

»Allerhand«, sagte der Alte und lächelte. »Wir reden noch darüber. Nun also käme Hestermanns Bericht.«

Ja gewiss, Hestermanns Bericht ist jetzt zu hören. Das Spannungsmoment hatte sich verlagert.

»Also Hestermann. Und mit nötigen Details. Ja. Und Kameraden, lasst uns da nicht von der toten Stadt reden, das ist ein fatales Wort. Die Stadt ist da und wenn sie auch sozusagen nicht geboren ist, und wie wir hoffen, immer noch hoffen, nicht lebendig werden wird, aber nennen wir sie nicht die tote Stadt.«

»Mir aus der Seele gesprochen«, sagte Hestermann.

»Also wie soll das Ding heißen«, fragte Mankiewicz, »ich möchte Elektra vorschlagen.«

»Ne, das klingt mir zu sehr nach Film«, meinte der alte Bredow. Ein Sekretär war eingetreten und meldete dem Alten: »Terboven ist am Telefon!«

»Wie, ist er hier?«

»Nein, er ruft von drüben an.«

»Ich komme«, sagte der Alte, und im Hinausgehen, »einigt euch inzwischen über den Namen.«

»Was ist mit Atlantis«, fragte einer.

»Gleich mit Glockengeläute und Meerestiefe.«

»Dann schlag was Besseres vor.«

»Die guten Namen sind eben schon aufgebraucht.«

»Hestermannstadt.«

»Das will doch Hestermann nicht.«

Noch ein halbes Dutzend Vorschläge wurden gemacht und abgelehnt. »So ein Städtename«, meinte einer, »muss mit der Stadt aufwachsen. Aber diese Stadt ist ja nicht aufgewachsen. Sie ist ja fix und fertig geliefert worden. Das ist eben nicht so einfach. Solange sie unbewohnt ist, braucht sie ja gar keinen Namen, na und sollte sie bewohnt werden, dann werden die Bewohner einen besseren Namen finden, als wir hier zurechtfiltern.«

»Und in der Zwischenzeit?«

»Da bleiben wir einfach bei Hestermannstadt«, und der Sprecher sah Hestermann an.

»Macht was ihr wollt«, sagte der, denn der Alte war gerade wieder eingetreten, ging ruhigen Schrittes an seinen Platz, setzte sich und sah vor sich hin.

»Also wir nennen das Ding vorläufig Hestermannstadt«, sagte Mankiewicz.

»Gut. Hestermannstadt. Hestermann. Hestermann. Wie weit ist deine Stadt?«, fragte der Alte, ohne aufzublicken.

»Da wären noch ein paar Kabel und so. Kleinigkeiten. Die Stadt ist fertig. Ja. Praktisch fertig. Besichtigt. Überprüft und eingerichtet. Nicht mit allen Möglichkeiten, die, wie soll ich sagen, möglich sind, aber für die Notwendigkeit ausreichend. Ja, wie soll ich sagen, also die Arbeitsstadt ist fertig, fix und fertig, aber die Tennisplätze und so, da fehlt noch vieles.«

»Wann, Hestermann, wann kann die Stadt bezogen werden?«

»In ein paar Tagen, so.«

»Wann, wenn es sein muss?«

»Wenn es sein muss ... morgen.«

»Dann muss es wohl ... morgen ... sein.«

Alle blickten den Alten an. Es war ganz still im Raum. Reglos still.

Der Alte hob langsam den vorgebeugten Kopf, sah rundum, jeden einzelnen an.

Lächelte dabei, lächelte, und die Tränen liefen ihm in hellen Tropfen die Wangen hinab. Der Mann lächelte und weinte. Es war ganz still.

Lächelte und weinte und niemand weiß, wie lange das so war. Dann stand der alte Bredow auf, ging ein paar Schritte zu dem Alten hin, wischte ihm mit seinem eigenen Taschentuch die Tränen von den Wangen und aus den Augen und sagte nur: »Aber Alterchen, aber Alterchen.«

»Ist schon gut«, sagte der Alte, »schon gut. Dank dir, Bredow, alter Freund. Dank euch allen. Ja, nun, ich hatte mir das anders gedacht. Wir alle hatten uns das anders gedacht. Hatten gedacht, ein Reich aufzubauen glücklicher Menschen von dieser Welt. Aber«, und er streckte die geballte Rechte hoch, »die da dulden das nicht. Sie wollen das nicht haben, dass hier glückliche Menschen leben. Die da, die ein verfluchtes Geschlecht sind.«

Wieder war eine Pause. Lautlose Stille, in der man nichts hörte und in der sie alle furchtbares Schicksal heranschreiten hörten.

»Terboven hat mich eben angerufen«, die Stimme des Alten war nun ganz unbewegt, fast tonlos. »Er sprach über Geheimfunk, der nicht umgeschaltet werden kann, darum hatte ich hinüberzugehen. Ja. Terboven sagt, dass sie drüben für sich und alle angeschlossenen Länder der Währung, d.h. für alle Welt, wir ausgeschlossen, die Währung geändert haben. Terboven sagt, statt Gold ist jetzt als neue Währungsgrundlage das Clf eingesetzt, mit dem volkstümlichen Namen Califa. Also Clf. Lyonel, was ist dieses Clf?«

»Soviel ich weiß, ein Metall der Eisenklasse. Es gab deren bisher sieben. Angeblich haben sie es als achtes entdeckt. Vielleicht auch ist es kein reines Element, sondern doch eine Verbindung. Jedenfalls ist es unter bestimmten Voraussetzungen und unter gewissen Bedingungen ein ungeheurer Energieträger in der Atomlehre und auch in der Atombombenpraxis. Sie haben damit einen weiteren, wahrscheinlich großen Vorsprung mit den Atombomben gewonnen. Hol's der Teufel.«

»Und darauf kann man einfach und mit einem Dekret die Währung stellen? Olsson, kann man das?«

»Theoretisch kann man das nicht«, sagte Olsson, der Handelsminister, der mit seinem gesunden, roten Gesicht und weißem Haar wie ein kräftiger Bauer aussah, der sich einen zweireihigen, blauen Jackettanzug angezogen hat, »selbst nach den Gesetzen der sogenannten National-Ökonomie kann man das nicht. Aber praktisch können sie das natürlich, solange ihnen die Leute das glauben. Und dass sie das glauben, dafür sorgen die apokalyptischen Reiter.«

»Wer?«

»Pest, Tod und Teufel. Oder um es klarer zu sagen, die Börse, das Kino und der Rundfunk. Also kann man das.«

»Und was geht uns das an?«, fragte der alte Bredow mit ungeheuchelter Unbefangenheit.

»Das heißt, solange sie auf heiler oder plombierungsbedürftiger Goldwährung standen, konnten wir mit unserem relativ großen Goldvorkommen von ihnen kaufen, was wir brauchten, wenn auch oft nur auf Umwegen über die Börse. Und von heute ab wird uns kein Land der Welt mehr einen Hosenknopf verkaufen.«

»Dann sollen sie ihren Dreck behalten«, sagte Bredow, »das ist nicht das erste Mal, dass ich das erlebe.«

»Ganz recht«, sagte der Alte, »aber es ist noch etwas dahinter. Diese Währungsmaßnahme ist natürlich an sich nichts als eine Vorsichtsmaßregel. Erstens um uns vom Weltmarkt abzuriegeln, auch im Ernstfall von den Neutralen, zweitens um ihre Leute, Mitverschworene, Mitläufer oder Neutrale an der Stange zu halten. Oder könnte da einer ausbrechen, Olsson?«

»Von den Großen keiner und von den Kleinen schon gar nicht.«

»So weit das. Nicht sehr gefährlich, wenn auch nicht belanglos. Aber … Kameraden … ich weiß, ich weiß, dass diese Maßnahme da eine Maschine in Bewegung setzt, die einmal angestellt nicht mehr rückläufig gemacht werden kann. Das ist ein Signal, und ich weiß nicht, ob sie selbst es auch nur noch für ein Geheimsignal halten. Das ist, wie wenn es in unseren früheren Tagen hieß, »Mobilmachung befohlen«, wisst ihr noch, Bredow, Olsson, Prenn, Leistikow, und dann war der Krach nicht mehr aufzuhalten. Ja, nun wisst ihr Bescheid.«

»Nun – wissen – wir – Bescheid«, murmelte Bredow.

»Aber dass sie die Währung, die Seele ihres Systems, auf die Quintessenz von Tod und Zerstörung stellen, das konnte sich nur ein Irrsinniger ausdenken, der vielleicht glaubt, ein Genie zu sein. Aber das eben ist symbolisch«, sagte Mankiewicz, etwas rundfunk-deklamatorisch.

»Unter diesen Umständen«, sagte der Alte, »brauchen wir fünfzig von Hestermanns Städten und wir haben eine und eine im Bau und einen Haufen Pläne für den Rest. Hätten wir da viel weiter sein können? Wohl nicht. Oder vielleicht doch? Es hat sich da bei uns etwas gesträubt. Bei der Sache, das geht nicht gegen dich, Hestermann, gewisslich nicht, aber bei der Sache waren wir nicht mit ganzem Herzen. Du, Hestermann, warst dabei mit allem Können und mit allem Eifer. Aber mit dem Herzen, Hestermann? Für uns alle ist der Gedanke wie Albdruck, was soll ich sagen, wie etwas unmenschliches. Dass wir Menschenmillionen unter die Erde schicken müssen, da zu leben, zu werken, zu sein. Wie die Ratten, wie die Kaninchen im Bau, wie die Maulwürfe. Der Mensch, zum Guten und Schönen geboren und geschaffen und zum Besseren und Schöneren und was kommt dabei heraus, Stratosphärenflugzeuge und Unterseeschiffe und ganze Städte für Menschenmillionen unter der Erde, wo keine Sonne scheint und kein Regen fällt und kein Halm grünt und kein Vogel singt und kein Sommer ist und kein Winter. Der Mensch aus Höhlen aufgestiegen und da war einmal ein Säulentempel in Athen und ein Michelangelo in Rom und ein Li-Tai-pe in China und ein Beethoven in der Welt und nun müssen die Menschen wieder hinab, in die Höhlen aus denen sie gekommen, weil die da, die da, es nicht dulden können, dass die Menschen glücklich leben. Hinab in die Höhlen, hinab, hinab. Das haben die da fertig gebracht.

Einerlei, wir haben keine Zeit zu verlieren. Eine Höhle ist besser als keine. Hestermann, du kommst um deinen Bericht. Wir müssten gleich zur Sache kommen. Du sagtest, morgen ist die Stadt beziehbar? Gut. Eine Million Menschen, Hestermann? Gut. Was ist nun das Nächste? Das Nächste bist du, Bredow.«

»Bin ich? Ja. Eine Millionenstadt ist zu beziehen. Morgen. Gut. Eine Million Menschen. Eine Million meiner besten

Menschen. Eine Million und das werden meine allerbesten Menschen sein. Hestermann, Hestermann weißt du das?«

»Ich weiß das. Und ich verantwortete das. Ja.« Und Hestermann schlug seine beiden Hände vor das eigene Gesicht.

»Kameraden, so geht das nicht«, meldete sich jetzt Liefmann, der untersetzte Kleine, und erzwang sich mit leiser Stimme sofort besonderes Gehör, »so geht das nicht. Ich sage nicht, wir sind Männer und müssen das als Männer nehmen. Quatsch. Wir haben jeder ein Herz im Leibe. Aber wir dürfen uns nicht jetzt gegenseitig noch das Herz herausreißen. Na ja, Bredow, ich wollte dich nicht unterbrechen.«

Bredow hatte aus der Innentasche seiner Jacke eine braune, lederne Brieftasche herausgezogen und entnahm ihr einen Zettel, den er entfaltete.

»Ich habe mir da was vorbereitet, wie man so sich mal was vorbereitet. Ja, Liefmann, du hast recht. Also das hier, das geht jetzt Mankiewicz an.

Mankiewicz, schreib dir auf, den Zettel hier kannst du nicht lesen, der ist chiffriert. Also ich lese vor:

An alle Arbeiter und Angestellten.
Für alle Arbeiter und Angestellten von Adlerwerk I.
Für alle Arbeiter und Angestellten von Adlerwerk I.
Alle Arbeiter und Angestellten von Adlerwerk I
stehen morgen, Donnerstag früh um acht Uhr mit ihren
Werkzeugen und Sachen vor ihren Stationen.
Die Kokarde ist sichtbarlich zu tragen.
Vorarbeiter mit gerahmten Kokarden übernehmen Dienst
als Transportleiter.
Arbeiter und Angestellte von Adlerwerk I,
die morgen, Donnerstag früh um 8 Uhr nicht zur Stelle
sein können, sind drei Stunden später, also um 11 Uhr
vor ihren Stationen.
Arbeiter und Angestellte von Adlerwerk I,
die morgen, Donnerstagvormittag bis 11 Uhr nicht

zur Stelle sein können, sind drei Stunden später, also
um 2 Uhr nachmittags vor ihren Stationen.

Hast du, Mankiewicz? Gib das also gleich über alle Sender und laufend weiter, alle halbe Stunde. Und vergiss nicht, nach heute Mitternacht heißt es ›heute, Donnerstag‹ und so weiter, das weißt du ja.«

Bredow sah sich im Kreise um, ob vielleicht irgendwelcher Einwand oder Abänderungsvorschlag sei. Das war nicht.

»Dann hätte wohl als nächster Techner einige Verlautbarungen zu machen.«

Techner, der Verkehrsminister, meinte, man solle erst mal sofort Bredows Mitteilung an die Arbeiter und Angestellten geben, seine Verfügungen würden vom Verkehrsamt aus gemacht, brauchten nicht über Radio. »Es wird klappen, mit deinen Leuten, Bredow?«

»Worauf du dich verlassen kannst. Wir haben's sogar schon mal geprobt, wie du weißt. Rechne mit der Hälfte für acht Uhr und je ein Viertel für elf und zwei Uhr.«

»In Ordnung. Dann geh ich mal eben ins Telefonzimmer«, sagte Techner.

»Nimm mich gleich mit«, sagte Mankiewicz.

Beide gingen hinaus, die Hestermannstadt wurde geboren.

»Wenn Techner wiederkommt«, meldete sich Liefmann, der Minister für Volksernährung mit der bescheidenen Stimme, »dann muss ich mich gleich mit ihm unterhalten. Ich habe da ja auch etliches in Gang zu bringen. Der Anlauf braucht zwei Tage. Ja. Inzwischen leben wir aus der Nickelhülse.«

Ja. Inzwischen, zwei Tage lang, werden eine Million Menschen allenfalls aus der Nickelhülse leben.

Die Nickelhülse war eigentlich eine fingergroße Plastikhülse, wie die gewöhnlichen, pharmazeutischen Glashülsen, unzerbrechlicher Harzplastik und mit einem aufschraubbaren Nickelverschluss. Bequem in jede Tasche zu stecken, nur durfte die Tasche kein Loch haben. Verlieren durfte keiner die Nickelhülse. Alles andere, aber die nicht! Die meisten trugen sie in einem Lederbeutelchen und an einem festen Band um den Hals. Jede Nickelhülse enthielt hundert Tabletten, in drei Farben, und jede Tablette war eine Mahlzeit. Die weißen Tabletten repräsentierten eine Brotmahlzeit, die braunen eine Fleischmahlzeit, die roten eine Obstmahlzeit. Hatte man Wasser, so mochte man eine Tablette in einem halbgefüllten Becher auflösen, das gab nach etlichem Aufschäumen einen lockeren Brei. »Pudding« nannten die Leute das, und so ein Pudding machte satt wie eine normale Mahlzeit. Im Notfall konnte man die Tabletten auch einfach so hinunterschlucken, und es hieß allgemein, dass man nach wenigen Minuten das Gefühl völliger Sättigung habe. »Wie lange hast du heute für dein Dinner gebraucht?« »Je nun, genau zwei Sekunden!« So ging das in der Praxis, der Rest war die Angelegenheit der wissenschaftlichen Hersteller gewesen mit Vitamin- und Kalorienberechnung und allem dem. Literaten und Philosophen mochten Essays dazu schreiben, über Ethik und Ästhetik dieser Mahlzeit an sich und ihre Auswirkung auf menschliche Seelen unter Berufung auf Lucullus, den alten Römer und auf das Symposion der klassischen Griechen. Hier sprach Notwendigkeit, und Kulturpolitiker mochten fragen, wer für solche zivilisierte Barbarei verantwortlich zu machen sei. Und da, wo das freie Wort, die freie Rede, die freie Schrift, das freie Denken erlaubt ist, mochten die Weisen es sogar beantworten. Hier sprach Notwendigkeit und die Notwendigkeit sagte, wenn es sein müsste, ginge es auch so.

»Das wäre das«, sagte der Alte, als alle Punkte zu Hestermannstadt besprochen waren, »nun also Lyonel. Ja, Lyonel, vielleicht wenn du recht behältst, wäre das ja gar nicht nötig gewesen. Einstweilen nicht nötig gewesen, denn niemand weiß, was nachkommt. Also morgen früh kannst du mit Romanus Versuche machen. Gut. Und wenn sie glücken?«

»Dann ist der Rest nur eine Transportangelegenheit der Gasflaschen. Für's erste. Und dann muss man weiter sehen. Wir leben da, oder besser gesagt … auch nicht, hol's der

Teufel, ärger gesagt, wir töten da von der Hand in den Mund. Verdammt noch mal.«

»Ja. Erst die Westgrenzen. Sektoren 1 bis 25. Dann der Süden, Sektoren 26 bis 40, und 60 bis 100. Dann der Osten 101 bis 135, dann wenn es reicht der Süden, 41 bis 59. Und dann der Norden, soweit es da überhaupt möglich ist. Nicht Glashäuser genug im Süden und im Norden praktisch keine.«

»Ja, Alter. Keine Glashäuser. Das ist schon ein Problem. Das ist schon ein vertracktes Problem. Es muss sich schon was finden.«

»Es müsste sich was finden.«

»Ja, zum Teufel, wenn es sein muss, muss es sein und es wird sich was finden. Also Transport, Transport, Techner. Wo ist Techner. Telefoniert er immer noch? Techner!«

Techner hatte fertig telefoniert und kam gerade in den grünen Saal zurück.

»Alter, mach was du willst«, sagte er im Eintreten, »aber ich muss jetzt einen Tee haben. Lass uns Tee bringen, Alter.«

Der Alte klingelte nach einer Ordonnanz und dann gab es Tee. Bis der kam, hatte sich Techner seine Notizen schon gemacht, für den Transport der Lyonel-Romanus-Gasflaschen.

Die Maschine der Ungeheuerlichkeiten war im Anlaufen.

»Eigentlich wären wir fertig, für den Augenblick«, sagte der Alte und stellte seine Teetasse zur Seite.

Der Kriegsminister war langsam, zögernd aufgestanden. »Ich meine«, sagte er, und es war das erste, was er in dieser Diskussion sagte.

Aber der Alte unterbrach ihn. »Nichts für den Augenblick. Bitte gar nichts. Auch nicht die Vorbereitung einer Vorbereitung. Theoretisch kannst du machen, so viel du willst. Aber nichts in der Praxis. Nicht einen Grenzsoldaten verstellen. Nichts. Nichts.«

Sonderbar. Die Maschine der Ungeheuerlichkeiten war im Anlaufen. Und der Kriegsminister setzte sich, nickte ein paar Mal mit dem Kopf und schwieg.

VIII.

IM PARLAMENT

1. EIN OBSTINATER ABGEORDNETER

In dem Parlament, das sich das älteste Parlament der Welt nennt, eine Qualifikationsaneignung, über die sich streiten ließe, oder »die Mutter aller Parlamente«, worüber sich erst recht streiten ließe, herrschten sehr genaue Sitten und Gebräuche. Soweit die Regeln aufgeschrieben waren, wurde auf ihre Einhaltung genau geachtet und noch genauer auf die Befolgung der nicht aufgeschriebenen Regeln.

Der Parlamentsvorsitzende war darum peinlich berührt, als gleich zu Beginn der Sitzung, wo die Lieferung von Schuhen und anderen Lederwaren für die Kolonialbeamten und Kolonialtruppen zur Verhandlung stand, einer der Abgeordneten, kein Neuling, sondern ein altes Mitglied des Hauses, ihm einen Zettel gab, auf dem er um sofortige Worterteilung bat, für eine kurze Anfrage an die Regierung.

Der Abgeordnete hatte sich wieder auf seinen Platz begeben, als der Vorsitzende den Zettel, nachdem er ihn gelesen, unter die vor ihm stehende Glocke getan hatte, in der Erwartung, dass ihm das Wort erteilt werden würde, sowie der gerade dran seiende Sprecher geendigt haben würde. Dem war aber nicht so. Einem anderen Abgeordneten wurde das Wort zu Stiefellieferungen erteilt. Der enttäuschte Abgeordnete machte sich nicht ganz geräuschlos bemerkbar, sodass der Vorsitzende zu ihm hinsah, den Zettel unter der Glocke hervorzog, freundlich den Kopf schüttelte, das Papier zerknüllte und fortwarf.

Wieder wartete der unruhige Abgeordnete, der, und das

schien dem Vorsitzenden besonders ungewöhnlich, sogar der Regierungspartei angehörte – der Vorsitzende war von einer der Oppositionsparteien –, bis der nun redende Mann geendigt hatte. Dann sprang er sofort und als erster vom Sitz auf, sodass ihm nun das Wort nach Recht und Gebühr erteilt werden konnte. Freilich war das Wort zum Thema: Schuhzeug und Lederwaren in den Kolonien.

Stattdessen sagte er: »Ich habe eine kurze Frage an den Herrn Regierungsvertreter zu machen.«

Das war nun nicht nur völlig ungehörig, gegen Regel und Brauch, etwas, was noch kein Abgeordneter in diesem Hause erlebt hatte, was wahrscheinlich in Jahrhunderten nicht vorgekommen war, etwas theoretisch so völlig Unmögliches, dass die meisten Abgeordneten im Augenblick gar nicht merkten, dass hier eine heilige Ordnung einfach aus den Angeln gehoben wurde. Es war auch taktisch verkehrt. Er hätte stattdessen seine Frage kurz formuliert tun sollen. Dann hätte er jedenfalls ein fait accompli geschaffen. So aber unterbrach der vorbereitete Vorsitzende ihn sofort und sagte mit aller würdigen Ruhe, die der unmögliche Vorgang, der hier so ganz einfach Erlebnis geworden war, ihm ließ: »Kleine Anfragen an die Regierung belieben die Herren Abgeordneten nach Beendigung der Tagesordnung zu stellen.«

Der Vorsitzende hatte höflich sein wollen, aber die Nervosität, in die er durch den Vorgang, dem jede Präzedenz fehlte, gebracht worden war, hatte nun diese Entgleisung seinerseits veranlasst. Wie konnte er, indem er »die Herren Abgeordneten« sagte, diesen Vorgang einfach verallgemeinern? Jedenfalls hatte jetzt und dadurch jeder gemerkt, was da los war und Unruhe lag über dem ganzen Haus.

Der unruhvolle Abgeordnete machte eine leichte Verbeugung zum Vorsitzenden hin und nun schoss er einfach ab.

»Hat die Regierung (kommt jetzt Schuhe und Leder? Nein.) mit irgendeiner Regierung einer fremden Nation ein geheimes Bündnis abgeschlossen?«

Weiter kam diese Anfrage jetzt nicht. Ein Teil der Abgeordneten war aufgesprungen. Zahlreiche, und im Einzelnen nicht verständliche Zurufe schwirrten durch den Raum. Der Vorsitzende konnte erst durch Glockenläuten die Ruhe wieder herstellen und erklärte dann, dass er den so sehr gestört habenden Herren Abgeordneten für den Rest des Tages von der Sitzung ausschließen müsse und er empfehle ihm, obwohl er doch ein vieljähriges und geschätztes Mitglied des Hauses sei, während der so für ihn entstehenden Mußestunden die Gesetze, Regeln und Gebräuche der Mutter der Parlamente zu studieren.

Der Unruhestifter verließ nun den Sitzungssaal, wie das gewisslich niemand anders erwartet hatte, und die Ordnung, die aus den Fugen geraten war, war wieder eingerenkt in die Bahn von uralter Regel und heiligem Brauch. Der Parlamentsvorsitzende hatte Grund, nervös zu sein. Erst war vor zwei Tagen die ganze Geschäftsordnung des Hauses umgeworfen worden, als die lieben Freunde von der anderen Seite die neue Währung deklariert hatten. Natürlich gab es auf dieser Seite, wo die Währungsänderung im ersten Augenblick fast Wirtschaftserschütterungen hervorgebracht hätte, unruhevolle Situationen. Das Parlament verlangte sofort und fast einstimmig Regierungserklärung und ausführliche Debatte. Mit der Regierungserklärung musste der Finanzminister zugeben, dass er von der bevorstehenden, einschneidenden Veränderung gewusst habe, und beließ das Haus im Unklaren, warum die Nation nicht vorbereitet worden war.

Es hatte das Eingreifen des Premierministers mit allem Aufwand seiner diplomatischen Beredsamkeit bedurft, dass es nicht zu einer Regierungskrise kam, die den ganzen ersten Tag und noch am zweiten Tag, bei fortgehender Debatte, gedroht hatte. Nun war man durch diese Fährnisse durch, die Wirtschaft stand, niemand kümmerte sich mehr um die sogenannte Währungsdecke. Nur Zeitungen zweiten Grades schrieben noch wilde Artikel. Das Parlament konnte anfangen, die zwei verlorenen Tage aufzuholen, und da passiert so was. Wie soll da ein Parlamentsvorsitzender nicht nervös werden, wenn er dazu noch verpflichtet ist, die eigene Nervosität nicht merken zu lassen.

Der diesmalige Unruhestifter war nun, nachdem er den Sitzungssaal verlassen, nicht in das große Bibliothekszimmer gegangen, um dort die Hausgesetze zu studieren, sondern in das Fraktionszimmer seiner Partei und das mit Recht. Kaum war er drinnen und hatte noch nicht Zeit gefunden, sich den Ledersessel auszusuchen, der für ihn im zu erwartenden Sturm der richtige sein würde, als der Fraktionsvorsitzende schon, gleichsam vor dem Sturm her, hereinsegelte und die Auseinandersetzung mit der Frage eröffnete: »Lieber Freund, sind Sie denn verrückt geworden?«

»Wer ist hier verrückt geworden?«

»Das habe ich doch eben zuerst gefragt!«

»Dann will ich es beantworten. Ich fürchte, ihr seid allesamt verrückt.« Er hatte den passenden Sessel gefunden und sich, äußerlich ganz ruhig, hingesetzt.

Der Fraktionsvorsitzende kreuzte noch einige Male hin und her, setzte sich dann gleichfalls in den nächst nebenstehenden Sessel. »Also bitte, so kommen wir nicht weiter. Was ist denn eigentlich los?«

»Das weiß ich eben nicht und darum habe ich soeben unten angefragt.«

»Aber die Anfrage war doch ein Tollhausstück. Ganz abgesehen vom Formalen. Lassen wir das. Aber diese Frage und der ganze Lärm kommen doch nun wahrscheinlich über den Rundfunk, bestimmt in alle Zeitungen und in den amtlichen Bericht. Das muss doch das ganze Land beunruhigen.«

»Muss es das? Dann soll es wohl. Ja. Das war ein Alarmsignal für die ganze Nation.«

»Aber erklären Sie doch endlich …«

»Drei Punkte. Punkt eins, Ihnen nicht unbekannt, dass vor zwei Tagen, mittags zwölf Uhr Harkensee die Militärzentrale übernommen hat. Kein einfacher Personenwechsel. Der starke Mann in der Militärzentrale. Sie wissen so gut wie ich, dass Harkensee gar kein starker Mann ist, für den Apparat in Friedenszeit. Aber für den Krieg, da soll er es sein. Punkt zwei, dass sechs Stunden später diese Währungsangelegenheit war, wo es mit Schwierigkeit verbunden ist, dem Milchmann, dem Grünhändler und dem Frisörgehilfen zu beweisen, dass das von wirtschaftlicher Bedeutung sei und die finanzielle Gesamtlage sichere. Erzählen Sie das einem Bankenmann, dann grinst er. Das ist ein entgleistes Lächeln, bei dem ihm nicht wohl ist, weil er zu wissen meine, was hinter der Sache steht und was er begrüßen möchte, wenn er nur die 51-prozentige Sicherheit hätte. Punkt drei. Letzte Nacht ist das große Flugzeuggeschwader zurückgekommen, das einen Freundschaftsflug zu unseren Freunden gemacht hatte und drüben eine Woche lang mit allen Ehren und Champagner Extra Dry übergossen worden ist, wie wir heute früh in allen Zeitungen gelesen haben und auf Television war es ja auch genugsam zu sehen.«

In diesem Augenblick war der Premierminister eingetreten. »Darf ich mich zu Ihnen setzen, oder störe ich?«

»Im Gegenteil. Sie kommen gerade im rechten Moment. Ist es Ihnen bekannt, verehrter Premierminister, dass unser Flugzeuggeschwader, das letzte Nacht zurückgekehrt ist, gar nicht unser Flugzeuggeschwader war, sondern ein Geschwader unserer Freunde drüben, Flugzeuge, Piloten und Ladung!«

»Woher wissen Sie das?«

»Ich weiß es. Ich werde jetzt nicht sagen, woher. Ich weiß es. Von einer Gegenvisite unserer Freunde habe ich nichts gehört, und was in dieser Sache amtlich verlautbart wurde, das ist … ich will nicht sagen, was das ist. Und nun frage ich Sie, Herr Premierminister, ist Ihnen das bekannt?«

»Das ist nicht mein Ressort.«

»Also ist es Ihnen bekannt. Und in diesem Augenblick redet man da unten von Schuhen und Leder in den Kolonien.«

»Welche Aufregung. Wenn Sie mich schon so hart pressen,

verehrter Freund, so will ich Ihnen sagen, ja, es ist mir bekannt. Es handelt sich da um eine vorbereitete währungstechnische Angelegenheit. Nämlich, dass unsere Währung nicht nur auf dem Papier, sondern de facto auf Califa gestellt ist. Und solche Ladung soll man doch wohl aus Sicherheitsgründen nicht gerade in voller Öffentlichkeit transportieren.«

»Das, verehrter Premierminister, können Sie Ihrem Milchmann erzählen oder Ihrem Schuster«, der Sprecher war kreideweiß geworden.

»Aber, aber«, der Fraktionsvorsitzende stand auf, entnahm einem in die Wand eingelassenen Holzschränkchen eine Whiskyflasche und drei Gläser. »Nicht extra dry. Aber alter Schotte. Komm, komm. Das wird Ihnen gut tun.«

Sie tranken alle drei. Der Unruhige lehrte sein Glas in einem Zuge und stellte es neben sich, auf den filzbespannten Fußboden. »Das wäre das dritte Mal in meinem Leben, dass wir da so hineinschliddern, wie es dann nachträglich heißt.«

»Aber verehrter Freund, Sie sehen Gespenster. Und Sie haben da der Partei beinahe einen sehr schlechten Dienst erwiesen.«

»Die Partei. Die Partei. Was ist denn das für eine Partei, wenn sie keine Grundlage hat? Ich habe da ein Mandat, ich bin meinen Wählern verantwortlich. Ich meine sogar, in solcher Sache zumindest, der Nation verantwortlich zu sein oder der Menschlichkeit. Vielleicht ist das Überheblichkeit von mir. Aber meinen Wählern, meine Herren, denen bin ich verantwortlich.«

»Habe ich nicht auch ein Mandat? Bin ich vielleicht nicht auch verantwortlich?«, fragte der Premierminister.

»O ja. Und was für ein Mandat und welche Verantwortung. Ich bin ja nur ein ganz kleiner Parlamentsmann. Wem bin ich verantwortlich in meinem Bezirk? Den Arbeitern in den Minen und den Arbeitern und Arbeiterinnen an den Drehbänken und den Leuten in den Betrieben und den Krämern und den Schneidern, den Tabakhändlern und Papierverkäufern und meinem Haarschneider. Aber Sie, Herr Premierminister, wem sind Sie verantwortlich? Sie haben ja auch Ihr Kleine-Leute-Mandat, all die kleinen Leute ohne Bedeutung. Aber heute sind Sie ja allen möglichen Leuten von Bedeutung verantwortlich, und da wir hier ja anscheinend eine geheime Sitzung haben, denn es kommt ja niemand herein, da muss wohl eine kleine Parole ausgegeben worden sein, nun, da darf ich in dieser geheimen Sitzung und ganz unter uns wohl sagen, da haben Sie bedeutende Mandate, die – ich – nicht – haben möchte. Herr Premierminister.«

»Nun sollte ich eigentlich gekränkt sein, aber Sie sehen, ich bin es nicht ...«

»Sehr diplomatisch, Herr Premierminister, und so schieben wir die ganze Sache auf das Gebiet unserer so werten Persönlichkeit. Aber darum geht es nicht. Es geht um ganz was anderes. Ich habe da eine Anfrage an die Regierung gestellt und um die sofortige Beantwortung der Anfrage kommen wir nicht herum. Davon kann das Schicksal der Nation abhängen und darum hat die Nation ein Recht, das zu erfahren, und ich habe die Pflicht, die Frage zu stellen. Und wer, mit dem bewährten Rezept von Brauch und Gewohnheit, der Geschäftsordnung usw., dieses Recht und diese Pflicht hinweg eskamotieren will, was tut der? Und darum wiederhole ich jetzt meine Frage und ich gebe mein Ehrenwort, dass ich die Antwort nicht für mich behalten werde, dass ich diese Unterhaltung hier nicht als geheime Drei-Männer-Konferenz behandeln werde, sondern sie zur Kenntnis der Öffentlichkeit bringen werde.

Meinen Sie, ich will hier den Tribun des Volkes spielen? Meinetwegen, glauben Sie was Sie wollen. Aber ich will wissen: Haben wir geheime Verträge oder einen geheimen Vertrag, oder nicht?«

»Zu einem Vertrag, Verehrtester, gehören doch zum Mindesten zwei Partner. Nun sage ich nicht, dass wir mit irgendwem einen Geheimvertrag hätten. Ich erkläre ausdrücklich, dass ich das nicht sage. Ich spreche hier rein theoretisch, aber was täte, sagen wir einmal, der eine Partner eines solchen Vertrages, der ohne Wissen des Anderen oder der Anderen, das Geheimnis der Öffentlichkeit preisgäbe?«

»Diplomatische Spitzfindigkeiten des vorigen Jahrhunderts. Aber ich danke Ihnen, Herr Premierminister.« Der Unruhvolle war aufgesprungen und eilte mit raschen Schritten zur Tür.

»Was haben Sie vor?«, rief der Premierminister sehr heftig, und gleichfalls aufstehend.

»Ich will versuchen zu verhindern, dass dieses Land zum Schlachtfeld der Welt wird.« Und er eilte hinaus. Der Premierminister hinterher.

»Auf ein Wort nur!«, rief der Fraktionsvorsitzende.

»Ich habe hier Pflichten«, rief der Premierminister, schon in der Tür und ohne sich umzusehen.

Der Fraktionsvorsitzende lief hinterher, aber nur bis zur Tür, dann blieb er stehen, drehte sich langsam um und ging langsam durch das große Zimmer bis an das Fenster und sah hinaus. Da war wie immer die breite, verkehrsbewegte Straße und dahinten war lichtglitzernd und dennoch grau, der Strom. Da stand er, sah weder Straße noch Strom, aber bei dem, was es da jetzt zwischen den beiden gereizten Männern vielleicht geben würde, wollte er lieber nicht dabei sein, und er dachte: Der Premierminister wird doch nicht etwa … Den Abgeordneten schützt doch das Recht der Immunität … Wenn aber nun doch … Das wäre gegen Regel und Brauch, das wäre eine Verletzung, die weit über das hinaus ginge, was dieser Abgeordnete da heute im Hause gemacht hatte …

Aber wo endet Gesetz und Brauch? Da wo die Macht endet, die der eine oder der andere hat …

Besser, nicht dabei zu sein …

2. WO IST T.S.?

Potter, der Parlaments-Berichterstatter der »Tag- und Nacht-Wache«, einer im äußeren Format wie im Inhalt kleinen Zeitung, die keine Abonnenten und nur Straßenverkauf, zumeist in Nachtlokalen und Spielklubs hatte, Potter pendelte gerade in den Parlamentsgängen herum, in der Hoffnung, irgendetwas zu erhaschen, woraus sich etwas machen ließe, denn aus Schuhen und Leder ließ sich für seine Zeitung nichts machen und bis zu den Kleinen Anfragen, die wohl etwas ergeben würden, war noch geraume Zeit. Auf einmal ging raschen Schrittes der Unruhvolle an ihm vorbei, der vorhin mit seinem Zwischenfall im Plenarsaal das bisher einzig brauchbare Material für Potter gegeben hatte. Fast hätte ihn Potter nacheilend angesprochen, als Potter sah, dass der Premierminister noch eiliger, fast laufend den Gang hinaufkam. Potter, mit Journalistennase, witterte sofort, dass da etwas los sei, wo sich einzumischen nicht opportun sei. Kaum waren die beiden vorbei, die, wie er richtig schloss, ihn kaum gesehen, bestimmt nicht beachtet hatten, als er so rasch es ging, ohne aufzufallen und immer in der Mitte des Ganges auf dem Teppichläufer, ihnen nach war.

Potter vermochte aber nur festzustellen, dass der Abgeordnete am großen Eingang zum Plenarsaal vorbei weiter eilte, während der Premierminister hineinging. In der Nähe der mit viel Holzschnitzerei versehenen großen Eingangstür hatte ein schlanker, großer Mann gestanden in einem kaffeebraunen Jackettanzug und einer bunten Sportcravatte. Auch das hatte Potter noch gesehen und gehört, wie der Premierminister im Vorbeigehen eine Bemerkung zu dem eleganten jungen Mann in kaffeebraun machte und dabei eine Kopfbewegung nach dem Abgeordneten hin, worauf der Kaffeebraune sich eilig hinter dem Abgeordneten her in Bewegung setzte. Der Premierminister hatte etwas gesagt, was Potter als 201 verstanden hatte, vielleicht hatte er auch zwei Uhr eins gesagt, was aber unwahrscheinlich erschien, denn es war jetzt am Nachmittag.

Einen Augenblick lang überlegte Potter, wo er folgen solle, hielt dann den Premierminister für den wichtigeren, sah aber gleich im Plenarsaal, dass der sich ruhig auf seinen Platz setzte, während man noch von Schuhen und Leder sprach. Potter verließ also schnell wieder den Saal, um die Spur der anderen beiden aufzunehmen, wusste aber sofort, dass er da eine Dummheit gemacht hatte. Die Spur war verloren. Wieder zurück also in den Sitzungssaal.

Hätte Potter mit der letzten Eskapade nicht ein paar Minuten versäumt, so hätte er sehen können, dass der Premierminister eine kurze Weile mit einem anderen eleganten jüngeren Herren, diesmal in grau, sprach, anscheinend einem Regierungssekretär, und dass der Graue dann fortging. Vielleicht hätte das Potter zu irgendetwas gedient, vielleicht auch nicht.

Da es mit Schuhen und Leder immer noch weiterging, rief Potter nach ungefähr einer halben Stunde in der Wohnung des Abgeordneten an, um zu erfahren, dass er ins Parlament gefahren und noch nicht zurück sei. Nach wieder einer Weile der gleiche Bescheid.

Inzwischen ging es mit Schuhen und Leder zu Ende und es kamen die Kleinen Anfragen und natürlich wiederholte jetzt ein unbekannter Abgeordneter die Frage des Unruhvollen. Man sagte, dieser Frager habe damit seine »Jungfernrede« im Parlament gehalten. Der Herr Premierminister antwortete selbst: »Alle Verträge der Regierung pflegen vor ihrem Abschluss diesem Hause vorgelegt zu werden.«

Das Haus nahm die Erklärung als vom Premierminister kommend für endgültig an. Keine zweite Frage folgte in dieser Sache, obwohl einer und der andere dachte: »›pflegen … zu werden‹ ist doch eine eigenartige Formulierung.«

»Pflegen … zu werden« stand auch später im amtlichen Parlamentsbericht, während alle Zeitungen, mit Ausnahme der »Tag- und Nacht-Wache«, sonderbarerweise nur einfach »werden vorgelegt« berichteten. Dass die »Tag- und Nacht-Wache« hier abgewichen war, war nun so gekommen: Ein Abgeordneter hatte die Kleine Anfrage gestellt, ob die neue Währung nur allgemein, oder hier im Lande selbst gedeckt sei und wenn Letzteres zutreffend sei, wie hoch.

Die Erklärung einer Regierungssekretärin vom Finanzministerium, dass die Währungsdecke sich jetzt im Lande befinde und zwar in einer nach dem Währungsgesetz ausreichenden Relation zum Notenumlauf, rief allgemeine und angenehme Überraschung hervor.

Die bis dahin schlechte Stimmung des Hauses ging sofort in heitere Gehobenheit über, die nicht beeinträchtigt wurde, als auf die nächste Frage des gleichen Neugierigen, ob sich die Währungsdeckung wie gewöhnlich in den Tresors der Nationalbank befinde, keine Regierungsantwort erfolgte.

Da jetzt der Premierminister fortging und auch andere anwesende Minister sich anschickten, den Plenarsaal zu verlassen, eilte auch Potter hinaus und aus dem Hause, wo er eilig ein Taxi erwischte. So versäumte er einen kleinen Imbiss, zu dem ein Sekretär des Propagandaministeriums die Herrschaften von der Presse gebeten hatte, und so kam es zu dem Lapsus in der »Tag- und Nacht-Wache«, der aber bei der minderen Bedeutung dieser Zeitung der Öffentlichkeit in seinem Ausmaß nicht bewusst wurde.

Potter war mit dem Taxi vor das Haus des unruhvollen Abgeordneten gefahren, um dort von einem Serviermädchen in schwarzem Taffetkleid mit einer weißen Kopfhaube den Bescheid zu erhalten, den er schon zweimal am Telefon gehört hatte.

Da er nun einmal da war, beschloss er, seinem Journalisteninstinkt folgend, auf den Abgeordneten zu warten und so ging er auf der dem Hause gegenüberliegenden Straßenseite langsam auf und ab, die Entreetür im Auge behaltend. So verging lange Zeit, schließlich fuhr ein Auto vor, dem aber nicht der Abgeordnete, sondern ein eleganter, grau gekleideter, jüngerer Herr entstieg, ins Haus ging, nach wenigen Minuten wieder heraustrat und davonfuhr.

»Das hilft mir gar nichts«, dachte Potter und beschloss, weiter allenfalls noch präzise fünf Minuten zu warten und dann vom nächsten Kiosk aus nochmals anzurufen. Dieses Mal sagte man ihm, der Herr Abgeordneter sei vor kurzem nach Hause gekommen, habe sich aber mit heftiger Migräne niedergelegt und könne leider niemanden empfangen.

Potter dachte, er hätte das doch sehen müssen, wenn er nach Hause kam. Im Fortgehen nochmals an dem Hause vorbeikommend, sah er, dass das große Haus um die Straßenecke herum noch einen Eingang für Lieferanten hatte. Nun ist nicht anzunehmen, dass der Hausherr sich des Lieferanteneingangs bediente. Andererseits galt er als großer Esser, das war bekannt. Vielleicht hatte er die Küche inspizieren wollen. Schon möglich. Aber das vereinbarte sich nicht mit der Migräne. Merkwürdig war der Fall, aber zu ungeklärt. Zu dumm, dass sich damit so gar nichts anfangen ließ. Potter hätte wetten mögen, dass er gar nicht zu Hause sei. Wie hoch wetten? Pari, sofort. Zwei zu eins, auch noch. Fünf zu eins? Nein. So hoch bestimmt nicht. Also doch unsicher. Damit ließ sich für die Zeitung nichts anfangen. Das war auch dann die Ansicht des Chefredakteurs, der seinem Parlamentsreporter zugeben musste, dass es sich um einen sehr interessanten, aber unklaren Fall handle. »Was vermuten Sie?«, fragte er Potter.

Potter war sich bisher noch nicht klar darüber gewesen, was er vermutete, aber im Augenblick, als er gefragt wurde, ging ihm eine Vermutung auf, die ihm so ungeheuerlich erschien, dass er sie nicht vorzubringen wagte.

»Ich weiß nicht«, sagte er, was für einen Reporter einigermaßen blamabel ist, denn ein guter Journalist soll und muss eigentlich alles wissen. Alles, vom Bazillus über den Affenmenschen von Java bis über die Relativitätstheorie hinaus.

»Na, irgendetwas müssen Sie doch vermuten«, meinte der Chef. Potter hätte die Frage gern zurückgegeben. Soll doch der Chef zuerst reden.

Auf was für unsicherem Boden stand er denn da auf einmal? Auf wen in dieser Welt kann man sich denn verlassen? Auf niemanden, wenn man Angst haben muss, seine Gedanken zu verraten.

»Ich weiß wirklich nicht so ganz«, war alles, was er hervorstotterte.

»Nicht so ganz, Potter, nicht so ganz, das ist es eben. Sie und ich, Potter, wir vermuten da beide ganz dasselbe. Und da müsste man zunächst feststellen, ob er zu Hause ist oder nicht.«

»Das habe ich versucht.«

»Aber unzulänglich, Potter. Zugegeben, dergleichen ist nicht ihr Ressort. Aber ein tüchtiger Reporter muss eben alles können.«

Ja, das kannte er schon. Ein tüchtiger Reporter weiß alles. Kann alles. Macht alles. Potter machte in diesem Augenblick ein verdrossenes und dummes Gesicht. Das tat dem Chef wieder leid.

»Lassen Sie uns das mal zusammen machen«, sagte der Chef, nahm den Telefonhörer und verlangte aus dem photographischen Archiv der Zeitung die neuesten Originalbilder des unruhevollen Abgeordneten.

»Man könnte nun irgendwen hinschicken, aber die Sache ist heikel, ich fahre lieber selbst. Ich werde sagen, ich komme vom photographischen Atelier Soundso und bringe die Bilder, die der Herr Abgeordnete bestellt und noch unbedingt heute haben wollte.«

»Er hat doch keine bestellt.«

»Das wird er mir sagen lassen. Wenn er zu Hause ist. Und wenn man die Bilder annimmt, dann ist er eben nicht zu Hause.«

Ein schmaler Kasten mit den Photos wurde gebracht. Der Chef suchte zwei Bilder heraus. »Da ist auch ein unbeschriebenes Couvert vom Atelier Rembrandt. Gut. Ich komme vom Atelier Rembrandt und so.« Der Chef lachte.

Potter versuchte ordnungshalber mitzulachen, brachte aber nur ein saures Lächeln auf. Fünf Minuten später befanden sich beide im Wagen auf dem Wege zum unruhevollen Abgeordneten. Hielten vor der Straßenecke. Der Chef stieg aus. Ging durch den Lieferanteneingang in das Haus. Kam nach wenigen Minuten heiter lächelnd zurück und setzte sich wieder zu dem wartenden Potter in den Wagen.

»Die Bilder wurden angenommen. Der Herr Abgeordnete lasse bestens danken, wurde mir ausgerichtet. Also ist er nicht zu Hause. Also stimmt Ihre Vermutung, Potter.«

»Ja. Also da stimmt wohl unsere Vermutung«, sagte Potter und betonte vorsichtig das »unsere«.

»Und was nun weiter?«, fragte Potter, um irgendwelcher Gegenfrage vorzubeugen.

»Ja, ich weiß selbst noch nicht.« So fuhren sie wieder in die Redaktion zurück.

* * *

Es war noch auf dem Weg zum Sitzungssaal innerhalb des Parlamentsgebäudes gewesen, dass der Kaffeebraune an den unruhigen Abgeordneten herangetreten war. Der Abgeordnete hörte etwas von »Hauptmann« und »Militär-Polizei« und »verhaftet«, verstand den Sinn nicht sofort und fragte den Kaffeebraunen, wen er verhaften wolle.

»Eben Sie, mein Herr, es tut mir leid.«

»Das ist ein Irrtum. Wissen Sie, wer ich bin?«

»Jawohl, Herr Abgeordneter.«

»Wissen Sie, dass man einen Abgeordneten nicht so einfach verhaften kann?«

»Ich habe Auftrag.«

»Lassen Sie sehen.«

»Mündlichen Auftrag.«

»Aber das gibt es doch gar nicht. Lassen Sie mich in Ruhe, ich habe Wichtigeres zu tun.«

»Ich muss doch bitten mit mir zu kommen, mein Herr. Sie sind verhaftet.«

»Wissen Sie, was Sie tun?«

»Ich tue meine Pflicht.«

»Wer immer Ihr Auftraggeber ist, Ihre Pflicht wäre es, hier den sogenannten Gehorsam zu verweigern. Das wäre Ihre Pflicht, die Sie gegen sich selbst und Ihre Umwelt hätten. Herr, ich habe im Augenblick unendlich Wichtiges zu tun.«

»Ich bitte Sie nochmals, mit mir zu kommen.«

»Wenn ich das nicht tue?«

»Müsste ich Gewalt anwenden, es tut mir leid, das sagen zu müssen.«

»Wer ist Ihr Auftraggeber?«

»Ich bedaure, das nicht sagen zu dürfen.«

»Der Premierminister?«

»Das habe ich nicht gesagt.«

»Also stimmt es. Gut. Oder vielmehr schlecht. Nun also ich bin Ihr Gefangener. Darf ich mir von der Garderobe meinen Hut holen?«

»Es sind nur ein paar Schritte bis zum Auto. Sie können mir dann die Garderobenmarke geben, der Hut wird Ihnen bestimmt zugestellt werden.«

Vor dem Parlamentsportal machten zwei uniformierte Polizisten erstaunte Gesichter zu dem für sie nicht alltäglichen Vorgang und gingen dicht, aber »unauffällig«, wie ihre Vorschrift lautete, hinter dem Abgeordneten und dem Kaffeebraunen her. Die beiden stiegen in ein großes Auto, in dem schon ein Schofföhr und noch ein Mann mit ausdruckslosem Gesicht saß. Der Abgeordnete und der Kaffeebraune nahmen im Rücksitz Platz, der Wagen fuhr sofort ab.

»Wohin fahren wir?«, fragte der Abgeordnete.

»Nach Schloss Heinrichsbau«, sagte der Kaffeebraune.

»Alle Achtung! Kann ich meine Frau verständigen?«

»Ich habe keinen diesbezüglichen Befehl.«

»Haben Sie denn eine Ahnung, junger Mann, was Sie da anstellen?«

»Ich tue meine Pflicht und meine Pflicht schreibt mir auch vor, auf keine Unterhaltungen einzugehen.«

»Pflicht. Pflicht. Befehl und Gehorsam. Ich führe ein Selbstgespräch. Ich glaube nicht, dass es Befehle gibt, die Selbstgespräche verbieten. Ich unterhalte mich mit mir selbst. Niemand braucht zuzuhören. Wer empfindliche Ohren hat, mag sie zustopfen. Da gab es einmal eine fürchterliche Katastrophe. Die nannte man den zweiten Weltkrieg, dass ich das nicht vergesse, schon eine Weile her, aber nicht so lang, dass man es schon vergessen hätte. Über die Schuldigen hat man nachher zu Gericht gesessen.

Das Weltgericht ist dann unter dem Namen der ›Nürnberger Prozesse‹ in die Geschichte eingegangen. Schade. Schade, dass man es nicht als Weltgericht geführt hat. Einerlei, es ging die ganze Welt an, die ganze Menschheit. Damals waren da zwei Dutzend Angeklagte, oder so. Die genaue Zahl habe ich vergessen. Und alle diese Verbrecher an Weltall und Menschheit versuchten sich herauszureden, dass sie nichts getan hätten, als ihre Pflicht. Der Nächsthöhere habe befohlen und da haben sie gehorcht. Hölle und Teufel. Aber sie haben gehorcht. Der Gerichtshof im Namen von Weltall und Menschheit versuchte ihnen klarzumachen, dass es eine Grenze gibt auch für den Gehorsam und dass es zur Pflicht der Sittlichkeit wird, die Pflicht gegenüber der Unsittlichkeit aufzukündigen.

Jene Angeklagten haben das wahrscheinlich gar nicht verstanden oder nicht verstehen wollen. Ich weiß es nicht mehr. Was ist noch aus ihnen geworden? Ich weiß schon gar nicht mehr.«

Der Schofföhr achtete auf den Weg. Der Mann neben ihm, mit dem ausdruckslosen Gesicht, verzog keine Miene. Wahrscheinlich konnte er dergleichen gar nicht, da sein Gesicht aus fest gewordener Teigmasse war. Der Kaffeebraune betrachtete angelegentlich seine manikürten Fingernägel.

So kam der Wagen vor Schloss Heinrichsbau an und fuhr ein. Im Schlosshof stieg man aus. Der Abgeordnete sah, dass der schöne Hof aus der Renaissancezeit durch eine Menge gespannter Stacheldrähte völlig verwandelt war. Es kam ein uniformierter Mann und etliche nicht uniformierte Männer und

»übernahmen« den Abgeordneten. Der Kaffeebraune verabschiedete sich durch eine Verbeugung.

»Halt«, rief der Abgeordnete dem schon Abgehenden zu, »Ihre Pflicht, junger Mann, Ihre Pflicht. Hier ist meine Garderobenmarke vom Parlament. Da hängt noch mein Hut. Vergessen Sie nicht, mir meinen Hut zustellen zu lassen. Ich könnte ohne Hut mich erkälten und im Dienstwege sind Sie am Ende der Schuldige. Ihre Pflicht, vergessen Sie nicht Ihre Pflicht.«

Der Kaffeebraune nahm die Garderobenmarke, machte eine zweite Verbeugung und ging.

Dem Unruhvollen ward ein Zimmer im ersten Stock des ehemaligen Schlosses angewiesen. Ein recht komfortables Zimmer, als ein Gastzimmer für Anspruchsvolle eingerichtet. Breites, bequemes Bett, großer Tisch mit Stühlen herum, kleiner Tisch mit Spiegel darauf. Schwerer, den Raum ausfüllender Teppich, elektrisches Licht, Kamin und Bücher, zumeist Klassiker und eine in schwarzes Leder gebundene Bibel auf dem Kaminsims, zwei große Ledersessel und ein riesiger Garderobenschrank. Wenn der Hut kommen wird, könnte man den in den Schrank legen!

Eine offene Tapetentür führte in ein sauberes Badezimmer, das mit Handtüchern und Seife für Besuch eingerichtet war. Das Fenster, unvergittert, ein Blick daraus zeigte rechts und links glattes Mauerwerk, ein Sprung hinaus – wer dächte unter diesen Umständen nicht dergleichen – würde freilich nur in den mit grünen Algen übersäten Graben führen, der wahrscheinlich nicht tief genug war, um darin zu ertrinken, sicherlich aber so beaufsichtigt wurde, dass eine weitere Flucht von da aus nicht möglich sein würde, jedenfalls nicht für einen ungeübten Amateur in solchen Dingen.

Aussichtsloses Beginnen, voraussichtlich! Die Zimmertür? Richtig, ja, war verschlossen, leider unsere Anweisung, hatte der Schlossdiener oder Fremdenführer oder was jener verkleidete Polizist sonst vorstellte, gesagt, wenn irgendwelche Wünsche seien, möge jederzeit der elektrische Klingelknopf gedrückt werden. Schreibpapier? Tinte? Gewiss. Post? Nein, eine Anweisung, eventuelle Post oder Nachrichten zu befördern, läge nicht vor. Zeitungen? Gewiss. Morgens mit dem Frühstück, nachmittags mit dem Tee. Radio und Television? Leider nicht, das Schloss sei in manchen Dingen unmodern eingerichtet.

Was nun? Man könnte Klassiker studieren. Gedichte lesen. Ohnehin lang genug her, seit man das getan hat. Schöne Gedichte lesen, alldieweil die da einen Weltbrand legen! Man könnte auch auf und ab gehen. Raum genug dafür. Nein, das nicht. Eingesperrte Menschen pflegen ja auf und ab zu gehen. Nun gerade nicht.

Also wie ist die Situation? Er war verhaftet worden. Ein Akt der Willkür, gegen Recht und Gesetz. Aber das Faktum bestand. Wäre nach der Ursache zu fragen. Die ist klar, man will ihn am Reden, will ihn am Tun verhindern. Man will ihn hindern, ein furchtbares Unglück zu verhindern. Das Unglück ist gleichzeitig ein Verbrechen, aber wer dürfte sich anmaßen, über die Moral anderer Menschen zu Gericht zu sitzen? Die Richter? Die bezahlt werden, damit sie Recht und Gesetz, Moral, Sitte und Brauch so auslegen, wie es denen, die sie bezahlen, dient? Gelegentlich dürfen sie auch einmal gegen ihre Auftraggeber entscheiden, das stärkt ihre Autorität in allen anderen Fällen. Binsenweisheit. Binsenweisheit.

Der Unruhvolle geht nun doch auf und ab, ohne sich dessen bewusst zu sein. Er hat sich in Eifer gedacht und hält einen stillen Vortrag für sich und die Welt.

Sache des Premierministers, es mit sich und seinem Ge. wissen auszumachen, ob er verantworten kann, dass er hier an einem unverletzlichen Gesandten der Nation eine Freiheitsberaubung begangen, mit ganz gewöhnlicher Gangstermanier. Eine Lumperei, aber eine ungewöhnliche. Da liegt's, an der Ungewöhnlichkeit. Dergleichen kann sich keine Regierung öfters leisten. Warum nicht? Weil es ja doch herauskommt,

Staub aufwirbelt, Stunk macht. Also einmalig, oder so viel wie das. Also Notmaßnahme.

Also stimmt der Verdacht. Da ist ein Geheimvertrag, oder etwas, das sich so auswirkt. Ein Geheimvertrag, der fällig geworden. Und sogar ein Geheimvertrag, den die Unterzeichner zu halten entschlossen sind. Das ist immerhin bemerkenswert. Als der letzte große Kladderadatsch losging, da gab es nichts als nicht gehaltene Verträge, und die waren alle einmal in voller Öffentlichkeit feierlich geschlossen worden.

Also man wird auf den höllischen Knopf drücken, der das Unglück auslöst, den Krieg entfesselt, oder etwas, was viel schrecklicher ist als Krieg und noch gar keinen Namen hat.

Alles das, weil ein Abgeordneter, einer von fünfhundert, zu Recht oder Unrecht verhaftet wurde und verschleppt in einen Raum, der komfortabler ist als die Wohnstube vieler Millionen Zeitgenossen im Lande? Selbstüberhebliche Wichtigtuerei, eine läppische Idee, aufgeblasen wie ein Luftballon aus Gummi, der gleich platzen wird? Platzt aber nicht, das ist es eben.

Da war einmal ein Abgeordneter gewesen, ein gewisser Jean Léon Jaurès, und das war damals in Paris, als der erste große Kladderadatsch losgehen sollte und dieser Mann Jaurès den Knopfdrückern auf die Hände schlagen wollte, ehe sie das Signal geben konnten. Den hatte man einfach abschießen lassen. Wahrscheinlich war es zu spät gewesen, um ihn verhaften zu lassen. Außerdem auch wiederholt sich Geschichte nicht. Darf sich auch gar nicht wiederholen, sonst könnten die ahnungslos Hineinschliddernden aus der Parallele merken, was los ist.

Da also liegt's. Die Parallele muss geschaffen werden. Sang- und klanglos verhaftet? Sehr schlau, Herr Premierminister. Wahrscheinlich wird diese Sache mit Watte erstickt, dass kein Sterbenswort an die Öffentlichkeit kommt. Gar keine Parallele. Also muss sie geschaffen werden. Ein Fall Jaurès muss geschaffen werden. Um was geht es? Um die Welt! Das ist nicht übertrieben. Wahrscheinlich nicht übertrieben. Das verpflichtet. Heldentum? Lächerlich, als ob es das gebe. Märtyrertum? Läppisches Wort und nichts als Wort.

Was denn also? Wozu und warum? Wenn man schließlich dieses Leben nur einmal zu verlieren hat? Bitte sehr, da sind Leute in der Welt, die ich nicht anstehen würde, schlechte Kerle zu nennen. Banditen, Verbrecher. Darum soll ich mein einmaliges Leben zerstören? Darum?

Und die Menschheit bedeutet eben gar nichts und alles ist immer nur Gerede gewesen und da ist man hier und ein Schlüssel in der Tür ist umgedreht und aus und vorbei und die großartige Parallele zum Fall Jaurès ist ein bleicher Gedanke, der schon verdämmert?

In diesem Augenblick klopfte es an die Tür und es trat der als Fremdenführer oder Schlossdiener verkleidete Polizist ein und sagte, dass er das Abendessen serviere. Er stellte eine Platte mit Schüsseln und Geschirrplatten auf den kleinen Tisch, danach die einzelnen Teile in rechter Anordnung an ein Ende des großen Tisches und sagte dann sehr ausdruckslos ohne die würdige Freundlichkeit eines wirklichen Dieners: Das Abendessen ist bereit.

Der Unruhvolle sah den Mann, als ob er gar nicht verstünde, was los sei. Setzte sich dann doch an den Tisch, sah die Teller und Schüsseln an und begann, sich Tee einzuschenken.

War das ganze vorangegangene Gedankengewirre gescheucht? Zerblasen?

»Sollte etwas fehlen«, sagte der verkleidete Mann, »belieben zu klingeln.« Und wollte wieder gehen.

»Sagen Sie, haben Sie eine Ahnung, warum ich hier bin?«, fragte der Unruhvolle.

»Nein, ich weiß es nicht.«

»Was meinen Sie, wie lange man mich hier festhalten wird?«

»Das weiß ich nicht.«

»Können Sie, denn das ist ungeheuer wichtig, darüber etwas erfahren?«

»Nein, das kann ich nicht.«

»Wissen Sie, dass ich ein Parlamentarier bin, dass es ungesetzlich ist, mich zu verhaften und dass vielleicht auch Sie selbst hier etwas Illegales tun?«

»Ich habe hier meine Pflicht zu tun und habe dazu weiter keine Meinung.«

»Dergleichen habe ich schon öfters mal gehört. Gestanzte Worte! Da haben mal Leute die Welt in Brand gesetzt, mit Blut und Mord erfüllt und nachher gesagt, sie hätten nichts getan als gehorcht und Pflicht erfüllt. Aber das Weltgericht, hören Sie, verstehen Sie wohl, das Weltgericht hat sie trotzdem verdammt.«

»Ich habe keinerlei Anweisungen, private Gespräche zu führen«, damit schickte der Beamte sich an, zu gehen.

»Halt«, sagte der Unruhvolle und als der Beamte weiterging, noch einmal sehr laut, aber nicht heftig »Halt.« Dabei hatte er in eine hintere Hosentasche gegriffen und eine kleine, nickelglänzende Pistole hervorgezogen.

Der Beamte, der im Abgehen, schräg durch das Zimmer alles genau gesehen hatte und auch bemerkt hatte, dass der Unruhvolle zwar eine Pistole in der Hand, nicht aber den Zeigefinger am Drücker hielt, sagte mit antrainierter Ruhe: »Legen Sie das Ding da aus der Hand.«

»Halt, keinen Schritt von der Stelle, sonst schieße ich.«

»Ich würde zuerst schießen«, sagte der Beamte, der mit einem Griff in die Jackentasche gleichfalls eine Pistole gezogen hatte, und der Beamte, der hatte den Zeigefinger am Drücker, nachdem er, alles in gleicher Sekunde, mit dem Daumen die Waffe entsichert hatte.

»Die Parallele«, sagte der Unruhvolle, was der Beamte deutlich hörte und später zu Protokoll gab, obwohl er nicht wusste, was das hier zu bedeuten habe.

Der Beamte wusste seinen Vorsprung in dieser Situation. Er hatte den Finger am Abzug, der andere nicht. Dieser Bruchteil einer Sekunde gewährte schon Sicherheit. Außerdem saß jener, der Beamte stand und im Stehen schießt sich mit der

Pistole sicherer. Schließlich hielt der Unruhvolle die Pistole schräg nach oben, ging der Schuss jetzt los, so müsste er in die Decke fahren. »Also legen Sie das Ding aus der Hand und hier mitten auf den Tisch«, sagte der Beamte und dachte daran, mit einem raschen Sprung an den Unruhvollen heran zu sein und ihm die Pistole aus der Hand zu schlagen. »Ich zähle bis drei. Eins ... zwei ...«

Der Beamte sah, wie in der Dehnungspause nach »zwei« der Unruhvolle die Pistole in waagerechte Lage brachte, nun den Finger in den Abzug schob und auf ihn zielte. In dem Moment krachte ein Schuss. Der Unruhvolle rief etwas, was der Beamte nicht verstand, und rutschte vom Stuhl. »Hätte er nicht gesessen, so hätte ich ihm ins Bein geschossen«, sagte der Beamte später zu dem protokollierenden Vorgesetzten. »Das kommt von der blödsinnigen Verordnung, dass die Taschen dieser Herren nicht visitiert werden sollen.«

Als am nächsten Morgen ein eleganter, jüngerer Herr in einem grauen Anzug den Hut brachte und erklärte, noch eine Mitteilung persönlich machen zu sollen, war er unangenehm überrascht zu erfahren, dass aus dem Unruhvollen ein sehr beruhigter Mann geworden war.

»Sehr peinlich, sehr peinlich«, sagte er und wusste nicht, was nun mit dem Hut zu geschehen habe, den niemand in Schloss Heinrichsbau annehmen wollte, weil keine diesbezügliche Anweisung vorlag.

So kam es, dass der junge Herr in Grau den Hut wieder mitnahm und ihn bis auf Weiteres in der Parlamentsgarderobe deponierte, wo er ihn geholt hatte. Nun ergab es sich, dass gerade Potter, der Parlamentsberichterstatter der »Tag- und Nacht-Wache«, seine Garderobe abgab, als ein junger Herr in Grau, den er schon irgendwo gesehen hatte, einen Hut abgab, obwohl er selbst einen aufhatte. Das fiel dem stets wachsamen Reporter auf und er konnte noch rasch feststellen, dass der Hut auf dem weißseidenen Innenfutter die Initialen T. S. hatte. Was ist noch gleich T. S.? Richtig, Thomas Spät, das war doch der Name des unruhvollen Abgeordneten. Und der junge Graue? War das nicht derselbe, den er gestern vor dem Hause des Unruhvollen gesehen hatte? Sonderbar, sehr sonderbar. Potter stellte fest, dass der Platz des unruhvollen Abgeordneten leer war. So kam es, dass die Nachmittagsausgabe der »Tag- und Nacht-Wache« eine Stunde früher erschien als üblich und über dem ersten redaktionellen Artikel die breit und fett gedruckte Überschrift trug: Wo ist Thomas Spät?

IX.

DER GEIST KAINS

Erst das Gerücht, dann die Kunde, schließlich die Verlautbarung über die neue Califa-Währung waren auch prompt nach Potatis gekommen und von den Menschen in Städten und Ländern mit völliger Gleichgültigkeit aufgenommen worden. Nirgends, auch in den paar Börsenstädten nicht, war es zu vorübergehender Aufregung oder auch nur besonderer Interessenahme gekommen. Die arbeitsamen, zäh ausdauernden Menschen waren daran gewöhnt, dass ab und zu Gesetze und Regelungen dekretiert wurden, sozusagen aus den Wolken herab, denen man noch vor etlichen Jahren gewisse Bedeutung zumaß und wo es sich immer erwiesen hatte, dass sich für den Einzelnen am Ende gar nichts änderte, wenn erst die Formulare, die jede Maßnahme im Gefolge zu haben pflegte, ausgefüllt waren. Man ging der Alltagsarbeit nach, um über die Alltagssorgen hinwegzukommen, und im Übrigen dachte man sich sein Teil. Was man dachte, das ging niemanden etwas an. War man einmal die Nation der Dichter und Denker gewesen? Für's Dichten ist in dieser Welt nicht viel Gelegenheit, aber umso mehr für's Denken. Und was man zu denken hat, das weiß man schon ganz allein. Alles andere ist Propaganda, offene Propaganda oder als Wissenschaft, Moral oder wie das alles heißt verkleidete Propaganda. Darüber braucht man gar nicht erst zu reden. Maul halten und denken.

Im Übrigen hat man genug damit zu tun gehabt, das eigene Land wieder in Stand zu bringen. Die Herren, die das alles einmal derartig in Scherben geschlagen hatten, hatten nie geglaubt, dass die Potatier auch nur in zwei Generationen aus den Ruinen wieder Wohn- und Arbeitsstätten machen würden. Das ist ein rundes Jahrzehnt her und nun staunen die Herrschaften, sagen, dass man uns den Respekt nicht versagen dürfe und bei dem Respekt ist ihnen im Grunde nicht wohl zumute, weil man ihnen zu tüchtig ist, immer schon zu tüchtig war. Und da denkt sich jeder sein Teil.

Schön ist das ja nicht, was da als Städte wieder aufgebaut worden ist. Aber praktisch, nützlich, zweckmäßig. »Dach und Fach«, das war die Devise und weiter nichts.

Ein Dach über'm Kopf, das trocken hält, und ein Fach für die notwendigen Siebensachen und fertig. Für Kunst und Zier war da weder Zeit noch Geld, zumeist auch gar nicht der Sinn. Aus hartem Müssen wurde sogar etwas, wie ein Stil der Zeit, der Stil der Notwendigkeit. Nécessance?

Bleibt uns nur mit Fremdworten vom Leibe, bei uns wird nur noch potatisch geredet. Also schön ist das ja nicht, mit unzureichendem Material aufgebaut, aus Schrott und Trümmern, zerklinkerte Klinker und so. Mangelhafte Werkzeuge und Maschinen, einzig zuverlässig die Menschenhände, die zupackenden. Ein Haus höher, das andere niedriger, Häuserfronten, die keine sind. So wächst kein Wald, so schießt nur Unkraut auf. Ausgeplündert wie man war, aber Plunder ist das dennoch nicht geworden. Nach Innen muss man hineinsehen. Wie die Waben im Bienenbau. Organisation, das verstehen Potatier nun einmal. System. Immer linker Hausflügel: Zwei-Personen-Wohnung. Mitte: Fünf- bis Sechs-Personen-Wohnung. Rechter Hausflügel: Drei- bis Vier-Personen-Wohnung. Alles mit dem Zentimetermaß genau gezogen. Wer sich erst in einer Wohnung auskennt, der kennt sich in allen Neuwohnungen von ganz Potatis aus. Von Nord bis Süd, von Ost bis West. Und wenn ein Potatier sagt, von Nord bis Süd, von Ost bis West, so denkt er sich sein Teil dabei und was er denkt, das weiß er genau und es geht keinen was an!

So also sind die Wohnungen, hier die Eingangstür und da die Garderobenhaken und dort der Schrank für Putzzeug und Stiefel und darüber das Bord für Koffer und Schachteln und da die Küche, mit dem Fenster an der Schmalseite. Brunnen: Ecke links. Geschirrschrank: Mitte, obere Hälfte. Kochherd rechts, und so weiter.

Und so sind die Wohnungen. Millionenfach. Kasernenstil? Kaserne, Kaserne, Sonne, Mond und Sterne! Wenn von Kaserne die Rede ist, so denkt sich jeder Potatier sein Teil, so ist der Stil der Notwendigkeit.

»Schön ist das nicht, aber tüchtig«, hatte auch einer der Herren von der hohen Militärkommission von Panterra gesagt, als man gemächlich durch die vielen Straßen der großen Stadt fuhr, in dem reichlich dichten und sehr geregelten Verkehr, dem Stadtzentrum zu. »Sehr tüchtig«, hatte ein jüngerer Herr im Wagen geantwortet, »einer besseren Sache würdig.«

Die Antwort hatte dem älteren Herrn, der ein hoher Vorgesetzter war – obwohl man keine Uniformen trug –, nicht recht behagt. Er wollte etwas fragend erwidern, unterließ es aber und so kam man ziemlich schweigsam am Ziel an, der Kommandantur der militärischen Besatzungsbehörde Panterra. Eine vom Wetter ausgeblichene Fahne von Panterra hing träge von einem Fenster des ersten Stocks des großen, breit angelegten Hauses aus der »alten Zeit«, eines der wenigen größeren, wohlerhaltenen Häuser.

Schon nach einer knappen Stunde waren sich die hohen Militärs, die in Uniformen, und die noch höheren in Zivil, über alle Punkte so im Klaren, dass man die in einem abliegenden Zimmer wartenden Regierungspräsidenten von Potatis A und Potatis B, nebst ihren Regierungssekretären, hinzuziehen konnte. Obwohl es den vier Herren von Potatis vorher genau gesagt worden war, dass es sich um eine Besprechung von höchst vertraulichem Inhalt handle, wurde die Unterhaltung mit dieser nachdrücklichen Erklärung eröffnet. Erst dann erfolgte die förmliche Vorstellung.

Die Herren von Potatis hatten geglaubt, mit General Harkensee zusammenzutreffen, dieser Glaube hatte getäuscht.

Der Chef der militärischen Besatzungsbehörde Panterra entwickelte ein Programm, das darauf hinauslief, dass in den entwaffneten, entmilitarisierten Sektoren Potatis A und B sofort eine Million Mann in militärische Ausbildung genommen werden sollten, unter Zuhilfenahme der bestehenden offiziellen Kadres und jener Sportorganisationen, die geheimen, teilweise militärischen Charakter hatten, wie er mit freundlichem Lächeln und als ihm bekannte Tatsache einflocht. Das nötige Material aller Gattungen und eventuell fehlendes Ausbildungspersonal würden gestellt werden.

Käme man hierüber zu einem Abkommen, so würde eine zweite Zivilkommission sofort mit den Regierungsvertretern von Potatis A und B in Verhandlungen treten über eine faire Lösung weitgehender Probleme, die den Wünschen von Potatis A und B nicht nur in ihren Sektoren entsprechen sollten, sondern auch den weitergehenden Wünschen, die sich auf den Sektor C und vor allem auf den Sektor D erstreckten.

Die Herren Militärs mit und ohne Uniformen erwarteten, dass die Herren von Potatis nunmehr und in der Hauptsache auf diesen zweiten und wie sie meinten verlockenden Teil ihres Angebotes einhaken würden, sodass sie imstande gewesen wären, diesen Programmteil zu umreißen. Stattdessen beschäftigten die Potatier sich zunächst nur mit dem ersten Teil, wo sie die Geber sein sollten. Die psychologische Voraussetzung hatte wieder einmal, wie so oft bei diesen sonderbaren Potatiern, nicht gestimmt.

Der Sprecher der Potatis-Delegation, Herr Erwin Raab, ein sehr soignierter, alter Herr, der sehr überlegt sprach, beim Reden die Sätze hörbar und geradezu sichtlich formte, wichtige Wendungen mit leichter Geste der rechten Hand, zuweilen sogar des Armes illustrierend, meinte, über Ziel und Zweck dieser weitgehenden Aufrüstung brauche man sich wohl kaum zu unterhalten. Das von den Herren der Militärbehörde angestrebte Tempo dieser Aufrüstung lasse auf den gegebenenfalls mehr oder minder sofortigen Einsatz schließen, die Situation sei also klar. Die Aussicht aber, dass selbst bei einem gelingenden militärischen Vorstoß auf das Gebiet des eventuellen Gegners im weiteren Verlauf der Dinge der Sektor D von Potatis, vielleicht auch die anderen Sektoren zum Schlachtfeld würden, bürde nicht nur der Regierung eine untragbare Verantwortung auf, sondern auch und vor allem dem Volk, und es sei nicht zu erwarten, nein, es wäre ausgeschlossen, für eine derartige Maßnahme die öffentliche Meinung mobilmachen zu können, ohne welche eine solche Maßnahme in ihren möglichen und zu erwartenden Konsequenzen nicht durchführbar wäre. Das Volk habe nun rund zehn Jahre lang von der Hand in den Mund gelebt, manchmal habe es nicht bis in den Mund gelangt. Immer von einem Tag zum anderen. Über die Gründe dafür und deren Berechtigung brauche nicht diskutiert zu werden. Aber eben dahingelebt, dahinvegetiert von der nächsten Sache zur übernächsten ohne einen nationalen Gedanken, ohne Volksidee.

Das könne man nicht einfach durch den Druck auf die Feder aus dem Zauberkasten hervorschnellen lassen. Das Volk warte auf den, der ihm diese Idee brachte, die es zu Besserem emporreiße.

Aber eben diese nationale Idee sei notwendig. Aufgrund eines Rechenexempels kann kein Volk auf Leben und Sterben fechten und dieses Volk mit seinen noch frischen, bitteren Erfahrungen schon gar nicht.

Diese Rede gefiel den militärischen Herren nicht. Besonders das Wort vom »Rechenexempel« hatte ihnen sehr missfallen. Hatte man geglaubt, einfach mit Nehmen und Geben diese Verhandlung zum beabsichtigten Resultat führen zu können, so sah man, dass die Taktik zu ändern sei.

Oberst Grady, der Leiter der Militärkommission in Zivil, griff nun ein.

»Um ein Missverständnis zu klären«, sagte er, »weise ich

nachdrücklich darauf hin, dass die hier zu schaffende neue Armee keineswegs als Kampftruppe gedacht ist, sondern ausschließlich als Besatzungstruppe. Dass diese Besatzungstruppen nicht einer kämpfenden Armee folgen werden, weil es gar nicht zu kriegerischen Maßnahmen dieser Art kommen wird. Ihr Land, meine Herren, kann weder ganz noch teilweise, wie Sie befürchten, zum Schlachtfeld werden, weil es in dieser Eventualaktion überhaupt kein Schlachtfeld geben wird.«

»Ich verrate wohl kein Geheimnis«, antwortete Raab, »wenn ich sage, dass ich also annehme, die kommende Auseinandersetzung, wenn es zu einer solchen kommt, würde mit chemischen oder technischen Mitteln von solcher Gewalt erfolgen, dass absolute Entscheidungen erzwungen werden, auch ohne Eingreifen von Heeresmassen.«

»Genau das«, sagte Grady, »und zwar in kürzester Zeit, in wenigen Tagen, wenn nicht in Stunden.«

»Was wir doch vorläufig als strenges Geheimnis behandeln wollen«, sagte Raab, sich an seine eigenen Leute wendend, und fuhr dann fort: »Ich will keineswegs Ihren militärischen Einsichten nahe treten, Herr Oberst Grady, aber was geschieht, wenn Ihre Rechnung nicht stimmt?«

»Sie stimmt.«

»Ich setze auch nur diesen Eventualfall als theoretische Frage. Immerhin habe ich schon einmal erlebt, dass, wie es damals hieß, ›alle Faktoren in Berechnung gezogen‹ waren, und die Rechnung hat dann doch ganz und gar nicht gestimmt. Zu Ihrem Glück nicht gestimmt, Herr Oberst, und ich darf wohl sagen, auch zu meinem Glück nicht, wenngleich mein Glück wesentlich anders ausschaut als das Ihrige. Das macht nichts, eines Tages, wenn alles das Geschichte geworden sein wird, wird man Ihr Glück und das meinige zu einem werden sehen. Das hoffen wir doch jedenfalls. Immer noch. Ja, also Herr Oberst, setzen wir den Fall, dass die Dinge doch anders verlaufen, als die 51-prozentige Sicherheit Ihnen verheißt. Ich persönlich glaube nicht, dass es eine sogenannte 51-prozentige Sicherheit überhaupt gibt, aber ich erwähne nochmals, dass ich von solchen Sachen gar nichts verstehe. Wie also dann, Herr Oberst?«

»Dann würde freilich Ihr Land mit und ohne Armee zum Schlachtfeld der Welt werden und die Frage, ob Ihre Nation mit oder ohne Armee dann besser dran ist, beantwortet sich wohl von selbst.«

»Gewiss, Herr Oberst, beantwortet sich von selbst. Nur, wie es sich beantwortet, das eben ist die Frage.«

Grady versuchte nun auf den zweiten Teil des Anerbietens einzugehen, meinend, dass schon die Aufstellung einer Armee den stillen Wünschen einer Vielheit entspreche, wie viel mehr, wenn damit sich die Hoffnungen realisierten, die praktisch von der Gesamtheit gehegt würden.

»Ich gebe zu, dass ein Wunschtraum sich hier wie durch ein Geschenk erfüllen soll. Ein Geschenk, das doch aber auf einem Kompensationsgeschäft beruht. Nennen wir es so«, fügte Raab hinzu, auf dem Gesicht Gradys deutlichen Unmut lesend, »wenn das vielleicht auch kein schönes Wort ist. Aber wie sollen diese Dinge zurechtkommen? Aufgrund von Dekreten? Wie soll das dekretiert werden? Da sind zunächst die politischen Divergenzen innerhalb der Sektoren, zum mindesten zwischen den Sektoren A, B und C einerseits und D andererseits. Die müssen ja einfach da sein, weil die Umerziehung der Nation, von der ja immer und etwas leichthin gesprochen wird, die politische Beeinflussung in diesen zwei Teilen nach zwei sehr verschiedenen sozialen Prinzipien erfolgte.

Sollen wir den Sektor D unter die militärische Gewalt der Sektoren A, B, C stellen? Das hieße den Bürgerkrieg vorbereiten. Aber vielleicht wissen Sie den Weg, darum herumzukommen. Das wäre etwas, das wäre etwas Großes, das wäre etwas über die Maßen Großes. Im bescheidenen Rahmen meines Volkes und aber auch weit, sehr weit darüber hinaus.

Aber, meine Herren«, und Raab schien sich damit an alle Anwesenden zu wenden, »ich erinnere mich eines Vorgangs vergangener Geschichte und ich war noch reichlich jung als ich's erlebte, aber doch alt genug um es zu begreifen und inzwischen habe ich es sogar verstanden. Das war im ersten Weltkrieg, als die Deutschen einen Großteil von Belgien besetzt hielten.

Nun war es ein Jahrhunderte alter Wunsch des flämischen Teils der belgischen Bevölkerung, eine eigene, flämische Universität zu haben. Und die wilhelminischen Deutschen richteten ihnen das ein. Eine flämische Universität in Gent in Belgien. Und diese flämische Universität, die wollten die Flamen wieder nicht haben. Eine flämische Universität, ja. Aber von den Deutschen installiert, nein. So war das damals, mit den Flamen. Ja. So ist das.«

»Kurz und gut, Sie lehnen also unser Anerbieten ab«, sagte Grady.

»Dazu bin ich gar nicht autorisiert, aber auch nicht, es anzunehmen. Eine Frage von so schwerwiegender Art, von so entscheidender, schicksalbestimmender Bedeutung kann, so dünkt mich, überhaupt gar nicht beantwortet werden, ohne dass man die Nation oder zumindest seine Vertreter befragt.«

»Das eben geht nicht«, sagte der Militärchef. Raab legte beide Hände mit den vollen Handflächen vor sich auf den Tisch und sah sich wie hilfesuchend im Kreise um.

»Wie lange Zeit geben Sie uns?«, fragte einer der potatischen Sekretäre.

»Wozu?«

»Um die ganze Angelegenheit unter uns genau zu besprechen.«

Grady räusperte sich. »Zwei Stunden.«

»Das ist sehr knapp.«

Grady sah auf die Uhr. »Drei Stunden also. Äußerst.«

»Wäre vielleicht ein Memorandum zu haben, das Ihren Vorschlag, im besonderen die Kompensationspunkte« – der Sekretär sagte »die Kompensationspunkte« mit besonderer, zur Unterstützung Raabs bedachten Betonung – »enthält?«

»Sicherlich«, erwiderte Grady und überreichte etliche, schon vor ihm liegende, gewissermaßen auf Abruf wartende Aktenbögen.

»Wie weit gestatten Sie den Kreis zu erweitern?«

»Ich verweise auf die eingangs erwähnte strengste Vertraulichkeit. Jeder Mitwisser kann eine Gefahr sein. Was halten Sie für notwendig?«

»Zwölf«, sagte der Sekretär, mit etwas fragender Unsicherheit, und sah Raab dabei an.

»Einverstanden, zwölf«, sagte der Militärchef.

»Wer bürgt für die Sicherheit?«, fragte Grady.

»Ich, Oberst«, antwortete der Militärchef.

Das war mehr als eine Geste, der Militärchef hatte das größte Vertrauen in diese Männer, nachdem das gegenseitige Misstrauen zwischen Siegern und Besiegten durch gemeinsame Arbeit zwecks Zusammenbringung oftmals sehr divergierender Interessen überwunden war.

Zu Raab fühlte er etwas wie Freundschaft und dieses Gefühl wäre sicherlich längst zu menschlich verbindender Freundschaft auch geworden, wenn nicht Raab immer wieder eine gewisse Reserviertheit mehr angedeutet als gezeigt hätte, die der ehrliche Soldat doch achtete und würdigte.

Der Militärchef konnte nicht ahnen, dass er mit der in einfacher, nobler Weise übernommenen Bürgschaft viel zu weit gegangen war, die verbürgte Sicherheit zerbrach, freilich in einer ganz anderen Weise, als sie von allen Beteiligten gedacht war.

Die vier Herren von Potatis waren in Eile in das »Glashaus« gefahren, das neue Regierungsgebäude, das wirklich so aussah, als ob es aus großen Glasscheiben errichtet war, ein Baumaterial, das hier seine Probe bestehen sollte. Die Bauindustrie hatte diesem Material den hässlichen Namen »Glasolith« gegeben und ein aus Glasolith errichtetes oder eigentlich gegossenes Gebäude hatte gegenüber Bauwerken aus unzerbrechlichen Glasziegeln oder Glaskacheln den Vorteil, dass es jene Porösität hatte, die von der medizinischen Wissenschaft für Wohnhäuser gefordert wird, ein Glashaus, das atmen kann, so wie ein Ziegelhaus atmet.

Im Glashaus waren in Eile die übrigen acht Herren von der Regierungsverwaltung von Potatis in den Sitzungssaal geholt worden. In der kompletten »Zwölfer-Kammer«, wie dieses Regierungsinstrument zumeist genannt wurde, trug Raab zunächst den Verlauf der Sitzung in der Panterra-Kommandantur vor. Der Bericht wurde bis zum Ende mit Schweigen angehört. Ebenso die Verlesung des Memorandums durch einen der Sekretäre.

»Meine Herren, was nun?«, lautete am Schluss Raabs Frage, die nach anfänglichem Zögern dann eine lebhafte und heftige – Raab jedenfalls empfand es als unerwartet heftige – Diskussion auslöste.

Es erwies sich sehr schnell, dass drei Herren der Zwölfer-Kammer, die sogenannte »politische Linke«, und drei weitere, die sogenannte »politische Rechte«, die Herren vom »vaterländischen Gedanken«, die gewöhnlich in ihren Ansichten diametral entgegengesetzt argumentierten, höchst seltener Weise in einem wesentlichen Punkt vollkommen einig waren. Nämlich, dass man die Möglichkeit, eine Armee aufzustellen, unter allen Umständen ergreifen müsse. Die Kompensationsangebote erschienen den Herren von Rechts als nicht ausreichend, die Herren von Links standen dem mit anscheinender Gleichgültigkeit gegenüber. Einer der Herren Rechts, ein trotz vorgerückter Jahre sehr lebhaft, laut, oftmals geradezu heftig und dann nervös, gereizt sprechender Mann meinte, Raab habe ja den Herren von Panterra schon sehr richtig gesagt, dass man sich da nichts schenken lasse. Schon aus Gründen der nationalen Ehre nicht.

Die ironische Zwischenfrage eines der Linken, was für eine besondere Ehre die nationale Ehre sei, überhörte er geflissentlich und setzte fort, man müsse das erstreiten und schon deshalb hätten die nationalen Forderungen beträchtlich über das im Memorandum zugebilligte hinauszugehen.

Rechts und Links kam dann heftig aneinander, als ein

Sprecher der Linken meinte, die Herren von Panterra verteilten da mit den Kompensationen jenes Fell eines Bären, das sie ja gar nicht hätten und nicht bekommen würden.

»Wollen Sie denn eine Armee, wollen Sie die Knochen einer Million unserer Männer verschenken?«, fragte der Alte Herr der Rechten mit Heftigkeit.

»Gewiss nicht.«

»Wozu also die Armee?«, fragte Raab.

Der Sprecher der Linken gab keine Antwort, zuckte stattdessen erst mit der einen, dann mit der anderen Schulter, eine Geste, die ihm unmissverständlich gelang, deutlicher, als er vielleicht selbst gewollt hatte und die besagte:

»Erst einmal die Armee haben. Dann werden wir sehen, für wen sie marschiert.«

Genau das dachten die Herren der Rechten, oder vielmehr, sie dachten:

»Es wird sich zeigen, gegen wen die Armee marschieren wird.« Nur ließen sie solche Gedanken nicht merken, auch nicht andeutungsweise, und doch wusste hier jeder, dass sie so dachten.

Jetzt hielt Raab den Augenblick für gekommen um zu erklären, dass er gegen diesen ganzen amoralischen Kuhhandel im Allgemeinen und gegen die Aufstellung einer großen Armee im Besonderen sei. Hier wurde er von den noch übrigen Herren unterstützt, die gleich ihm gegen jede Armee als solche waren, und nun prallten die Gegensätze mit umso größerer Heftigkeit aufeinander, als von einem der extremen Herren das böse Wort »Defaitismus« in die Debatte geworfen wurde, was dann Raab mit der gefährlichen Frage beantwortete:

»Wollen Sie vielleicht hier wieder 1939 spielen oder 1914?«

Diese Frage, dazu angetan, eine heftige Situation zu schaffen, erzeugte hingegen so etwas wie eine Ernüchterung, und der aufgeregte Herr von Rechts sagte mit disziplinierter Ruhe:

»Wenn wir hier addieren, so sind also sechs Stimmen für die Armee und sechs Stimmen dagegen.«

»Mir wäre bestimmt lieber«, antwortete Raab, »wir hätten, wenn keine Einstimmigkeit möglich ist, wenigstens sieben gegen fünf.«

»Wie es aber steht, sind wir sechs gegen sechs.«

»In diesem Falle weise ich darauf hin, dass bei Stimmengleichheit meine Stimme entscheidend ist«, sagte Raab mit großer Festigkeit.

Der Alte Herr war aufgesprungen: »Mit welchem Recht?«

»Mit dem Recht, das mir unsere Notverfassung zuspricht und das nicht weniger mein Recht geworden ist, dass ich bisher davon keinen Gebrauch gemacht habe.«

Und nun geschah das Schreckliche. Der Alte Herr von Rechts stand am Tisch, gegenüber von Raab. Er stützte sich mit beiden Handballen auf die Tischkante, als wolle er sich stützen, denn er schwankte ein paar Mal vorwärts und rückwärts. Dann auf einmal wurde sein Gesicht heftig rot, die Augen schienen ihm herauszuquellen, er schrie, er überschrie mit entsetzlich kreischender Stimme, zweimal »Verräter! Verräter!« und, ehe jemand dazwischentreten konnte, schlug er mit plötzlich geballten Fäusten Raab ins Gesicht.

Raab saß noch, mit kreideweißem Gesicht, das im nächsten Augenblick dunkel, bläulich anlief, der Mund weit auf, als sei das Unterkinn herabgefallen, so sank er zur Seite, vom Stuhl, einer der Sekretäre fing ihn auf und er starb wenige Augenblicke danach in dessen Armen, noch ehe ein Arzt, nach dem einer der anderen Herren im Hause gelaufen war, zur Stelle sein konnte.

Der Arzt konnte nur noch später ein Gutachten zur Todesursache abgeben, in dem von unglückseliger Verkettung von Umständen die Rede war, dem Schlag an sich, einem ungewöhnlich großem Siegelring an der Hand des Schlägers und einer sehr selten vorkommenden, wahrscheinlich krankhaften Lagerung der Schläfenadern des Erschlagenen.

»Der Geist Kains«, sagte der Militärchef von Panterra, als ihm der Bericht erstattet wurde.

X.

GERÜCHTE UND SCHLECHTE TRÄUME

Das Ministerium für das Auswärtige in Seniora, der Regierungsstadt von Panterra, gab Weisung, dass das schreckliche Geschehnis als solches zur vollen Kenntnis der Weltöffentlichkeit gebracht würde, aber ohne Bekanntgabe der eigentlichen Gründe.

Besonders in den Sektoren A und B von Potatis, denen sich sehr schnell der Sektor C anschloss, wurde der ganze Propagandaapparat in Bewegung gesetzt, was bei der mangelhaften und dadurch heftige Widersprüche veranlassenden Begründung dort begreifliche Aufregung verursachte, die, wieder angeeifert durch Propaganda, zu leidenschaftlichen Ausbrüchen und schließlich zu Zwischenfällen führte. Schon am nächsten Tage marschierten große Heeresmassen von Panterra im Sektor A ein, mit dem ganzen militärischen Apparat auch der schweren und schwersten Bewaffnung, Monster-Aeroplane und die neuen, gekoppelten Flugzeuge landeten in starken Verbänden, eine Macht, viel zu groß, um damit Volksaufstände, selbst gar Revolution niederzuhalten, von denen gar kein Anzeichen war.

Fachleute mochten darüber staunen, wo dieser gewaltige Apparat zur »Aufrechterhaltung von Ruhe und Ordnung« so rasch hergekommen war und weiterhin, Formation um Formation, herkam. In der Presse war von rund hunderttausend Mann die Rede, aber die Gerüchte sprachen von einer Millionenarmee.

Der Fall der »Parallele«, die einen Moment lang der Regierung in Seniora gewisses Unbehagen geschaffen hatte, war vollkommen in Vergessenheit geraten. Dieser erste Tote war umsonst gefallen. Aber der zweite Tote schuf eine Situation. Der eben noch angeblich so wolkenlose blaue, politische Himmel war plötzlich vom finstersten Gewölk umschattet. Es hieß, die Regierung von Cistransatia habe eine sehr ernste Note an die Regierung von Panterra geschickt.

Nichts darüber war verlautbart worden, aber die Gerüchte sagten, in Cistransatia habe der Wortlaut der Note in allen Zeitungen gestanden und es sei dort auch vom Rundfunk mitgeteilt worden.

Die Beisetzung des toten Raab hatte in aller Stille stattfinden sollen, aber Zeit und Ort waren irgendwie durchgesickert, ungeheure Menschenmassen hatten das Krematorium und die Zufahrtsstraßen umsäumt, und in diesen Volksansammlungen waren wieder Gerüchte aller Art entstanden, deren Ursprung niemals festzustellen war. In allen möglichen Städten sollten Streiks oder Generalstreiks ausgebrochen sein. Drüben in Centralstadt wolle man in einen gewaltigen Sympathiestreik treten. In Seniora hätte ein Sympathiestreik der Verkehrsarbeiter alles lahmgelegt. Die Weltwirtschaft stünde vor dem Zusammenbruch, die neue Währung sei ein Schwindel und die Bierpreise würden erhöht werden. Ältere Leute sagten: »Das riecht nach Pulver, genau so fing es 1939 an« und die ganz Alten sagten: »Genau wie anno 14.« Dann hieß es, eine Millionenarmee würde in Potatis aufgestellt oder solle aufgestellt werden und um dieses Gerücht entstanden wilde Redeschlachten und auch Tätlichkeiten. Polizei musste eingreifen.

Diesem Gerücht und seiner Herkunft versuchten alle Amtsstellen sehr energisch nachzugehen. Die »Zwölferkammer«, die im Augenblick nur eine Zehnerkammer war, erklärte unter Ehrenwort, ihrer Schweigepflicht nachgekommen zu sein, was der Militärchef auch glaubte, während Oberst Grady mit den Achseln zuckte. Hatte der Erschlagene gesprochen, oder der, der ihn erschlagen hatte und in schwerem Verwahrsam war? Hatten die Steine gesprochen? Das Glashaus? Wenn die Menschen schwiegen!

Der Propagandaapparat gab zwei amtliche Verlautbarungen. Die erste war eine Warnung vor Gerüchten mit dem Hinweis, dass sich jeder strafbar mache, der solche Gerüchte kolportierte. Die zweite Verlautbarung sagte, dass eine Protestnote an die Regierung von Cistransatia geschickt worden sei, weil cistransiatische Flugzeuge in großer Höhe das Gebiet von Potatis ohne Erlaubnis überflogen hatten.

»Die haben mit eigenen Augen sehen wollen, wie wir den toten Raab begraben. Da haben sie ganz recht«, reagierte die öffentliche Meinung.

Die Regierung von Cistransatia dementierte und dann wurde vom Rundfunk mitgeteilt, es sei eine zweite Note ergangen, weil das Dementi nicht stimme.

Das Dementi stimmte nicht. Das wusste niemand besser als die Piloten von 17 B, denn sie waren es gewesen, die höllisch hoch über Potatis weggeflogen waren, so hoch, dass man selbst und mit den besten Augen nichts mehr erkennen konnte, aber die Infra-Photo-Apparate, die sahen. Und was sollten die sehen? Nicht die Aufmärsche und Volksansammlungen um einen toten Mann. Aber die Aufmärsche und Ansammlungen von vorläufig noch sehr lebendigen Armeen! Und da wird ja wohl mancherlei auf den Photos zu sehen sein, die jetzt in der Entwicklung sind, und die blau-gelben Piloten von 17 B lachten, als sie die Mitteilungen von Note und Dementi in der Zeitung lasen, und sie meinten, dass die Luftkontrolle über Potatis doch verdammt gut sein müsse.

Es ging aber auch eine Note der Regierung von Cistransatia an die Regierung in Seniora, anfragend, was der »über alle Maßen« große Aufmarsch im Sektor A zu bedeuten habe, und die in Permanenz im Grünen Saal tagende Regierung fand, dass die Antwort, die von Wiederherstellung der durch den Fall Raab gestörten Ruhe und Ordnung sprach, genau das enthielt, was man erwartet hatte, nämlich ein Täuschungsmanöver unter unzulänglichem Vorwand. Die öffentliche Meinung in Panterra und in Nomandy wurde dahin geleitet, dass die Herrschaften in Cistransatia wieder einmal, wie schon so oft, Quertreibereien im Sinne hätten, ohne Sinn und Zweck und lediglich um Quertreibereien zu betreiben; die Herren möchten sich um ihren Sektor D kümmern, da rede ihnen auch niemand hinein. Und wenn es irgendetwas hineinzureden gebe, dann sei der Hohe Rat der U.N.O. dazu da und sonst niemand. Und um die öffentliche Weltmeinung vollends zu beruhigen, hatten die Zeitungen dicht unter den so orientierenden Leitartikel – einige brachten es dann, ihrer Auffassung der Wichtigkeit entsprechend, über dem Leitartikel – die Mitteilung zu machen, dass die Wiedereröffnung der Börsen mehr oder weniger unmittelbar bevorstünde. Das wirkte. Außer etlichen Aufgeregten in Potatis A machte kein Mensch auf der Welt, jedenfalls nicht in den Ländern, die meinten, die Welt zu repräsentieren, die dumme Bemerkung, dass es nach Pulver rieche. Dennoch war der Himmel von Gewölk umlagert und als General Harkensee Bericht aus dem Ministerium für das Auswärtige über die politische Situation erhalten hatte, schlug er mit der Hand auf den Tisch und sagte:

»Macht nur so weiter, und bei Gott in zwei Tagen ist das Überraschungsmoment beim Teufel.« (Leutnant Ritehand fand diese Formulierung mit dem Weltschöpfer und seinem Widersacher in einem einzigen Satz »sehr interessant.«)

Der Kriegsminister von Cistransatia erhielt im »Grünen Saal« den ersten Auftrag, freilich anders, als er sich erwartet hatte. Im Sektor D von Potatis sind alle Truppen auf 10 km Breite von den Grenzen an zu den Sektoren A und B abzuziehen. Nur dünnste Grenzgendarmerie darf zurückbleiben. Grenzzwischenfälle dürfen nicht vorkommen, auch mit Zivilisten nicht. Provokationen, welcher Art auch immer, dürfen nicht beachtet werden. Eine Bemerkung des Kriegsministers über »nationale Ehre« wurde von dem Alten abgetan, das wäre eine jämmerliche Ehre, die von solchen eventuellen Lausbübereien abhängig sei. Die Flugzeugeskapade nach A hinüber sei schon überflüssig gewesen. Das photographische Beweismaterial sei keinen Sperling wert, wenn erst die Weltlügenmaschine, die sich Propaganda nennt, in Tempo geriete.

»Und Lyonel?«, fragte der Kriegsminister.

»Lyonel hat keine Angst«, sagte der Alte.

»Und er versteht nichts von Strategie und Taktik«, sagte Lyonel und hatte ein geradezu heiter strahlendes Gesicht. Seine Experimente mit Romanus und dem »Peter« waren überaus befriedigend ausgefallen.

Als der Alte einmal allein am Kamin stehend seine Weichselholzpfeife stopfte, was er immer tat, wenn er allein sich etwas überlegen wollte, trat Lyonel an ihn heran und machte gar kein strahlendes Gesicht. »Ich meine, man sollte«, sagte er etwas unsicher, »oder besser, sollte man nicht in dieser Situation dem Apparat, meine ich, mitteilen ...«, er sprach nicht weiter.

»Was?«

»Ich meine über ›Hagia Blanca‹«, sagte Lyonel, fast unhörbar flüsternd.

»Denn sonst würde ich am Ende noch daran vergessen, wie?«

»Ich meine, ich kann mir nicht helfen, ich meine in dieser Situation und so. Ich habe ein schlechtes Gefühl, ihnen das dauernd verschweigen zu müssen.«

»Nun komme mir noch mit der Moral!«, sagte der Alte, hatte seine Pfeife im Gang und ging an seinen Tischplatz.

In Centralstadt, wie im ganzen Lande Nomandy überhaupt, kümmerten sich die Leute nicht um die Vorgänge auf der anderen Seite des Ozeans. Ein Regierungspräsident umgebracht? Die müssen eben immer umbringen. Vereinzelt oder in Massen. Deshalb kann man doch nicht in einem fort hier sich beunruhigen. Man hat Wichtigeres zu tun. Kommt's da wieder zum Krach, so wird man eben die nötigen Soldaten rüberschicken und Ordnung schaffen. Schlimm genug, dass man nun seit Jahren ein großes, stehendes Heer haben muss, was den Arbeitsmarkt verknappt und in gewissem Sinne die Löhne steigert. In gewissem Sinn. Nicht praktisch, aber theoretisch. Immerhin bedeuten höhere Betriebskosten auch höhere Preise. In diesem Fall nicht theoretisch, sondern in der Praxis. Denn Preiserhöhungen bringen immer Geschäft. Trotzdem gibt es Arbeitslosigkeit genug. So regulieren sich also doch die Löhne. Und die große Armee, die man erst gar nicht haben wollte, ist jetzt der Stolz der Nation. Die größte Armee der Welt. Manche sagen, es wäre doch nur die zweitgrößte. Einerlei. Und die Arbeiter-Armee? Das macht uns keiner nach. Jeder Arbeiter ein Uniformträger. Anstellungsverträge und solches Zeug gibt es ja gar nicht. Jeder Arbeiter wird dem Werk, der Fabrik, der Mine, den Farmen sozusagen von der Armee geliehen. Streiks und solches Zeug gibt es ja gar nicht. Dafür auch keine Aussperrungen. Gerechtigkeit muss sein, und dass Gerechtigkeit sei, nämlich was man in einer vernünftigen Welt mit gesunder Wirtschaft unter Gerechtigkeit versteht, dafür sorgt der wirtschaftliche Generalstab. Dann haben wir zwei Generalstäbe, einen militärischen, für den Stolz der Nation, und einen wirtschaftlichen für die Prosperität der Nation. Macht uns keiner nach! Die da drüben? Sind doch Wilde! Und wenn diese tatarischen Barbaren und analphabetischen Kannibalen in Cistransatia keine Ruhe geben wollen, na dann wird man eines Tages mit brisanzierenden Atombomben oder atomisierenden Brisanzbomben oder was gerade das neueste Fabrikat ist, dazwischenfahren und Schluss. Es ist schon längst höchste Zeit, dass die Welt erlöst werde von diesem Übel, wie es schon in der Bibel irgendwo heißt. So denke ich und so denkst du und so denken wir alle, Mertons und Portermeyers und Franks und die alten Fontheims und Börsendirektors Sanders und Sixsterns und überhaupt alle, bis hinunter zu den Tommy Levingers.

Nun heißt es freilich in Mitteilungen von drüben, dass die

Börsen wieder eröffnet werden. Es kann also doch auch mal was Gutes von da drüben kommen. Wie? Die Nachricht kommt aus Seniora? Naja doch, also doch aus Panterra und das liegt doch da drüben. Wie? Nur geographisch? Na, das ist ja einerlei. Hauptsache dass die Börse eröffnet wird! Wie steht da? Mehr oder weniger unmittelbar? Was heißt das, mehr oder weniger? Das kann alles heißen. Habe ich Ihnen schon mal eine Ware verkauft und die kostet mehr oder weniger? Alles Wilde, da drüben.

Nur Primerus hatte schreckliche Träume. Drei Nächte hintereinander wurde ihm ein Riesenkapital von Califa unter den Händen weggenommen, von einem uniformierten Ungetüm, halb Mensch und halb Brontosaurus. Das fraß es und fraß und spie es als höllische Schwefelflamme wieder aus. Und das Kapital ging hin und am Ende war er Califa schuldig an die ganze Welt. Und die Seestraße präsentierte Wechsel, die er nicht einlösen konnte.

Alle Wechsel gingen zu Protest. Das Ende der Welt war da. So träumte Primerus. Wer hätte das gedacht, dass er nicht die Nerven für solche Sachen hatte!

XI.

NOCH DREI BIS FÜNF STUNDEN

Einer hatte die Nerven, die zur Situation gehörten. »Harry« der General, der nun seit zwei Tagen schon seine Amtsräume im Kriegsministerium nicht verlassen hatte und auf das Signal wartete. Das einzige, was ihn Nerven kostete, war, dass das Signal warten ließ.

Von Zeit zu Zeit wagte sich ein nicht befohlener Offizier bis in den Gang mit dem dicken, roten Teppichläufer vor, wo Ordonnanz Tenner mit prachtvoll geputzten Knöpfen Wache hielt.

»Tenner, was gibt es?«

»Er geht auf und ab.«

»Und wissen Sie sonst was?«

»Der Premierminister hat angerufen.«

»Und was der gewollt hat, wissen Sie nicht.«

»Vielleicht doch.«

»Wirklich, Tenner?«

»Ich war gerade drin und brachte ihm Tee. Tee ohne Milch und ohne Zucker. Wie immer. Die vierzehnte Tasse heute. Und da rief der Premier gerade an. Leutnant Ritehand war gerade drin und nun raten Sie mal, was passierte, Herr Major. Sie werden es nicht raten. Er schickte Ritehand hinaus und mir deutete er, drin zu bleiben. So eine Handbewegung zu mir hin, mit dem Daumen nach unten zeigend. Und so blieb ich drin. Was sagen Sie dazu?«

»Hm. Ja. Sehr interessant. Dankeschön Tenner.« Der Major ging. Der Vorgang war ihm anscheinend gegen die Offiziersehre, wie man sie in diesem Hause verstand.

Aber schon nach fünf Minuten kam ein anderer Offizier.

»Na, Tenner, was gibt es?«

Und Tenner erzählte die gleiche Geschichte. Der Offizier kannte sie schon und so schluckte er sie hinunter.

»Gratuliere, Tenner, das ist doch sozusagen eine Auszeichnung. Und was weiter?«

»Raten Sie mal, Herr Hauptmann. Sie werden es nicht raten. Der Premier fragte, ob Harry zu ihm kommen könne, zu einer wichtigen Besprechung. Und Harry sagte Nein, das könne er nicht. Er habe leider keine Zeit.«

»Und was weiter?«

»Weiter nichts.«

»Großartig.«

»Das habe ich auch gedacht. Harry, das ist ein Mann. Der bringt dieses Haus in Respekt.«

Der Offizier ging seinen Weg zurück. In dem Augenblick kam eine Ordonnanz die andere Seite des rotgeläuferten Gangs hinauf und dicht hinter ihm ein Mann in Zivil: Der Premierminister. Tenner erkannte ihn sofort, nach den Bildern in den illustrierten Zeitschriften und im Kino. Da hatte er immer eine gewisse Ähnlichkeit mit Harry, aber jetzt sah Tenner sofort, dass er in Wirklichkeit ganz anders aussah, glatter oder so.

»Tenner, melde sofort …«, sagte die Ordonnanz.

Tenner war schon hinein. Der vom anderen Ende des Ganges vorsichtig beobachtende Hauptmann konnte noch sehen, dass einen Augenblick später General Harkensee selbst in der Tür erschien um den Premierminister zu empfangen.

»Verehrtester, was macht Ihre werte Regierung?«, sprang der General gleich die entscheidenden Dinge an, als die beiden Männer einander gegenübersaßen, die jeder einen der dünnen Fäden hielten, an denen in diesem Augenblick Weltschicksal hing. »Es gehen wertvolle Stunden verloren. Vielleicht uneinbringliche. Es geht um das Überraschungsmoment und das ist zweiteilig. Das eine ist die Überraschung in ihrer Effektivität an sich. Die trifft den Gegner je nachdem in seiner Strategie, vielleicht sogar in der Verwaltung. Das geht in der eigentlichen Auswirkung die höheren Stellen an. Das andere ist das Überraschungsmoment in seiner Chockwirkung auf die Massen, auf Heeresmassen und – oder zivile Massen. Das war schon unter den veralteten Formen der Kriegsführung so, an denen ich vielleicht nicht ohne Anteil war. Das gilt in viel höherem Maß für den Plan, der hier vor mir liegt. Die Wahl, welchen Teil man eventuell mehr oder weniger fallen lassen muss, ist schon faul! Aber die Wahl ist gar keine. Fällt aus den zwei Teilen des Überraschungsmoments einer heraus, so ist es zumeist die Chockwirkung. Im vorliegenden Fall ist es so.«

»Die Vorbereitung der Massen könnte doch nur durch den Gegner selbst erfolgen und ich weiß nicht, ob die Regierung des Gegners, selbst wenn sie es für angemessen hielte, sich das leisten kann.«

»Ich wüsste nicht, ob wir uns das leisten könnten. Aber die dort? Warum nicht? Den Völkern, die in Konditor-Romantik aufwachsen, wo der Rundfunk mit Mondschein und Liebelei durch die Stunden plätschert und der Kino fatamorganat kann man dergleichen nicht mittendrin erzählen. Das würde natürlich glatt die Chockwirkung auslösen. Da braucht es Vorbereitung. Aber die dort, in strenger Zucht der Realitäten aufgewachsen, die können das schon hinnehmen. Nicht umsonst habe ich Delegationen, die nach Cistransatia gingen und die ich zu beraten Gelegenheit hatte, immer empfohlen, dort in die Kinos zu gehen, auf die Rummelplätze, in die Tingeltangels. Da war aus dem Unterschied was zu lernen. Die Logik könnte argumentieren, dass es trotzdem nicht zu erwarten ist. Aber ich weiß aus mancherlei Erfahrung, dass die Ereignisse in solchen Dingen immer gegen unsere Logik laufen. Weil nämlich der Gegner eine andere Art von Logik hat. So ist das. Aber wir, wir reden und reden und reden und die Zeit läuft ab. Gegen mich. So ist das.«

»Aber die internationale, politische Situation!«

»Davon verstehe ich alter Soldat nun wieder gar nichts. Ich weiß nur, dass immer gerade irgendeine internationale, politische Situation ist. Heute ist eine und morgen wird eine sein. Und planmäßig wird keine verlaufen, weil nämlich der liebe Gott die Welt regiert und kein Filmregisseur.«

»Sie sind nun mal gegen den Film.«

»Nein. Aber ich bin für Gott. Darum bin ich für die Wiederherstellung eines Reiches Gottes auf Erden. Zweimal in meinem Leben hat die Menschheit schon die Aufgabe zu erfüllen gehabt. Zweimal in meinem Leben hat Gott den Menschen zur Seite gestanden und der gerechten Sache zum Siege verholfen und zweimal in meinem Leben haben wir Menschen Gottes Gabe vertan. Und darum müssen wir nun in den dritten und ein für alle Mal entscheidenden Kampf für Gerechtigkeit und sittliche Ordnung, noch einmal wir, als Kreuzfahrer des zwanzigsten Jahrhunderts.«

»Ich neige mich vor Ihrem Gottesglauben, General, aber als Kreuzritter fühle ich mich nun gerade nicht. Mit dem Wort vom Kreuzzug in unserer Zeit ist, dünkt mich, allzu viel Missbrauch getrieben worden.«

»Leider. Dennoch sage ich, ich fühle mich gleichsam auf den Spuren von Richard Cœur de Lion, der mir Vorbild und Ideal ist.«

»Und der erste war, der aus religionspolitischen Erwägungen, nicht aus Notwendigkeit und nicht einmal aus Fanatismus die ersten Judenpogrome veranstaltet hat, zur Schande seiner Zeit und ihrer Menschheit bis auf den heutigen Tag. Wenn das auch nicht so in den Geschichtsbüchern steht. Aber man kann nicht, in unserer Zeit kann man nicht einfach drüber hinweggehen. Verzeihung, General, wir sind vom Thema abgekommen. Jedenfalls vom im Augenblick konkreten Thema.«

»Sie mahnen mich, dass die Zeit drängt. Die Zeit drängt. Die Zeit versäumt, jetzt, heißt vielleicht Jahre versäumt. Vielleicht viel mehr. Ich bin nicht für Präventivkrieg. Kein anständiger Soldat wäre dafür. Aber ich stehe für den Krieg der Notwendigkeit. Was wäre gewesen, wenn … gilt nicht. Aber was wird sein, falls … gilt auch nicht. Ich freue mich, dass es der Premierminister ist, der den General mahnt.«

»Aber die Verantwortung, General, die Verantwortung!«

»Glauben Sie, dass ich d'un cœur léger in dieses neue Purgatorium hinabsteige? Hier, diesen Raum hier habe ich seit drei Tagen nicht verlassen und gestern war Sonntag. War nicht gestern Sonntag? Was hab ich hier getan, gestern? Bin hier auf und ab gewandert, auf und ab, von dieser Ecke in jene da. Auf und ab. Ich sage Ihnen, auf den Knien meiner Seele habe ich hier vor Gott gelegen und um Erbarmen gebeten für das, was kommt. Bin ich auch ein Gekreuzigter? Ein alter Mann und ein gekreuzigter dazu? Aber das ist meine Sache und es geht niemanden etwas an. Nun aber, da die Zeit drängt, woran Sie nur allzu recht mich mahnten, nun frage ich Sie, was, Premierminister, haben Sie mir zu sagen?«

»Ich habe letzte Nacht mit Nomandy telefoniert, wiederholt. Boswell war selbst am Apparat. Aalglatt. Ausweichend. Er berief sich darauf, dass sein Fluggeschwader mit allem Material wohlbehalten hier gelandet sei. Ich bin heute früh einfach hinübergeflogen. Zwei und eine halbe Stunde mit einem Oberon, etwas abgespannt wie ich war, habe ich die Fahrt verschlafen und das war gut. Aber aus Boswell hab ich nichts herausgebracht. Er soll ja sagen, oder nein. Ja oder nein. Das tut er nicht. Dass wir uns auf Boswell und Nomandy verlassen können, dafür hafte ich. Mit meinem Kopf, General, wenn Sie wollen. Aber er soll ja sagen oder nein. Und das tut er nicht. Wenn es zur Entscheidung kommt, nimmt er seine große Hornbrille ab und putzt die Augengläser, sodass er einem nicht ins Gesicht zu sehen braucht. Und so bin ich jetzt zurück, ohne sein Wort.«

»Wofür ich dem Geschick danke. Wollten Sie, Herr Premierminister, die Führung an die drüben abtreten?«

»Die ungeheure Verantwortung teilen, General.«

»Der Mensch kann nicht teilen, was Gottes ist.«

»General, das ist fürchterlich.«

»Ich bin auch nur ein Mensch, aber erinnern Sie mich nicht daran. Erinnern Sie mich jetzt nicht.«

»Geben Sie mir noch eine Frist, General.«

»Wie lange?«

»Der Unterwasser-Flugzeugträger Delta liegt im Chinesischen Meer. Er hat zwei Flugzeuge im Raum. Das eine ist ein Oberon-Recognoszierungsflieger.«

»Das andere?«

»Trägt eine Super Clf-Bombe.«

»Der Plan ist: stärkster Einsatz vom Westen.«

»Nichts gegen den Plan, General. Delta wird den Befehl erhalten, den Bombenträger sofort zu starten. Die Recognoszierung zwanzig Minuten später. Früher ist ja nicht möglich. Die Bombe ist über Fi-Ang in Fernost-Halbsüd abzuwerfen.«

»Fernost-Halbsüd und Fernost-Süd. Seit sechs Jahren geht das wieder und steht remis. Könnte längst entschieden sein, könnte längst Ruhe haben und ich wäre ein schlechter Christ, wenn ich es den Menschenbrüdern nicht von Herzen wünschte.

Aber jedesmal, wenn Halbsüd am Ende war, haben die Herren von Cistransatia das Knock-out verhindert und ihre Genossen wieder auf die Beine gestellt. Aber jetzt das? Das ist eine sehr halbe Maßnahme.«

»Es soll gar keine Maßnahme sein. Nur ein letzter Versuch, eine allerletzte Generalprobe. Entspricht das Resultat den Erwartungen, dann ...«

»Dann ...?«

»Lege – ich – ein Amt – in Ihre Hände, General Harkensee.«

Es entstand eine Pause, in der man nichts hörte, als die leisen, fast dumpfen Schritte des auf und ab gehenden Generals auf dem weichen Smyrnateppich.

Dann fragte der General:

»Wenn die Herren in Cistransatia, was sehr möglich ist, was fast wahrscheinlich ist, genauso rasch von dem – dem Resultat erfahren, wie wir?«

»Auch dann ist es für sie zu spät, noch Maßnahmen zu treffen.«

»Premierminister, meinen Respekt. Sie sind mir über.«

Der Premierminister lag mehr in dem großen Ledersessel als dass er saß. Aus seinem Gesicht war alle Farbe gewichen. Seine Hände flatterten. Aber er riss sich zusammen. Stand auf. Stand kerzengerade.

»Ich fahre von hier direkt zur Admiralität.«

»Und wann glauben Sie …?«

»Ich habe vor einer Stunde die Admiralität gebeten, die Verbindung mit Delta herzustellen. Das dürfte inzwischen gelungen sein. Ich denke, General, in frühestens drei Stunden. Spätestens in fünf Stunden.«

Der General geleitete den Premierminister bis an die Tür des Vorzimmers und ging dann in sein Cabinet zurück. »Ritehand, schicken Sie mir Tenner.«

Als Tenner ins Cabinet eintrat, ging der General wieder auf und ab. Dann blieb er vor Tenner stehen, sah ihn an, von oben nach unten und von unten nach oben. Tenner dachte ängstlich an seine Knöpfe.

»Tenner, ich möchte Ihnen etwas sagen. Nein. Ich werde es nicht sagen. Tenner, bringen Sie mir bitte eine Tasse Tee. Dann bleiben Sie hier im Cabinet. Lassen Sie mich nicht allein. Es kann drei Stunden dauern, oder fünf, Tenner.«

XII.

EINE MILLIONENSTADT WIRD BEZOGEN

Bredow, der alte Glasschleifer, hatte in seiner Eigenschaft als Arbeitsminister von Cistransatia geirrt, als er angab, dass etwa die Hälfte der Millionenbelegschaft für Hestermannstadt morgens um 8 Uhr antreten würde, die zweite Hälfte in zwei Vierteln, je drei Stunden später. Morgens um 8 Uhr waren annähernd drei Viertel zur Stelle. Um 11 Uhr ziemlich der ganze Rest. Nur etliche Nachzügler kamen zur dritten Einreiseschicht um 2 Uhr. Die Folge war gewesen, dass die ersten Zufahrtzüge, Autobusse, Lastwagen voll und übervoll ankamen und man für den Einzug in Hestermannstadt nicht nur alle vorgesehenen Einmarschstraßen, Rolltreppen, Personenaufzüge für Hundertschaften nebst den kleinen Eilaufzügen für Zehnerschaften in Hochbetrieb hatte, sondern auch die sämtlichen Warenaufzüge für Personeneinfahrt zur Hilfe nahm und schließlich etliche der breiten Straßen öffnete, die als Einbahnstraßen eigentlich nur von unten nach oben für den Abtransport von Fertigfabrikaten gedacht waren.

»Hauptsache ist, dass keine Stockungen eintreten«, sagte der Verkehrsminister Techner, »rumstehen müssen und warten verdirbt den Leuten die beste Laune«, und ließ sich den hundertsten Zettel geben, mit den letzten Ziffern derer, die die »weiße Linie« passiert hatten. Die »weiße Linie« waren breite, weiße Emaillestreifen, quer über alle Einfahrten, da wo die Straße oder der Schacht unterirdisch wurde. Wer über die »weiße Linie« war, war aus Techners Ressort heraus.

Unten dirigierte der Chef der Verkehrspolizei No. 101 mit seinem Stab und seinen Leuten und für diese ersten Tage fungierten zahlreiche Architekten, Baumeister, Bauvorarbeiter als Hilfspolizisten. Aber der stürmische Andrang hatte doch zur Folge, dass es zu Stockungen und Verstopfungen kam. Mehrfach hatte No. 101 nach oben telefonieren lassen, das Tempo wenigstens vorübergehend etwas zu verlangsamen. Techner hatte von solchen Telefonaten gar keine Notiz genommen. Es kam hinzu, dass unter dem Eindruck der Erstaunlichkeiten auf zumeist technischen Gebieten der Weitermarsch der Einziehenden in die Quartiere nicht immer mit der größtmöglichsten Schnelligkeit ging. Schließlich bleibt Mensch doch Mensch, aber nur das Umsehen nach allen Seiten, wenn man über einen strahlend hellen, weiten Rundplatz ging, mit einem Palmenmädchen in der Mitte, strahlend hell und nirgends auch nur die geringste Lichtquelle zu sehen, was schon auf den Straßen aufgefallen war, aber hier gewaltiges Erstaunen auslöste, nur solches Herumblicken, während die Beine eigentlich stramm weiter marschierten, hatte geringe Zeitverluste zur Folge, Sekundenverluste, die sich zu Minuten aufsummten.

Als man No. 101 meldete, dass etwa tausend Frauen, die man im Stadtteil N.4 in eine Fabrikstraße umgeleitet hatte, um bei einer drohenden Verkehrsstopfung für einen Augenblick Luft zu bekommen, da schon eine Stunde ständen und nicht in die Verkehrsstraße hereinzubekommen waren, riss ihm die Geduld und er rief »nach oben« an, er wolle unbedingt Techner selbst sprechen.

»Hier Techner. Wer spricht?«

»Hier 101. Hör mal, Techner, so geht das nicht weiter!«

»Wieso? Ist ein heißer Spätsommertag hier oben. Aber bei euch ist's sicher kühler.«

»Keine Witze, Techner. Ihr müsst unbedingt eine Atempause geben. Ich kriege Verstopfungen.«

»Nimm Rhabarbertabletten, mein Lieber.«

»Hör auf, Techner. Es ist mir Ernst. Techner, die Elevatoren 71-80 müssen unbedingt drei Touren überschlagen.«

»Ausgeschlossen. Total unmöglich.«

»Techner, ich komme nicht durch und es wird ein Malheur geben.«

»Du kommst aber durch, weil du durchkommen musst und es wird gar kein Malheur geben.«

»Ihr seid allesamt verrückt geworden!«, schrie No. 101 und knallte den Sprechhörer auf den Apparat.

»Was hat er gewollt?«, fragte oben einer.

»Er lässt euch sagen und mir mit, dass wir allesamt verrückt geworden seien. Also, die letzten Zahlen bitte.«

Unten polterte No. 101. »Was ist mit den festgelaufenen Frauen in N.4?«

»Werden in Zehnergruppen durch eine Fabrik und über eine Notpassage in ihre Wohnstraße gebracht.«

»Wer bringt sie?«

»Hilfspolizist 128, mit einigen Leuten. 128 ist der Architekt der Fabrik.«

»Was für Fabrik?«

»N.4. 14te Straße, Block F. Quarzlampen. Die Frauen landen direkt in ihrer Wohnstraße, aber sie müssen dort die Blocks A bis D beziehen, anstatt E bis H, wie vorgesehen war. A bis D wird dann E bis H beziehen.«

»Wenn ihr Durcheinander macht, sollt ihr mal was erleben. Ist das Meldeamt informiert?«

»Ist informiert.«

»Die Post?«

»Noch nicht. Wird ohnehin noch keine Post kommen.«

»Und wenn wir das vergessen, wie sollen dann die Leute zu ihrer Post kommen? Sofort Post informieren.«

»Meldung. W.3. 7te Straße. Block B ist ohne Licht.«

»Das ist Hestermanns Sache. Hestermann sofort instruieren.«

»Hestermann hat schon Bescheid.«

Die Arbeiter für Hartnickel und Chrom bezogen den dunklen Block B in der siebenten Wohnstraße vom Westen 3, weil sie von der Straße mussten. Licht, durch schmale Fensterstreifen fallend, erhellte die Räume unzulänglich. Sie halfen sich mit ihren Notlampen und bewunderten einstweilen das leuchtende Schild neben jeder Saaltür, rechts, mit Knöpfen und Schaltern für

»Tageslicht -) an.« »Tageslicht (- aus.« »Tischlampen.« »Heizung -) Grad 1, -) Grad 2, -) Grad 3, -) Grad 4.« »Heizung Teekessel« und so weiter.

»Vier Stockwerke hoch. Allerhand.«

»Und die Betten, großartig.«

»Und die Badezimmer. Habt ihr die Badezimmer gesehen?«

»Mit kaltem und warmem Wasser. Lauter Nickelhähne.«

»Aber es läuft nur kalt.«

»Dich werden wir noch unter warmes Wasser tun, bis du rot gesotten bist wie ein Hummer.«

Auf einmal war das Licht da. Nicht dass es aufflammte, es war da. Alles taghell. Und keine Lichtquelle zu sehen.

»Ich war eben auf dem Dach.«

»Wie bist du da hingekommen?«

»Es führt eine breite Treppe hinauf. Und oben großartig. Die eine Seite ist ein Garten. In der Mitte ein Blumenbeet. Ich glaube Rhododendron oder sowas, alles rot und grün.

Und rund um eine Baumallee mit Korbstühlen und Liegestühlen und lauter Palmen. Ich war mal auf Urlaub im Süden. Da waren auch Palmen. Und die andere Dachseite Tennisplätze. Ich habe kein Racket. Ich glaube, keiner hat ein Racket mit. An sowas hat man doch nicht gedacht. Was nun?«

»Hast du sonst keine Sorgen?«

»Nein. Was für Sorgen? Meine Siebensachen habe ich bald ausgepackt.

Da ist mein Schrank. Nummer 47228. Da ist mein Bett, 47228, stimmt. Da ist mein Tisch. 47228 und 47229. Das ist mein halber Tisch, die andere Hälfte gehört dir. Ich fühle mich sehr comfortabel. Wo kriege ich jetzt ein Racket her?«

»Kauf dir eins.« Die Umstehenden lachten.

»Ich werd mir auch eins kaufen. In der Hauptstraße, wo wir vorhin durchgekommen sind. Da wo immer ein Haus grün ist und ein Haus weiß. Da waren Läden.«

»Ja. Bäcker, Krämer, Grünwaren, Schlachter, Drogerie, Wäsche und so.«

»Da war ein Laden, da stand dran: Sportartikel.«

»Aber die Läden sind doch alle leer.«

»Naja, heute. Aber morgen!«

»Und der Sportladen vielleicht erst übermorgen, was dann?«, und wieder lachte der Kreis.

»Übermorgen werden wir, denke ich, schon auf Arbeit gehen können.«

»Na, dann kommst du am nächsten Sonntag zu deinem Dachgarten-Tennis.«

»Wer weiß, wann der nächste Sonntag sein wird.«

»Ja, das weiß man nicht«, und alle die munteren Männer wurden auf einmal sehr ernst.

An diesem ersten Tage des Einzugs von einer Million Menschen in die unterirdische Stadt sollte niemand, der ein Quartier bezogen, das Haus verlassen. So war man nach dem ersten Staunen über die technische Wunderleistung im Gesamten und nach eingehender Besichtigung vom Grund bis zum Dach und nach Einordnung der mitgebrachten Sachen am Ende. Von den vielen elektrischen Schaltern neben der Tür schien zunächst nur »Tageslicht an« und »Tageslicht aus« zu funktionieren. »Heizung – Kessel« ging noch nicht. Viele rührten sich aus der »Nickelhülse« einen »Pudding« an, in manchen Abteilungen machte man gemeinschaftliche Tafel. Und dann fanden sich überall die Schachpartien zusammen, Schachspiele hatten sehr viele mitgebracht und natürlich die Kartenspieler komplettierten ihre Mannschaften. Der erste Gesangverein begann in einem Frauenblock seine erste Probe. Schließlich hatte jeder einige Bücher mit dabei und in den Dachgärten wurden nach und nach die Korbsessel und Liegestühle zumeist von

Lesenden besetzt. Auf etlichen Dächern waren an einer Gartenseite Kegelbahnen eingerichtet, die sofort mit Lärm und Gepolter ausprobiert wurden.

Ein Signal in den Wohnblocks schlug an wie von silbernen kleinen Glocken und eine Frauenstimme sagte: »Hier Radio Hestermannstadt. Kameraden, wir geben die erste Sendung. Für heute nur eigene Sendung und auch da nur Schallplattenmusik. Morgen werden wir den Anschluss an alle großen Sender haben.« Es kam die Volkshymne, dann ein Violinkonzert, dann eine Folge klassischer, leichterer Musik und moderne Tänze. Zunächst wurde das als «gut«, »nett« und »fein« befunden, dann kam bald die Kritik, zumeist mit der Frage: »Warum geben sie keine Nachrichten?«

Von den langen, schmalen Fensterstreifen und vom Dachgarten aus konnte man auf die Straße sehen, wo immer noch Kolonnen durchmarschierten, aber nicht mehr in ununterbrochener Folge.

Manchmal waren minutenlange Zwischenräume. Oben hielt Techner bei über 800.000 jenseits der weißen Linie. Die Warenaufzüge wurden für Personenverkehr geschlossen, die ersten Proviantkolonnen fuhren ein. »Willst du nicht wenigstens ein bis zwei Stunden schlafen, solange es noch dunkel ist?« (es war spät in der Nacht geworden), trat einer an Techner heran. »Nein, aber wenn ihr einen Stuhl hättet, kann ich genauso gut sitzen. Die Beine tun mir schon lange weh«, antwortete Techner. Der Betrieb ging weiter. »Willst du dich nicht mal 'ne Stunde oder so hinlegen?«, fragte unten einer bei No. 101 an. »Wie kann ich denn, wenn die da oben verrückt geworden sind!« »Aber wir sind doch über'n Berg?« »Genau fünf Minuten hat Techner die Aufzüge 101 bis 150 in Ruhe gelassen und jetzt deckt er uns mit Lastwagen zu. Was ist denn eigentlich drauf?« »Mehl soll drauf sein.« »Soll, und was ist drauf?« »Mehl.« »Na also.«

In den frühen Morgenstunden des zweiten Tages, als die letzten Ankömmlinge ihre Quartiere bezogen, waren die großen Bäckereien schon im Gange. Am Vormittag kam Brot in die Bäckerläden, in einigen Straßen waren die Krämereien für das Notwendigste eingerichtet. Hestermannstadt fing an in Gang zu kommen. Radio sagte überall an, dass die Teekessel-Heizungen in Betrieb genommen werden könnten. Das geschah, sofort, zehntausendfach.

Oben war Techner auf einem Stuhl eingeschlafen. Unten hatte No. 101 sich ablösen lassen müssen, er war total heiser geworden. Der Betrieb ging von Oben nach Unten noch ununterbrochen weiter, aber die großen Personenaufzüge und die breiten Einmarschstraßen ruhten. Jetzt kamen Lastwagen um Lastwagen mit Maschinen und Maschinenteilen, zumeist Spezialmaschinen, die nach genauem Plan in Fabriken »oben« abmontiert worden waren und nun »unten« in gleichen Fabriken aufmontiert wurden. Ein Teil der Fabriken unten war allerdings bereits gebrauchsfertig, manche sahen noch fast leer aus.

Die ersten vierundzwanzig Stunden waren in ununterbrochenem »Tageslicht« vergangen. Nur in wenigen Blocks hatte man spät nach Mitternacht abgeschaltet und Dämmerung hergestellt, da ja durch die Fensterstreifen das Tageslicht von draußen kam. Man unterhielt sich darüber, ob hier nun »so in aller Ewigkeit« die Straßen hell sein würden, aber dann kamen Broschüren zur Verteilung »Führer durch unsere Stadt« mit Stadtplan und Angaben über alles, was man unter den ungewöhnlichen Umständen an Besonderem wissen müsse. Da stand auch, dass das Tageslicht auf den Straßen abends um 8 Uhr auf halb geschaltet würde und um 9 Uhr ausginge. Dann würden die »Straßenlaternen« ausreichend leuchten. Der Führer gab allen Beschäftigung. Auf dem Stadtplan wurde festgestellt, wo man wohnte, wo die Fabrik sei, meistens in unmittelbarer Nähe. Ein Kinotheater war an den meisten Straßenecken, anscheinend immer auf einem Fabrikdach.

»Und wenn es regnet?«

»Dann schenken sie dir einen Regenschirm?« Das war schon ein Witz. Wo soll's denn hier regnen? Die Straßen durchweg

Einbahnstraßen, die geraden Straßennummern immer »rauf«, die ungeraden »runter«. Sehr einfach.

»Zum Operntheater fahren wir mit Autobus 12.«

»Ja, und zum Schauspielhaus mit 14.«

»Und Autobus 13?«

»Da ist keiner.«

»Wenn da 12 und 14 ist, muss auch 13 sein.«

»Ist auch auf meinem Plan. Der fährt an der Konzerthalle vorbei.«

»Die Sportarena ist genau in der Mitte. Fußballplatz. Schwimmplatz. Tennisplätze, Spielwiese, Rennbahn, Gymnastikplatz, Turnwiese.«

»Alle Centralbahnen – gelbe Linien – fahren zur Sportarena.«

Dann gab es eine kleine Abwechslung. Jeder erhielt eine vorgedruckte, grüne Postkarte, auf der nur die Adresse und die entsprechenden Textangaben einzufüllen waren und der Name zu unterschreiben. Die ausgefüllten Karten wurden von einem Postbeamten an jedem Block später abgeholt, da die rot-weiß gestrichenen Briefkästen auf Straßen und Plätzen noch nicht in Betrieb waren. Eine dieser Karten hatte den Text:

Meine jetzige Adresse ist:
No 62.47.25 G. Stadtbau II.
O.3. 12te Straße. Block B.

Die Unterschrift war: »Peter Rettberg.« Die Karte war adressiert an den Piloten Alex Rettberg, von der Pilotenschule 17 B.

So verging Tag 2 von Hestermannstadt und während immer noch von oben nach unten die vollen Lastwagen von Osten und Süden einfuhren und leer nach Norden und Westen wieder ausfuhren. Die Proviantierung war vorgeschritten, man hielt schon bei Wäsche, Anzüge, Kleider. Techner war schlafen gegangen. 101 auch. Sein Vertreter No. 301 unterhielt sich gerade darüber, ob womöglich auch Hüte und Mützen kamen.

»Wozu?«

»Na, die Frauen mindestens müssen doch einen Ausgehhut haben. Ich finde das gehört dazu. Auch Handschuhe.«

So glatt ging das alles, dass man schon auf solche Unterhaltung kam, aber da wurde die erste Meldung von einem schweren Unfall gegeben. Eine Maschine war gekippt oder gestürzt.

Wo: S.5. 8te Straße. Block N. Manganwerke. Eingang 12. Was passiert? O, schlimm, das ist sehr schlimm.

Das Hospital von S.5. musste als erstes eröffnet werden. Sechs Verletzte, schwerer und leichter. Aber ein Mann war tot. Die Stadt hatte ihren ersten Toten.

»Wenn sich das nur nicht rumspricht.«

»Es wird sich aber rumsprechen. So ist es besser, wir lassen es über Rundfunk melden. Ehe Gerüchte entstehen.«

»Soll man nicht doch 101 fragen?«

»Nein. Lass ihn schlafen. Ich verantworte das.«

No. 101 musste aber doch geweckt werden. Techner rief von oben an und bestand darauf. Gleich. Sofort.

»Hier spricht 101.«

»Hier Techner. Der Ordnung halber. Gib die Parole.«

»Die Parole? Was denn? Also meinetwegen. Parole Nordlicht. Was ist los?«

»Es ist etwas sehr Ernstes los. 101. Sehr ernst. Nimm dich zusammen, hör zu, und wiederhole nicht. Also es ist Alarmzustand. Verstehst du, Alarmzustand 1. Ich wiederhole: Alarmzustand 1.

Das ändert für euch gar nichts. Aber von hier werden die Transporte langsamer kommen. Es wird ja schon dunkel. Vorläufig bei uns alles ohne Licht. Nachricht für dich, 101. Vorläufig. Wenn sie dich fragen, warum der Nachschub so langsam wird, dann erfinde irgendetwas. Ja. Das ist im Augenblick alles. Also mach's gut, 101. Ich fahre gleich zurück. Mach's gut.«

»Was hat der verrückte Techner gewollt?«

»Nichts. Nichts von Bedeutung. Bitte gib mir eine Cigarette.« Und dann nach einer Weile, mit einer Cigarette im Mund, die er anzuzünden vergaß: »Bitte 301, kontrolliere alle Ausgänge und Schächte nach oben, ob auch kein Licht heraus geht. Es soll ja nun mal nicht und Techner meint, er hätte was gesehen, er könne sich aber auch irren.«

XIII.

DREIECKIGER ALARM

1. STAND DER ALTE GANZ ALLEIN …

Eine gute halbe Stunde, ehe 301 die Luftspiegelapparate in Bewegung setzte, um die totale nächtliche Abblendung von Hestermannstadt zur Oberwelt zu kontrollieren, hatte das Kriegsministerium von Cistransatia mit seiner Militärmission in Fi-Ang, Fernost-Halbsüd telefoniert, das Telefongespräch war mitten in einem Satz abgerissen und die Verbindung ließ sich nicht wieder herstellen, auch nicht drahtlos. So hatte man eine andere Abteilung der Gesandtschaft angerufen und schließlich das Konsulat. Aber alles resultatlos. Nirgends Antwort. Das war mehr als auffällig. Da musste etwas geschehen sein. Das Konsulat war vom Gesandtschaftsgebäude um mindestens 5 Kilometer getrennt. Was war da los? Man hegte einen schrecklichen Verdacht, ließ von der Kontrollstation Ra den Fi-Ang-Sektor kontrollieren und die Kontrollstation bestätigte sofort, dass der Sektor radio-aktiv reagiere. Der Verdacht verstärkte sich. Verstärkte sich unheimlich. Und niemand sprach ihn aus.

Der Oberst im Kriegsministerium, dem das Gespräch gerissen war, jagte sofort mit einem Blitzwagen, einem sehr schnell fahrenden Auto mit einer schrillen Klingelvorrichtung, die den ganzen Verkehr zum Halten bringt – ähnlich wie bei der Feuerwehr – zum Regierungsgebäude, wo der Apparat im Grünen Saal in Permanenz tagte. Da es allen Beamten bekannt war, dass er auch unangemeldet passieren dürfe, so trat er, nachdem er zwar an der Saaltür geklopft, aber nicht erst auf ein »Herein« gewartet, ein. Jeder wusste sofort: Es ist etwas geschehen.

Der Oberst erstattete Bericht. Ohne selbst zu kommentieren.

Als er geendet, herrschte Schweigen. Etwas wie eine harte Ruhe im Raum.

Dann sagte der Alte: »Kameraden, ich nehme an, es erhebt sich kein Einspruch, wenn ich sage: Alarmzustand 1.«

Auch das hatten alle schweigend angehört.

»Also Alarmzustand 1. – Kameraden, ich danke euch allen.«

Alle waren aufgestanden und eilten ohne weitere Formalität auf den Ausgang zu, nur Lyonel ging auf den Alten zu.

»Ja, Lyonel. Also die ganze Barrage. Die ganze Barrage. Sofort. So schnell wie möglich. Noch schneller!«

»Südost zuerst?«

»Nein. Genau nach Plan. West zuerst.«

Lyonel wollte noch irgend etwas sagen. Er dachte an seine nicht unendlichen, sondern im Gegenteil limitierten Möglichkeiten. Ob man nicht doch noch Endgültiges abwarten sollte? Eine Stunde Verbrauch früher oder später kann mancherlei bedeuten. Entscheidendes. Er dachte auch daran, dass die Barragenwand bei Nacht nicht so völlig unsichtbar war, wie sie sein sollte und dass eine Infiltrierung mit Neo-Neon nötig war und das war großenteils noch in der Uminstallation. Alles im letzten Augenblick etwas improvisiert und er hasst Improvisationen. Geht's gut, dann geht's gut. Aber was sein kann, wenn es nicht gut geht, das ist nicht auszudenken. Innerhalb eines Augenblicks überdachte er das alles, setzte gedanklich zweimal an um etwas zu sagen, unterließ es aber, drückte nur die Hand, die der Alte ihm hinhielt, ging mit hinaus. Als Vorletzter. Mankiewicz war der Letzte.

Jetzt war nur noch der Oberst mit dem Alten im Grünen Saal. »Gut, Oberst, dass du hier bist. Da bin ich wenigstens nicht allein«, sagte der Alte.

»Gewiss, ja«, sagte der Oberst, »aber ich glaube, dass meine Anwesenheit im Kriegsministerium im Augenblick …«

»Nötiger und nützlicher ist«, vollendete der Alte. »Also Oberst, mach's gut. Alarmzustand 1, Oberst, bis 3 ist noch ein weiter Weg. Hoffentlich.«

Der Oberst war schon hinaus, den Anderen nach. Mitten im Saal stand der Alte, ganz allein.

2. EIN LEITARTIKEL GEHT UM

Das »Tageblatt am Morgen«, die verbreitetste Zeitung von Potatis, Sektor A, die auch viel in den übrigen Sektoren gelesen wurde und als halb-offiziöses Organ galt, brachte einen Leitartikel, »Gebot der Stunde«, in dem es hieß:

»Seit zehn Jahren geht immer wieder ein Gerücht in unserem Lande um, gleich einem fahlen Gespenst aus längst vergangenen Tagen, das Gerücht von Uneinigkeit zwischen den großen, führenden Nationen der Welt, Uneinigkeit, die zu ernsten Streitigkeiten führen könnte, Streitigkeiten, die schließlich zu einem Zusammenprall von Nationen oder gar von Gruppen von Nationen führen würden.

Die alte, bösartige Redensart ›Wenn zwei sich streiten, freut sich der Dritte‹ schlägt jeder menschlichen Moral ins Gesicht und wer da denkt, bei solcher Gelegenheit beide Streitenden, dieweil sie beschäftigt sind, offen oder geheim bestehlen oder erpressen zu können, beweist, dass er erstens ein Lump ist und zweitens ein dummer Kerl. Immer noch sind viele, viel zu viele unter uns, die da meinen, dass menschliche Verlumptheit zur nationalen Ehre werden kann, wenn es der Nation hilft. Maulhelden, die an Stamm- und Biertischen, an Straßenecken und in Friseurgeschäften sich großtun! Wer in diesen Jahren nicht gelernt hat, dass ein Lump ein Lump ist, wie immer er sich maskiert und schminkt, der wird es jetzt in dieser Stunde auch nicht begreifen. Aber vielleicht wird er verstehen, dass ein schlechtes Geschäft immer ein schlechtes Geschäft ist. Die Geschäfte, die unser Volk aufgrund von Macht und Gewalt, von Brutalität und Schrecken, von ›Blut und Eisen‹ im Laufe der letzten rund hundert Jahre gemacht hat, haben sich allesamt als miserable Geschäfte erwiesen. Wer von Logik und Moral nichts lernen will, möge wenigstens aus der Erfahrung lernen. Wo? Da braucht er ja nur durch die Straßen unserer großen Städte zu gehen, wo heute noch, nach mehr als einem Dezennium härtester Arbeit die Ruinen stehen, so hat er den anschaulichsten Unterricht. Das und nur das kommt bei der Dummheit heraus.

Dass die großen Nationen der Erde bei ihrer Verschiedenartigkeit nicht immer in allem einig sein können, wird jeder verstehen. Nicht dass da manchmal Differenzen sind gibt Anlass zu Schlussfolgerungen, sondern dass trotz mancherlei Verschiedenheiten keine ernsthaften Friedensstörungen entstanden sind, das muss das Denken eines jeden vernünftigen Menschen ernsthaft beeinflussen. Wir leben im Zeitalter der U.N.O., der den Frieden garantierenden Organisation Vereinigter Nationen. Da ist kein Raum für Gespenster.«

Der Artikel wurde an Stamm- und Biertischen lebhaft diskutiert, in Friseurgeschäften und an Straßenecken. Manchmal zustimmend, zumeist aber in negativem Sinn. Was da »zwischen den Linien« stand oder »dahinter«, das meint man zu wissen oder zu ahnen. Irgendwas muss doch dahinter sein! Dicke Luft ist dahinter, dicke Luft. All die Soldaten, nur weil der alte Raab tot ist? Und auf einmal soll unsere Hunderttausend-Mann-Armee auf das Doppelte gebracht werden dürfen? Und sie sagen, in Wirklichkeit nehmen sie Freiwillige nicht für zweihundert- sondern gleich für dreihunderttausend und vielleicht sogar noch mehr. Und wer hat den alten Raab eigentlich umgebracht, das ist noch lange nicht raus! Er war doch gegen die Armeeverstärkung, ist ihm schon ganz recht geschehen. Und jedenfalls passte es denen großartig in den Kram! Uns aber auch! Lass sie nur die Armeen aufstellen, dann werden wir schon sehen, gegen wen sie marschiert! Na, gegen den Osten jedenfalls! Das sowieso, aber vielleicht auch noch gegen ganz wen anders! Also ich bin ein alter Mann, aber dann melde ich mich noch mal freiwillig. Und die U.N.O.? Gibt es ja gar nicht! Kennen wir alles, wenn's zum Klappen kommt, gibt's sowas gar nicht! Und wenn in solches Geschwätze und Bramarbasieren hinein eine Stimme etwa sagte:

»Also Kinder, nun seid mal vernünftig und redet nicht solchen Quatsch«, dann wurde es zumeist sehr still, aber der Vernunftprediger wurde nicht gerade freundlich angesehen.

So ging das Gespenst um.

3. MOTORISIERTE DIVISIONEN OHNE IDEE

Das Wohnhaus des Marschall Lepage lag in einem Villenvorort der Hauptstadt Capita von Vinarnia. Eine alte Tricolore wehte jahrein, jahraus vom Dachfirst. Das heißt, es stand da eigentlich nur ein alter Flaggenstock mit ein paar Tuchresten daran.

Das elegante Meublement der Räume mit viel Goldornamenten und goldgerahmten Spiegeln an den Wänden musste über 150 Jahre oder so alt sein. Allerdings maßte sich der breitstämmige Offizier, der dem alten Marschall gegenübersaß, kein Urteil darüber an, ob das nun alles echt oder imitiert sei. Kenner hätten da ihre besondere Freude gehabt, aber Oberst Robertson war kein Kenner, er war Militär und davon verstand er etwas und er war ein Mann von tadellosen Manieren, darauf hielt er viel.

»Gestatten mir Exzellenz eine Frage«, sagte der Oberst im Verlauf einer schon fortgeschrittenen Unterhaltung, »die gewiss nicht der Neugierde entspringt, obwohl sie rein informatorischen Charakter hat. Sind Exzellenz mit dem neuen Tankgeschütz, von dem so erstaunliche Dinge berichtet werden, voll zufrieden?«

»Voll zufrieden, Oberst. Es hat da eine kurze Zeit gegeben, wo ich gar nicht zufrieden war, davon werden Sie wissen. Das

8,2 Geschoss war mit der neuen Ladung und der neuen Mantellegierung so leicht geworden, dass es besonders beim pointblanc Schießen nicht absolut zielsicher war. Neue Gesetze der Ballistik, Oberst. Wie werden die erst sein, wenn bei zunehmender Brisanz das Geschossgewicht immer niedriger wird? Nächst zu Null oder so? Möglich, für die Wissenschaft ist fast alles möglich. Nur, Oberst, die Durchschlagskraft und Explosionskraft unserer 8,2 ist das höchsterreichte nach allen meinen Informationen und das Geschütz arbeitet jetzt absolut präzise.«

»Ich danke Ihnen sehr, Exzellenz, dass Sie mir ermöglichen, meinem Chef so Ausgezeichnetes berichten zu können. Wenn auch, ich wiederhole es, wir nur zu Informationszwecken nachfragen. Kein Mensch glaubt an den Ernstfall.«

»Gott erhalte Ihnen Ihren Glauben, Oberst.«

»Mein Chef würde jetzt vermutlich Amen sagen.«

»Ist er wirklich so fromm?«

»Unsere Leute nennen ihn den Kirchengänger. Aber am ersten Sonntag im Amt ist er nicht zur Kirche gegangen. Er war ununterbrochen im Amt.«

»Und ist nicht zur Kirche gegangen ...«

»Exzellenz sind nachdenklich ...«

»Wie sollte man nicht, Oberst.«

»Mit Ihren Tanks, Exzellenz!«

»Ja Oberst, die Tanks. Ja, die sind zuverlässig, samt der Geschütze und Geschwindigkeit und Panzerung. Alles so zuverlässig.«

»Exzellenz sagen das mit gewisser Bitterkeit, wenn ich mich so ausdrücken darf.«

»Sie dürfen, Oberst, und Sie haben sogar recht. Alle so zuverlässig, Oberst, bis auf Eines und auch das sage ich Ihnen und stelle es Ihnen anheim, es Ihrem Chef zu berichten. Alles zuverlässig, Oberst, bis auf Eines. Und dieses Eine, Oberst, das ist der Mensch, der hinter der ganzen Maschinerie steht. Zehn motorisierte Divisionen, Oberst, innerhalb von drei Tagen.

Und zehn weitere motorisierte Divisionen in weiteren drei Tagen. Und jeder Motor zuverlässig und jeder Reifen und jedes Chassis. Das, Oberst, habe ich Ihnen zugesagt. Dafür stehe ich. Und noch zehn Divisionen und noch zehn Divisionen und noch und noch. Und wer kann übersehen, wie das weitergeht? Ich habe zu viel erlebt, Oberst. Aber die Menschen. Wer weiß, wie weit meine Menschen zuverlässig sind. Ich weiß es nicht und vermutlich wissen sie selbst es auch nicht. Meine Menschen, Oberst, sind vielleicht die modernsten Menschen der Welt. Ich meine, die fortschrittlichsten. Mein Volk ist das so oft gewesen, warum sollte es das nicht auch jetzt sein. Aber ein geistig fortschrittliches Volk, das ist eines, und eine motorisierte Division, das ist heute ganz was anderes. Vor 150 Jahren, da war das unter gewissen Umständen noch das Gleiche, die Idee, die die Armee trug, und die Armee, die die Idee trug. Meine Menschen brauchen eine Idee und was gebe ich ihnen? Steine statt Brot. Califa anstelle einer Idee.«

Eine Viertelstunde später, als der Oberst schon wieder in seinem Flugzeug war, dachte er daran, diese unbequeme Passage des Marschalls zu vergessen.

»Charmanter Mensch, dieser Oberst«, dachte der Marschall, »fast etwas zu charmant.«

XIV.

TENNER ERZÄHLT UND DER PREMIER PROMENIERT

»Na, und als Sie dann aus der Schule kamen, Tenner, wie war das?«, fragte der General, immer auf und ab gehend.

»Im Mai war ich vierzehn geworden und im Juli kam ich dann aus der Schule. Unsere Familie, die hielt immer gut zusammen. Da waren zwei Brüder von meiner Mutter. Der eine war Vorarbeiter in einem Metallwerk. Die machten Spaten. Nichts als Spaten, in der Abteilung wenigstens, wo mein Onkel war. Der andere war auch Kohlenminer, wie mein Vater, aber er hatte nebenbei einen Posten als Vertrauensmann bei der Gewerkschaft. Die beiden Onkels, die wurden uns Kindern immer als Beispiel gegeben. Die hätten es zu was gebracht. Ich habe aber damals gedacht, so großartig sei das ja nicht, wozu die es gebracht haben. Man sieht das ja immer im Kino, wie einer als ganz kleiner Mann anfängt und dann hat er Glück und am Schluss heiratet er die Tochter vom Chef und er sitzt dann an einem großen Schreibtisch mit zwei Telefonen links und noch ein Telefon rechts und wenn ich sowas sah, dachte ich, es ist doch nicht so großartig mit den Onkels. Na, da kamen also am Sonntagnachmittag die beiden Onkels und es war große Familienberatung, was ich werden soll. Und sie meinten alle, ich hätte doch in der Schule ganz gut getan und ich sollte doch was Besseres werden und nicht einfach auch in die Kohlenmine.«

»Na und was haben Sie dazu gesagt, Tenner?«

Tenner machte eine unruhige Bewegung in seinem Sessel.

»Ja, das war es doch eben. Mich hat man ja gar nicht gefragt. Wenn sie mich gefragt hätten, dann hätte ich auch nur was Dummes gesagt. Ich habe doch damals immer so viel gelesen, alles so durcheinander, wie ich gerade so Bücher und Hefte in die Hände kriegte. Und dann glaubt man doch noch einfach alles, was da so gedruckt steht und manchmal steht es dann in einem Buch so und in einem anderen Buch steht es ganz anders und dann weiß man am Ende gar nicht, was eigentlich los ist. So wie mit dem Napoleon.«

»Wie war das mit dem Napoleon?«

»Na, in der Schule hatte ich es so gehört, dass er zwar ein großer General war, aber auch ein großer Tyrann, und er wollte alle Völker nur so unterjochen und unter seine Soldatenstiefel treten und das hätte er auch beinah getan. Wenn nicht die Engländer gewesen wären und Nelson und Trafalgar und Wellington und Waterloo und die haben die Freiheit gerettet. Und dann hab ich mal ein Buch gelesen und da ist dieser Napoleon eigentlich ein sehr anständiger Mensch sozusagen, und eigentlich ein großer Mensch und so etwas wie ein Held. Und das mit der Freiheit, die der Wellington gerettet hat, da weiß man auch nicht so recht, mit den Preußen und der Kaiser von Russland war auch dabei und der Kaiser von Österreich und so und dann der Wiener Kongress und so, wo sie, glaube ich, den Walzer erfunden haben, statt vernünftigen Frieden und da war einer der hieß Metternich und der hatte mit Freiheit bestimmt nichts zu tun. Na, und dann weiß man gar nicht, was mit dem Napoleon eigentlich los war.«

»Naja, Tenner, der Napoleon war schon ein großer General und ein großer Mensch war er auch. Na, und so ein großer Mensch, Tenner, der kann auch leicht zu groß sein und das geht dann auch nicht. Und wenn man so von der ganzen Welt spricht und nennt das ein Weltbild, dann sprengt so ein ganz Großer vielleicht den Rahmen und das geht eben nicht. Wenn man da so mitten dabei ist, da merkt man es vielleicht gar nicht so. Aber später, viel später, da kann man das besser übersehen und darum lernen wir eben Geschichte, Tenner. Na und wenn Ihnen der Napoleon gefällt, Tenner, dann ist das ganz in Ordnung, das war schon ein großer Mann.«

»Das freut mich, Exzellenz, dass Sie das sagen, ich habe da schon gar nicht gewusst, wem ich glauben soll. So ist das mit den vielen Büchern. Man weiß oft nicht, was man glauben soll und da habe ich oft gedacht, ich glaube einfach, was ich mir denke, dass es am besten ist.«

»Am besten, Tenner, für wen?«

»Na ja. Das ist ja auch nicht so einfach. Manchmal ist es so, dass was für mich und so Leute wie ich am besten ist, das ist gar nicht gut für andere Leute. Was manchmal so für uns kleine Leute gut ist, das ist dann nicht gut für die Großen.

Na, und wie soll man das dann zusammenkriegen? Früher im Klub haben sie mir immer gesagt: das ist eine politische Sache, du musst dich eben mehr um Politik kümmern. Das hätte ich vielleicht sollen. Aber da war wieder die Sache mit dem Onkel.«

»Warum mit dem Onkel?«, fragte der General, immer weiter auf und ab gehend und jedes Mal, wenn er am Kamin vorbeikam, sah er auf die vergoldete Uhr, die unter einem Glassturz auf dem Kaminsims stand.

»Ja der Onkel, der in der Spatenfabrik, den mochten wir eigentlich als Kinder gern leiden. Mein Vater sagte manchmal, er sei etwas altmodisch. Mir gefiel er immer, er wusste immer alles zu erklären, er hatte auch immer viel gelesen. Und der sprach immer so, wie es in Büchern steht und nie mit so ordinären Worten, das gefiel mir am besten bei ihm. Und dieser Onkel hatte mal gesagt: ›Bleib mir weg mit der Politik. Politik verdirbt den Charakter.‹ Das hatte mir damals sehr gefallen, besonders weil ich fand, dass Charakter ein hübsches Wort ist. Und so habe ich eben immer von Politik nichts wissen wollen. Wegen dem Charakter. Aber jetzt denke ich oft, ich hätte mich doch mehr um Politik kümmern sollen.«

»Ich habe mich auch nie viel um Politik gekümmert. Ich

habe das immer Leuten überlassen, deren eigentliches Geschäft das ist.«

»Ja, das ist doch wohl anders. Das ist doch eben, weil sozusagen das ganze Leben von Exzellenz Politik ist.«

»Ich bin nur ein Instrument, Tenner. Ich bin nur ein Instrument in der Hand Gottes, Tenner.«

Der redselige Tenner schwieg.

»Sie sagen gar nichts, Tenner. Sind Sie wohl nicht einverstanden?«

»Ich weiß das nicht. Ich kann zu solchen Dingen gar nichts sagen. Mein Onkel hätte das vielleicht gekonnt. Ich meine nur, na ja, wie man eben so meint ...«

»Und was meinen Sie, Tenner?«

»Nun ja, ich meine ... Vielleicht ist es nicht richtig, was ich meine. Ich sollte lieber nichts sagen.«

»Aber Tenner. Von Mann zu Mann gesprochen.«

»Ich meine, wenn Exzellenz sich selbst ein Instrument nennen, Exzellenz sagten das, nicht etwa ich. Aber ein Instrument in der Hand Gottes? Und wo bleibt da die Regierung? Ja, wenn die Regierung sozusagen Gottes Stellvertreter wäre. Aber ist sie das? Ich möchte da keine Meinung haben, ich meine nur, ich weiß das nicht.«

»Ja, Tenner, manchmal weiß ich das auch nicht.«

»Das ist es eben. Dass man das nicht weiß. Früher war das einfacher.«

»Warum, Tenner, war es früher einfacher?«

»Ich meine für mich. Aber vielleicht auch für viele Menschen. Früher, wenn ich nicht wusste, wie das ist, mit Gott und den Menschen, dann bin ich in eine Kirche gegangen und meinte, ich hätte mich da wieder zurechtgefunden. Aber jetzt, wenn ich in die Kirche gehe? Hier stehe ich und da ist der Altar. Und dann denke ich immer ein sehr schöner Altar, Gold und Silber und so, und dann denke ich, das muss viel Geld gekostet haben. Wie viel Geld hat das wohl gekostet, und das hilft mir zu gar nichts.«

»Man muss eben glauben können, Tenner.«

»Das muss man. Aber wenn man das nicht tut? Bin ich schuld daran, wenn ich keinen rechten Glauben habe? Ich habe mir doch genug Mühe gegeben. Ich bin nicht schuld daran. Und die vielen Menschen, die heutzutage keinen rechten Glauben haben, die sind wahrscheinlich auch nicht schuld daran. Das Denken ist schuld daran.«

»Warum das Denken?«

»Wenn man erst nachdenkt, dann muss man doch denken, dass die Welt an sich doch ganz gut ist, so der blaue Himmel und die Wolken, die Berge und die See und überhaupt so das Land und alles, die Bäume und die Blumen. Die Blumen besonders. Alles doch ganz gut oder sehr gut. Und am Schluss, was kommt dabei heraus? Für mich ist da nicht viel herausgekommen. Immer Ärger und Plage und wenig Vergnügen und so geht es allen. Und daran soll man nicht denken. Aber wenn man denkt, dann denkt man doch, dass da was nicht stimmt. Dass da was geändert werden muss. Und am liebsten möchte man gleich losgehen und die ganze Welt umändern, aber da ist schon der Punkt, wo ich nicht mehr weiter weiß, denn wo soll man anfangen und wie, wenn man die Welt ändern will. Viele haben mir gesagt: Ja, das ist nicht so einfach. Und wenn man die Welt ändern will, dafür muss man in der Partei sein. Aber das ist dann schon wieder Politik und da weiß ich auch nicht.«

»Ja Tenner, das ist wohl so, die einen haben die Partei und die anderen haben den Glauben.«

»Das ist eben mein Pech. Ich habe das eine nicht und das andere auch nicht so recht.«

»Das eine nicht, das andere nicht«, sagte der General, aber er war mit den Gedanken nicht mehr dabei, »eines nicht und das andere nicht. Tenner. Zwanzig Minuten sind um.«

»Jawohl Exzellenz. Wenn ich fragen darf, was für zwanzig Minuten?«

»Vorhin erhielten wir Bescheid, dass das Flugzeug Delta gestartet ist. Und nach zwanzig Minuten erhielten wir Bescheid, dass es zurück war. Und dass der Recognoszierungs-Flieger gestartet ist, und das ist jetzt zwanzig Minuten her.«

Tenner sah zur Uhr hin. »Ja, genau sind es jetzt 21 Minuten.«

»Also müsste der Recognoszierer zurück sein.«

»Der muss sich doch erst richtig umsehen und so. Vielleicht macht er Photos und so.«

»Richtig. Aber er fliegt auch rascher.«

»Ja, aber was hilft es, man muss eben warten.«

»Ja, so seid ihr braven Leute. Man muss eben warten. So einfach ist das. Und dann wartet man eben. Gut und schön.«

»Gut und schön ist es eben nicht. Aber was hilft es? Gewartet muss werden. Das ist unabänderlich. Das ist wie Parade.«

»Was hat das mit Parade zu tun?«

»Wenn man zur Parade aufgestellt wird, da muss man schon morgens um 8 dastehen. Weil nachher ein Oberst kommt, oder vielleicht ein General, oder vielleicht ein König, und der kommt um 10 Uhr. Aber um 10 Uhr kommt er auch nicht und man muss weiter warten und vielleicht kommt er um 11 Uhr und so lernt unsereins warten, das ist unabänderlich.«

»Gleich 25 Minuten.«

»Jawohl, Exzellenz. Manchmal kommt er auch gar nicht. Das macht auch nichts. Denn die Hauptsache ist doch für unsereins das Warten und das haben wir dann gehabt. Und wenn ich das so bedenke, die meisten von uns, die warten immerzu und immerzu auf den großen Mann oder auf die große Kinochance und darüber werden sie alt und trocken bis sie eines Tages ausgewartet haben. Und niemand und nichts ist gekommen. Oder vielleicht doch ein großer Mann, der so im Vorbeigehen mit einem Auge geblinkt hat. Oder einer, so wie mein Onkel, der von der Metallfabrik, bekommt eine goldene Uhr geschenkt, für fünfzig Jahre treuer Arbeit und zehn Millionen Spaten, damit er weiß, wie spät es ist.«

»Wie spät es ist«, wiederholte der auf und ab Gehende. »Wie spät es ist. Gleich ist eine halbe Stunde um.«

Und die halbe Stunde war um und die Minuten rannen langsam in die Zeit und dann war es eine Stunde und immer noch nichts und der auf und ab Gehende klammerte sich an Tenners betrachtende Erzählungen.

»Und dann wurde ich Bote in einer Großhandlung. Die handelten mit Sämereien für die Landwirtschaft. Und so nach einiger Zeit, da wusste ich was von Canadischem Rotklee und von Böhmischem Weißklee und Provencer Luzerne und von Schottischem Reygras und von Italienischem Reygras, das gar nicht aus Italien kommt, sondern aus England und dann fragte ich mal einen von den Prokuristen, was man eigentlich mit all den Saaten macht. Und der sagte: ›Na, die werden eben gehandelt. Wenn Hausse ist, verdient man daran, und wenn Baisse ist, muss man aufpassen, dass man nicht daran verliert.‹ Das war alles und mehr hat in dem ganzen Betrieb keiner davon gewusst, bis ich im letzten Krieg an einem Feld vorbeikam, ganz voll Rotklee, und ich dachte, Toronto mit Certifikat und die Börse notiert 2 Cents niedriger und eigentlich weiß ich immer noch nicht wofür der Rotklee ist.«

»Futter für die Kühe, Tenner.«

»Dann weiß ich nicht. Damals haben wir so viel Klee hin und her gehandelt. 50 Sack und 100 Sack und 500 Sack und was weiß ich wie viel. Und immer war die Milch knapp.«

Und weiter rannen die Minuten langsam in die Zeit. Drei bis fünf Stunden, das war die Abmachung gewesen und die drei Stunden waren um mit auf und ab, auf und ab von einer Ecke des Smyrnateppichs zur anderen. Und so um jede halbe Stunde herum brachte eine Ordonnanz frischen Tee und Tenner dachte, der lernt schon den Tee servieren, und Tenner dachte: wenn ich nur nicht immer Tee mittrinken müsste, und Tenner dachte: was erzähle ich nun?

Ein paar Häuser oder eigentlich ein paar große Gebäude weiter saß ein Mann in einem ähnlichen Sessel wie der, in dem

Tenner saß, nur dass der Sessel auf einem afghanischen Teppich stand und der Mann, der da saß, hielt ein Blatt in der Hand, das er mechanisch immer wieder durchlas, als ob sich daraus eine Wendung ergeben könne, obwohl das Resultat feststand und das Resultat war, dass der Distrikt Fi-Ang in Fernost-Süd aufgehört hatte für Lebewesen zu existieren und nichts war da als eine »bläulich-grünliche Nebeldecke«, wobei der Mann immer an im Wasser zerlaufenden Absinth denken musste und die Photos durch den Nebel hindurch hatten ergeben, dass das Resultat, nämlich die Zerstörung, eine totale war. Und das war, worauf der Mann gewartet hatte und nun im letzten Grunde des Herzens dachte, es wäre besser nicht so gewesen. Und er dachte: hier sitze ich und ein paar Mauern weiter, da sitzt der General, vielleicht wandert er auch auf und ab, und zwischen diesen beiden Punkten läuft jetzt die Achse der Welt und die Entscheidung. Und das war falsch gedacht, denn die Achse der halben Welt liegt ganz woanders, die lief nach drüben, wo der soignierte, von Angstträumen geplagte Generaldirektor Primerus inmitten grüner Nelken eine unmögliche oder mögliche Unterbilanz von Califa besann und auch nichts zu entscheiden hatte, weil die Seestraße ihn hetzte und die hatte schon gar nichts zu entscheiden, gehetzt wie sie war, und so hatte niemand etwas zu entscheiden, denn die Dinge entschieden sich von selbst oder vielmehr hatten sich längst entschieden und der Mann mit dem Blatt in der Hand zögerte und zögerte nur um des Zögerns willen. Und er wusste auch nicht, dass dieses sein Zögern, das die Minuten langsam in die Zeit rinnen ließ, an anderer Stelle der Welt, wo eine ganz andere Achse sich drehte, dem gastechnischen Zwillingspaar Lyonel-Romanus jene halbe Stunde schuf, die sie brauchten, um ihre schreckliche Wand hochzuziehen. Und er dachte, wenn er jetzt den General informierte, dann liefe der neue Fahrplan und der erste neue Zug würde ausfahren und alles würde fahrplanmäßig verlaufen. Warum Zug? Warum Fahrplan? Was hatte das mit Eisenbahn zu tun? Wenn es ganz anders käme. Das würde es eben nicht. Aber wenn doch? Da war das Ministerium für Volksernährung und dieses Ministerium hatte Millionen und Millionen kleiner, blauer Hefte überall im Lande liegen. Die Hefte kann keiner essen. Im Gegenteil, die Hefte waren dazu da, um alles Mögliche nicht zu essen. Das wäre das dritte Mal in seinem Leben, dachte der Mann. Und er dachte auch, es wäre noch gar nicht so sicher, dass die ganze Nation die blauen Hefte mit den gedruckten Feldern einfach anerkennen würde, denn das war sehr gegen Versprechen und Abmachung, und gegen Sinn und Verstand und was dann, wenn sie das nicht akzeptieren? Das wäre Rebellion, das wäre vielleicht Revolution und was dann? Aber so weit war es nicht und so weit würde es ja gar nicht kommen und jetzt braucht er nur dem General Nachricht zu geben und der Zug läuft fahrplanmäßig. Und in einer Woche ist alles vorbei. Und wie lange wird die Woche sein? Es gibt sehr kurze und sehr lange Wochen, es gibt kurze und lange Stunden. Und die Minuten, die sich jetzt so endlos dehnen, fallen in die Zeit, fallen und fallen und der General wartet. Warum kommt niemand, ihn zu mahnen? Warum lässt man ihn so allein? Warum tun sie alle so, als wüssten sie gar nicht, um was es geht, wo sie es alle wissen? Warum konnte der Sekretär ihm nicht in die Augen sehen, als er ihm den Zettel da brachte? Den Zettel von der Generalprobe. Eine Generalprobe, die fünfzigtausend Menschenleben gekostet hat. Fi-Ang war ja nur eine kleine Stadt. Nur fünfzigtausend Tote. Wie viele Kinder waren dabei? Wie viele Kinder? Unter bläulich-grünlicher Nebeldecke. Welch ein Graus. Leichen in Absinth. Was mag Boswell jetzt tun? Vielleicht putzt er jetzt seine Brille, weicht aus und lässt mich allein. Mit diesem Zettel da, der hinüber soll zum General. Wenn der Zettel nun gar nicht hinüber käme? Wenn ich nun hier einschliefe und wachte gar nicht mehr auf und der Zettel käme gar nicht zum General? Oder würden sie mich hier finden, eingeschlafen, sodass keiner mich wecken kann und ein anderer müsste den Zettel hinüber tragen? Oder wenn ich mir ein Streichholz ansteckte und statt eine Zigarre anzuzünden, verbrennte ich diesen ganzen Zettel.

Es war einmal ein Mann, der hatte dem Teufel seinen Schatten verkauft und der fürchtete sich vor der Sonne und den Menschen. Und hier ist nun ein Mann, der fürchtet sich vor seinem eigenen Schatten. Es ist schlimm allein zu sein, wenn man sich vor seinem Schatten fürchtet, oder vor seiner Verantwortlichkeit.

Aber es gibt kein Zurück mehr, denn es hat schon begonnen. Mit den Leichen in Absinth hat es begonnen, welch grausiges Beginnen. Und im Zimmer des Alleinseins regt sich kein Hauch und nur eine vergoldete Uhr unter einem Glassturz auf dem Kaminsims tickt ganz leise. So leise, dass man sie fast nicht hört, aber man hört sie doch, sie tickt Sekunden in die Zeit, sie tickt peitschenknallende Sekunden in die Zeit, welch ein Lärm, welch ein Getöse und mahnt und mahnt. Und der müde Mann, der sich vor seinem Schatten fürchtet, steht auf, faltet den Zettel zusammen und legt ihn sorgfältig in seine Brieftasche. Und nun ist er wieder Premierminister von Panterra.

Der Premierminister von Panterra geht hinüber zu dem General. Er geht den Weg, es sind ja nur ein paar hundert Schritte. Man muss nicht immer fahren, das ist nicht gesund. Allerdings gehen wieder zwei Minuten verloren oder drei. Vielleicht ereignet sich noch irgendetwas auf dem Wege. Vielleicht begegnet einem noch ein Mensch. So geht der Premierminister sehr aufrecht und gemessenen Schrittes durch die breite Straße und es begegnen ihm viele Leute und einige ziehen den Hut vor ihm, aber der Mensch, dem er begegnen möchte, ist nicht dabei. Das Schicksal oder was man so nennt, will seinen Lauf nehmen.

Als der Premierminister, von Leutnant Ritehand geleitet, beim General eintrat, war Tenner gerade wieder dabei, eine der schönen Nutzanwendungen aus seinen kleinen Lebenserfahrungen zu erklären, mit denen er selbst nie etwas Rechtes anzufangen gewusst hatte, diese nette Redseligkeit kam nun gar nicht mehr zu Ende. Tenner bedauerte das sehr. Vier Stunden lang hatte er erzählen und erzählen können wie noch nie im Leben und nun hatte er, wie ihm schien, das Wichtigste nicht zu Ende bringen können. Schade, dachte Tenner.

Der Premierminister zog seine Brieftasche aus dem Rock, entnahm ihr ein Blatt, das er sorgfältig entfaltete und dem General übergab.

Der General las das Blatt durch. Keine Miene in seinem Gesicht schien zu reagieren.

»Ihr Auftrag?«, fragte der General.

»Wie abgesprochen«, sagte der Premierminister und wies mit einem Kopfnicken auf das Blatt, das jetzt auf dem Schreibtisch lag. Der General nahm einen versiegelten Brief aus der obersten Schreibtischschublade.

»Leutnant Ritehand, gehen Sie hinüber zur Luftwaffe und geben Sie diese versiegelte Order Oberst Spark. Oberst Spark persönlich in die Hand. Und dann melden Sie mir das Geschehene.«

»Ich habe ihm keinen Auftrag gegeben«, dachte der Premierminister, als er aufrecht und sehr gemessenen Schritts durch die breite Straße in sein Amtsgebäude zurückging. Er wiederholte sich das in Gedanken und hatte dabei ein schwaches Gefühl von Erleichterung. Viele Leute begegneten ihm, manche erkannten ihn, grüßten und dachten: Alles Märchen mit den Wolken am politischen Horizont, wenn der Premier hier so gemütlich spazieren geht. Und eine solche kleine Notiz vom promenierenden Premier kam auch in die Presse.

XV.

PLAN »OMEGA« UND VIELE AMEISEN

Es ist 28. August, gegen 11 Uhr abends. Die ständig beim »Chef der Vereinigten Luftkräfte« einlaufenden Wetterberichte sagten für mindestens drei Stunden geradezu ideales Flugwetter voraus. »Gott ist mit uns«, so nahm General Harkensee diese Voraussage zur Kenntnis, während Oberst Spark, weniger prätentiös, einfach mit »sehr gut, danke« die Meldung angenommen hatte. »Sehr gut, danke«, mit diesen gleichen Worten hatte er auch die versiegelte Order von Leutnant Ritehand angenommen, von der er genau wusste, was sie enthalten würde. Die schwerstwiegende Order, die je einem Oberst, einem Militär, einem Kriegsmann, vielleicht einem Menschen übergeben wurde. Dergleichen bedachte der Oberst nicht, solche Ideen lagen nicht auf seiner Linie. Er drückte nur auf einen roten Klingelknopf auf dem kleinen Schaltbrett, links auf seinem Schreibtisch, zweimal kurz und im nächsten Augenblick traten zwei Offiziere ein, ein Fliegermajor mit zwei langen Ordensschnallen und ein Flugstaffelführer. So schnell waren die da, dass Leutnant Ritehand sie noch in der Tür traf und der Oberst die Order noch gar nicht zu Ende gelesen hatte, was nur ein paar Sekunden brauchte, gerade so lange, wie die drei Verbeugungen in der Tür gedauert hatten.

Mit drei konzilianten Verbeugungen wurde etwas eingeleitet, von dem alle daran Beteiligten Inauguratoren mit Recht meinten, dass es das fürchterlichste Geschehnis sein würde, das je von Menschen über Menschen gebracht wurde.

»Meine Herren, der Plan Omega tritt unverzüglich in Kraft«, sagte Oberst Spark mit fast bedächtiger, zwar betonender, aber nicht lauter Stimme.

»Plan Omega tritt unverzüglich in Kraft«, wiederholte der Major, »Befehl wird ausgeführt.«

»Die Wetterlage ist Ihnen ja bekannt. Noch eine Rückfrage?«

Es war keine Rückfrage zu tun.

»Ich danke Ihnen, meine Herren«, beschloss der Oberst diese kurze Unterhaltung. Kurze Verbeugung. Die beiden Offiziere waren schon hinaus. Waren schon über den kurzen Gang. Waren schon im anschließenden Raum.

»Meine Herren, Achtung.« Der Major setzte die Maschinerie in Bewegung.

Minuten später war die Maschinerie in Bewegung. Die Welt war – wieder einmal – aus ihrem Frieden heraus und die Gesetze des Krieges selbst waren verwirkt, denn hier war kein Krieg erklärt, nicht einmal angedroht und nicht einmal als bestehend angezeigt. Der durch etliche tausend Jahre von den Menschen immer wieder unternommene Versuch, auch dem Krieg seine Rechte und Pflichten zu geben, war endgültig und auch als ein nur noch Scheinbares aufgegeben. Krieg ist ein gesetzloser, rechtloser Zustand, wider alle Ordnung der Natur und des Menschen. Kriegsrecht und Kriegsgesetz waren veraltete Begriffe. Dergleichen soll es mal gegeben haben, als man noch Kriege führte um Städte und Länder, um Kronen und Reiche, um Ausbreitung und Kolonien, um Exportgeschäfte und Importversorgung, um Geld und Geldeswert und deren Aufhäufung, erst zu Bergen und dann zu Nachgebilden.

Aber jetzt soll und muss das anders sein. Jetzt, wo man Krieg führt, der gar kein Krieg ist, sondern etwas anderes, wofür noch gar kein neuer Name erfunden ist, obwohl man nun schon lange genug daran denkt und aber nie davon geredet hat, sondern wo man davon sprach, da war es immer nur so von Einzelheiten und Detailfragen, aber nie vom Ganzen und wie soll ein

Ding zu einem Namen kommen, wenn man nie davon spricht. Und der Zustand, in den die Welt jetzt eintrat, das war der Zustand von Plan Omega. Zu einem Krieg, da braucht es zumindest zwei, die ihn gegeneinander führen, aber einen Plan, den kann einer allein haben.

Wie immer nun der Name sein wird, den kommende Generationen für diesen planmäßigen Zustand der Zerstörung von Ordnung, Gesetz und Recht finden werden, so bleibt doch die Frage zu stellen und zu beantworten, um was es denn eigentlich ging. Der Krieg, der mit dem in Ausführung begriffenen Plan Omega begann, war ein Krieg gedacht unter völligem Ausschluss der Öffentlichkeit und doch eben ein Krieg. Ein Krieg nicht um dieses und das, nicht um Macht und Machtzuwachs, sondern, wie die Inauguratoren, die nicht davon sprachen, die Sache umschrieben, wenn sie etwas phrasierten: »Es geht um's Ganze.« Und da war etwas drin. »Um's Ganze« hieß, um die ganze Welt. Was da einsetzte, war gedacht als endgültige Auseinandersetzung zwischen zwei Weltanschauungen und zum Mindesten die Inhaber der einen von diesen zwei Weltanschauungen waren der Ansicht, man müsse die Welt nicht nur anschauen, man muss sie auch besitzen. Die ganze Welt und was man davon noch nicht weltanschaulich beherrscht, das muss man erwerben, um es zu besitzen. Sicherlich – wenn man auch im Allgemeinen sich keinen Prophezeiungen hingeben soll, aber zu solcher Voraussicht braucht es keiner Prophetenbegabung – werden zukünftige Historiker lange, buchdicke Analysen über die Ursachen des Aufeinanderpralls schreiben, aber im Grunde war das viel einfacher und ganz gut auf die einfache Formel zu bringen: »Es geht um's Ganze.« Ohne damit eine Kritik oder eine Qualitätswertung zu verbinden, kann man den Vorgang etwas grob, sozusagen über einen Leisten klopfen. Die Herren von Gestern und Heute wollten sich diese ihre Herrschaft für Heute, Morgen und Übermorgen endgültig sichern und dafür hatten sie seit vorgestern und gestern bis zum Heute den zugehörigen Machtapparat aufgebaut (mit dem janusköpfigen Califa obendrauf) und sie wollten ein für alle Mal den Gedanken loswerden – der einem gewissen Primerus und vielen mehr schlechte Träume verursachte –, dass da andere waren, die schon in gewisser Herrschaft von heute, die Herrschaft von morgen und übermorgen und allen kommenden Tagen übernehmen wollen und dafür, für den Nachweis, dass es sich zwangsläufig so erfüllen müsse, hatten sie die zugehörige Wissenschaft aufgebaut. Freilich hatten sie den lieben Gott aus dieser Wissenschaft herausgelassen, während die Herren, die auf dem Machtapparat basierten, den lieben Gott gern dafür in Anspruch nahmen, oder, je nach der opportunistischen Einstellung: die Allmacht, oder die angestammte Weltordnung, die Schöpfung oder die Unendlichkeit, die Vorsehung, die Allwissenheit oder die Wahrheit, das Allheilige, die Allbarmherzigkeit, die Allgerechtigkeit und alles das im Namen des Königs der Könige, oder des Ewigen oder einfach des Herrn. Alles das sind sehr schöne Worte und sie sind viel schöner als die prosaischen Worte aus dem Vokabularium der anderen, die einfach von Lohn und Brot, von Behausung und Kleidung und lauter so unpoetischen Dingen reden.

Die einen meinten, dass die Allmacht uns das tägliche Brot gebe und die anderen wollten sich das tägliche Brot einfach beim Bäcker holen. So simpel war das im Grunde. Darum ging es. »Um's Ganze.« Jeder, der bei den jetzt kommenden Dingen irgendwie Partei ergreift, muss daran denken, dass er Partei ergreift für die Allmacht oder für den Bäcker.

General Harkensee, stark im Glauben, hatte Partei ergriffen, und er konnte für sein Großteil sich für einen tagesgemäßen Kreuzritter halten. »Dieu le veult«, so glaubte er wirklich, glaubte, dass Gott es wolle. Und dieser Glaube gab ihm die Kraft. Er wusste, was er tat und glaubte, so stark war er im Glauben, dass ihm vergeben werden würde, vom Allerbarmer. Dieser Glaube umgab ihn wie ein fester Panzer, hinter dem Herz und Seele geborgen war, wie ein Visier, noch über das

Antlitz, in dem keine Regung war, als Oberst Spark ihm meldete, dass der Plan Omega in Ausführung begriffen sei. Obwohl ihm alle Einzelheiten des Planes genauest bekannt waren, fragte er doch, nicht aus Pedanterie, sondern aus dem Vergewisserungstrieb des immer wieder an Überraschungen, an planwidrige Umstände gewohnten Strategen und Militärbefehlshabers,

»Wie viel Flugmaschinen?«

»42, Exzellenz.«

42 Flugmaschinen. Jeder einzelne Träger eines Untergangs, wie der von Sodom und Gomorrha. Dass der Rückblickende zur Salzsäule erstarren würde? Bläulich-grüne Nebeldecke, Leichen in Absinth? Nichts für Zartbesaitete. Wir haben unseren festen Glauben und unsere festen Nerven. Zweiundvierzigfach. 42 war das genau errechnete Soll. Nichts von Minimalplan und Maximalplan, wie ihn die Herren von der anderen Seite des Ozeans haben, Barbaren, die da einfach wie der Stier im Porzellanladen losgehen wollen mit dem Maximalplan, dass wortwörtlich nicht ein Stein auf dem anderen bleibe um der »absoluten Sicherheit« willen. Das Notwendige hat zu geschehen, unerbittlich, aber nichts über das Notwendige hinaus. Das hat der Kreuzritter durchgesetzt gegen die Barbaren, die mit Massenfilmen und Jazzorchester ihre Kirchen füllen um ihren Verpflichtungen gegen Gott laut Kontrakt nachzukommen.

»Genaue Abflugszeit von Om. 1?«

»Zero Uhr, 1 Minute, Exzellenz.«

»Von Om. 42?«

»Zero Uhr, 11 Minuten, Exzellenz.«

Ja. Stimmte. So mussten alle 42 wenn nicht in gleicher Sekunde, so doch im gleichen Bruchteil einer Minute an 42 verschiedenen Stellen ihre Ladung abwerfen.

»Kürzeste Strecke hat Om. 42, mit 30 ½ Minuten?«

»Jawohl, Exzellenz.«

»Muss also um 1 Uhr 11 zurück sein?«

»Jawohl, Exzellenz.«

»Nehmen Sie alle Meldungen selbst an, Oberst. Ich komme zu Ihnen hinüber.«

Der Plan Omega sah vor, dass sofort nach Rückkehr der ersten Flugmaschine, voraussichtlich Om. 42, die die kürzeste Strecke hatte, das Recognoszierungsgeschwader starten sollte. 2 mal 42 im Fächerflug. Und wieder sofort nach Rückkehr des ersten Recognoszierers 2 mal 42 Photographen. So sah es der Plan vor. »Mit der Präzisität eines Uhrwerks«, so hatte Oberst Spark sich das vorgestellt, seit er den Plan ausgearbeitet hatte, und das war sein Ehrgeiz, jetzt, wo es zur Ausführung gekommen war. Dass alles »mit der Präzisität eines Uhrwerks« verlaufen würde. Und weiter? Weiter dachte Oberst Spark in dieser Sache nicht und mit Recht nicht, denn schon bis dahin war diese Sache ja schwerwiegend genug.

Die Zeit lief ab »mit der Präzisität eines Uhrwerks«. Machte der Schritt der Zeit die Uhr gehen oder veranlasste das räderlose Pendelwerk von Sparks Präzisionsuhr – das war kein Kaminsimsschmuckstück unter Glassturz – den Gang der Zeit?

Jedenfalls lief die Zeit ab und es war genau eine Stunde und elf Minuten am ersten Tage des Planes Omega.

Jetzt könnte Om. 42 zurück sein.

Die Meldung kam noch nicht.

Der Sekundenzeiger auf Sparks Präzisionsuhr machte zehn Schritte in einer Sekunde. Als er sechshundert Schritte getan hatte war eine Minute herum. Eine Stunde und zwölf Minuten des ersten Tages des Planes Omega.

Jetzt sollte Om. 42 zurück sein.

Die Meldung kam noch nicht.

Drei Männer im Raum sprachen kein Wort. Oberst Spark saß an seinem Schreibtisch und blickte vor sich hin, auf die mattscheibene Leuchtplatte, durch die Strich, Strich, Strich ging, und weiter noch nichts. Immer noch Strich um Strich und keine Meldung. Der General hatte aufgehört auf und ab zu gehen, er stand mitten im Raum und hielt beide Hände auf dem Rücken. Der Fliegermajor mit zwei langen Ordensschnallen rechnete stehend mit seinem Bleistift auf einem Schreibblock. Vielleicht kritzelte er auch nur. Es war eine Stunde und dreizehn Minuten des ersten Tages des Planes Omega.

Jetzt müsste Om. 42 zurück sein.

Jetzt könnte Om. 41 zurück sein.

Noch kam keine Meldung.

Quer durch die mattscheibene Leuchtplatte lief es weiter, Strich um Strich. Zeit und Raum und Welt und Gott derer, die da glauben und Strich. Strich, Strich und keine Meldung.

Om. 42 scheint Verzögerung zu haben.

Das kann vorkommen. Dergleichen kommt sogar vor. Aber es ist schade, dass es gerade Om. 42 ist, das erste, das zurück sein müsste. Der Plan Omega lief nicht mit der Prazisität des Uhrwerks. Oder ging die Uhr falsch? Oder war die Zeit in Irrlauf geraten? Oberst Spark war fast bereit so etwas anzunehmen, aber es wäre wider die Vernunft und er setzte sich nicht gegen seine eigene Vernunft in Widerspruch. Niemals.

Es kam noch keine Meldung.

Jetzt könnten Om. 40, Om. 39, Om. 38 zurück sein.

Jetzt sollte Om. 41 zurück sein.

Jetzt hätte Om. 42 zurück sein müssen.

Wie viel ist eigentlich die Uhr? Eine Stunde und vierzehn Minuten des ersten Tages des Planes Omega.

Der Major hörte auf zu rechnen oder zu kritzeln. Hingegen nahm der General den Auf- und Abmarsch wieder auf. Der General dachte, dass da irgendetwas nicht stimme und er wusste aus Erfahrung, dass manchmal irgendetwas nicht zu stimmen scheint, was sich dann später auf das Natürlichste aufklärt und zu einer das Wissen bereichernden Erfahrung wird. Das einzige, was man nicht tun darf ist, dass man sich beunruhige. Der Oberst dachte: da ist ein Fehler, wo habe ich den Fehler gemacht – aber er fand sich da keine Antwort.

Die kurzen, schwarzen Striche liefen und liefen über das Leuchtfeld und schienen bis auf alle Ewigkeit weiterlaufen zu wollen, hunderte und tausende liefen vorbei. Es war eine Stunde und sechzehn Minuten des ersten Tages des Omega-Planes, und der Plan war um fünf Minuten im Verzug.

Das Telefon takte leise an. Der Staffelführer der Reconnaissance-Flugzeuge meldete, dass er in Bereitschaft sei. Der Oberst antwortete, dass er sich über den Anruf wundere und dass die Flugstaffel in Bereitschaft zu warten habe.

Dann rief der Oberst selbst die Flugmeldestelle an und fragte, ob der Telegraphenmelder in Ordnung sei. Natürlich war er in Ordnung, sonst würden ja die schwarzen Striche nicht gelaufen sein. Aber er fragt doch an, um zu erfahren, dass der Apparat in Takt sei.

Als es eine Stunde und achtzehn Minuten des ersten Tages war, fragte der Oberst bei der Horch-Kontroll-Station an, wie viele der rückkehrenden Flugzeuge festgestellt seien. »Bisher keine«, war die Antwort. Ob die Horch-Kontroll-Station Explosionen der Omega-Bomben gehört habe und wie viele. Ja, es waren mehrere registriert worden, sechs oder acht, vielleicht seien Doppeleinschläge dabei gewesen.

»Die Entfernungen?«

»Soweit feststellbar lagen sie im Bereich der Ziele oder etwas davor, die Messung ist nicht völlig zuverlässig.«

»Die Zeiten?«

»Plangemäß, vielleicht sogar kurze Zeit vorher.«

»Was heißt kurze Zeit?«

»Etwa zwei bis drei Minuten.«

»Das hätte mir gemeldet werden sollen.«

»Jawohl, Herr Oberst.«

Das letzte hatte der Oberst nicht mehr gehört, er hatte das Telefon abgehängt. »Im Bereich der Ziele oder etwas davor, zwei bis drei Minuten vor der Zeit.« Die Meldung schaffte ihm Unbehagen, die Überlegung gab ihm das Gefühl von Magenleere. Ein Flugzeug kann Verzögerung haben, aber es soll nicht schneller als vorgeschrieben fliegen. Wenn aber mehrere schneller flogen, dann muss es einen Grund haben und der wird sich erweisen. Alles wird sich erweisen. Man darf nur nicht nervös werden. Freilich, wenn man das erst denkt, ist man es schon. Das ist wie mit der Seekrankheit. Wenn man denkt: Nur nicht seekrank werden, da hat es einen schon.

Der General, der war nicht nervös. Bestimmt nicht. Er ging nur gewohnheitsmäßig auf und ab, was denn sonst hätte er tun können. Ein paar Häuser weiter saß das Kabinett beisammen und beriet unter Vorsitz des Premierministers ein Gesetz über die Anschaffung einer bestimmten Maschine zur Sterilisierung gebrauchter Milchflaschen auf allen Meiereien. Aber niemand hörte wirklich zu, was der Minister für Volksgesundheit vortrug, und wahrscheinlich sprach der Minister auch nur rein mechanisch ohne genau zu wissen, was er sagte. Das Kabinett beschloss einstimmig, das Gesetz vor dem Parlament zu befürworten. Und als man das beschlossen hatte, sahen alle Herren auf ihre Uhren und jeder stellte für sich fest, dass es zehn Minuten über die Zeit wäre, und dass eigentlich jeden Moment eine Meldung kommen müsse, die mit Milchflaschen gar nichts zu tun hätte. Jeder war innerlich höchst unruhig, aber niemand ließ es sich anmerken.

Ein paar tausend Meilen weiter saß der Oberbefehlshaber aller militärischen Streitkräfte von Nomandy mit dem Titel »Der Großadmiral« an seinem Schreibtisch und vor ihm, ein wenig nach der linken Seite zu, war eine leuchtende Scheibe, die mit einem schmalen Lichtband darauf, und über das Lichtband liefen schwarze, kurze Striche. Immerzu, immerzu, und das sah aus wie Ameisen, die hintereinander herlaufen. Sonst nichts. Lauter Ameisen.

Der Großadmiral ließ das leuchtende Band mit den Ameisen nicht aus dem Auge, obwohl er in charmantester Form über eine Kollektion moderner Möbel sprach, die er auf einer Ausstellung gesehen und für Offizierscasinos empfehlen wolle. Seine Zuhörer in gewaltigen ledernen Armsesseln vor ihm waren Arthur Boswell, der Präsident aller Staaten von Nomandy, und Oberst Grady, Militärparteichef von Panterra, in besonderer Mission. Der Präsident schien für die modernen Möbel sehr interessiert zu sein. Oberst Grady dachte, die Stühle und Sessel von links nach rechts, von oben nach unten, seien ihm völlig gleichgültig, er dachte, wie viel ist eigentlich die Uhr jetzt drüben, und er dachte, wie viel jetzt immer die Uhr drüben ist, so ist das ganz egal, denn es ist jetzt 1 Uhr 25 des Tages Omega und 14 Minuten über Planzeit.

Noch ein paar Meilen weiter saß der Generaldirektor Primerus in seinem Bankoffice und es kam ein kurzes, freundliches Telefonsignal. »Was gibt's?«, fragte er. »Herr Merton«, sagte das Telefon. Primerus war nicht davon erbaut, jetzt mit Merton reden zu müssen, er war davon überhaupt zumeist nicht erbaut, aber er musste wohl, er konnte sich nicht einmal verleugnen lassen.

»Ja, will ich sprechen«, und schon war Merton auf der Milchglasscheibe.

Er trug einen Frack mit weißer Krawatte, wie Primerus gleich sah. Das war ein für Merton unmögliches Kleidungsstück. Sein Kopf sah aus wie eine geröstete Kartoffel, die man auf ein Konditorgebackenes gesetzt hatte. Warum trug er einen Frack? Ach so ja, heute war ja Galamatinée in der italienischen Oper. Eine Affäre.

Ein arabischer Heldentenor sang Verdis Othello und die Pia Molinari sang die Desdemona. Sie hatte sich strikte geweigert, mit dem »Nigger« zu singen, obwohl man ihr klargemacht hatte, dass der »Nigger« ja nur ein Brauner sei und dass das doch im Sinne der Rolle läge. Sie hatte natürlich dennoch nicht wollen und es hieß, ein Tabakhändler irgendwo im Süden habe ihr ein Vermögen geboten, wenn sie singe und da habe sie nachgegeben. Der Tabakmilliardär wollte auf diese Weise seinen Beitrag zur Menschheitsverständigung ein für alle Mal so entrichtet haben, dass er gegebenenfalls mit der Quittung der Molinari in der Hand am Tage der Abrechnung vor Gott treten könne. Und nun wusste kein Mensch, wie das heute in der Oper verlaufen würde. Merton musste natürlich dabei sein, weil er überall dabei sein musste, mit dem Kartoffelkopf.

Merton hatte wieder einmal das dringende Bedürfnis, etwas über den Gesundheitszustand von Primerus zu hören und Primerus war begierig, über den Gesundheitszustand der lieben Frau Merton zu hören. Und als sie beide das gehört hatten, ging Merton gleich auf die Sache los und fragte, was es sonst gäbe. Primerus wollte auf die Sache mit dem arabischen Tenor kommen, aber wissend, dass ihm das nur einen sehr kurzen Aufschub bringen könnte, antwortete er gleich zur Sache.

»Eigentlich nichts, verehrter Herr Merton. Oder besser gesagt, nichts was Sie nicht wüssten. Vielleicht wissen Sie mehr als ich.«

Primerus wusste sehr genau, was jetzt, eben jetzt vorging in der Welt. Er wusste, was es ihn gekostet hatte, darum zu wissen. Und so konnte er errechnen, was es Merton und die Seestraße gekostet hatte. Natürlich wusste Merton, da war kein Zweifel.

»Was könnte ich wissen, was ihr Allmächtigen nicht längst gewusst hättet«, suchte Merton zu scherzen. »Aber, verehrter Direktor, haben Sie während der letzten Viertelstunde Nachrichten erhalten?«

»Nichts, verehrter Herr Merton. Um ehrlich zu sein, ich halte es für ausgeschlossen, während der nächsten zwei Stunden etwas zu erfahren. Aber dann vielleicht.«

»Große Männer halten mehr, als sie versprechen. Ihr Vielleicht ist doch schon ein sicheres Ja. Und da muss ich jetzt in diese vertrackte Opernaffäre. Wenn ich nicht gehe, wittern dann doch wieder die einen und anderen was und ich machte mich geradezu des Staatsverrats schuldig, wie? Verehrter Direktor, ich habe Loge 12. Vielleicht notieren Sie das? Danke. Wenn was kommen sollte. Loge 12.«

»Zuverlässig, verehrter Herr Merton.«

Der war schon weg. »Warum sollte ich ihn auch nicht informieren?«, dachte Primerus, »nur nicht, weil er so schlechte

Manieren hat? Wäre ja Unsinn. Aber ich werde ihn warten lassen. Mag er im Opernhaus bei lebendigem Leibe gesotten werden.«

Und das war im Grunde seine Rache, wegen seines Califa, von dem heute 42 Einheiten geopfert wurden.

Wieder ein paar Meilen weiter zurück plauderte der Großadmiral jetzt in charmanter Weise von einem neuen Rezept für eine Pfirsichbowle, bei der das Geheimnis sei, dass man eine Spur Absinth hinein gebe. Da sei etwas wie eine Seelenverwandtschaft zwischen Pfirsich und Absinth. Darüber war es nun mit etlichen tausend Ameisen mehr, immerfort und immerfort über den Lichtstreifen im Leuchtfeld 1 Uhr 41 des Tages Omega und 30 Minuten Planverlust. Was für 30 Minuten. In dem Augenblick kam ein singendes Telefonsignal. Der Großadmiral drückte auf einen Knopf. Auf der Milchglasscheibe war Oberst Spark.

»Hallo Spark. Freue mich. Präsident Boswell ist bei mir und natürlich Ihr famoser Oberst Grady.«

»Bei mir ist Exzellenz Harkensee und mein Adjutant. Admiral, haben Sie Nachricht?«

»Keine, Spark, seit dem Abflug.«

»Wir sind 30 Minuten über Zeit.«

»Genau 31 jetzt. Nicht ganz klar, aber nicht beunruhigend, Spark.«

»Befehlen Sie, Admiral, dass das Recognoszierungsgeschwader unter diesen Umständen und auch vor Rückkehr des ersten Om. starten soll?«

»Stelle Ihnen vollkommen anheim, lieber Spark.«

»Danke.«

Sparks Kopf war weg. »Um die Entscheidung bin ich glücklich herumgekommen«, dachte der Großadmiral. Der Präsident stellte das gleiche Resultat stillschweigend und mit innerer Befriedigung fest.

»Schlaue Füchse«, dachte Grady, »aber ich kriege sie auch noch.« Die Ameisen liefen weiter.

»Exzellenz, die Entscheidung liegt bei Ihnen«, sagte der Oberst zu General Harkensee.

Der General war kein Mann, der sich vor Entscheidungen scheute, noch ihnen auszubiegen versuchte. Kein Cunctator. Was nicht zu sein braucht, das soll auch nicht sein. Aber was sein muss, muss sein. Reiche Leute da drüben, und aus Reichtum stark. Auch das waren Gottes Gaben, und so muss Gott auch das gewollt haben und der General erwies Achtung dem Willen Gottes. Aber Größe war nicht da. War er, der General, in seiner Demut ein großer Mann? Kein großer Mann, wie könnte man selbst so etwas von sich denken, aber Gott war groß in ihm und so war sein Glaube groß und gab ihm die Sicherheit, die etwas anderes war als der zynische Gleichmut eines Mannes, der in dem Augenblick, wo die Schalen des Weltgerichts schwankten, von geschweiften Möbellinien plauderte und von delikater Pfirsichbowle.

Dieu le veult.

»Die Recognoszierungsgeschwader haben sofort zu starten. Aber in zwei Staffeln. Erste Staffel sofort. Zweite Staffel in kurzem Abstand. Sagen wir, je eine und eine halbe Minute später. Halten Sie den Abstand für angemessen, Spark?«

»Etwas knapp, Exzellenz. Ich möchte zwei Minuten Abstand vorschlagen.«

»Also zwei Minuten, Spark, einverstanden.«

Oberst Spark hatte die Order schon ausgeschrieben, drückte auf den roten Knopf des Schaltbrettes, es erschien der Major mit den zwei langen Ordensschnallen und nahm das Blatt entgegen. Genau zwei Minuten später erschien auf dem Leuchtfeld ein zweiter, schmaler Lichtstreifen: R.Om. 42 gestartet. 1.48. Richtig. Die Recognoszierer starten in umgekehrter Reihenfolge. Die Kurzstrecke zuerst. Mechanisch sah Spark auf die Präzisionsuhr. Richtig. 1 Uhr 48 des Tages Om. 37 Minuten im Verzug. Über den ersten Lichtstreifen lief es unverändert. Strich. Strich. Strich und immerzu. Über den zweiten Lichtstreifen kam Meldung um Meldung in fast pausenloser Folge. Der Oberst meinte zu denken, der Lichtstreifen 1 ginge ihn im Augenblick gar nichts an. Aber jedesmal wenn er die kurzen Striche in ihrer endlosen Folge sah, hatte er ein Gefühl von Magenleere.

26 Minuten für den Anflug, 2 Minuten für die Recognoszierung, 24 Minuten für den Rückflug, wenn der leichte Ostwind, der eingesetzt hatte, so anhielt. Ideales Flugwetter. 2.40 kann der 1. Recognoszierer zurück sein. Dann wird man wissen. Gott bewahre uns davor, dass bis dahin keine Nachricht von den Oms wäre.

Es ging um's Ganze. Die Schalen des Weltgerichts schütterten. Sodom und Gomorrha, sich potenzierend in algebraischer Reihe. Und nichts zu sehen als je ein schmaler Lichtstreifen auf jeder Seite des Ozeans, über den die kurzen Striche liefen, immerzu gleich geschäftigen Ameisen. Ameisen, wo lauft ihr hin?

Der Großadmiral las die Meldungen vor, so wie sie durch den Lichtstreifen liefen. Nach der vierten oder fünften Meldung war es den drei Herren vollkommen gleichgültig und langweilig.

Der Großadmiral dachte, er hätte eigentlich die Affäre mit dem arabischen Tenor erzählen sollen, aber die war den Herren voraussichtlich schon bekannt und so las er weiter Meldung um Meldung vor.

Auf einmal geschah etwas. Die Strichlinie, das Ameisengelaufe hörte auf. Es kam erst ein längerer; Oberst Spark hob den Zeigefinger der linken Hand, schon stand der General neben ihm und sah mit auf den Meldestreifen, dann kam die Meldung

»Om. 39 auf L.138 notgelandet.«

Dann ein längerer Strich und noch einmal:

»Om. 39 auf L.138 notgelandet.«

Der Oberst hatte sofort seine Karte ausgebreitet. L.138, das ist Potatis, immerhin Sektor A. Schlechte Nachricht. Aber es hätte auch Sektor D sein können, das wäre sehr viel schlechter gewesen.

Das erklärte auch der Großadmiral seinen beiden Zuhörern so. Oberst Spark ordnete an, dass zwei Blitzflieger zwecks Einholung genauen Berichts nach L.138 zu gehen hätten. Einer solle sofort retournieren, der andere nach Möglichkeit den Beobachter oder Piloten des notgelandeten Bombers bringen.

Als es 1 Uhr 45 war, trat Leutnant Ritehand ein und meldete dem General, dass eine telefonische Anfrage vom Kabinett da sei nach dem Stand der Dinge.

»Sagen Sie den Herren, dass ein Bombenflieger in Sektor A von Potatis notgelandet sei, weitere Meldungen liegen zur Zeit noch nicht vor«, sagte der General. Der Leutnant machte kein sehr gescheites Gesicht dazu.

2 Uhr 8 Om. Der erste Bitzflieger kam von L.138 zurück und meldete, dass Om. 39 auf einem inzwischen abgesperrten Feld liege, mit stark angekohltem linken Flügel. Mannschaft gesund, Bombe intakt.

»Sonderbar«, sagte Oberst Spark. »Soll man das Boswell mitteilen?«

»Erst zweite Meldung abwarten.«

Die zweite Meldung kam bald. 2 Uhr 11, genau 1 Stunde, nachdem man den ersten Bombenflieger zurück erwartet hatte, landete der zweite Blitzflieger von L.138 auf dem Dach des Kriegsministeriums. Er brachte den Beobachter vom beschädigten Om. 39 mit, der sofort in Oberst Sparks Raum geleitet wurde. Der Major mit den breiten Ordensschnallen war mit anwesend. Der General hatte sich auf einen einfachen Stuhl in einer Ecke gesetzt. Als der Oberst den Beobachter, einen jungen Oberleutnant, ersuchte, sich eines Sessels zu bedienen, bat dieser, stehen bleiben zu können, er sei etwas zu nervös zum Sitzen.

»Wie Sie wollen, Herr Kamerad«, sagte der Oberst, »also nun erzählen Sie mal, was Sie für berichtenswert halten.«

»Abflug war präzise und ganz normal. Ausgezeichnetes Flugwetter. Anfänglich fast kein Wind, dann leichte Brise von Ost. Nichts zu berichten über die erste Anflughälfte. Dann als wir etwa kurz über dem D-Zonengebiet von Potatis waren, hörte ich sehr entfernte Detonationen. Vier oder fünf. Es kam sehr rasch hintereinander. Der Schallmesser gab Richtung Nord-Nord-Ost. Es fiel mir nichts Ungewöhnliches dabei auf, außer, dass ich den Schall überhaupt hörte, was mir unerwartet war, und dass die Entfernungen so ungenau gemessen waren.

Sämtlich zu kurz, wenn der Apparat intakt war. Dann zeigte der Apparat eine Detonation in Nord-Nord-West und so dachte ich, der Apparat sei nicht intakt. Das ging alles sehr rasch, wir waren jetzt in der Gegend, wo die D-Zone Potatis an Cistransatia grenzt. Auf einmal war etwas wie eine heftige Explosion, um 90° nördlich zur Flugrichtung, wir flogen jetzt hart Ost. Vielleicht war es auch keine Explosion, es kam wie ein plötzliches, blendendes, grelles Licht, so blendend, dass es förmlich wehtat. Vielleicht tat es auch weh. Eine Explosion habe ich nicht gehört, auch die anderen nicht, aber vielleicht war doch eine gewesen. Ich versuchte den Schallmesser zu sehen, aber ich war völlig geblendet, ich glaube, ich sah für einige Momente überhaupt nichts. Nicht Dunkelheit, sondern sozusagen Blendendes. Aber ich merkte, dass wir andere Richtung fuhren, eine kurze, heftige Schleife. Der Pilot hatte den Apparat herumgerissen. Vielleicht war es die Lichtschock-Wirkung, vielleicht war es etwas wie ein instinktives Tun gewesen. Denn das war alles sehr rasch, zum Überlegen war gar keine Zeit. Auf einmal, als wir noch in der Schleife auf Süd lagen und meines Erachtens etwa auf Südwest kamen, wurde der ganze Apparat hochgerissen. Plötzlich und heftig. Das kann keine Luftbö gewesen sein. Es war, als ob der linke Flügel von einer starken Angel geentert und ein paar hundert Meter hochgerissen worden sei. Zugleich war es ganz plötzlich unerträglich heiß geworden. Es war, als brenne die Luft in der Lunge. Das war nur für einen Moment, dann lagen wir auf Westkurs und sahen, dass der linke Flügel brannte, oder nicht eigentlich brannte, aber rauchte und schmorte. Das Feuer konnte in etwa drei Minuten gelöscht werden, wir segelten mit abgestoppter Maschine im Westkurs. Der Schaden war größer, als zu erwarten gewesen war, der Flügel war stark angesengt, zum Teil verkohlt. Vielleicht ist dieses neue Plastik nicht tadellos. Ganz so feuerfest, wie es hieß, ist es jedenfalls nicht. Aber ich weiß nicht, welche genaue Ursache da war. Als der Apparat hochgerissen wurde und anfing zu brennen, waren wir etwa drei bis vier Sekunden über den Climax der vorangegangenen Explosion. Das Feuer kann nur von außen gekommen sein. Alle Maschinen sind intakt und die Verkohlung war am stärksten an der Flügelspitze. An Wiederaufnahme des Zielflugs war nicht zu denken. Wir sahen sofort, dass Zwischenlandung notwendig werden würde. Die wollten wir wenigstens, wenn noch irgend möglich, im Gebiet unserer Leute haben, das ist alles, was uns noch gelang.«

»Wissen Sie sonst noch Einzelheiten?«, fragte der Oberst.

»Im Augenblick nicht, Herr Oberst. Ich glaube, das war alles, was ich weiß. Vielleicht dass mir mit der Zeit noch etwas einfallen wird.«

»Ihre Leute?«

»Alle heil, Herr Oberst, danke sehr. Der Pilot war, nach der Landung, ein wenig, wie soll ich sagen, etwas übernervös. Ja. Etwas verwirrt. Ja. Das kam so über ihn, ein paar Minuten nach der Landung. Auf einmal fing er an heftig zu lachen und lachte und lachte, so aus vollem Halse und auf einmal schlug das um und er weinte, wie ein Kind. Wir haben ihn in ein Zelt gelegt, vielleicht dass er zum Schlafen kommt. Armer Kerl, aber ich kann mir nicht helfen, er hat uns das Leben gerettet.«

»Wie meinen Sie das, Kamerad?«

»Wörtlich, Herr Oberst, wörtlich.«

»Gewiss ja. Ich meine, dass er Ihnen das Leben gerettet hat?«

»Wenn er den Apparat nicht herumgerissen hätte, wo er sagt, er weiß gar nicht warum, wenn wir nicht die Schleife gemacht hätten, meine ich, wären wir allesamt hin gewesen, der Apparat und die Clf und alles.«

»Meinen Sie das, Kamerad oder können Sie das begründen? Was es immer sein mag, hier können Sie offen sprechen.«

»Nein, Herr Oberst, ich habe gar keine sachlichen Gründe. Nein. Aber es ist so. Es ist einfach so.«

»Und wissen Sie sonst etwas, von irgendeinem der anderen Oms?«

»Nein, Herr Oberst. Nichts seit dem Abflug.«

»Gut, Herr Kamerad. Schade, Sie haben da Pech gehabt. Das kommt vor. In solcher Sache hat man nicht gern Pech. Einerlei. Herr Kamerad, Ihren Rapport haben Sie jedenfalls tadellos erstattet. Ich danke Ihnen sehr.«

Der Oberst hatte den blauen Knopf gedrückt. Leutnant Ritehand trat ein.

»Herr Leutnant, sorgen Sie bitte für tadellose Unterbringung des Herrn Oberleutnant hier im Hause. Der Oberleutnant wird etwas Ruhe brauchen, aber ich möchte den Kameraden wenigstens für die nächsten Stunden hier in der Nähe wissen. Nochmals vielen Dank, Herr Oberleutnant.«

»Haben Sie alles im Stenogramm?«, fragte der Oberst den Major.

Der Major bejahte. »Dann rufen Sie sofort drüben an und lesen Sie dem Großadmiral den Rapport vor. Aber nur mündlich, nur mündlich und nur den Rapport, vor dem schriftlichen Text möchte ich das noch lesen.«

Der General kam aus der Ecke hervor.

»Glauben Sie das, Oberst, das sozusagen mit dem sechsten Sinn des Piloten?«

»Unbedingt, Exzellenz.«

»Sonderbar, sehr sonderbar. Dergleichen ist mir nie vorgekommen.«

»Bei Fliegern kommt das vor, Exzellenz. Ganz unbedingt.«

»Sonderbar, sehr sonderbar«, wiederholte der General.

Der Oberst sah auf die Leuchtplatte und auf die Striche, die durch zwei Lichtstreifen liefen. Er wollte vermeiden, den ersten Streifen zu sehen und sah ihn doch. Er hatte ihn immerfort gesehen. Während des Rapports und immerfort. Mit dem Magen hatte er das gesehen. Und der Oberst sah auf die

Präzisionsuhr, die 2 Uhr 34 Om war und in etwa sechs Minuten kann der erste Recognoszierer zurück sein. Und der Oberst sah auf den General, der ruhig auf und ab ging und der Oberst sah auf ihn und dachte: was ist das für ein Mensch? Das ist gar kein Mensch. Das ist ein Kreuzritter, der sechshundert Jahre tot war und jetzt ist er auferstanden und wandelt.

2 Uhr 35. Noch fünf Minuten. Und der Oberst dachte, wenn nach fünf Minuten, präzise nicht der R. Om. 42 zurück ist, dann passiert etwas. Dann wird er, der Oberst, verrückt werden, oder er wird anfangen zu schreien, wie ein Gemarterter, er wird ausbrechen, wie ein tollwütiger Hund. Noch vier und eine halbe Minute und es ist nicht zum Aushalten. Der Plan! Der Plan! Wo ist der Plan? Er hatte Angst, dass die Zeit um sein werde und nichts werde sein, als nur Striche, Striche, Striche. Das kann gar nicht sein. Das kann gar nicht so kommen. Aber er hatte Angst. Er hatte Angst vor seiner eigenen Angst.

Auf der anderen Seite nahmen der Großadmiral, Präsident Boswell und Oberst Grady den telefonisch durchgegebenen Rapport zur Kenntnis.

»Sonderbar«, sagte der Großadmiral, »sehr sonderbar.«

»Unsere Clfs«, sagte der Präsident.

»Unsere Flieger!«, sagte Oberst Grady.

Des weiteren und zum Abschluss nahm auch das Gesamte Kabinett von Panterra den Rapport zur Kenntnis.

»Sonderbar«, sagte der Premierminister, »sehr sonderbar.« Die anderen Herren schwiegen. Hier, wie an den beiden anderen maßgebenden verantwortlichen und mitwissenden Stellen, wagte keiner vor sich selber und noch viel weniger vor den anderen, seine bedenklichen Gedanken zu bekennen.

XVI.

»GELBE ZETTEL« GEGEN BOMBENGESCHWADER

Oberst Spark hatte sich selbst unterschätzt gehabt, er verlor gar nicht die Nerven, als seine düsteren Ahnungen sich bestätigten. Er brach nicht aus wie ein tollwütiger Hund, als es 2 Uhr 40 Om wurde, ohne dass der R. Om. 42 zurück war. Er schrie nicht wie ein Gemarterter, obwohl er einer war, als es 2 Uhr 45 Om war und nichts zu sehen war als die Unendlichkeit der kurzen Striche.

Und er wurde auch nicht verrückt, als es 2 Uhr 50 Om war, allenfalls ging er in eine Art Abwesenheit, er dachte, dass die Zahl der kurzen Striche längst eine astronomische Höhe überschritten haben müsse, er dachte an seine Schulzeit und an die Zahl »unendlich« und dass »unendlich mal zwei« gleich sei »unendlich mal eins« und dass das immer wieder Unendlich sei, und er dachte, nun kann nichts mehr nachkommen. Ich habe die Zahl Unendlich erreicht.

Diese abwegige Betrachtung dauerte freilich nur ein paar Augenblicke, aber lange genug, dass er darin gleichsam ausruhte von der Überspannung des im Augenblick zwecklosen Denkens, dann brachte ihn das scheußliche Gefühl der Magenleere wieder in die Wachwelt zurück. Er sah den auf und ab gehenden General und dass es gar kein seit sechshundert Jahren toter Kreuzritter war, sondern eben General Harkensee, und er dachte, dass es so nicht weitergehen könne. Er oder ich, einer von uns beiden muss doch jetzt den Mund auftun und wenn er es nicht will, muss ich es eben tun.

Die Zeit war 2 Uhr 53. Der Oberst stellte sich selbst die Frist von zwei Minuten. Schwieg der General dann noch, dann werde er, der Oberst, reden müssen.

Genau um 2 Uhr 55 wollte der Oberst sich erheben, meinte aber, dass sein leerer Magen sich schon bei dem Versuch um und umstülpte. So blieb er sitzen und sagte: »Exzellenz, was jetzt?«

Enthielten die drei zur Frage geballten Worte das Eingeständnis der größten Niederlage der Weltgeschichte? Keineswegs! Dieses war die Zeit, wo Harkensee sich erweisen musste.

Der General ging weiter auf und ab, unablässig und unbeeinflusst.

Sparks Frage hatte er gar nicht beantwortet, er hatte nur im Gehen mit der linken Hand eine Bewegung gemacht, so als wische er eine Kreideschrift von der schwarzen Tafel.

Kribbelnde Striche wurden zu Sekunden. Sekunden reihten sich zu Minuten, nichts blieb stehen, am allerwenigsten die Zeit. Als wieder fünf Minuten um waren, zeigte Sparks Präzisionsuhr 3 Uhr.

»Oberst, ich bin zu Ihrer Verfügung«, sagte der General, »aber vorher erlauben Sie mir ein paar Worte.« Er hielt im Gehen an, stand, sah den Oberst an und sprach ruhig weiter. »Unter die Episode der letzten drei Stunden machen wir einen Strich.« Er machte den Strich mit heftiger Bewegung der geballten rechten Hand. »Oberst, das ist gewissermaßen nicht gewesen. Untersuchung später. Da wird etwas zu lernen sein. Aber keine Zeit jetzt, für Lektionen.

Ihre Uhr, Oberst, ist eben drei. In neun Stunden, also wenn Ihre Uhr zwölf sein wird, das heißt Null Uhr, Oberst, dann ist es genau Null Uhr. Und um genau Null Uhr, Oberst, gelangt der Plan Om zur Ausführung. Ich müsste sagen, nochmals … Strich, Oberst, Strich drunter. Veranlassen Sie alles nötige, Oberst. Ich kann Ihnen nicht helfen, Sie kommen um Ihren Schlaf. À la guerre, comme à la guerre. Null Uhr, Plan Om. Noch Fragen, Oberst?«

Der Oberst hatte sich doch erhoben. Die Magenleere war fort, aber sein Gehirn war in wilder Bewegung. In toller Fahrt, wie ein rasender Fahrstuhl. Ging es hinauf? Ging es hinab? Er wusste es nicht. Er versuchte die Raserei zum Stillstand zu bringen. »Noch Fragen, Oberst?«, war ihm noch im Ohr.

»Boswell?«, fragte er.

»Boswell? Gewiss, ja, Boswell, lassen Sie dem Großadmiral Meldung machen.«

»Das Kabinett?«

»Lassen Sie auch Meldung machen, aber nur, falls es anfragt.«

»Die Regierung von Vinarnia?«

»Was hat die damit zu tun?«

»Ihre motorisierten Verbände …«

»Sollen ruhig weiter rollen. Allenfalls haben sie einen zwölfstündigen Vorsprung. Wenn sie den nicht von selbst wieder verlieren, was bei den Herren leicht vorkommen kann, werden wir das ausbalancieren. Ja. Sonst noch Fragen? Nicht? Oberst, dann gehe ich jetzt hinüber in mein Zimmer. Ich bin etwas müde. Vielleicht werde ich mich drüben etwas schlafen legen. Ich möchte bis auf Weiteres nicht gestört werden, Oberst, außer wenn etwas sehr Wichtiges ist.

Tenner, kommen Sie mit«, sagte der General, als er auf dem kurzen Weg über den Gang mit dem roten Läufer in seine Räume ging.

Der Oberst hätte jetzt sofort auf den roten Knopf drücken und mit seinen nächsten Offizieren die nötigen Anordnungen einleiten müssen, die sie alle für die kommenden Stunden in Atem halten würden. Stattdessen versank er in Nachdenken über den General. Was für ein Mann war das? Der die Verantwortung trug. Auch für den, darüber war kaum noch ein Zweifel, ungeheuer, katastrophal fehlgeschlagenen Omega Plan. Der General war mit dem Omega Plan wohl sicher gewesen. Aber wer hatte ihm die Sicherheit gegeben gehabt? Er, der Oberst, der das Hirn der gesamten Luftstreitkräfte war. Das

Hirn, das alle Möglichkeiten bedacht hatte und zu dem lückenlosen Resultat gekommen war, dass der Plan ausführbar sei, gelingen müsse. Zweiundvierzigfach, und nur technische Betriebsstörung hatte das eine oder andere der 42 Oms ausfallen lassen können. Und nun diese Katastrophe. Nur einer war zurückgekehrt. Und eben dieser aufgrund einer Betriebsstörung, die noch gar nicht aufgeklärt war. Der man unter normalen Umständen nachgehen müsste und nichts Weiteres dürfte geschehen, bis das nicht restlos geklärt wäre. Und was tut der General? Geht über alles das zu neuer Tagesordnung über. So. Mit einer Handbewegung!

War da eine Katastrophe, dann war da ein Schuldiger, wenn es nicht eine Naturkatastrophe war. Gab es aber einen Schuldigen, dann war es nur einer. Er, der Oberst. Und was tut der General? Nimmt so, mit einer Handbewegung, alle Verantwortung auf sich und alle Schuld! Alle Schuld, die da war. Oder vielleicht doch nicht war? Wenn es doch eine Naturkatastrophe gegeben hatte? War das dann nicht, im Sinne des Generals, Gottes Hand? Hatte Gott interveniert? Gott gegen Clf? Und was dann tat dieser Mann und General? Stand er nicht auf wider Gott? Vielleicht gleich jenem biblischen Jacob, der mit dem Fremden, der ein Engel Gottes war, in der Wüste gerungen hatte? Gekämpft eine ganze Nacht. Mann gegen Gott und sie einander nicht zwingen konnten. Und wie ging das aus? »Ich lasse dich nicht, du segnest mich denn!«

Und der Engel Gottes hatte ihn gesegnet mit dem Namen »Isra-El«, das ist »Streiter Gottes« und nichts ist gesagt, ob für oder gegen Gott! Wer aber ist der General? Ist er so fest im Glauben, dass er über dem Zweifel ist? Zweifelt er nie? Oder versucht er Gott? Darf man, wenn man stark ist im Glauben, Gott versuchen?

Wer ist der General?

Der General war der General, der Mann mit der Befehlsgewalt. Für ihn, den Oberst, der Stellvertreter der Macht, der es zusteht, zu binden und zu lösen. Ihn, den Oberst, in fürchterliche Fesseln verstrickt, hatte er gelöst. So, mit einem Wort und einer Handbewegung. Der Mann mit der Befehlsgewalt. Der hier befohlen hatte. Hier war ein Befehl! Keine Zeit für nachdenkliche Träumerei. Hier war ein Befehl. Hier war Dienst, der auszuführen war.

Und der Oberst drückt auf den roten Knopf. Und der zweite Plan Omega, genau nach dem Schema des ersten Plans, geriet in Bewegung!

Die Dreiergruppe im Raum des Admirals in Nomandy hatte den »Rapport« stillschweigend zur Kenntnis genommen. Dem Großadmiral hatte es doch so weit die muntere Rede verschlagen, dass ihm keine vorbringbare, mehr oder weniger charmante Plauderei einfiel. Aber auch hier äußerte sich niemand mit seiner wahren Betrachtung der Situation. Dann kam die kurze Meldung von General Harkensees Anweisung, die anscheinend den Präsidenten überraschte oder gar affrontierte.

»Ich meine, bevor ein Entschluss so schwerwiegender Art gefasst wurde, hätte man, und wenn auch nur der Ordnung halber, hier anfragen sollen«, sagte er und sah Oberst Grady dabei an.

»General Harkensee ist, soweit meine Erfahrungen reichen, jederzeit bereit gewesen Entschlüsse zu fassen und auch die Verantwortung zu tragen«, sagte Oberst Grady und so bitter der Anlass war, empfand er es als eine Erleichterung, Gelegenheit zu solcher Rede zu haben.

»Ich denke, der General macht hier von seinen Befugnissen weitestgehenden Gebrauch«, sagte der Großadmiral.

»So zu denken ist dem Herrn Großadmiral selbstverständlich anheimgestellt«, erwiderte der Oberst und bediente sich sehr bewusst dieser Wendung.

Präsident Boswell merkte natürlich die Spitze und fühlte sich umso mehr gekränkt.

»Genau vor vier Tagen annullierte General Harkensee den wohlvorbereiteten Plan Kappa, der den Angriff von Fernost her vorsah. Gleichzeitig zwingt uns General Harkensee zur

Verlegung der Basis nach Panterra und zwingt uns zur Verlegung eines bedeutenden Clf-Depots ebenfalls nach Panterra.«

»Das eine hatte wohl das andere in zwangsläufigem Gefolge, Herr Präsident.«

»Unter dem Druck, den Ihre Regierung und der General ausübten. Von der Zwangsläufigkeit war und bin ich nicht überzeugt, von dem auf uns ausgeübten Zwang allerdings.«

»Der Umstand, dass diese Maßnahmen Panterra zur unmittelbaren Gefahrenzone machten, ist sicherlich auch dem General bekannt, Herr Präsident.«

»Umso mehr überrascht mich die heutige Entscheidung des Generals.«

»Das absolute Gefahrenmoment ist sicherlich durch die heutigen Umstände enorm gewachsen. Wenn der General auch das unter seine Verantwortung nimmt, auch das, Herr Präsident, so hat er bestimmt sehr entscheidende Gründe, die sich zwar im Augenblick meiner Kenntnis entziehen, die aber bestimmt nichts mit Prestigegründen zu tun haben.«

»Dennoch und gerade unter Beachtung des für Panterra gewachsenen, sagen wir theoretisch gewachsenen Gefahrenmoments und der bisherigen Geschehnisse kann ich mich der Erwägung nicht verschließen, dass der Plan Kappa Fernost doch vielleicht nicht so völlig abwegig war.«

»General Harkensee pflegt in solcher Lage keine retrospektiven Betrachtungen anzustellen.«

Das Gespräch hatte eine Schärfe angenommen, die dem Großadmiral zum Mindesten nicht opportun erschien und das er darum unter allen Umständen zu enden wünschte.

»Herr Präsident«, sagte er, »es ist zu erwägen, welche Mitteilungen jetzt dem Kabinett der Staatssekretäre zu machen sind. Dass wir das in Ihrer verehrten Gegenwart tun, Oberst Grady, bürgt Ihnen sicherlich für den Grad unseres Vertrauens.«

Der Charmante hatte glücklich die Spitze abgebrochen. Als etwa eine Stunde später der Generaldirektor Primerus den ersten ungenauen Bericht erhielt – der Berichterstatter war selbst nicht im Klaren – platzte er als erster mit einer offenen Meinung heraus.

»Also 84 Einheiten Clf sind zum Teufel«, sagte er und verfärbte sich.

»Allenfalls doch nur 42 und darüber weiß man doch noch nicht Endgültiges.«

»Mir genügt es«, sagte Primerus mit Heftigkeit. Merton brauchte er jetzt wohl nicht anzurufen. Soll der weiter in der Oper schmoren. Der wird sowieso sich jetzt auf Baisse legen, primitiv wie die Seestraße nun einmal war, und da musste aus staatstechnischen und ordnungerhaltenden Gründen die Gegenmine gelegt werden. So kam auch der nicht über die Oberflächlichkeit des Denkens hinaus.

Zu beiden Seiten des Ozeans berieten die Kabinette, ob unter den obwaltenden Umständen nicht die sofortige »Verdunkelung« des ganzen Landes anzuordnen sei. Beide Kabinette kamen zu ablehnendem Resultat, weil erstens nicht sicher sei, ob diese Maßnahme unter Berücksichtigung der neuen Raummessapparate überhaupt wirksam sein würde und zweitens, weil eine große Beunruhigung der öffentlichen Meinung entstehen würde, die eine Erklärung mit Versuchs- und Probezwecken eventuell über eine Nacht hinaus nicht acceptieren würde.

Die »öffentliche Meinung«, in diesem Falle eine allzu akademische und völlig falsche Bezeichnung der Völker, wurde allerdings auf eine ganz andere Weise auf das Gründlichste informiert.

Sechs Stunden nachdem General Harkensee unter die »Episode« einen Strich gemacht hatte, als die Geschwader für die Wiederholung des Plan Omega bereits ihre Bereitschaft-Meldungen machten, drei Stunden vor der neuen Null-Stunde regnete es Millionen von Flugblättern über Stadt und Land von Panterra und Millionen von Flugblättern über Stadt und Land von Nomandy. Lauter orangefarbene Blätter mit schwarzem Druck, halb so groß wie ein Zeitungsblatt.

Die Druckschriften waren unterschiedlicher Art, aber die Texte waren überall die gleichen:

An das Volk von Panterra.
An das Volk von Nomandy
An alle Völker der Welt.
Es ist K r i e g und ihr wisst es nicht!
Die Staatsverbände von Panterra sind im
K r i e g und das Volk weiß es nicht!
Die Staatsverbände von Nomandy sind im
K r i e g und das Volk weiß es nicht!
Ein ungeheuerlicher, barbarischer, beispiellos
frevelhafter Überfall auf die konföderierten Staaten von
Cistransatia ist unternommen worden.
Mitten im Frieden!
Ohne Grund und ohne Begründung!
Ohne Ankündigung!
Mit vorbereitetem Einsatz größter, stärkster
Kriegsmaschinen und gewaltigem Munitionsmaterial.
Völker von Panterra,
Völker von Nomandy,
stellt den Frieden der Welt wieder her, ehe eure Länder in
Flammen aufgehen, ehe eure Städte zertrümmert werden.
Jagt die Regierungen und ihre Helfershelfer davon, die euch
in den Krieg gestürzt haben, mit Verheimlichung, Heuchelei,
Lüge, Betrug und Mord!
Tut es heute, morgen ist es zu spät!
Rettet eure Kinder, heute!
Rettet eure Frauen, heute!
Rettet euch selbst, heute!
Wir strecken euch die Friedenshand hin.
Völker der Welt!
Helft retten. Helft heute!
Für das Volk von Cistransatia.
Die Volksbeauftragten.

In Nomandy fingen die Blätter an am Nachmittag zu fallen und fielen bis in die späten Abendstunden hinein. In Panterra entsprechend begann es in den Nachtstunden und regnete es immer noch Blätter, als die Frühschichten zur Arbeit gingen.

Die erste Regierungsaktion war, dass zu beiden Seiten des Ozeans die Straßenreinigungskolonnen und die Polizei eingesetzt wurden, wo es sich einrichten ließ auch Militär, um die Zettel in Massen zu sammeln und abzuliefern. Millionen solcher Zettel wurden auf diese Weise weggeräumt, Millionen solcher Zettel waren in Händen des »Publikums« der Öffentlichkeit.

»Wo nehmen die nur all das Papier her?«, fragte der Handelsminister von Panterra halblaut vor sich hin.

»Vielleicht fragen Sie, unter Überquerung aller üblichen Dienststellen, einmal direkt an«, antwortete ihm ein Dezernent vom Kriegsministerium.

Vielleicht ... hätte er direkt angefragt ... hätte er die Antwort erhalten: Das sind Vater Marlows Chinesische Fibeln. So schön! So schön!

Aber die orangefarbenen Zettel hatten die Situation sehr ernst gemacht. Sehr ernst und unbequem. »Hat man auch das ›neutrale‹ Ausland mit solchen Wischen beaast?« »Und wenn, so kann es uns auch völlig einerlei sein, wir haben sie mit der Währung in der Tasche!« »Ist das sicher?« »Fragen Sie Stander.« »Ja, sicher ist sicher, solange die Währung eine Währung ist.« »Gold wie Califa und Califa wie Gold. Das ist alles so kurz wie es lang ist.« »Meine Herren, zur Sache.«

»Zur Sache« wurden in Panterra in frühen Morgenstunden große Plakate an alle freien Mauern und Häuserwände geklebt, einerlei ob diese Freiplätze für solche Kleberei vorgesehen waren oder ob es ausdrücklich verboten war. Kleinere Zettel wurden überall verteilt, ausgestreut und schließlich auch gelesen. Der Text war:

Gelb ist die Farbe der Lüge, der Falschheit, des Verrats.
Jeder muss darum wissen, was er von den gelben
Zetteln zu halten hat, die in mitternächtlichen Stunden
von Bubenhänden ausgestreut wurden:
LÜGE, FALSCHHEIT, VERRAT!
Verbrecher wollen unser Land in Unordnung, Unruhe
und Schlimmeres treiben.
Krieg beginnt mit Kriegszustand!
Nirgends in unseren Ländern ist Kriegszustand.
Bei uns herrscht friedliche Ordnung.
Jeder geht heute, wie alle Tage, seiner friedlichen
Beschäftigung nach.
Die Unruhestifter werden zur Verantwortung gezogen
und bestraft werden!
Die Nation lebt in Frieden und arbeitet!
Die Regierung der Staatsverbände von Panterra.
Im Auftrag: das Gesamt-Kabinett.

Der gleiche Text stand in fettesten Lettern, breit über alle Spalten am Kopfe aller Morgenzeitungen des Landes. Rundfunk und angeschlossene Lautsprecher auf allen Plätzen, Bahnhöfen, Untergrundstationen, Straßenkreuzungen verkündeten anfänglich in laufender Folge, dann die musikalischen, epischen, lyrischen, didaktischen Programme unterbrechend jede halbe Stunde die gleiche Regierungserklärung.

Die meistgelesene Seite der Tageszeitungen, die Sportseite, enthielt die stark aufgemachte Mitteilung, dass der Entscheidungskampf um die Weltmeisterschaft im Schwergewichtsboxen zwischen dem höchst populären derzeitigen Titelträger Stormer von Panterra gegen den schwarzen Anwärter Jackie Jackson, dem Riesen von Afrika, schon in zehn Tagen im Sieges-Stadion von Seniora stattfinden werde. Diese Nachricht fand aber keineswegs die erwartete Aufmerksamkeit. Die »gelben Zettel« waren souverän!

»Das ist doch eine Gemeinheit, was die Gelben da machen.«

»Wenn man nur wüsste, was dahinter ist!«

»Quertreiberei und weiter gar nichts. Bin ich von heute und gestern? Ich habe zwei Kriege erlebt. Ich weiß, wie das ist, wenn Krieg ist.«

»Na ja. Einen habe ich auch mitgemacht. Das stimmt, das fing anders an.«

»Na, siehst du. Ich kehr mich um gar nichts.«

Oder:

»Hast du den gelben Zettel gelesen?«

»Lagen drei Stück vor'm Haus, als ich raus kam. Natürlich hab ich's gelesen.«

»Und die Regierungserklärung?«

»Hab ich auch gelesen und schon dreimal gehört.«

»Na, und?«

»Was meinst du mit: na, und?«

»Na ja, ich meine so.«

»Ja. Ich weiß auch nicht, was ich meinen soll.«

Oder:

»Der gelbe Zettel ist so, und die Regierungserklärung, die ist soo. Hast du was gemerkt?«

»Was soll ich denn gemerkt haben?«

»Die Gelben sagen, dass man Cistransatia überfallen hat.«

»Na ja, und wir sagen, dass das Schwindel ist.«

»Ne. Das haben wir ja gar nicht. Wir sagen, dass bei uns kein Kriegszustand ist. Das stimmt. Aber deshalb kann das andere doch auch stimmen.«

»Aber sie sagen doch Lüge und Verrat.«

»Das sagen sie so, aber nun lies das mal genau durch. Da ist was mulmig.«

»Also Mensch, mir wird ganz komisch.«

Oder:

»Ne, ne, ich gehe heut nicht zur Arbeit.«

»Ja, warum denn nicht?«

»Na, wie kannst du so fragen? Hast doch auch nen gelben Zettel gelesen.«

»Und nen weißen auch.«

»Eben darum. Und ich geh nicht arbeiten.«

»Wo gehst du denn hin?«

»Auf den Heldenplatz.«

»Was willst du da?«

»Ich werde da ja wohl nicht der einzige sein.«

»Wenn du meinst, ich weiß nicht, ich kann da ja auch erst mal mitgehen.«

Oder:

»Nun, mein Lieber, was sagen Sie dazu?«

»Das hat uns gerade noch gefehlt.«

»Kaum haben die Kurse sich erholt, geht das so, mit der Gewalt.«

»Und was da womöglich noch nachkommt.«

»Und die Regierungserklärung?«

»Na ja. Die Regierungserklärung.«

»Ich meine, eine Regierungserklärung ist doch eine Regierungserklärung.«

»Ja gewiss. Das meine ich auch.«

Das Polizeipräsidium hatte ganz recht, wenn es das Kabinett informierte, dass die Stimmung ernst sei, aber keineswegs unruhig oder beunruhigend.

In Nomandy wurde eine ganz andersgeartete Regierungserklärung verkündet:

Schmutzige gelbe Zettel.
Wollen öffentliche Meinung irreführen.
Wollen Lüge und Schwindel verbreiten.
Dieses ist die Wahrheit:
Zur Aufrechterhaltung unseres Wirtschaftslebens sind
Maßnahmen getroffen worden, die jedermann bekannt sind.
Maßnahmen für eine gesunde Währung.
Alle an vernünftiger Wirtschaft interessierten Nationen
haben sich der neuen Währung angeschlossen.
Staatsverbände, die sich von internationalem Handel

und Geschäften ausschließen, stellen sich außerhalb
der Weltwirtschaft.
Sie stehen vor dem wirtschaftlichen Bankerott!
Das ist ihre Sache.
Das nennen sie Überfall!
Und versuchen ordnungliebende, arbeitsame Nationen
mit Drohungen zu stören und einzuschüchtern.
Ohne uns!
Wir lassen uns nicht beschwindeln.
Wir lassen uns nicht bange machen.
Wir haben besseres zu tun.

Die öffentliche Meinung, soweit sie an Handel und Geschäft interessiert war, reagierte noch in der Nacht in Klubs und Nachtlokalen durch erhöhten Konsum teurer Getränke, durch Absingung patriotischer Lieder und durch Ansteckung von papiernen Fähnchen mit der Staatsflagge auf Anzüge und Kleider.

Die Arbeiterschaft hüllte sich in Schweigen, was man, als nicht für öffentliche Meinung maßgebend, nicht weiter zur Kenntnis nahm. Die Arbeiterschaft war politisch uninteressiert geworden, seitdem die Arbeiterorganisationen verstaatlicht worden waren.

Die Stamm- und Biertische von Potatis, die Kaffeehäuser von Vinarnia, auch die Politikanten in den jetzt schon sogenannten »neutralen« Ländern waren der Ansicht, dass die Regierungserklärungen von Panterra und Nomandy nicht sehr einheitlich seien und mancherlei beunruhigende Schlüsse zuließen. Auch die Fachleute meinten, dass man sich hätte ins Einvernehmen setzen sollen, trotz drängender Zeit. Die inoffiziellen Börsen – die offiziellen waren ja noch überall geschlossen – reagierten sauer, mit heftig fallenden Kursen. Die Städter in aller Welt fingen an, »auf alle Fälle« auf Vorrat einzukaufen. Viele Läden waren schon in den Morgenstunden ausverkauft.

Die Volksbeauftragten von Cistransatia gaben ein »Kriegsbulletin No. 1.« heraus, das lautete:

Die Regierungen von Panterra und Nomandy haben uns
ohne Erklärung und Begründung, mitten im Frieden,
mit Krieg überzogen. Ihre vereinigten Luftwaffen haben
einen barbarischen, frevelhaften Angriff auf unsere
friedlichen Städte versucht.
Über 40 unserer wichtigsten Städte sollten durch feigen,
mörderischen Überfall mitsamt allen Bewohnern
vernichtet werden.
Sämtliche feindlichen Angriffsflugzeuge sind durch unsere
Abwehrmaßnahmen restlos zerstört worden. Restlos!
Wir hatten keine Verluste.
Alle Bürger von Cistransatia sollen ihren
gewohnten Arbeiten nachgehen und ruhig schlafen.
Keines der feindlichen Mordwerkzeuge wird jemals unseren
Boden erreichen.
Die Völker von Panterra und Nomandy haben von diesem
schrecklichen Anschlag auf den Frieden der ganzen Welt
nicht gewusst. Wir sorgen für ihre Aufklärung. Sie sind
und bleiben unsere Brüder!

Diese Radiomeldung war die erste authentische Mitteilung, die der Generalstab in Seniora über den Verbleib seiner fehlenden 41 Oms erhielt. Man brauchte General Harkensee nicht zu wecken. Er war da, als die Mitteilung durchkam. Niemand wagte, über die Richtigkeit Zweifel auszusprechen. Aber die Frage des Was, Wie, Wo war damit keineswegs geklärt.

Der Major mit den breiten Ordensstreifen hängte seine sinkende Hoffnung an einen Strohhalm: Sie sagen »restlos zerstört« und nochmals »restlos«, während der Om. 39 zurückgekehrt ist. Alles Schwindel! Niemand nahm dazu Stellung.

Inzwischen kehrten sämtliche Luftfahrzeuge von Cistransatia, die die Orangezettel abgeworfen hatten, eskortiert von den

Blitz-Kampfflugzeugen durch die schmalen Türen im Westen und Osten in der »Feuermauer« zurück. Man hatte mit heftigen Luftkämpfen gerechnet. Die politischen Erwägungen, dass Luftkämpfe nicht unbemerkt bleiben könnten und sei es auch nur durch eventuelle Abstürze, und dass solche Zwischenfälle mit den Regierungserklärungen nicht in Einklang zu bringen seien, hatten derartige Abwehrmaßnahmen verhindert. Die Gesamtsituation war auf den Plan Omega II eingestellt (die II wurde offiziell nicht genannt), der gelingen müsse. Müsse!

»Und wenn nicht?« »Das weiß nur Harkensee.«

General Harkensee, auf diese Möglichkeit gewisslich vorbereitet, schaltete sie aus dem Bereich seines Denkens noch aus.

Das letzte Flugzeug, das durch die schmale Osttür nach Cistransatia zurückkehrte, wurde von einem Piloten-Leutnant gesteuert. Kaum war der durch, meinte er sich wieder privates Denken erlauben zu können und er dachte, dass er ganz kurz vor seinem Abflug in Eile eine Postkarte geschrieben hatte an:

Peter Rettberg. No. 62.47.25.
G. Stadtbau II
O.3. 12te Straße. Block B.
Besuche 48731 Sektion 48, Abteilung 123. G. Stadtbau II.
Bringe herzliche Grüße von
Alex Rettberg. Piloten-Leutnant.
Piloten-Schule 17B.

XVII.

KRIEGSERKLÄRUNGEN NACH KRIEGSAUSBRUCH

Der zweite Plan Omega war doch noch in vorletzter Stunde ein Plan Omega II geworden. Es war angeordnet worden, dass die Bombenträger, obwohl sie fliegende Festungen waren, von einem großen Kampfgeschwader zu begleiten seien, oder genauer, die Kampfgeschwader hatten in zwei Linien zu folgen, das erste in fünf, das zweite in zehn Meilen Distanz. Diesen Kampfgeschwadern waren wiederum Blitzflieger zu Recognoszierungszwecken beigegeben, Kampf- und Blitzflieger hatten bei eventueller schlechter Sicht die Entfernungen so zu verringern, dass sie jedenfalls die Bombenflieger in klarer Sicht behielten. Die Blitzflieger hatten sofort zwecks Berichterstattung nach Station Seniora I/1, dem Kriegsministerium, zurückzufliegen, sowie sich irgend etwas nicht planmäßiges ereignete.

Die Sicht war beim Abflug sehr gut und blieb so und das war dann bei dem Flugtempo und der gewaltigen Ausstrahlung der »Feuermauer« für die aufklärende Berichterstattung das entscheidende. Diese von Sparks Pessimismus diktierte Anordnung, denn der General wollte den Vortagsplan genau repetieren – »der Stier will auf die Hörner nehmen«, hieß es unter den Stabsoffizieren –, erwies sich als erfolgreich, wenn man im Zusammenhang mit der erneuten Katastrophe überhaupt von Erfolg oder Teilerfolg reden konnte.

Von den drei Mal 42, das sind 126 Blitzflieger, kehrten über 100 zurück, alle vor ihrer planmäßigen Zeit. Die in Einzelheiten manchmal abweichenden Berichte ergaben ein klares Bild des furchtbaren Hauptgeschehens und das zeichnete sich ungefähr so:

Beim Einflug in das Gebiet von Cistransatia, hart auf der effektiven Grenze, geriet der Bombenflieger in Brand, so, dass im Augenblick, wo die Feuererscheinung sichtbar wurde, er auch über und über zu einer fast weißen Flamme geworden war. In dieser weißen Flamme schien das Gesamtflugzeug innerhalb drei bis fünf Sekunden völlig verzehrt zu werden. Absturz eines brennenden Flugzeugs war nirgends beobachtet worden. Auch keine Fallschirmsprünge von Fliegern. Innerhalb dieser kurzen Brand- und Glutperiode kam dann die mitgenommene Bombe sehr hoch in der Luft zur Explosion, anscheinend nicht sehr stark nach der Seite der Blitzflieger (zumeist West) sich auswirkend.

Über Bodenwirkung der Bombe unterhalb dem Explosionsfeld konnte nichts beobachtet werden. Außer auf die Gefahr hin, in dem brennenden Luftwirbel das Schicksal der Bombenflieger zu haben. Die nicht zurückkehrenden Blitzflieger – es waren schließlich 22, die fehlten – schienen den Versuch mit tödlichem Ausgang unternommen zu haben.

Über die brennenden Luftschichten oder Luftwirbel konnte nichts zu Rückschlüssen berechtigendes ausgesagt werden. Die Temperatur musste enorm hoch sein. Schnelles Ansteigen des Thermometers war angeblich schon bei zehn Meilen Entfernung von der Katastrophenschicht beobachtet worden. Das deckte sich mit dem Rapport von Om. 39 des Vortages.

Genaues über die Abänderung des Luftfeldes für die Sicht war nicht festgestellt worden. Einige wollten rötliche Luftspiegelungen nach oben hin, andere mehr violette Luftspiegelung nach unten beobachtet haben. Manchmal auch umgekehrt. Angelegenheit für optisch-physikalische Mitarbeiter.

Später kam noch die Meldung von der Notlandung zweier Blitzflieger, wiederum in Potatis, Sektor A. Die Verlustliste verringerte sich auf 20 Blitzflieger. Der Ausflug der Recognoszierungsgeschwader in das sogenannte Zielgebiet war natürlich durch die niederschmetternden Botschaften der Blitzflieger gestoppt worden.

Die 42 Bombenflugzeuge mussten mitsamt den Fliegern und dem Bombenmaterial als verloren angesehen werden, ohne dass ein militanter oder militärischer Erfolg erzielt worden war.

Die Herren Offiziere des Generalstabes fassten das Resultat, der offiziellen Mitteilung vorgreifend, in den vier Worten zusammen: Plan Omega momentan unausführbar.

Oberst Grady fasste die Formulierung bei Eintreffen des ersten Rapports in Nomandy vom erneuten Fehlschlag noch wesentlich kürzer zusammen, nämlich in ein einziges Wort: »Verflucht«, ohne dass der Präsident oder der Großadmiral daran Anstoß nahmen.

So, genau so, war die Situation: »Verflucht.«

Oberst Spark war sich nicht im Zweifel darüber, dass er der erste sein werde, den man von seinem Posten entheben werde. Er sah sein Lebenswerk zerstört. Zerstört ein Lebenswerk, das nichts gewesen war als das Vorbedenken der ungeheuerlichsten Zerstörung die je die Welt betroffen hatte. Zweiundvierzigmaliges Sodom und Gomorrha. Welch ein Aufwand und alles schmählich vertan. Eine stärkere Gewalt, des Himmels oder der Hölle, hatte interveniert. Was immer es war, es war erledigt, so viel wusste er. Hielt sich der General für den rechten Arm von Gottes Gerechtigkeit, so war er des rechten Armes Hand gewesen, eine kraftlose Hand, taub und verdorrt. Zu der besseren, höheren Idee, dass es auf ihn gar nicht ankäme, im Rahmen des ungeheuerlichen Geschehens, kam er nicht. Es wäre keine sehr großartige Idee gewesen, aber sie hätte ihn menschlich retten können, allein er kam nicht darauf. Er saß an seinem Schreibtisch, grau und alt geworden, traurig, mit Augen, die den Augen anderer Menschen aus dem Wege gingen. Jeder der Stabsoffiziere der ihn sah, erkannte: Der ist erledigt.

Eines war sicher, der Plan Omega war aus und vorbei. Recapitulationen, Abänderungen, Verbesserungen, alles das kam nicht in Frage. Allen Beteiligten fingen die Nerven an zu versagen, wenn sie daran nur dachten. Omega war ein schreckliches Wort geworden, das niemand mehr zu sprechen wagte. Selbst der General vermied es.

Was jetzt? Da war kein Plan gewesen, anders als der Omega Plan. Alles stand auf dem Gelingen des ersten, gewaltigen Wetterschlages. Der Rest hatte Capitulation sein sollen und militärische Besetzung von Cistransatia. Und was war stattdessen gekommen? 83 zerstörte Festungsflugzeuge und ein gestrandetes. 42 verlorene Beobachtungsflugzeuge und etliche andere mehr. Samt allem, was darauf gewesen. 83 verlorene Einheiten Clf. Wie viel Kraft ist das eigentlich? Wie viel Energie? Wie viel Aufbaumöglichkeit? Darum hatte sich noch niemand im Ernst gekümmert. Aber wie viel Geld hatte das gekostet? Was war um die Währung der Welt, die sich für die maßgebliche hielt, bei dieser noch nie gewesenen unerhörten Koppelung von Währungsgrundlage und Zerstörungsgewalt? Gerüchte über diese seltsame Koppelung sickerten durch – wer weiß wie –, führten zu Redereien und es waren nicht nur gläubige Priester, die darüber nachdachten, wessen Werk das sein könne. Himmelsoffenbarung oder höllisches Gaukelspiel? Wackelte nun diese neue Währung dieser maßgebenden Welt, weil die Zerstörung eines anderen Weltteils nicht gelungen war? Und der Währungschef Primerus? Der addierte 711 + 1 + 1 gibt 713 und davon hat er 83 zu subtrahieren, das lässt 630, welch ein Einbruch in die Währungsmauer, im allerersten Anlauf schon. Wer tat ihm das? Der Großadmiral und der General oder das Schreckgespenst Cistransatia oder eine unbegreifliche Nemesis, die ihn bis in die Träume der Nacht verfolgte?

Und war das Alles? Und wie viele Menschen waren auf den zerstörten Flugzeugen gewesen? Wo waren sie jetzt?

Die Volksbeauftragten von Cistransatia gaben das Kriegsbulletin No. 2 heraus, in dem es hieß: »Auch in diesem zweiten, frevelhaften Überfallsversuch sind sämtliche feindlichen Angriffsflugzeuge durch unsere Abwehrmaßnahmen restlos zerstört worden. So restlos, dass nichts übrig blieb, nicht einmal die Asche! Wir hatten keine Verluste!«

Und dann ging es weiter, dass die Bewohner von Cistransatia ruhig arbeiten und schlafen mögen.

Wo waren also die Menschen, die auf den verlorenen Flugzeugträgern gewesen? Wie viele es gewesen, das wussten die Generalsstäbe und Kriegsministerien sehr genau. Die Zahl schrieb sich bereits 4-stellig. Aber wo waren sie? Die Beobachter von Omega II hatten keine Fallschirmabsprünge gesehen. Ballonausbootungen nach oben? Dann hätten bei der leichten Ostbrise doch einige wenigstens in Potatis A oder B landen müssen. Keine Spur war da. Nichts. Nur die gegnerische Meldung »dass nichts übrig blieb, nicht einmal die Asche«. Schrecklicher Gedanke, schreckliche Geschichte!

Die Luftkontrollstationen von Panterra stellten fest, dass wieder starke Verbände großer und mittlerer Flugzeuge von Cistransatia her sich näherten. Dieses Mal, so musste man annehmen, würden es nicht nur Zettelträger sein. Sollte man ihnen also entgegen und eine Luftschlacht liefern? Bei der riesigen Höhe, in der sie flogen, war nicht sicher damit zu rechnen, dass es gelingen würde, diese Luftschlacht über dem Meer zu schlagen. Wahrscheinlich würden die Kämpfe sich über weites Terrain ausspinnen, über Potatis, über neutrale Länder, vielleicht über Vinarnia und wohl gar über Panterra selbst. Dann aber war das Geheimnis des Krieges kein Geheimnis mehr. Aber war es das denn noch? Es war etwas anderes geworden. Ein Rätselraten. Krieg oder kein Krieg! Spielbesessene Menschen ohne Ehrfurcht vor Leben und Tod, ohne zulängliche, menschliche Würde, ohne sittliche Moral und ohne moralische Sittlichkeit schlossen Wetten ab. Anfänglich notierten die Wetten 3:2 für Frieden, jetzt stand man schon bei 3:2 für Krieg! Die Zerstörung der Anstandsbegriffe, die Begleiterscheinung der Kriege ist, begann schon. Wie lange noch konnten die Regierungen die Verschleierung aufrechterhalten? Also auf alle Fälle den Gelben entgegen.

Das war auch die telefonische Meinung der Herren in Nomandy. Allerdings waren sie besser dran, sie konnten mit guter Aussicht auf Gelingen die Luftschlacht über dem Meere suchen.

So kam es zu diesem Luftgroßkampf, mit all den mörderischen Instrumenten der letzten wissenschaftlichen Errungenschaften auf beiden kämpfenden Seiten. Zu Beginn waren Panterra und Nomandy den Cistransiaten mit weittragenden, sehr präzise schießenden Raketenmörsern ungewöhnlich großen Kalibers stark überlegen und die Gelben hatten starke Verluste. Dann rasten die gelben Pionierflugzeuge durch und attackierten mit den »Wasserspritzen«, wie die weißen Flieger diese bis dahin unbekannte Waffe nannten. Sie schleuderten, augenscheinlich mit einem Apparat ähnlich einer Feuerspritze etwas wie einen kilometerlangen Wasserstrahl von ungeheurer Kälte, flüssige Kohlensäure oder so, dachten die Weißen mit Schulzeiterinnerungen, und dieser Eisstrahl brachte bei dem betroffenen Flugzeug die gesamte Maschinerie sofort außer Betrieb. Die Verluste waren auf beiden Seiten groß. Keine Partei konnte sich für den Sieger halten, aber beide nahmen in späteren Bulletins den Sieg für sich in Anspruch. Eine ganze Anzahl der Gelben brach aber in beiden Luftschlachten durch, so kam es zu dem zweiten Niederschlag orangefarbener Zettel über Panterra und Nomandy. Nicht in so gewaltiger Zahl wie beim ersten Abwurf, viel Material war während der Kämpfe in der Luft verbrannt, in die Ozeane oder, und dieses nicht zwecklos, auf neutrale Länder verflattert, aber was durchkam, war umso mehr ausreichend, als das Publikum die gelben Zettel rascher an sich nahm und die Sammelaktion der vereinigten Polizei und Straßenreinigung nicht viel bekam. Eines der ersten durchbrechenden Flugzeuge über Nomandy wurde von dem Fliegerleutnant Alexander Rettberg gefahren. Durch schwerstes Raketenfeuer durch. Der Beobachter sagte später dem Leutnant, einen Augenblick lang habe er gedacht, es sei aus. Der Leutnant Rettberg lächelte nur. Er war sich seiner Sache sicher.

Das Schicksal hatte mit ihm ganz etwas anderes vor. Und er dachte an 48731 und dass er da eine Postkarte an seinen Bruder geschrieben und wer weiß, wenn er zurückkommen wird, ist da vielleicht schon eine Antwort.

Die zweite Massenauflage von gelben Zetteln enthielt nur die Bulletins No. 1 und 2 der Volksbeauftragten, ohne Kommentar, aber mit genauer Angabe von Tag und Stunde der Herausgabe.

Damit war das Gesetz des Handelns im Augenblick nicht mehr einseitig bei den Weißen. Sie waren zum Mindesten ihren eigenen Völkern gegenüber zu Maßnahmen gezwungen. Die Gesamtsituation stellte vor die Frage, ob der heraufbeschworene Sturm einfach abgeblasen werden solle und man in den Weltzustand von vor zwei Tagen zurückkehren solle, vorausgesetzt, dass die Regierung von Cistransatia darauf eingehen würde, woran man kaum zweifelte, oder ob man aus dem Stadium des wirklichen, unoffiziellen Krieges in das Stadium des wirklichen, offiziellen mit allen Konsequenzen übergehen solle. In beiden Kabinetten herrschte hierüber geteilte Meinung. Der Premierminister von Panterra war für Abblasen, hatte aber keine Kabinettsmehrheit hinter sich. Das Kabinett von Nomandy war mehr für Gewaltmaßnahmen, »ein für alle Mal«, aber der Präsident, mit sehr entscheidenden Befugnissen, konnte sich zu keinem Entschluss durchringen. Es schien, dass die Militärs den Ausschlag geben würden, also der Großadmiral und vor allem der General.

Die von beiden Regierungen gefürchtete Seestraße, die über alles informiert war – Primerus hatte an ihren Informationen nur geringen Anteil –, formulierte, dass ein Coup misslungen sei, weiter nichts. Jedenfalls konnte Primerus aus Merton nichts weiter herausbekommen.

Es wurde eine sofortige, gemeinsame Konferenz der beiden Regierungen anberaumt, mit unmittelbar anschließender Konferenz der beiden Regierungshäupter mit den beiden Oberbefehlshabern und diese zweite Konferenz sollte die endgültige

Entscheidung fällen. Als Ort der Besprechung wurde eine ozeanische Insel ausersehen. (Später kam heraus, dass es eine der canarischen Inseln gewesen war, wogegen die spanische Regierung nachher und sehr formal protestierte.) Der General nahm schließlich an der Konferenz nicht teil, von der er gewollt hatte, dass sie in Seniora stattfinden solle, da er unabkömmlich sei, und was die Herren von Nomandy abgelehnt hatten. Sie sagten unter sich »aus Prestigegründen«, in Wirklichkeit waren es nicht unberechtigte Angstgründe, »gestern haben sie gelbe Zettel geworfen, wer weiß, was sie heute werfen«, wobei sie außer Acht ließen, dass die dreitausend Meilen, die Nomandy entfernt war, wenn es hart auf hart käme, für die entwickelte Waffentechnik keine Rolle mehr spielten. Es war erstaunlich, wie viel Dilettantismus von all diesen gewisslich sehr klugen Leuten entwickelt wurde. Dachte man vielleicht, sich der Verantwortung vor Gott, der Menschheit oder der Geschichte, je nachdem, an was einer glaubte, dadurch zu entziehen, dass auf dieser Kabinettskonferenz das Wort »Krieg« gar nicht ausgesprochen wurde? Man hatte die zur Entscheidung stehende Frage formuliert, ob die »sich noch an Ort und Stelle befindlichen beiden Gesandtschaften in regulierende Verhandlungen treten oder um die Ausstellung ihrer Pässe ersuchen sollten«.

Es erwies sich sehr rasch, dass die Herren von Nomandy in der Sache selbst einig waren, nämlich dass man die Gelegenheit ergreifen müsse, um »ein für alle Mal Schluss zu machen«. Die Frage war lediglich, ob man auch unter Berücksichtigung des Fehlschlags der letzten Tage, mit einem eminent industriellen Übergewicht, wenn es sein muss für längere Dauer, mit absoluter Bestimmtheit und mit Einbeziehung des Rohmaterials rechnen könne. Hierauf und nur hierauf käme es erfahrungsgemäß an. Die Herren von Nomandy meinten für ihren Anteil dessen absolut gewiss zu sein, und damit war die Sache wieder auf das Gebiet des Prestige geschoben und die Herren von Panterra standen mit gleicher Erklärung nicht zurück.

»Worüber diskutieren wir dann eigentlich?«, meinten die Nomandier.

»Die Frage ist«, sagte Stander, der mit dem linken Fuß etwas kurz tretende Handelsminister von Panterra, »nicht allein, was man so allgemein die öffentliche Meinung nennt, sondern die Meinung der breiten Massen. Wenn Rohmaterial und Industriepotential die allein ausschlaggebenden Faktoren sind, so gehört ja auch dazu die Arbeiterschaft. Was der zähe, sehr selbstbewusste, unermüdlich und alle Entbehrungen auf sich nehmende Einsatz der Arbeiterschaft bedeutet, haben wir bei uns bei letzter Gelegenheit (er sagte »bei letzter Gelegenheit«, nicht »im letzten Krieg«, was klarer gewesen wäre) zum Gesamtheil erfahren. Die Frage ist, ob die Voraussetzungen hierfür auch bei der jetzigen Gelegenheit gegeben sind. Das scheint mir entscheidend zu sein.«

»Ich weiß nicht, wovon unser Guter Freund da spricht«, antwortete einer der Herren von Nomandy, gleichsam zu den eigenen Leuten sprechend, und fuhr dann mit sehr direkter Richtung zu Stander fort: »Bei uns gibt es so Dinge wie Streiks, Sabotage oder Arbeitsverlangsamung, um das Kind beim rechten Namen zu nennen, gar nicht. Mit all solchen verfehlten, irrigen Begriffen, mit so missverstandenen Freiheitsbegriffen haben wir Schluss gemacht, zuletzt und endgültig vor fünf Jahren, als wir, den Verstaatlichungswünschen der Arbeiterschaft Rechnung tragend, die Arbeiterorganisationen verstaatlichten. Jeder Arbeiter Staatsangestellter, sozusagen.«

»Sozusagen!«, replizierte Stander das Wort, stand dabei auf und wollte dem Vorredner erwidern.

Aber der neben ihm sitzende Ministerpräsident zog ihn sachte am Ärmel und der geschäftsführende Vorsitzende, Herr Marguery, der einzige in Eile hinzugezogene Abgeordnete von Vinarnia, schien das gleichsam zu interpretieren, wenn er etwas ängstlich meinte:

»Meine Herren, bleiben wir präzise bei der Sache, in Anbetracht der drängenden Zeit.«

In Anbetracht der drängenden Zeit blieb man bei der Sache. Die Sache war, dass das vereinigte Industriepotential von Panterra und Nomandy, zuzüglich dem aufgeschobenen Clf-Potential, allen Möglichkeiten von Cistransatia weit überlegen sei und das Resultat dieser Sache und der anschließenden Besprechung der Regierungsoberhäupter ohne die Militärgewaltigen war folgende gemeinsame Proklamation an alle Völker der Staatsgemeinschaften von Panterra und Nomandy sowie von Vinarnia:

Zweimal innerhalb 24 Stunden haben kriegsmäßig
ausgerüstete Flugzeuge der Staatsgemeinschaften von
Cistransatia gegen alle geheiligten Völkerrechte unsere
Hoheitsgebiete überflogen, dabei wissentlich
Lügennachrichten verbreitet und schließlich sogar
unsere Ordnungs- und Sicherheits-Flugdienste mit
barbarischen Kampfmitteln angegriffen.
Sie wurden teils vernichtet, teils zu Umkehr
und Flucht gezwungen.
Der moralischen und in ihrer nationalen Ehre auf das
frevelhafteste verletzten Empörung aller unserer Bürger
folgend, haben wir die diplomatischen Beziehungen
mit der Regierung von Cistransatia abgebrochen
und betrachten uns von diesem Augenblick an als im Kriege
mit den Störern des internationalen Friedens
und der sittlichen Weltordnung.
Datum und Stunde und
Die Regierung der Staatsgemeinschaft von Panterra,
folgend alle Namen.
Die Regierung der Staatsgemeinschaften von Nomandy,
folgend alle Namen.
Die Regierung von Vinarnia
folgend: Leon Marguery.

Leon Marguery musste dann von seiner Regierung in Capita den Vorwurf hinnehmen, dass er hierzu nicht ermächtigt gewesen sei. Er konnte seinerseits erklären, dass er zu dieser Unterzeichnung der Proklamation weder Ermächtigung noch Einwilligung gegeben habe und völlig überrascht sei.

Eine der Ordnung halber von der Regierung in Capita gemachte diesbezügliche Anfrage in Seniora und Centralstadt erhielt die vorläufige Antwort, dass der Umstand untersucht würde und dass endgültige Aufklärung erfolgen solle. Dabei verblieb es.

Übrigens war Vinarnia nur von einem einzigen in der Kampfhandlung abgedrängten Flugzeug überflogen worden, das schwer lädiert dort notlanden musste. Es war eines der Frachtfahrzeuge gewesen und hatte dann noch vor der Notlandung seine orangefarbenen Zettel über Capita ausgestreut.

Der gesamte Publizierungsapparat für die beiden Staatsgemeinschaften wie auch der neutralen Staaten wurde noch von der Insel aus in Bewegung gesetzt.

Die Überraschung war nicht eben groß. Auf dem Weltmarkt war zuletzt 4:1 für Krieg notiert worden.

XVIII.

DIE PLÄNE »MARATHON« UND »SALAMIS«, 51% SICHER

Oberst Grady verblieb als Aide de Camp zur Verfügung der Regierung von Nomandy. Seinen Platz als Chef des Stabes beim General übernahm Generaloberst Booth, der als der bedeutendste Fachmann für Tankstrategie galt. Mit ihm hatte der General, noch ehe die kriegserklärenden Proklamationen erlassen waren, entscheidende Unterredungen.

»Ich habe die Verantwortung für die fehlgeschlagene Affäre übernommen gehabt, weil es mein Amt und meine Pflicht war, nicht weil ich daran glaubte. Im Gegenteil, ich hatte ein unsicheres Gefühl für diese Sache. Nicht weil ich, bei der Artillerie aufgewachsen, die Flugtechnik nicht genügend verstehe, sondern weil ich das Ganze für eine Amateur-Angelegenheit hielt, für ein großartiges Phantasiegebilde. Phantasie ist etwas für Künstler, und wir, Booth, was immer wir sein mögen, Künstler sind wir nicht. Die Luftwaffe ist viel zu jung, als dass man auf sie allein große Entscheidungen stellen kann. Solche Experimente gehen immer schief.«

»Immerhin Napoleon«, warf der Generaloberst ein.

»Erstens war die Artillerie da nicht mehr so ganz jung. Und zweitens war Spark kein Napoleon. Der arme Spark. Tut mir leid. Als Inspekteur in Potatis kann er wenigstens kein Unheil mehr anrichten.«

Damit war die »Affäre« erledigt, der Rest war Angelegenheit für Spezialisten. Man ging über zur Aufstellung der jetzt nötig gewordenen Front.

Die Grundidee, auf die man sich mit dem Admiral rasch geeinigt hatte, war, dass dieser Krieg, nun er als solcher geführt werden musste, nicht zu einem »totalen Krieg« werden solle, bei dem die Massen der Zivilbevölkerung wehrlos der Waffengewalt ausgesetzt werden, sondern dass dieser Krieg in mehr »ritterlicher« Form zwischen den gegnerischen Waffenpotentialen ausgefochten werden solle.

Diese Grundidee wurde allerdings erst nach der fehlgeschlagenen Affäre formuliert, aber die nunmehr abberufenen Gesandtschaften von Panterra, Nomandy und Vinarnia in Cistransatia erhielten den Auftrag, bei ihrer Abschiedsaudienz für diese Formulierung etwas wie ein Gentlemen's Agreement durchzusetzen.

Die Abschiedsaudienz fand statt. Der »Alte« empfing die drei Gesandtschaftsleiter gemeinsam. Er erklärte ihnen, dass für sie und ihren Gesamtapparat selbstverständlich Diplomatenpässe zur Verfügung seien, dass aber die bereits stattgefundenen Geschehnisse es nötig gemacht hätten, die gesamten Grenzen derartig abzuschließen, dass keine Ratte hindurch könne und kein Geier drüber weg. (Alle drei Diplomaten empfanden diese Tiervokabeln als höchst geschmacklos gewählt.) Er wisse daher nicht, in welcher Form von den Pässen Gebrauch gemacht werden könne. Darum stelle er anheim, sich innerhalb der nächsten sechs Stunden in den Schutz der Regierung von Cistransatia zu begeben, in welchem Falle diese Regierung den Schutz übernehmen und die Herrschaften so unterbringen würde, wie es sich für die Vertreter souveräner Völker gebühre. Von dem Anerbieten die Kriegsführung betreffend, könne er leider, da die bisherigen Ereignisse dazu in krassem Widerspruch stünden, keine Kenntnis nehmen.

War das das Ende? Sollte nun wieder im Namen des Krieges ein Menschen-Ausrottungs-Prozess beginnen?

Vielleicht hatte der Alte recht. Im Sinne der Diplomatie hatte er bestimmt recht. Aber ging es hier um Diplomatie? Ging es hier darum, wer »recht« hatte? Nur die nachfolgenden Ereignisse und auch diese nur von einem späteren einsichtigen, weisen Lehrer der Weltgeschichte im Rahmen der gesamten Zusammenhänge gesehen und gedeutet, konnten diese Frage beantworten.

Als der General von der Abfuhr der drei Diplomaten erfuhr, sagte er nur »Umso besser«, und fuhr fort, mit Generaloberst Booth die Einzelheiten des großen Ausmaßes zu erörtern.

Aus Centralstadt meldete Oberst Grady, dass Boswell nachträglich auf Ausführung des Planes Kappa bestünde.

»Wenn Boswell will, mag er wollen. Sagen Sie ihm, Grady, wir stellten das völlig anheim.«

»Wird ausgerichtet«, sagte Grady und dachte dabei: »Ich wüsste nicht, was ich lieber ausrichtete.«

»Vielleicht glückt es«, sagte der Generaloberst.

»Vielleicht«, sagte der General. »Vielleicht. Nur glaube ich es nicht«, und er dachte dabei daran, dass er erstens kein zuversichtliches Gefühl für diese ganze Flugzeug-Hexenkunst hatte und dass zweitens die zahlreichen magnetisch oder radiotechnisch ferngelenkten, pilotenlosen Flugzeuge, die man gegen Cistransatia inzwischen losgelassen hatte und ständig noch losließ, alle auf die gleiche mysteriöse Weise verschwunden waren. Dem Mysterium des Verschwindens war man inzwischen erheblich auf die Spur gekommen, man war dicht an der Wirklichkeit. Die Fachtechniker sprachen von einer Art unsichtbarer Festungsmauer, wahrscheinlich aus glühender Luft oder luftartiger Gasmasse. Die Untersuchungen zielten jetzt auf die Ausdehnung dieser »Festungsmauer«, die nach bisherigen Forschungen in der Weite unbegrenzt, respektive nur durch die Landesgrenzen bestimmt war. In der Höhe war man Stufe um Stufe bei über 6000 Metern und über die Tiefe wusste man nichts. So weit stimmte die Teilanalyse und es war kein Zweifel, dass über ein Kurzes die Ganzanalyse stimmen würde. Und dann würde die Frage sein, ob man nach Analysierung der Festungsmauern an ihre Überwindung würde gehen können.

Der General hatte für sein Teil seine Entscheidungen getroffen, damit weiteren Analysen der Festungsmauer vorgreifend, und war bei der Ausführung der hierzu nötigen beiden Pläne. Sie waren mehr oder weniger improvisiert und das war die Stärke des Generals. Die hochfliegenden Pläne allzu weiser Strategie, so ungefähr hatte er sich vertraulich zu Booth geäußert, die »mit den Hintern auf den Lederstühlen« ersessen werden, pflegen gewöhnlich schiefzugehen. Und wenn erst so ein »Achsenbruch« da ist, dann müssen die Leute die »Karre aus dem Dreck« holen, die nicht nur »mit dem Finger auf der Landkarte«, sondern die wirklich »fahren können«. Die Vergleiche waren etwas bunt zusammengewürfelt, aber sie zeigten wieder den Mann und sein Wollen.

Der erste Plan »Marathon« bedeutete, wenn man ihn etwas vulgär auf einen Einheitsnenner bringen will: »Ran an den Feind.« Die Festungsmauer muss auf alle Fälle gestürmt werden. Nicht mit Glück oder Zufall gelegentlich drüber weg, nicht mit langwieriger Maulwurfsarbeit, wörtlicher oder politisch gemeinter, drunter durch, sondern geraden Weges drauflos. Das Teufelswerk muss an der Wurzel gefasst und ausgejätet werden. »Ausgetreten, der Höllenbrand.« Denn irgendwo muss er doch herkommen. Die Techniker meinten die Festungsmauer brenne von oben nach unten, wussten aber nicht, wie das praktisch sein könne. Der General meinte, das sei gegen den gesunden Menschenverstand und hatte damit recht, wenn überhaupt dieser ganze losgelassene, infernalische Spuk etwas mit Menschenverstand zu tun hatte. (Mit Gesundheit jedenfalls nicht.) »Halten wir erst mal die Grenzen besetzt, dann hört wahrscheinlich das ganze Rätselraten auf und ich trete das Feuer aus. So«, und er stampfte mit dem rechten Fuß heftig auf den teppichbelegten Boden.

»Marathon.« »Ran an den Feind.« »Haben wir nur erst mal die Grenzen besetzt.«

Das hieß, dass Potatis A und B zu einem ungeheuren Aufmarschfeld, Potatis C zum Mindesten Durchmarschgebiet werden musste. In einem Ausmaß, das weit über die Verträge hinausging. Die Regierungen sandten Protestnoten und erhielten keine Antwort. Die Regierung von Potatis D fragte bei den Regierungen von A, B und C an, was da vor sich ginge. Eine Anfrage, zu der sie nach allen in dem Augenblick geltenden Rechten und Bestimmungen berechtigt und sogar verpflichtet war. Sie erhielt ebenfalls keine Antwort, aber die A, B, C Regierungen behaupteten später, diese Anfrage nie erhalten zu haben.

Die Militärverwaltungen von Panterra, Nomandy und Vinarnia erklärten später, dass sie weder das Recht noch die Möglichkeit gehabt hätten, eine solche Anfrage aufzuhalten und wenn sie aufgehalten worden sei, dann hätte das jemand ganz anderes getan!

Jedenfalls standen die ersten zehn motorisierten Divisionen des Marschalls Lepage schon in Potatis A, seine zweiten zehn motorisierten Divisionen in Potatis B, die dritten zehn motorisierten Divisionen rollten von Vinarnia an. Alles tadellos im Aussehen, in der Technik, in der Ausrüstung, in der Haltung. Das waren dreißig Divisionen. Hinten in Vinarnia gingen die Zusammenziehungen weiter und nicht nur motorisierte Kolonnen. Es waren schon Kadres aufzufüllen. Es war schon von der stehenden Armee auf die Reserven zurückzugreifen, das wurde als außerordentliches Herbstmanöver bezeichnet, das Volk aber sagte »Es riecht nach Mobilmachung« und es kam zu Unruhen, die von den »gelben Zetteln« verstärkt wurden.

Eine für den Marschall nicht unvorhergesehene Entwicklung, und als die Kriegsproklamation veröffentlicht wurde, fuhren schwere Tanks langsam durch die großen Industriestädte.

»Marathon« und ran an den Feind. Von Panterra aus wurden Divisionen um Divisionen nach Potatis A hineingeworfen. Das hatte »zwecks Aufrechterhaltung der Ordnung« begonnen, als der Regierungspräsident Erwin Raab ermordet worden war, aber außer vielleicht in manchen Gemütern war nirgends Unruhe entstanden und weil die Menschen jetzt anfingen unruhig zu werden, dann hing das gerade mit all den fremden Soldaten zusammen, die angeblich die Unruhe verhindern sollten. Als zur Stunde der Kriegsproklamation eine Neutralitätserklärung der Regierungsverwaltung von Potatis über alle Sektoren verlautbart wurde, versagten sich diese Regierungen dem Wunsche der ausländischen Militärbehörden, in dieser Stunde von den eigenen leichten Tanks etliche durch die Straßen spazieren fahren zu lassen. So fuhren stattdessen Tanks aus Marschall Lepages motorisierten Divisionen. Das glaubte der neue Inspekteur Spark sehr gescheit so eingerichtet zu haben, dass das damit verbundene hässliche Odium auf Vinarnia fiel. Die Tanks fuhren durch menschenleere Straßen. Die Ruhe fing an, für die Hersteller höchst beunruhigend zu werden.

»Marathon« und ran an den Feind. In allen Osthäfen von Nomandy lagen die neuesten Schnellfrachter. Insgesamt zweihundert Schiffe von je 20.000 tons, mit 48 Knoten Stundengeschwindigkeit. Alle unsinkbar und unversenkbar. (Auch unter Clf?) Ein halber Tag einladen. Drei Tage Überfahrt. Ein halber Tag ausladen. Und so immer hin und her, bis dem Ozean der Atem ausgehen würde, denn die Maschinen, die würden aushalten und die Menschen wurden nicht erst gefragt.

Immer hin und her und immer die Blitzflieger drum herum und drüber weg, Albatrosse der Zeit. Und die Bürger von Nomandy, soweit sie maßgebend waren, sagten »na endlich«, und die anderen waren nicht maßgeblich, sondern sie waren in der verstaatlichten Arbeiterorganisation, und auf einmal waren sie auch auf den Schnellfrachtern, um die Freiheit und Menschenwürde zu retten. Von Demokratie war diesmal auf diesen Schiffen nicht die Rede, das war sowieso ein Fremdwort.

Tempo, Tempo, Tempo! Das war da und wurde eingehalten. Aber trotzdem brauchte das seine Zeit. War der Plan »Marathon« an sich etwas improvisiert, seine Ausführung sollte es nicht werden. Die Übermacht würde einfach erdrückend sein. »Vorausgesetzt, dass der Gegner so lange wartet«, dachte Generaloberst Booth, aber er dachte es nur.

Denn da war noch der andere Plan, der Plan »Salamis« und das war der Spezialplan des Generals. Die »Festungsmauer« musste gestürmt werden und das bedarf der artilleristischen Vorbereitung. Woher immer die brennende Luft kam und wie ihre Natur war, so viel war sicher, sie glühte die Grenze entlang und weder mit Flugzeugbomben noch mit mörsergeschleuderten oder gelenkten Raketen war dem beizukommen. Das Gelände ihres Ursprungs, da sie von unten nach oben ging, was dem General sein Gefühl für solche Dinge sagte – mit den »von oben nach unten«-Theoretikern wollte er gar keine Unterhaltung mehr –, das Gelände musste nach alter, wirksamer, artilleristischer Methode reifgeschossen werden.

Mit stärksten Brisanzgranaten schwerster Kaliber. Das Grenzfeld musste um und umgepflügt werden, wenn nicht in ganzer Ausdehnung, dann in breiten Breschen, durch die dann einzufliegen und einzumarschieren wäre.

Die Standplätze so schwerer Artillerie müssten schon im Gebiet von Potatis D sein oder, mit entsprechenden noch schwereren Kalibern weittragender Langrohrgeschütze, in Potatis A und B. Da das Gebiet des Sektors D erst erkämpft werden müsste, ein Kampf, an dessen endgültigem Ausgang der General keinen Zweifel hegte, nur die Dauer des Kampfes war durchaus ungewiss – eine Woche, ein Monat, ein Jahr? Nur Amateure riskieren so läppische Voraussagen, kriegserfahrene Soldaten können dazu nur schweigen – so hatte sich der General für die schweren Langrohre in den Sektoren A und B entschlossen. Die Vorbereitungen waren sofort in Angriff genommen worden. Die Betonunterlagen waren schon im Bau, zum Teil waren sie schon fertig und keine Potatis-Regierungsstelle vermochte jemals die Frage zu beantworten, wie das möglich gewesen war. Da, wo die Betonbetten fertig waren, hatte man mit dem Einbau der Geschütze begonnen. (Ganz so improvisiert, wie die Kreise um den General nach außen und höchst vertraulich verlauten ließen, war der Plan »Salamis« doch wohl nicht. »Lieber Freund, reden Sie nicht darüber, es würde mich den Kopf kosten«, hieß es im Zusammenhang mit solchen geheimen Informationen und sicherlich wusste der Informator, dass gerade diese schreckliche Gefahr um das Geheimnis herum Gewähr dafür war, dass es keine halbe Stunde gehütet werden würde. Mancherlei wurde da geredet, aber kein Kopf ging dabei verloren.)

Der Plan »Salamis« sollte in dem Augenblick in Aktion treten, wo tausend Schwerstgeschütze, jedes genau auf die Grenze eingestellt, schussbereit seien. Keinen Augenblick früher, aber auch keinen Augenblick später. Die erste Salve müsste von ungeheurer effektiver und moralischer Wirkung sein.

Bis zu diesem Moment musste der Aufmarsch zum Plan »Marathon« so weit sein, dass unter der ersten Chockwirkung des »Salamis«-Plans der Großangriff auf die cistransiatische Armee in Potatis D, denn die würde sicherlich da sein, schlagartig beginnen müsse, um im ersten Angriff das ganze Gebiet oder zum Mindesten große Teile zu überrennen.

Das waren zwei handfeste Pläne, die zusammen eine erste, große Aktion ergeben würden. Material plus Technik. Das war es. Material, Material, Material. Da hatte sich nichts geändert. Keine eitlen Träumereien mehr, von Fünf-Minuten- oder Fünf-Stunden-Kriegen. Material plus Technik. Und der Rest ist ein simples Rechenexempel. 2 ist mehr als 1, und reicht es nicht bis dahin, dann ist 3 mehr als 2, und langt es nicht so weit, dann ist 10 doch mehr als 9 und allenfalls ist 51 noch mehr als 49.

Aber eben das, ob man die 51-prozentige Sicherheit haben wird, das war wieder die Frage.

Hätte jemand den General gefragt, was keiner wagte, ob er dieser 51-prozentigen Sicherheit gewiss sei, er hätte, ohne sich zu besinnen, ohne Zaudern und Zweifel geantwortet: »Ja. Vorbehaltlos!«

XIX.

DIE NEUTRALEN, DER ELEFANT IM PORZELLANLADEN UND DIE CHINESEN

Der diplomatische Dienst war in angespanntester Arbeit. Den Neutralen wurde von Panterra, Nomandy und Vinarnia, das ist der Block der Weißen, klargemacht, dass es in diesem Krieg auf die Dauer keine Neutralität geben könne.

Zum Teil war die Überraschung sehr groß. Gerade in den Staaten, die durch zwei große Kriege und in dichter Reichweite der Kriegführenden als »neutral« hatten durchlavieren können und dabei große, einbringliche, neutrale Geschäfte hatten machen können, war man darauf eingestellt gewesen, dass der »nächste Krieg«, von dem man schon lange sprach, nur von kürzester Dauer sein werde. Fünf Stunden oder so. Eines Morgens wacht man auf und die Welt hat ein anderes Gesicht bekommen. Auf Dauer und auf Geschäft war man gar nicht vorbereitet und nun war auf einmal von Dauer die Rede.

Von den Gelben wurde zumindest nach dem cistransiatischen Westen hin kein Druck auf die Neutralen ausgeübt. Wahrscheinlich war man sich im Grünen Saal darüber klar, dass man doch nichts erreichen würde. Die Weißen waren heftig bemüht und steigerten ihre Bemühungen, je nach Möglichkeit, zum politischen Druck auf die neutralen Nerven. Einige der Neutralen sprachen von Appell an die Weltorganisation der Nationen, um zu hören, was sie wussten, dass es dafür leider zu spät sei, was die Umschreibung für den Tatbestand war, dass solche Organisationen erfahrungsgemäß in dem Augenblick zu bestehen aufhören, wo ihre Existenz von Bedeutung wäre. Keiner der neutralen Staaten schien anfänglich aber geneigt seine Neutralität aufzugeben, wie weit da auch Druck oder Versprechen – über beides gingen vielerlei unverbürgte Gerüchte um – gegangen sein mochten. Aber da war keine Gemeinschaftlichkeit. Immerhin wurde nirgends die formale Neutralität aufgegeben, aber der eine Staat aus angeblich weltanschaulichen Erfordernissen, ein anderer aus Gründen von Ethik und Moral, ein dritter aus kirchlich-religiösen Gründen und wie es in weiteren Proklamationen immer heißen mochte, stellte es seinen Bewohnern anheim, sich in Freiwilligen-Bataillone für den »heiligen« Krieg oder den »Freiheits«-Krieg oder den »neuen Kreuzzug« oder wie immer da etwas formuliert wurde, zu melden. Die Freiwilligen-Formationen hatten im ersten Augenblick starken Zulauf, man sprach von Zehntausenden, von Hunderttausenden, Zeitungsstatistiker summierten bis zu einer Million hinauf und darüber. Aber dann kam fast nichts mehr nach, was den Journaille-Opportunisten auch nur noch zu Zahlenequilibristik gereicht hätte. Gewiss, eine Million ist immer eine Million, selbst wenn es sich nur um Menschen handelt, die im Krieg das wohlfeilste, wohl auch nicht immer das leichtest ersetzbare Material sind. Aber es bleibt fraglich, wie viel von dieser Million auf dem Papier stand und wie viele wirklich den Soldatenrock anzogen. (Zum Einsatz kamen ja diese ganzen Freiwilligen-Bataillone neutraler Herkunft gar nicht.) Die neutralen Industrien stellten sich natürlich zur Verfügung. Es war ihnen eine »vaterländische« oder »allmenschliche« oder »selbstverständliche« oder sonst wie eine besondere Ehre, möglichst große Lieferungsaufträge zu erhalten, Munition und Kanonen, Stacheldraht und Pneumatiks, Lederstiefel und Thermosflaschen, Aluminiumtöpfe, elektrische Batterien, Jodbandagen, Zelte, Trockenmilch, Büchsenfleisch, Seife, Salamiwürste, Aspirin, Militärunterhosen, Ordensbänder und so weiter, alles für die neutrale Ehre und zu steigenden Preisen. Wenn das Kriegspotential aus Technik plus Material, aus Material plus Technik zu errechnen ist, so waren die Möglichkeiten der Weißen hiermit eminent gestiegen, und waren weiter im Steigen begriffen, solange, und das war vorläufig das einzige Gegengewicht, mit dem diese Kriegsorganisationen rechneten, die Califa-Währung halten würde.

Wie lange würde sie halten? Primerus lief wie ein Flattergeist durch seine Treibhäuser. Er wusste, dass der Kappa-Plan gescheitert war. Mit weiteren fünfzig Clf-Einheiten, die spurlos verschwunden waren. Mit 713 Einheiten war er angetreten und jetzt stand er auf 580 plus 1 aus der Produktion, das macht 581 und wenn das zwei Wochen so weiterging, dann, ja dann, würde er mit bankerottem System der Seestraße dennoch im Wort geblieben sein, man würde mit verplundertem Califa wieder zur Goldwährung zurückkehren. Aber anders, als er und die Seestraße sich das gedacht hatten. Was für Gedanken. Wüsste irgendeiner der Zeitungsleute von Primerus' Gedanken, so wäre der Bankengewaltige ein erledigter Mann. Ein Mann, ohne Nationalgefühl in dieser Stunde, wo ganz Nomandy in Nationalstolz strahlte und die Nationalhymne sang.

Der Plan Kappa war also gescheitert. Aber nicht völlig. Auch im Fernost-Raum war keiner der Clf-Bombenträger nach Cistransatia durchgekommen. Aber aufgrund der Westerfahrung waren die Verluste nicht so groß gewesen. Von den fünfzig Flugzeugen waren nur elf nicht zurückgekehrt, wahrscheinlich hatten sie, den Vorsichtsanweisungen zum Trotz und mit dem Heldenmut, der auf ein Buntes Band auf der linken Brustseite hinzielt, versucht, in großer Höhe, von etwa neun- bis zehntausend Metern (Mount Everest Flug nannten es die Piloten) über die Grenze zu kommen und waren verschwunden. So restlos, dass nichts übrig blieb, nicht einmal die Asche? Die anderen hatten beobachtet, dass die vor dem Grenzraum abgeschnallten pilotenlosen Raketenflieger nicht durchgekommen waren, und waren auftragsgemäß umgekehrt. Auf dem Rückflug warfen aber, und das sehr befehlsgemäß für diesen Eventualfall, fünfzehn dieser Flieger ihre Clf-Bomben ab und zwar auf sehr genau präzisierte Ziele erster und zweiter Wichtigkeit im Raum von China-Halbsüd, dem Rebellenstaat, der nun schon seit einem halben Menschenalter von dem offiziell – das heißt von der weißen Welt – anerkannten Groß-China-Süd sich separiert hatte. Das war Boswells eigenmächtiges Stück, zu dem die Seestraße und die maßgebende öffentliche Meinung von Nomandy applaudierten. Boswell hatte formuliert: »Das geht in einem Aufwaschen hin.« Das Resultat wurde mitten in der Nacht bekannt und veranlasste wilde Tanzorgien und erhöhten Sektkonsum. Das Kabinett von Panterra, mit traditionell geschulterem politischen Gefühl, nahm die Mitteilung durch den Premierminister mit frostigem Schweigen entgegen. Niemand kommentierte, auch der Premierminister nicht, aber als er sich setzte, murmelte er etwas vor sich hin, was die Nächstsitzenden als »Elefant im Porzellanladen« verstanden zu haben meinten.

Das »Porzellan«, das der »Elefant« zertrampelt hatte, waren ein Dutzend volkreicher Städte, mit Millionen Menschen, wie viel Millionen wussten weder die Geographielehrbücher noch sonstige Statistiken genau, riesige Nahrungsmittellager und Industrieanlagen, über deren Bedeutung das Urteil westlicher Fachleute schwankte. Die nach fürchterlichen, ganze Landstriche einebnenden Explosionen auflodernden Schadenfeuer brannten tagelang hellauf und schwelten wochenlang weiter. Die Abwehr- und Löschvorrichtungen waren völlig unzulänglich. Wo Städte, Zivilisation, Kulturbestrebung gewesen, war vergiftete, verpestete, gespenstische und gespensternde Wüste, in grünen Wolken Leichen in Absinth. Die Meinungen, ob der propagandagemäß »gewaltige« Erfolg eine entscheidende Bedeutung habe, gingen sehr auseinander. Von den erschlagenen Menschenmillionen war nicht viel die Rede, es waren »nur« Chinesen, von denen immer noch mehr als genug blieben. Nur ein paar Kirchenherren und religiöse Männer protestierten in »Briefen an den Redakteur« etlicher Zeitungen und diese Briefe wurden sogar mit abgedruckt, vielleicht sogar von manchen Leuten gelesen.

Der Premierminister hatte aber an eine andere Sorte von »Porzellan« gedacht. Die nomandysche Maßnahme hatte eine Folge, deren ungefähren Verlauf die Männer vom Panterra-Kabinett gleich in den Fingerspitzen gespürt hatten. Der Staat China-Halbsüd, der ein Staat war, wenn er auch von der weißen Welt nicht anerkannt worden war und deshalb nicht in die Organisation der Vereinigten Nationen hatte aufgenommen werden können, stellte sich mit offizieller Erklärung »in den Schutz« von Cistransatia. Man kommentierte zwar propagandistisch bei den Weißen, dass man erstens diese Erklärung nicht anerkenne, die von einer Regierung ausginge, die keine Regierung sei, und dass zweitens damit sich gar nichts ändere, denn Cistransatia sei immer schon der Beschützer des sonst längst liquidierten Rebellenstaates gewesen. Aber die Fachpolitiker waren im Klaren, dass damit in dieser Situation eine ganz neue und wesentliche Lage geschaffen worden wäre. Würde der Krieg sich in die Länge ziehend zu einem wirklichen Krieg ausarten, so würde früher oder später eine »zweite Front« in Fernost nötig werden. Die Klubsessel-Strategen meinten, dass die Möglichkeit der zweiten Front eine große gelbe Armee im Osten binden würde, was nur entlastend und günstig sein könne für den Westen, und die Weißen das Gesetz des Handelns diktieren könnten. Die ernsten Politiker dachten daran, dass man das Gesetz des Handelns nur so lange diktieren könne, als die Handlung planmäßig verlaufe, und das tat sie in dieser Affäre bisher nicht.

Der General lehnte es ab, sich mit der Fernost-Materie zu befassen, deren Akutwerden er nicht inauguriert hatte. Der Großadmiral und sein Stab wussten nicht, was man hinsichtlich China-Halbsüd im Augenblick weiter unternehmen könne. Eine »halbzivilisierte Wildnis«, in der man im Namen der Kultur zerstört hatte, was zu zerstören war. Ein »Barbarenland«, wo nur ein geringer Teil der Bevölkerung in dem wohnte, was man allenfalls als Städte hatte ansprechen können. Aber die Massen der Bevölkerung hausten ja in der Wildnis und bauten da ihren Kohl, oder was die »Halbwilden« sonst fressen mochten. Da war, einstweilen und ohne Armee, nichts mehr zu zerstören, dass es einen großen, teuren Materialeinsatz lohnen würde.

Motorisierte Kolonnen rollten von Cistransatia in sehr breiten, dünnen Fronten in China-Halbsüd ein. Zumeist über Gebirgspässe, durch Urwald und Morastgelände, das alles für militärische Massen als mehr oder minder unpassierbar galt. Es war mehr ein Hinübersickern als ein Strömen, aber der ununterbrochene Zug ließ die dünnen Kolonnen von Maschinen, aber auch von Maultieren und Kamelen mit all seinen Menschen zu einem mächtigen Kriegsinstrument werden. Was konnte Weiß tun? Sicherlich wäre mit entsprechendem Flugeinsatz manches Zerstörende zu tun, was schließlich zu einer Störaktion sich summiert hätte, aber nicht hatte verhindern können, dass Gelb den Rebellenstaat militärisch besetzte und die »Räuber- und Banditenarmee« von China-Halbsüd in ihren militärischen Apparat eingliederte. Was Nomandy dagegen einsetzte, reichte dann nicht einmal zu ernsten Störaktionen. Propagandistisch legte man die Angelegenheit so aus, dass es sich da um nichts als ein längst vorbereitetes Falschspiel gehandelt hätte, das an sich gar nichts geändert habe. Und doch dachten viele Leute, dass sich da sogar ganz Wesentliches geändert, und Fernost über das schreckliche Zerstörungswerk hinaus ein anderes Gesicht bekommen hätte.

Primerus nahm zur Kenntnis, dass der gescheiterte Kappa-Plan kein Clf-Totalverlust gewesen war. Er konnte zu seinen 581 Einheiten wieder 24 von Fernost retournierte hinzurechnen und kam also auf 605. Oberhalb des Minimums also! Zum ersten Mal seit Tagen atmete er erleichtert auf und sein Gemüt lehnte ab, an die Zukunft zu denken.

Die Kunde vom cistransiatischen Einmarsch nach China-Halbsüd ging bald durch ganz China bis in die entferntesten Provinzen. Die Aufnahme bei dem Fünfhundert-Millionen-Volk war unterschiedlich. Manche meinten, was da oben geschehe, gehe sie gar nichts an. Manche meinten, dergleichen habe es im Laufe der vieltausendjährigen Geschichte oft genug gegeben. Die Fremden kamen und gingen wieder oder sie wurden im Laufe der unendlich dahinfließenden Zeit auch mit den Jahren irgendwie Chinesen und nichts änderte sich. Manche sagen, ja, aber dieses Mal ist es ganz etwas anderes, und sie sagten, diese kämen ja als Freunde, nicht als Feinde. Und warum kommen sie dann mit Wehr und Waffen? Wegen der Feinde. Und wer sind dann die Feinde? Die, die die schrecklichen Bomben geworfen haben. Manche schüttelten die Köpfe und dachten an ihre Reisfelder. Manche, und besonders die Jungen, sprachen von einer besseren Welt, die diese Krieger vielleicht bringen würden, nachdem die anderen, die mit den Bomben, so oft eine bessere Welt versprochen hatten und später immer das Versprechen vergessen hatten. Und Viele, und es waren zumeist die weitest entfernten, dachten: Vielleicht kommt jetzt unsere Stunde. Sie dachten an ihre Väter. An ihre Brüder, die gekämpft und geduldet hatten für ein freies Volk aller Chinesen, sie dachten an das, was sie selbst schon erduldet hatten und durchgekämpft, sie dachten: Vielleicht ist unser Tag nun doch angebrochen. Und sie dachten: Wir müssen bereit sein. Und von diesen, die bereit sein wollten, ging eine große Unruhe aus. So groß, dass man bei der Regierung von Seniora und in Centralstadt mit heftiger Missbilligung davon Kenntnis nahm, obwohl es an beiden Stellen zwei Linien der Betrachtung gab. Die eine, die sich an Boswells Auffassung hielt: »Das geht in einem Aufwaschen hin.« Die andere, die zu Boswells Beginnen sagte: »Das hat er nun davon.«

Das, was man Unruhe in ganz China nannte, enthielt aber etwas, das im Wesen ganz etwas anderes zum Inhalt hatte als bloße Unruhe, es enthielt eine große Idee, eine ideale Idee nationaler und allmenschlicher Art, eine Idee, von der es ausstrahlte, auf jene vielen Chinesen, die an die Friedlichkeit des Daseins dachten, durch Nicht-Dabei-Sein-Wollen, anstatt an den Frieden, der so unfriedlich wie die Dinge nun einmal in der übrigen Welt waren, durch Opfer erreicht werden müsse. Die Idee strahlte aus, auf die nun schon lange unruhvolle, arabische Welt, die auch dachte, dass es anders werden müsse und zumeist nicht wusste, wie dieses Andere eigentlich sein solle und noch viel weniger darum, wie dieses Andere zu erreichen sei. Da waren die sieben Könige aus dem Morgenland und mancherlei Ideen, aber nicht die klare Idee, und mit den mancherlei ungeklärten Ideen hatte man sich immer wieder auf die anderen verlassen, die Starken in der Zivilisation von Wissenschaft, gepaart mit Waffengewalt, die Starken, die immer wieder dieses und jenes in Aussicht gestellt hatten, und in Aussicht stellen war nicht versprechen, eine Feinheit der Begriffe, auf die sich die arabische Welt oftmals nicht verstand oder aber sich nur zu wohl verstand und je nach Bedarf sie durcheinander warf. Und immer noch konnte diese arabische Welt eine Tradition von über 1300 Jahren nicht überwinden, den Irrtum, dass für eine Idee zu sein auch bedeute, gegen alle anderen Ideen zu sein.

Als ob in dieser bunten Welt so vielfältiger, unterschiedlicher Erscheinungen nur ein einziger Weg zum Heil führen könnte. Als ob man mit der alten Idee fluchen müsse, wenn es nicht mehr nützt, mit ihr zu beten.

Als ob es nicht besser wäre zu neuen Ideen sich zu bekennen, wenn die alten tot sind und nur noch als Gespenster umgehen, amorphe, müde, dem schaffenden, beseligenden Streben abholde Gespenster.

Wie immer dem war, die arabische Welt geriet in Unruhe und von dieser Unruhe strahlte weitere Unruhe aus, religiös gläubiger Art, die gemischt mit fanatischer Art in beengende Ziele strebte, anstatt zu höherem, weiterem Sinn aufzuwachsen. Eine nicht ungefährliche Unruhe.

Diese nicht ungefährliche Unruhe condensierte sich – fast war auch das schon gewohnheitsmäßig – an dem Punkt des anscheinend geringsten Widerstandes, nicht für Etwas, sondern gegen die Juden. Nicht als antisemitische Pestilenz, dergleichen war den Völkern rationellen Irrsinns vorbehalten, sondern als rationale Betriebsamkeit, im empfindlichen Gefahrenpunkt Palästina. Stätte ungelöster Tagesfragen, altehrwürdiger Bibelhandlungen und zweier weltbeeinflussender Testamente.

XX.

JÜDISCHES INTERMEZZO

Die Juden, Träger des Buches, das als das älteste Testament einer sich zivilisierenden Welt eine erste Ethik und dauerhafte Moral gegeben, wussten mit dem Buch nicht viel anzufangen. Den einen hatte der Buchstabe den Geist getötet. Andere wollten nicht mehr viel davon wissen, soweit das Buch ihnen nicht brauchbar erschien um damit zeitgemäße nationale Forderungen zu fundamentieren oder zu konstruieren. Die dritten meinten, sich den Zivilisationen und Kulturen anderer Länder und Nationen so assimiliert zu haben, dass das Buch ihnen nicht mehr war als ein religiöses Instrument, als welches sie es mit den Nationen und ihren Religionen teilten, denen sich assimiliert zu haben sie umso stolzer waren, je weniger sie davon redeten und je mehr sie es als eine Selbstverständlichkeit ansahen.

Nur eben, dass diese, den Juden Gastlichkeit gebenden und oftmals recht gastfreundlichen Nationen von eben dieser Assimilation gern (manchmal auch ungern) Kenntnis nahmen, als einem Faktum, aber nicht als Selbstverständlichkeit. So blieb auch hier immer ein Rest, über den man sich nicht verständigt hatte, sich nicht verständigen konnte und ihn deshalb, wenn es zu diesem Taktgefühl ausreichte, mit Stillschweigen überging.

Nun aber die Juden nationaler Einstellung, mit oder neben dem Buch auch mit etlichen, durch Alter ehrwürdig gewordenen Schriften, die nicht eigentlich testamentarisch waren, die aber, wenn man es brauchte, als Unterlage zu nationalen Zwecken dienen konnten. Etwa das Büchlein »Zur Ordnung« zur alljährlichen Vorfeier des Passahfestes, zum Angedenken an die Befreiung aus Ägyptens Sklaverei, ein Büchlein mit sehr geistesscharfen Auslegungen, etwa wie lange man sich in der Nacht vor dem Feste über die Bedeutung der großartigen Gedenkfeier unterhalten solle. Und in diesem Büchlein erzählender, betrachtender, erläuternder Art findet sich das Wort der Hoffnung für alle über die vier Enden der Erde verstreuten Juden: »Im nächsten Jahre in Jerusalem.«

Satz der Hoffnung, für solche, die hoffen wollen. Die Assimilanten, die ihre Assimilation als ihr Glück ansehen, wollen mit dem Recht ihrer Anschauung dergleichen nicht hoffen. Jene, die aus materiellen Gründen oder materiellem Zwang oder aus nationalistischen Gefühlen, gepaart mit edlen, idealistischen Ideen sich, immer noch in der Zerstreuung über die vier Enden der Erde dieser Hoffnung hingeben, die Zionisten, wollen nach Zion, dem »Land« der Hoffnung. Aber wenn sie dann dort sind, gehen sie lieber nach dem modernen Tel Aviv und nicht so gern nach Jerusalem, wo vieltausendjährige Steine klagen, klagen und wohl dazu berechtigt sind. Hier überwindet der Geist den Buchstaben.

Die nationaljüdischen Zionisten haben seit Neubeginn dieser noch nicht einmal hundertjährigen Bewegung wieder mit dem Recht ihrer Anschauung, für ihre Ideen zeitentsprechende Propaganda gemacht. Mit dem Verstand und mit dem Gefühl für kommende Dinge. Sie spürten, sie witterten den kommenden Ausbruch der antisemitischen Pest in Zentraleuropa, wenngleich sie sich das Ausmaß dieser entsetzlichsten, schändlichsten, barbarischsten Katastrophe aller geschichtlichen Zeiten nicht vorstellen konnten. Welches Wesen menschlicher Art hätte sich eine solche Entmenschung einer zivilisierten Nation vorstellen können. Was für Wesen aber waren diese satanischen Massenmörder mit verchlorten Gehirnen, mit denen verglichen noch der böse, verstockte Pharao des Buches ein götzendienerischer Edelmann war? Wenn sie doch Menschen waren, dann kann es nicht wahr sein, dass Gott den Menschen in seinem Ebenbilde geschaffen, oder dem entgötterten Gott bliebe nichts, als in den Staub zu sinken. Alle Religionsgründer wären umsonst gewesen und das Evangelium der Gnade hätte seinen hohen Sinn verloren. Wenn wir sie satanische Wesen nennen, so wollen wir dem Höllenfürsten damit keine Kränkung antun, sondern nur dem Rechnung tragen, dass die großen und kleinen Teufel nirgends ein so buntes und gutes Leben führen als in den Geschichten, Sagen, Legenden eben dieser Zentraleuropäer. Doch ihre Zivilisationen geht der Teufel bis in die hohe Dichtkunst immer mit, stets jeweilig à la mode gekleidet und geistig frisiert, aber als unverhohlener Teufel, immer, wenn auch parfümiert, ein wenig stinkend und mit hinkendem Pferdefuß, und wenn es den Teufel wirklich gibt, dann haben ihn diese Zentraleuropäer in ihrem Ebenbild geschaffen.

Nun also aber die Juden aus aller Welt, die im Namen, im Zeichen, im Idealgedanken des Zionismus nach Palästina gingen. Diese Bewegung begann mit dem Ende des 19ten Jahrhunderts, um zu Beginn des bisher so miserablen 20sten Jahrhunderts namhaft zu werden. Diese jüdischen Zionisten mussten damals schon einen Haufen Idealismus zwischen ihrem zumeist kärglichen Gepäck mitbringen, denn was sie da vorfanden, war kein Land, in dem Milch und Honig fließt, aber zumeist Wüste oder allenfalls Halbwüste und Steppe.

Wie damals fast überall, wo Mohammedaner hausten und lebten und Osmanen regierten, war Wirtschaft und Zivilisation in Sterilität verfallen. Das Land war der Natur überlassen geblieben und Natur hatte jahrhundertelang nicht ihr Bestes hier getan.

Damals, es ist ja noch nicht so sehr lange her, wenn es auch fast so scheint, wenn man daran denkt, dass wie immer die Menschen damals dran waren, eines hatten sie. Das Recht der Freizügigkeit. Wer in irgendein fremdes Land umsiedeln wollte, der brauchte nur eine Fahrkarte oder ein Schiffsbillet bis zum Zielort zu kaufen, und dann fuhr er hin. Und wenn er wollte, blieb er da. Und wenn er Geld hatte, nahm er es mit und wechselte es um in die Landeswährung und das war alles.

So also kamen die Zionisten als Pioniere nach Palästina, mit viel Idealen und wenig Geld, das sie hätten wechseln können. Und sie krempelten die Ärmel auf und fingen an mit Schaufel und Spaten das verwahrloste Land urbar zu machen. Sie bauten Bewässerungsanlagen und wo es dafür nicht reichte, da bewässerten sie den dürren Boden aus Kannen und Eimern und viele Millionen Tropfen Schweiß fielen mit in den Sand. Und sie legten Citrusplantagen an und es wurde hier ein Citronenwäldchen und dort ein Orangenhain und über eine Weile gab es ein zartes Blühen und ein karges aber doch herzerquickendes Ernten.

Dann aber, nach den Pionieren, kamen, wie es immer und überall so geschehen war in der Periode, die wir Neuzeit nennen, kamen Zionisten mit weniger Idealen, aber mit mehr Geld und die machten sich sesshaft, wo die Pioniere gewerkt hatten. Und die Pioniere, die alten und die neuen, wurden vorgeschoben, an den Rand wo die Wüste war. Und so immer weiter. Erst die fronenden Pioniere und dann die Kaufleute und die Händler, und die machten ihre Geschäfte, wie Geschäftsleute überall auf der Welt es tun. Mit Einem und Allem. Auch mit Land, mit dem Land, das die Pioniere urbar gemacht hatten mit Schweiß und Blut. Die einen wurden reich und fingen an, eine neue jüdisch-palästinensische Aristokratie zu bilden und die Pioniere wurden zur Klasse des jüdischen Arbeiterproletariats.

Die Araber, die den jüdischen Pionieren bei der harten Arbeit mit sehr zurückhaltender Beachtung zugeschaut hatten, dachten: Was haben sie davon, wenn am Ende ihre Effendis kommen und nehmen ihnen alles wieder ab? Ist es nicht besser, man wohnt im Zelt und lässt sein weniges Vieh grasen und die Kamele, wo gerade etwas wächst?

Die arabischen Effendis aber dachten, wenn man auch reich ist, so ist das kein Grund nicht noch reicher zu werden. Und sie beteiligten sich auf ihre Weise an den Bodenspekulationen und machten durch Landverkauf manches einbringliche Geschäft mit den Juden.

Die zionistische Bewegung aber wuchs. Mehr und mehr Juden kamen nach Palästina. Das anfänglich romantische Unternehmen fing an, eine große Organisation zu werden auf höchst materieller Basis. Materialismus in dieser Zeit braucht Geld und immer wieder viel Geld und das hatten die palästinensischen Juden nicht und so veranstalteten die nicht palästinensischen Zionisten in aller Welt Geldsammlungen. Solche Sammlungen brauchen Propaganda und darauf verstand man sich. So fand man große Geldgeber und mittlere Geldgeber und kleine Geldgeber, die eine blau-weiße Sammelbüchse im Wohnzimmer hängen hatten und in die sie ihre Spargroschen taten und oftmals auch die freiwilligen oder minder freiwilligen Spargroschen ihrer Gäste. So ist eine Menge Geld nach Palästina gekommen, wenn auch keine Riesensummen, mit denen man etwa einen modernen Krieg oder eine faschistische Totschlägerei finanzieren könnte, aber immerhin zum Palästina-Aufbau sehr hilfreiches Geld. Von allen Juden der Welt, auch von sehr überzeugten und erfolgreichen Assimilanten, die nichts anderes sein wollten und waren, als Bürger des Staates, in dem sie wohnten, mit rudimentärem jüdischen Glauben. Irgendwo in diesen Leuten saß aber ein Gefühlsrest für die Verbundenheit aller Juden, verstreut über die vier Enden der Erde, ein Gefühlsrest, den sie niemandem eingestanden als nur sich selbst und von dem sie sich freizukaufen suchten, eben durch eine Banküberweisung an einen Zionistischen Fond. Sie dachten, alles auf dieser Welt hat seinen Preis. Und das stimmt. Aber später hat sich erwiesen, dass auch in dem Fall der Preis manchmal viel, viel teurer war, als dass es mit Geld zu bezahlen gewesen wäre. Alles auf dieser Welt hat seinen Preis. Auf Erden gibt es nichts geschenkt. Nichts. Auch nicht das Glück, das einem zufliegt. Warte nur, lieber Freund, über ein Weilchen, da wird dir die Rechnung präsentiert werden, vom gleichen Leben, das dir ein Glück in den Schoß fallen ließ, und du wirst bezahlen müssen. Restlos!

So bauten die Juden in Palästina ihre Hütten und Häuser, ihre Citronenwäldchen und Orangenhaine. Ihre Straßen und Bewässerungsanlagen, ihre Schulen und Hospitäler und ihre Universität. Beachtet es wohl! Aus ersten sauren Spargroschen bauten sie nicht eine Sportarena oder einen Vergnügungspark und auch keine Kanonen, sondern die Universität von Jerusalem. Und eine opferbereite Jugend baute Kommunen, immer am Rande der Wüste, immer in der härtesten Arbeitsfront. Kommunen, wo sie kollektivistisch lebten, alle für einen und einer für alle und alle für alle! Sie hatten keine Zeit für ausgiebiges Studium der Bibel und ihre Ausleger, sie legten sich die Bibelethik auf ihre Weise aus: Wir wollen sein ein freies, gleiches Volk von Brüdern. Freilich den Leuten in der zweiten Linie wollte das nicht immer recht gefallen, sie legten die Bibelethik auf ihre etwas andere Weise aus: jeder für sich und Gott für uns alle. Und so sonderten sich auch in Palästina die Klassen.

Immerhin, da war Organisation und ins Weite schauender Plan. Und die Planmäßigen sagten: Nun wollen wir der Welt mal zeigen, dass wir Juden, von allen vier Enden der Erde heimgekehrt in das Land der Erzväter, genauso gut einen Staat machen können wie die Anderen auch!

Und da waren auch Juden überall in der Welt – beachtet das wohl! –, die sagten: Es will uns nicht gefallen. Wenn wir mit neuem Beginnen in Palästina, dem Land der Angelobung, der Sehnsucht und der Schmerzen, wenn wir da etwas errichten, so soll es kein Staat sein wie die anderen auch. Dann muss es ein Anderes und Besseres werden. Ein Staat mit sozialen Schichten, mit Klassen und Klassenkämpfen, mit Banken und Warenhäusern, mit Prosperität und Krise, mit billigen Schulen und teuren Vergnügungen und Ordnungspolizei und Gefängnissen, mit einer blauweißen Fahne mit nationalem Gepräge und vielleicht eines Tages mit jüdisch-nationalen Soldaten und jüdisch-nationalen Kanonen und Juden von Rechts, schießend auf Juden von Links? Dazu den Lärm? Das ist der Plan? Wenn ihr nichts anderes, nichts besseres anstrebt, das da haben wir schon. Da können wir bleiben, wo wir sind. Wenn unser Teil nichts sein kann, als dass wir kämpfen müssen, für eine bessere Welt, da brauchen wir nicht erst nach Palästina zu gehen! Da bleiben wir, wo wir sind. Die Menschenpflicht können wir erfüllen, wo immer wir sind, über die vier Enden der Erde.

Und sie sagten: Baut etwas auf, das ein Staat Gottes ist oder wie immer ihr es nennen wollt. Baut etwas auf, das eine Gemeinschaft für Menschen ist, die guten Willens sind. Guten Willens und nicht nur guten Geldes. Wenn wir anknüpfen an uralte Tradition, so lasst uns anknüpfen an unser Buch der Bücher, das das jüdische Volk durch die Welt getragen hat als Buch der Sitte und Sittlichkeit und nicht als ein Buch nationaler Forderungen für das jüdische Volk im Allgemeinen und die Juden in Palästina im Besonderen. Wollt ihr ein Reich Gottes errichten auf Erden, ein Reich der Menschen, so wollen wir mit euch kämpfen und werken, wenn ihr aber nichts wollt als zu den Nationalstaaten der Erde noch einen neuen Nationalstaat hinzuzufügen, so tut es, oder lasst es. Es ist nicht unser Teil und wir begehren, nicht Schuld daran zu sein.

So sprachen diese. Aber ihre Stimmen verhallten im Wind. Denn der Wind, der über die Erde brauste, war ein Wind des Nationalbewusstseins allüberall und der nationalen Erfordernisse und der nationalen Ehre. Wir wollen an dieser Stelle nicht untersuchen, von wo dieser Wind wehte, der dann zum zerstörenden Sturm wurde, und wer ihn anblies und warum. Zerstörender Sturm über die ganze Erde und über alle Mauern und Wälle hinweg, die jeder große und kleine und ganz kleine Staat mit Grenzverordnungen und Passvorschriften und Stacheldraht und Festungswerken längs seiner Grenzen gezogen. Wir stellen jetzt nur fest, dass es so war. Und weil es so war, sind viele Tränen geflossen allüberall, und viel Blut. Ein Meer von Blut und Tränen, auch in Palästina.

Die Zionisten bauten also die jüdischen Kolonien in Palästina mit dem Endziel eines jüdischen Nationalstaates auf und wenn es auch mit diesem Nationalstaat de jure bis heute nichts geworden ist, so haben die Inauguratoren ja all die Schwierigkeiten und Unannehmlichkeiten schon genießen können, die mit sowas heutzutage de facto verbunden sind. Mit missverstandenen und unterschiedlich ausgelegten Declarationen, mit diplomatischen Versprechungen, die so oder so sich interpretieren lassen, mit Schiedsprüchen orakelhafter Zwiespältigkeit, mit politischem Gleichgewicht der Kräfte das auf der Spitze stärkerer Bajonette balanciert, mit Prestige-Gewinn und Verlust und schließlich und das ist ja für den modernen Nationalstaate das Entscheidende, mit Flinten und Maschinengewehren, mit Handgranaten und Bomben, mit Tanks und Drahtverhauen. Mit Terror und Gegenterror.

Das hatte man also geschafft. Diese Höllengaben des Nationalstaates hatte man, auch ohne Offizielle Anerkennung. Und den anderen Teil, nach innen hin, hatte man gleichfalls. Mit Produktion und Konsum, die voneinander nicht wussten, mit Raubbau und Profitwirtschaft, kurzer Prosperität und langer Krise, mit Aussperrung und Streiks, mit steigenden Preisen und sinkenden Löhnen, mit Arm und Reich, mit herrschender Klasse und unterdrücktem Proletariat. Alles das ist da. Genau so gut, so trefflich, so menschenbeglückend, so hundsmiserabel wie in anderen Staaten. Auch das hatte man also geschafft.

Und noch eines. Was hat man in allen Staaten mit weißer und dunkelhäutiger Bevölkerung? Mit und trotz und sogar wegen der sogenannten Kultur? Da hat man eine Colour-bar. Oben sind immer die Weißen und unten sind immer die Farbigen. Auch mit diesem Problem wollen wir uns hier nicht auseinandersetzen, wir wollen nicht fragen, ob die elektrische Bahn, die täglich in Gottes Paradies fährt, auch vorne einen Wagen hat für die Seelen der weißen und hinten einen Anhängewagen für die Seelen der farbigen Menschen, wir wollen auch dieses Faktum zum Zusammenhang hier nur feststellen und nicht wägen. Die Juden in Palästina, eingewandert von allen vier Enden der Erde, heimgekehrt in das Land der Urahnen (was, liebe Freunde, was für eine Hautfarbe haben diese Urahnen in Palästina wohl gehabt?), haben als Gabe der Natur die weiße Hautfarbe mitgebracht, die in Ländern der gemäßigten Zone, von wo sie meist kamen, vorherrschend ist. Und also – haben wir die Colour-bar. Die weißen Juden einerseits, die braunen Araber andererseits.

Natürlich ist das Problem nicht ganz so einfach. Gewiss sind da wirkliche Artverschiedenheiten. Eminente Kulturunterschiede. Divergenzen, nicht dazu angetan, einander zu ergänzen. Was nicht zu hindern brauchte, dass sie neben einander existierten. Aber wenn man alles machen kann, was die hochzivilisierten Nationen der Erde machen, dann kann man auch Colour-bar machen. Und es ist nicht wichtig, dass der jüdische Proletarier in Palästina, der nichts besitzt als seinen eigenen Leib, den er dem jüdischen Arbeitgeber vermieten kann, dennoch eines hat, ein weißes Gesicht. Und dass er also immer noch oben steht, auf der guten Seite der Colour-bar, wie wirtschaftlich schlecht es ihm auch immer gehen mag, und der braune Araber steht immer unten, auf der schlechten Seite. Vielleicht ist es für den zu Tröstenden ein schwacher Trost, aber für den lieben Tröster ist es ein starkes Argument, wenn er sagen kann: »Schau unter dich. Da sind viele, viele, denen geht es noch viel schlechter als dir, denn die sind zweitklassige Farbige, während du ein erstklassiger Weißer bist.«

Und darum musste und muss die arrivierte jüdische Aristokratie verhindern, dass das jüdische Proletariat sich mit dem arabischen Proletariat verständigt. Und darum müssen die arabischen Effendis verhindern, dass das arabische Proletariat sich mit dem jüdischen Proletariat verständigt. Und auch das haben die zuständigen Herren der Situation glücklich fertiggebracht. Unter dem lautlosen Beifall und geheimen Waffenschmuggel an beide Parteien, aller an solchen Notlösungen Interessierten in aller Welt.

Es war einmal ein großes Land mit einem großen Volk im Herzen Europas. Das hatte keine Colour-bar. Und weil es keine hatte und auch mangels Farbiger gar keine Chance eine zu bekommen, da erfand man dort eine. Und das hieß dann Arier einerseits – oben, und Juden andererseits – unten. Anfänglich geschah das unter lautlosem Beifall und unter politischer und finanzieller Kreditgewährung an die Erfinder seitens aller an solchen Notlösungen Interessierten in aller Welt. Aber die Erfindung entwickelte sich in diesem Land, das ja auch schon den Teufel nach dem Ebenbild seiner Menschen erfunden hatte, nicht erwartungsgemäß. Denn der leibhaftige Teufel nahm die Sache in die Hand und alle Welt weiß, wie das dann weiterging mit der Hölle auf Erden, bis der leibhaftige Teufel schließlich wieder zur Hölle fuhr, man weiß nicht wie. (Einige sagen, in einer Flamme von Petroleum, was schon stimmen mag, umso mehr, als Petroleum damals in aller Welt rationiert und sehr knapp war.) Und nichts hinterließ dieser stinkende leibhaftige Teufel, als ein im Kern verteufeltes, verderbtes Volk im Herzen Europas.

Was dieser stinkende, leibhaftige Teufel der ganzen Welt und den Völkern Europas und seinem eigenen Volk und im Besonderen den europäischen Juden angetan hat, das braucht nicht gesagt zu werden.

Verdorren soll mir die Rechte, vergäß ich je, was du erduldet, Isra-El, Gottesstreiter, mein Volk.

Höre, Israel, vergiss auch du es nicht. Und lass es dir, mein ganzes Volk Israel, zur Lehre werden. Zur teuer bezahlten Lehre. Nie, niemals ward eine Lehre so teuer bezahlt. Auch nicht die von deiner babylonischen Knechtschaft, o Israel, auch nicht die von Ägyptens Sklaverei.

All diesen Jammer, all dieses Elend, all diesen Graus. Vergiss es nicht. All die Millionen Toter. Vergiss es nicht. Vergiss die Toten nicht.

Noch aber habe ich nicht gehört, dass ein jüdischer Bankdirektor von Tel Aviv einem arabischen Hafenarbeiter weinend an die Brust gesunken wäre und gerufen hätte: Vergib mir, Bruder.

Wartet nicht, dass der arabische Effendi zum jüdischen Farmarbeiter komme. Einer muss den Anfang machen. Wir wissen nicht, wer mit dem Hassen angefangen. Wüssten wir doch, wer mit dem Lieben begonnen.

Nun, die jüdisch-arabische Frage in Palästina ist, soweit sie ein Politikum ist, ein unlösbares Problem, solange es die Nationalstaaten als Hintergrund hat. Die Araber haben recht, sie waren und sind in Palästina zu Hause. Die Juden haben ein bedingtes Recht, sie waren einmal in Palästina zu Hause und es gibt kein Gesetz, keinen Code, wie lange solches Recht anhält und ob und wann es verjährt. Das Problem ist unlösbar, solange es Machtproblem ist, und es ist nicht gelöst durch machthaberischen Schiedspruch. Es ist lösbar, wenn Vernunft, gepaart mit Liebe, zum Resultat kommen. »Liebe deinen Nächsten, so wie du …« sagt die Bibel, das ist der Wortlaut und es sind schlechte Übersetzer, die es übertrugen: »Wie dich selbst.« Soll denn Eigenliebe der Maßstab sein? Sie soll es nicht. Wäre der missgünstige, ehrgeizgetriebene Geizhals der am meisten der Menschenliebe fähige? Nein. Der Bibelverfasser wusste sehr wohl, warum er diesen Satz nicht zu Ende präzisierte. Israeliten in Palästina, ihr sprecht schlecht hebräisch, auch dann, wenn ihr neuhebräische Vokabeln gefunden für Elektromotoren und Autoreifen und Bombengeschwader und sozialistische Realität. Noch sprecht ihr schlecht hebräisch. »Liebe deinen Nächsten, so wie du … wünschest, geliebt zu werden.« Versucht es einmal so; Araber und Juden in Palästina und in der ganzen Welt, auf althebräisch. Und ihr Nationalstaaten der großen Welt, die alljährlich die Bibel in Millionen und Millionen Exemplaren drucken, verteilen und verkaufen lasst und so stolz auf die großen Auflagen seid.

Und bedenket das »Jowel-Jahr«, das nichts mit Jubilieren an

sich zu tun hat. (Welch eine vom Geist verlassene Übersetzung.) Sondern dass ein 7 mal 7 das 49. Jahr ist und in dem Jahr des Halbjahrhunderts soll jeder erworbene Reichtum und neue Besitz an seine ursprünglichen Besitzer zurückgegeben werden. Lernet hebräisch. Und löst die modernen Probleme.

Aber verlaufen wir uns hier nicht. Wir halten beim Beginn eines Krieges und was für eines Krieges. Und alle Welt hat Stellung zu nehmen. Die Araber taten es ja schon. Im Kriege selber neutral, waren sie in ihrer Welt in Unruhe geraten, Unruhe, die gegen die Juden vibrierte. Und so hatten die Juden auch Stellung zu nehmen.

Für die palästinensischen Nationaljuden war das einfach. Wenn eine Situation, die sich aus dem Zwang ergibt, einfach genannt werden kann. Sie vibrierten gegen die Araber und so war da weiter nichts zu tun, als dass die Schutzmächte dafür sorgten, dass die Unruhe nicht zu Ausbrüchen führte und so ein Gleichgewicht gegensätzlicher Kräfte erhalten wurde, womit der status quo unverändert blieb. Explosionen in Palästina dürfen nur stattfinden, wenn die Schutzmächte selber keine Existenzsorgen haben. Der Rest war für die palästinensischen Nationaljuden eine ideologische Angelegenheit, bei der es sich ergab, dass die arrivierte Aristokratie und ihr Anhang für die Weißen waren und das war die offizielle, öffentliche Meinung. Während die Massen des Arbeiterproletariats für die Gelben waren. In den Kaffeehäusern von Tel Aviv platzten diese Gegensätze aufeinander.

Die Juden, verstreut über die vier Enden der Erde? Die waren ob assimiliert oder noch Assimilanten oder auch ideologische Zionisten, orthodox-religiös oder so neuzeitlich aufgeklärt, dass sie dem lieben Gott nur einmal im Jahre, am jüdischen Versöhnungsfest als höchstem Feiertag einen Anstandsbesuch machten, jeweilig genauso patriotisch, wie es von den loyalen Bürgern des jeweiligen Landes, in dem sie lebten, erwartet wurde. In Nomandy waren sie laute Patrioten, in Panterra waren sie ruhige, besonnene Patrioten, in Vinarnia begeisterte Patrioten. (Obwohl die Begeisterung der Nation dort nur bei gewissen Chauvinisten und auch da nur in der Propaganda vorhanden war.) In den neutralen Königreichen waren sie gut royalistisch, in den Republiken demokratisch-republikanisch. So waren sie und konnten auch wohl nicht viel anders sein und so waren sie zumeist gut weiß, solange und auch weil die jeweilige Seestraße es war.

Gott aber, der alte Gott der hebräischen Bibel hatte in fünf Tagen die Welt mit all ihren Erscheinungen geschaffen und an jedem dieser fünf Schöpfungstage hatte er gesehen, dass es gut war. Am sechsten Tage aber schuf er den Menschen und es steht nicht geschrieben, was er da sah!

XXI.

AUFMARSCH IM POTATISCHEN KOCHTOPF

Als Lyonel und Romanus ihre ungeheuerliche Gasflammenwand bis an die Stratosphäre hochzogen, waren sie beide Phantasten, die mit all ihrer Wissenschaft einen völlig dilettantischen Apparat in Bewegung setzen. Die »Glashäuser« selbst mit dem Betonunterbau waren im Grunde so unzulänglich, dass sie nirgends einer systematischen, artilleristischen Beschießung hätten standhalten können. Das wusste der Kriegsminister der cistransiatischen Staaten, das wusste sein gesamter Generalstab und das wussten die militärischen Laien des »Apparates«, weil gar keine großen, kriegstechnischen Fachkenntnisse dazu gehörten. Hätte General Harkensee mit den nach Potatis A auf Grund und mit Vorwand des Raab-Zwischenfalles einmarschierten Divisionen gleich einen Vorstoß nach Potatis D unternommen, der mindestens stellenweise zu Raumbesetzung geführt hätte, so hätte er mit einigen Dutzend motorisierter Batterien schweren Kalibers eine ausreichend breite Bresche schießen können. Mit relativer Leichtigkeit und Geschwindigkeit hätte er einen etliche Meilen breiten Grenzraum mitsamt der Glashäuser, den Betonkellern, dem Gas-Abblasewerk und der Bedienungsmannschaft so um und umpflügen können, dass nichts als Staub übrig geblieben wäre. Durch eine einzige solche Bresche hätten die Clf-Bombenwerfer einfliegen können und mindestens ein wesentlicher Teil von ihnen wäre durchgekommen. Aber weder der General noch seine Stabsoffiziere mitsamt allen Fachleuten konnten ahnen, dass die gegnerische Abwehr so krass amateurhaft aufgebaut war. Der ganze hohe Stab dachte in den letzten, neuesten, stärksten, gewaltsamen Supererrungenschaften der Kriegstechnik, das war ihre Aufgabe und ihre Pflicht. Der General selbst dachte nebenher auch an handfeste Kriegsführung, vielleicht älterer Schule, aber immerhin über die Erfahrung der beiden früheren Weltkriege hinaus. An eine Abwehranlage, so unzulänglich und primitiv, dass eine Artillerie von 1914 gelächelt hätte, konnte keiner denken. Nachdem die erste Überraschung über Lyonels Eröffnung verflogen war, glaubte keiner vom Cistransatia-Apparat, dass diese Abwehr länger als einige Stunden wirksam bleiben könne. Und nun hielt die Flammenwand schon ein paar Tage, weil es nichts war als ein riesiger Bluff. Ein Bluff, so groß, dass keiner, der ihn nicht kannte, an so abnorme Phantasterei glauben konnte.

Der General war schon auf dem richtigen Weg. Die Wissenschaftler hatten für ihre Theorie von der »Von Oben nach Unten«-Abwehr-Barrage nichts Näheres aufbringen können und so wurde der erste Abschnitt des Feldzugs zwecks sicherer Gewinnung eines Glacis im Sektor Potatis D, um dort den gewaltigsten Artilleriepark anzulegen, in allen Details vorbereitet. Immer neue Divisionen landeten von Panterra und marschierten weiter in Potatis A und B ein. Sie brachten riesige Materialien mit, in der Hauptsache für die Errichtung des Artillerieparks, und umfangreiche Arbeiterkolonnen. Diesem, seinem großen Feldzug wollte Harkensee an keiner einzigen Stelle das Odium der Unzulänglichkeit anhaften lassen. Seine Inspekteure jagten durch die von Vinarnia einrollenden und einmarschierenden Divisionen und stellten alle Kolonnen, die ihren anspruchsvollen, militärischen Augen nicht als mustergültig erschienen, in die zweite Linie. Das schuf einen unkameradschaftlichen Geist, besonders im höheren Offizierskorps.

Der Aufmarsch ging in den siebenten Tag. Die ersten Divisionen landeten von Nomandy und der Generalstab der Nomandy-Formationen lehnte die Harkensee-Inspekteure als solche ab. Sie gaben Diners zu ihren Ehren, mit viel von drüben mitgebrachtem Champagner, und ließen die Parade einer Ehrenkompanie abnehmen, nichts weiter und so entstand auch hier ein unkameradschaftlicher Geist von Unstimmigkeit. Das technische Korps von Panterra nahm seine Rache an den nomandyschen Herren. Sie ließen sie die Anlagen zum Gießen des Betonstahls nicht sehen, fahrbare Hochöfen, in denen der Eisenstahl kochte, mit feinstem Granitstahl gemischt wurde und feurig-flüssig ausgegossen wurde, um nach dem Erkalten – innerhalb drei Stunden – die härtesten Festungswälle zu bilden, die, so hieß es, die stärkste Brisanzgranate auch nicht einmal schrammen könne.

So wurden Potatis A und B rasch zu einem ungeheuren Heerlager und wenn die aufmarschierenden Armeen auch alles was sie brauchten mitbrachten und der Proviantnachschub einwandfrei funktionierte, so schufen sie doch erhöhten Bedarf.

Besonders in den Städten erhöhten sich die Umsätze in den Geschäften für kleine Luxuswaren, aber auch in den Restaurationen und Kaffeehäusern. Der Bierkonsum vervielfachte sich. Die Preise stiegen und Potatis A und B standen im Zeichen des guten Geschäfts.

Aber die Stimmung der Bevölkerung war unzufrieden, wurde schlecht und schlechter. Auf kühle Zurückhaltung folgte frostig schweigende Feindseligkeit. Von den Proklamationen der Generäle und Kommandanten, dass man als brüderliche Freunde gekommen sei und für alle Gastfreundschaft schon im Vorhinein danke, die auf Riesenplakaten an Anschlagsäulen und Häusermauern geklebt wurden, nahm man nicht Kenntnis. Niemand blieb vor so einem Plakat stehen um es zu lesen. Alle schienen ihre mehr oder minder guten Kenntnisse der fremden Sprachen plötzlich vergessen zu haben. Sogar die nächtlichen Dirnen. »Bringt doch eure eigenen Huren mit«, durchbrachen sie die sonst standesgemäße, nach allen Seiten geübte Loyalität. Dergleichen drückt auf die Stimmung von Soldaten auf dem Kriegspfad.

Es war siebenter Kriegstag. Aber seit den verunglückten Bomberflügen an den Vortagen hatte man nicht gehört, dass auch nur ein paar Flintenschüsse gewechselt worden wären. Die Stille schien unheimlich. Sie hing über Potatis. Schicksal und was für ein Schicksal, das das Land zum Schlachtfeld der Welt machen wollte. Jahrelang, jahrelang hatte man ihnen von ihrer alten, bösen Schuld erzählt. Jahrelang waren sie als Büßer herumgelaufen. Die Jugend, mit steifem Nacken und starren Gesichtern, hatte jahrelang, jahrelang die Predigt vom Anderswerden und Besserwerden angehört und war so langsam ins Mannesalter vorgeschritten. Predigten von Schuld und Sühne. Lehren von Demokratie, Menschenwürde, Freiheit und immer wieder Demokratie. Und das war nun alles, was dabei herauskommen solle, dass das Land zum Schlachtfeld der Welt würde? Jahrelang hatte man es über sich ergehen lassen müssen, dass die Menschheit eingeteilt sei in gute Lämmer und böse Wölfe und war im Fluch des Bösen gewesen. Wer waren jetzt die Wölfe und wer die Lämmer? Und das Resultat aus jahrelanger Umschulung und Neuerziehung schien zu verflattern vor dem finster heraufziehenden Sturm.

Schlachtfeld der Welt? Sie sind nicht gegen die Einen und sie sind nicht gegen die Anderen. Und sie sind auch nicht für die Einen und sie sind auch nicht für die Anderen. Sie wollen, dass man sie in Ruhe lasse. Sollen sie die anderen nicht beherrschen dürfen, so wollen sie wenigstens mit ihnen nichts zu tun haben. Das ist alles.

Und nun soll ihr Land zum Schlachtfeld für die Anderen werden.

Auf einmal erinnern sich die Bewohner von Potatis A und B und C, dass sie so etwas wie eine Central-Regierung hatten. Man hatte sich nicht viel darum gekümmert, seit man sie hatte. Vorher, in den ersten Jahren separatistischer Wirtschaft der vier Sektoren hatte man sie gefordert, man wollte ein einiges, einziges Volk sein. Dann wurde die Central-Regierung, aber es war nicht das Rechte. Man erhielt sie gleichsam als ein Geschenk von außenstehenden Machthabern. Nach freier, eigener Wahl, hieß es, aber die Wahl wurde von fremden Soldaten überwacht, das war keine Wahl und keine Central-Regierung nach dem Herzen des Volkes. Und so war da ein Ehrenpräsident, der in den illustrierten Zeitschriften und im Film gute Figur machte und eine Central-Verwaltung, die für präzise Eisenbahnanschlüsse sorgte und sonst wusste man nicht viel davon und man blieb bei dem separatistischen Getriebe, an das man sich gewöhnt hatte und die Central-Regierung saß im Sektor D, in der großen Stadt Brennabor, die früher einmal die Hauptstadt des ganzen Landes gewesen war, obwohl man die Stadt und ihre präpotenten Städter auch damals nicht geliebt hatte.

Nun auf einmal also blickten alle potatischen Augen nach Brennabor, aber man konnte weder die Stadt noch die dortige Central-Regierung noch den Präsidenten sehen, und die Eisenbahnanschlüsse funktionierten nicht präzise, sie funktionierten überhaupt nicht mehr, weil die Militärverwaltungen den Sektor D von den Sektoren A, B, C hermetisch abgeschlossen hatten. Und es hieß, dass drüben in D eine gewaltige gelbe Armee im Aufmarsch begriffen sei und das stimmte auch, denn das Kriegsministerium von Cistransatia, das ursprünglich nicht einen Grenzsoldaten verschieben durfte, hatte längst plein-pouvoir erhalten. Und es hieß, im Sektor D sei eine ungeheure Tankarmee aufgefahren, wie man dergleichen nie gesehen. Riesige Tanks, die wie gewaltige, spiegelglatte Globen aussahen und die artilleristisch unangreifbar seien, weil jedes Geschoss an der Kugelfläche abrutsche. So erzählte man und es war auch hieran etwas wahres und die bis dahin unbekannten Kugeltanks gaben auch dem General Harkensee und seinem Stab zu denken.

Es hieß auch, dass die gesamte Presse und der Rundfunk einschließlich der Television unter Militärzensur seien und man sagte, das sei ein Eingriff in die souveränen Rechte von Potatis und der ganze Truppenaufmarsch sei ein Eingriff in die

Landeshoheit und gegen alle mit der Central-Regierung abgeschlossenen Abkommen und gegen die Heiligkeit aller Verträge. Und man fragte: Was sagt der Präsident und was tut die Central-Regierung? Der Präsident aber sagte nichts, weil er nichts sagen konnte. Und die Central-Regierung sandte nur Protest-Noten an alle Regierungen der Welt, an die am Krieg beteiligten und an die neutralen. Die neutralen antworteten, dass sie die berechtigten Proteste an die zuständige Stelle der Organisation Vereinigter Nationen weitergegeben hätten. Und die Regierungen der am Kriege beteiligten Nationen antworteten, dass die Proteste theoretisch völlig berechtigt seien und dass ihre Nationen sich in Notwehr befänden und dass alle Schäden, die eventuell entstehen würden, wieder gutgemacht werden würden. Und diese Notenkorrespondenz wurde sogar für Presse und Rundfunk redigiert und was in Potatis D davon veröffentlicht wurde, unterschied sich in wesentlichen Punkten sehr entscheidend von dem, was in Potatis A, B, C veröffentlicht wurde.

Und das Volk von Potatis sagte: Wir sind wiederum verraten! Und es fragte: Wann wird ein Retter kommen unserem Lande?

Es war aber kein Retter da und Raab war ermordet worden und sein Mörder war in Gewahrsam und das Schicksal ballte sich ungeheuerlich zusammen über dem armseligen Land, das bestimmt zu sein schien, zum Schlachtfeld der Welt zu werden.

Die Ernte stand auf den Feldern und die Menschen von Potatis im Bereich der westlichen Weißen sagten: Was hilft es uns, dass wir die größte Industrieproduktion des Kontinents haben. Wir können Glühlampen und Fahrräder und Schreibmaschinen nicht essen. Und nicht Kochtöpfe, in denen nichts drin ist. Kanonen statt Butter, das hat es schon einmal gegeben, zu unserem Elend. Und jetzt haben wir keine Kanonen, Butter haben wir auch nur wenig, aber wenn wir Weizen und Korn nicht von unseren Brüdern bekommen können, die in unserem Lande im Bereiche der östlichen Gelben die Äcker bebauen, dann haben wir auch nicht unser tägliches Brot. Und sie dachten an das tägliche Brot für die kommenden Tage.

Die Plakate der Militärbehörden, auf denen verlautbart wurde, dass gerade jetzt und durch diesen Krieg, der ein Kreuzzug sei, sich auf die restlose Vereinigung des ganzen Landes zu einer wirtschaftlichen und politischen Geschlossenheit entscheiden würde, und dass es dann alles in Hülle und Fülle geben werde, Brot und Butter und alles, was Natur und Welt bieten, diese vielversprechenden Plakate las niemand. Und was darüber doch bekannt wurde, fand keine andere Beachtung als kühle Ablehnung: »Kennen wir schon. Sie versprechen, was sie selbst nicht haben. Und halten es nicht, wenn sie es haben. Und das ist Demokratie« (»und Christentum« fügten noch manche besonders Gehässige hinzu).

Die Stimmung in Potatis A, B, C war schlecht, im Sinne der weißen Mächte, daran war kein Zweifel. Sie war gegen Weiß, womit aber nicht erwiesen war, dass sie für Gelb gewesen wäre.

Allerdings hatte Sparks Inspektions-Stab festgestellt, dass zweifellos mancherlei militärische Geschehnisse, die mit dem Aufmarsch zusammenhingen, zu Gelb hinüber gemeldet sein mussten. Zum Beispiel jedes Mal, wenn die »Hochöfen-Kolonnen«, die motorisierten Betonstahlwerke, eine örtliche Veränderung vorgenommen hatten, waren prompt gelbe Fliegergeschwader gekommen und hatten photographiert. Natürlich hätte man mit Kampfgeschwadern sie hindern können, aber vorläufig galt Harkensees Befehl, dass derartige Kämpfe zu vermeiden seien, solange der gelbe Gegner nicht schießt. Und der gelbe Gegner schien noch nicht schießen oder bomben zu wollen. Alle seine Geschwader waren ganz leichte, rasant schnelle Erkundungsflieger. Aber auch daran war kein Zweifel, Meldungen über Truppen- und Kolonnenbewegungen gingen ständig von unbekannter Quelle zu Gelb hinüber.

Sabotageakte, Störversuche, Überfälle waren bisher nicht vorgekommen, aber man wusste, dass man nicht unter Freunden war, nicht einmal unter loyal eingestellter Bevölkerung. Die weiße Armee in Potatis fühlte sich in Feindesland. Alle Brücken und Übergänge, alle Bahnhöfe, Eisenbahnstrecken, Fahr- und Marschstraßen, Depots, Kasernements mussten auf das schärfste bewacht werden. Die Sportorganisationen mit dem geheimen, der Militär-Kommandantur aber sehr genau bekannten, teilweise militärischen Charakter wurden als sofort aufzulösen erklärt.

Man war in Feindesland, das umso gefährlicher war, als es nicht unter dem Terror unmittelbar vorangegangener Kriegsaktion stand. »Unbehaglich« nannten Oberst Spark und sein Stab die Situation. (Harkensee dachte einen Augenblick lang: »Soll man ihn abberufen? Einen Offizier, der kein Glück hat, lässt man am besten verschwinden.«)

Viele Menschen in Potatis, die meinten politische Köpfe zu sein und die es nie fertiggebracht hatten, einen politischen Gedanken bis zu Ende zu denken, hatten jahrelang auf die Situation gewartet, die jetzt da war. Mit platten Redensarten, wie etwa »Wenn zwei sich zanken, freut sich der dritte« glaubten sie, dass sie mit ihrem Nationalismus um des Nationalismus willen die lachenden Dritten sein könnten. Sollen die Weißen und die Gelben sich »in die Haare kriegen«, so hofften sie, dabei profitieren zu können, ihre Aspirationen zunächst zum Teil verwirklichen zu können. Wenn Menschen gleicher Sprache und gleichen politischen Schicksals – darauf kommt es an, auf die Gemeinsamkeit des Schicksals – zueinander streben, so vollzieht sich ein natürlicher Prozess. Wer ihn zu hindern versucht, tut nichts nützliches und nichts gutes. Und das Naturgemäße wird, früher oder später, doch werden. Das ist das Eine. Wer aber aus dem Unfrieden der Anderen sich seinen eigenen Frieden errichten will, der baut mit schlechtem Material, er baut den Unfrieden mit hinein, der früher oder später ausbrechen wird, mit Schwamm im Mauerwerk. Das ist das Andere. Die Nationalisten um des Nationalismus willen werden es nie begreifen.

Wie viel mehr in diesem Kriege, der mehr noch als die letztvergangenen ein Krieg war um die Welt, aber seinen Ursprung hatte in Weltanschauung. Und da gab es keine Neutralität, keine Neutralität des Gedankens, des Denkens. Man kann für eine bestehende Ordnung der Dinge sein oder für eine Neuordnung. Eines oder das Andere. Ein Drittes gibt es nicht. Man kann über die Neuordnung verschiedener Ansicht sein. Aber das bedeutet doch bereits, dass man für Neuordnung ist. Man kann für das heutige sein, das mit Naturnotwendigkeit zum Gestrigen werden muss. Oder man kann für das Morgige sein, das mit gleicher Naturnotwendigkeit zum Heutigen werden muss. Eines oder das Andere. Ein Drittes gibt es nicht.

Man kann – es soll keine kritische Stellungnahme hier damit verbunden sein – dafür oder dagegen sein, dass solche Gedankenwelten, solche Weltanschauungen für ihre Existenz oder für ihr Werden mit Waffengewalt kämpfen. Materielle Waffen, vom Knüppel bis zur Superatombombe, sind immer eine arge Sache. Aber auch der Gedanke, das Wort, der Geist sind gewaltige Waffen. Wer aber zur Verstärkung seiner geistigen Argumente zur materiellen Waffe greift, wer auf den Nächsten zwecks Durchsetzung seiner Weltanschauung mit dem Gummiknüppel eindrischt, der hat bestimmt die minder überzeugenden, die schwächeren Argumente.

Erschlaget den Propheten, so wird vom Märtyrer noch die Kraft des Geistes ausstrahlen. Erschlaget den Kriegsmann und er wird tot sein.

Doch es gibt kein Volk von Propheten und es soll sich kein Volk erschlagen oder versklaven lassen, weil es denkt, die bessere Weltanschauung zu haben. Vielleicht jedoch gibt es kriegerische Nationen. Jeder Krieger aber muss für sein Leben kämpfen, er hat nur dieses sein eines Leben.

In diesem Krieg nun brachte das Volk von Cistransatia seine Weltanschauung ein. Das war sein Plus. Bei der weißen Koalition brachte die Führerschaft gleichfalls ihre Weltanschauung ein, die von ihr geführten Massen hatten manchmal die gleiche Weltanschauung, oftmals hatten sie gar keine, weil es sehr unbequem war über solche Dinge nachzudenken, und manchmal hatten sie weltanschauliche Ideen, die den Ideen ihrer Führer entgegengesetzt waren. Das war ein Minus, aber General Harkensee meinte, die Methode zu kennen, die dieses Minus minimalisierte. Diese Methode hieß »Militärische Disziplin« und sie war so wirksam wie sie alterprobt war.

In Potatis, Sektor D, gab es Leute genug, die sich zur cistransiatischen Weltanschauung offen und laut bekannten, weil es ihnen opportun erschienen war. Sie waren durchaus bereit, unter anderen Umständen ihr weltanschauliches Bekenntnis prompt zu ändern. Sie wollten nichts als ihr möglichst bequemes Dasein. Man kann das auch vegetieren nennen. Es gab aber auch genugsam Leute, die hatten ihre Gedanken bis zu Ende gedacht und bekannten sich zur cistransiatischen Weltanschauung. Man sagte, das sei die Majorität, aber das war nur eine Annahme, die sich nicht nachprüfen ließ.

Auf die A, B, C Sektoren von Potatis hatten die unterschiedlichen Anschauungen von Weiß sehr unterschiedlich ausgestrahlt. Nur dass unter denen ohne Weltanschauung viele waren, die den Nationalismus um des Nationalismus willen wollten. «Potatis in der Welt voran« und ähnliche zwar sinnlose, aber gewaltsame Parolen gingen um.

Und gegen alle diese Divergenzen konnte der General nicht die Methode der Disziplin anwenden. Gewiss, ein Großteil dieser wankelmütigen Potatier war durchaus für Disziplin, Disziplin bis zur völligen Aufgabe des Individuums, Disziplin, wo der Untergebene »danke« sagt, wenn der Vorgesetzte ihm einen Tritt in den Hintern versetzt. Aber der Vorgesetzte musste ein Potatier sein, und der Tritt muss von einem potatischen Stiefel kommen.

So war die Situation, die Oberst Spark »unbehaglich« nannte. Sie wurde im Sinne der weißen Militärinspektion noch unbehaglicher, als Massen von gelben Flugzetteln über den A, B, C Sektoren heruntergingen. Flugzettel mancherlei Inhalte, aber immer gleicher Tendenz, der Unterstreichung des Wunsches aller Menschen in Potatis, zur endlichen Vereinigung des ganzen Landes, des ganzen Volkes unter eigener Verwaltung, und die Aufforderung werktätige Hilfe zu leisten, damit dieses berechtigte Verlangen endlich Wirklichkeit werde. Nichts darüber, wie die werktätige Hilfe beschaffen sein solle, keine Anweisungen, keine Erklärungen, aber es waren, wenn auch ohne Unterschrift und Ursprungsangabe, eben gelbe Zettel. »Wir wissen schon, wie das gemeint ist«, sagten die einen und lächelten aufmunternd. »Wir wissen schon, wie das gemeint ist«, sagten die Anderen und machten böse, ablehnende Gesichter. Wenn Spark nur gewusst hätte, ob die Lächelnden oder die böse Ablehnenden in der Mehrheit seien. Nur das wusste er, dass diese gelben Zettel, zum Unterschied von den weißen Proclamationen, gelesen wurden.

Dann kamen auch gelbe Zettel, unterschrieben: »die provisorische Regierung von ganz Potatis« und gerichtet »an alle Werktätigen«. Da hieß es, die werktätigen Menschen sollten nun endlich und in dieser Stunde der Entscheidung alte Zwistigkeit und Parteihader begraben. Die »Einheitspartei aller Werktätigen« hätte das längst angestrebt, aber weiße Drahtzieher, Profitjäger, Finanzmagnaten, Trustherren, Brotverteurer und ähnliche Nutznießer des Volkes hätten das immer wieder mit Lügenpropaganda und mit militärischen Gewaltmaßnahmen verhindert. Wenn ein Einbrecher im Hause ist, so hieß es in einem dieser gelben Blätter, so müssten alle redlichen und rechtmäßigen Hausbewohner zusammenstehen und ihn gemeinsam hinauswerfen, anstatt sich über die Waschküche zu zanken. »Sehr wahr, sehr wahr!«, sagten die Einen und lächelten. »Das könnte ihnen passen, dass wir den Polizisten hinauswerfen, damit der wirkliche Einbrecher einsteigen kann«, sagten die Anderen mit bösen Gesichtern. Die Stunde schien noch nicht reif.

»Wenn man nur wüsste, was drüben los ist«, sagten die Dritten, die weder lächelten noch böse ablehnten. Sie meinten den Sektor D. Aber gerade das wusste man nicht. Man vermutete, dass es drüben weiße Flugzettel regne. Was man aber wusste, war, dass drüben eine gelbe Armee von ungeheurer Stärke aufmarschiert war und ständig stärker wurde. Genau wie die weiße Armee in den eigenen Ländern und man sagte: »Wenn das losgeht, sind wir allesamt hin!«

Es wurde aber auch kolportiert, als Gerücht herumerzählt, gemunkelt und keiner wusste aus welchen Quellen es stammte, dass die Soldaten von Vinarnia sagten: »Macht euch nur keine Sorgen. Wenn es losgeht, dann ist ganz etwas anderes hin.« Und es wurde erzählt, Spark habe das ganze Regiment »Capita«, Garde-Sturm der Hauptstadt von Vinarnia, aus der Linie gezogen und zurückgeschickt und das ganze Regiment sei verhaftet worden.

Dieses Gerücht von der Verhaftung des Regiments »Capita«, das von keiner amtlichen Stelle auch nur erwähnt wurde, nicht einmal dementierend, das also nur Gerücht und albernes Gerede sein konnte, lief auf unkontrollierbare Weise über hunderttausend unterirdische Fäden in die Welt und kam rasch an alle Culissen der immer noch nicht wieder eröffneten Börsen, dort Erschrecken und heftige Kursrückgänge verursachend. In diesem Börsenrutsch gelang es endlich dem seit einer Woche angstgeplagten Tommy Levinger, aus seinem Engagement »Vereinigte Munition« für Monatsmitte – es war schon Monatsanfang geworden – auszusteigen und ein halbes Hundert »runde Eier« zum Ärger des alten Solmar zu profitieren. Tommy Levinger war nicht leichtsinnig und es schien ihm sauer verdientes Geld. Aber er beschloss doch, zehn Prozent dieses Kriegsgewinnleins in einer nächtlichen Cocktail-Bar zu opfern, wo er mit ganzem Einsatz seiner krachenden Stimme die Nationalhymne zum so und so vielten Male anstimmte und die ganze Cocktail-Gemeinde mitsang. Als er gegen Morgen, immer noch patriotisch summend, auf seine bescheidene Schlafkammer kam, lag mitten auf seinem Tisch ein ungewöhnlich großes, sehr viereckiges Couvert. Es enthielt seinen Gestellungsbefehl bei der Infanterie, für Monatsmitte. Er hörte auf zu summen.

XXII.

UNTERWELTFIEBER

Der Krieg hatte vorbei sein sollen, ehe die Welt wusste, dass man im Kriege sei. Genau umgekehrt war es gekommen. Alle Welt wusste, dass man im Kriege sei und er hatte, nach der schrecklich fehlgeschlagenen ersten Eskapade, noch gar nicht begonnen. Es war ein furchtbarer Krieg der Nerven. Über den Nationen im Kriege wie über den Neutralen war eine unheimliche Stille, aus der nur das dumpfe Rollen der aufmarschierenden Heere wie fernes Grollen im Innern des Vulkans vor seinem Ausbruch vernehmbar war. Hinter dieser allzu unheimlichen Stille lauerte das Entsetzen, zerrte und spannte die Nerven, war in allem Fühlen und Denken, auch und vor allem im Unbewussten. Während eines Dezenniums war so viel von ungeheuerlichen Waffen und Zerstörungsmethoden geredet worden, jede kommende Sekunde konnte irgendwo eine unentrinnbare Katastrophe bringen, musste sie früher oder später bringen, wer weiß von wo. Im Wasser, auf der Erde, in der Luft, überall gespensterte das Entsetzen. Das Leben ward zu einem Vorgang der Betäubungssucht, verbissener Arbeit und lautem, alkoholischem Vergnügen.

Die Börse mit ihrem Mangel an Phantasiebegabung hat zwar wenig Verständnis für weittragende Gedanken und Entwicklungen, aber angeblich eine sehr feine Nase für unmittelbar Bevorstehendes. Und so reagierte die internationale Börse in diesen Tagen, obwohl sie offiziell geschlossen war und Geld gleich Geld, Preis gleich Preis, Kurs gleich Kurs dekretiert worden war, mit Aktiensturz und Treppen abwärts stolpernder Baisse. Tommy Levinger war nun doch viel zu früh ausgestiegen, selbst ein so »schweres Papier« wie die »Vereinigte Munition« erreichte Rekordtiefpunkte, eigentlich gegen die industrielle kaufmännische Erkenntnis, denn wenn dieser Krieg, sich in die Länge ziehend, zu einem militärischen Größtunternehmen werden würde, muss doch für »Vereinigte Munition« eine Höchstkonjunktur kommen. »Logischer Weise« pflegen Leute im Wirtschaftsleben zu sagen. Aber vielleicht reagierte die Börse hier viel logischer, als sie ahnte.

Den Generaldirektor Primerus interessierte die Börse an sich nicht, sie ging ihn nur insoweit an, als die Seestraße interessiert war. Immerhin war ihm die bodenlose Baisse nicht angenehm. Die ihm unterstellten Banken konnte er zu keiner Intervention veranlassen, da der Aktiensturz ja offiziell gar nicht bestand. Er hätte gern gesehen, dass die Seestraße da einschreite, aber die Seestraße schien diese Absicht nicht zu haben, oder der Augenblick schien ihr noch nicht gekommen. Merton würde da Bescheid wissen, aber wenn Primerus an Merton dachte, war ihm höchst ungemütlich zu Mute. Er hatte ihm doch erklärt, dass in etwa 14 Tagen die ganze Sache vorbei sein werde. Jetzt war man am achten Tage und es hatte noch nicht ernsthaft begonnen. Was Anfang und Ende sein sollte, war ein Schlag ins Wasser gewesen oder vielmehr ein Schlag ins Feuer. Der Gedanke an die Seestraße im Allgemeinen, an Merton im Besonderen war für Primerus ein Schrecken. Die Militärs hatten ihn, Primerus, im Stich gelassen. Und er, Primerus, wird nach sechs weiteren Tagen die Seestraße im Stich gelassen haben und dann wird die Seestraße ihn erledigen. Er aber wird die Militärs gar nicht erledigen. Die furchtbare Enttäuschung, die falsche Prognose der Militärs, mit allem, was sie im Gefolge hatte und haben werde, stand in der Gestalt Mertons vor ihm. Dieser schreckliche Mensch, groß, breitschultrig, mit der Boxerphysiognomie. Er wird ihn, Primerus, k. o. schlagen. Und aus. In sechs Tagen.

Dieser Mann Primerus war typisch für die Menschen in den weißen Ländern. Er dachte nicht: »Was soll aus der Welt und der Menschheit werden?«, er dachte auch nicht: »Was soll aus meiner Nation, aus meinem Volk werden«, er dachte nicht einmal: »Was wird aus meiner Klasse, meiner Gesellschaftsschicht hier werden?« Obwohl er für diese Klasse im Allgemeinen stand und es dabei jedem einzelnen gönnte, dass er einmal einen gehörigen Schlag versetzt bekommen möchte. Er dachte letzten Endes: »Was soll aus mir, meiner Arbeit, meinen Plänen, meinem Werk werden.« Genau das dachten im Grunde die Millionenmassen, die auf einmal im Kriege waren, ohne zu wissen wie und warum und in diesen Stunden, die angstvoll in die Tage krochen, dachten sie: »Was soll da werden, wenn eines dieser Höllenprojektile, mit oder ohne Flugzeug, mit oder ohne Piloten, aus Mörsern geschossen, oder magnetisch, oder radio-aktiv gesteuert, oder auf sonst eine verfluchte Weise hier landet.«

Sie dachten nicht, mein Land ist im Kriege, mein Volk kämpft für eine große Sache, für eine Idee. Sie dachten nicht einmal: Wir kämpfen gegen einen gemeinsamen, gefährlichen, uns entgegengesetzten Feind. Sie dachten: Was soll aus meiner Familie, aus mir werden? Sie dachten: Gefahr. Gefahr! Gefahr!!! Sie kämpften gegen ihre eigene Angst, die sie nicht sich selbst, noch viel weniger irgendeinem anderen einzugestehen gewagt hätten, und sie gebärdeten sich, Produkte der Angst, sehr national. Ihr Patriotismus war nicht stille Selbstverständlichkeit, sondern laute Pose.

Anders war die Situation in den gelben Staaten. Hier glaubten die Menschen, auf Grund der ersten Kriegsbulletins, von den radikal abgewiesenen Bombenangriffen sich sicher. Sie hielten die Abwehr für so stark, dass ihnen dahinter gar nichts geschehen könne. Sie ahnten gar nicht, in welcher ungeheuren Gefahr sie gewesen waren und noch waren. Sie wussten nicht, wie grotesk unzulänglich im Grunde ihre Abwehrmaßnahmen waren und die ganze Sicherheit nur ein vorläufig gelungener Bluff. Es war wieder einmal Krieg und auch hier wusste man nicht, warum und wie, außer dass man angegriffen worden war und dass daher keine Wahl war. Wusste man also gegen wen der Krieg ging, nämlich gegen den Angreifer, so glaubte man auch zu wissen, wofür man kämpfte. Für den Frieden. Nichts wollte man von der übrigen Welt, als dass man in Frieden gelassen werde zum Aufbau, zur Entwicklung des eigenen Landes und seiner Bewohner. Und wenn die Weißen einer Weltanschauung folgen, die die Staaten von Cistransatia nicht in Frieden lassen will, so muss man ihnen eine andere Weltanschauung beibringen. Um des Friedens willen, wenn es sein muss durch Krieg. Noch sind die alten, grässlichen Wunden nicht vernarbt und nun fangen die da draußen schon wieder an, weil sie nicht wollen, dass wir leben, so wie wir leben, denken, so wie wir denken! So wollen wir sie anders denken und leben lehren. Und so fingen sie an, mit den Gedanken, die der Dinge Urbeginn sind, zu Angreifern zu werden und vergaßen dabei, dass Prügel, selbst wenn man sie austeilen kann, keine Argumente sind.

Rund vierzig Jahre, so wie einst das jüdische Volk durch die Wüste geirrt war, bis die Generation dahin war, die Ägypten erlebt hatte, so waren die Völker von Cistransatia zwar nicht durch Wüsten, aber durch Entbehrungen, Not, Sorge, Krieg und immer durch harte Arbeit gegangen und die Generation, die noch unter cistransiatischem Pharao gelebt hatte, war dahin. Was da war, war ein großes Volk der Hoffnung. Der Hoffnung, dass es allen Fremdgewalten zum Trotz eines Tages ja besser sein würde. Eines Tages wird alles gut sein und so kann es, nach dem Gesetz der Logik, ja nur mit jedem neuen Tag besser sein. Wenn das auch manchmal nicht zu sehen ist. So war auch in diesen ersten neuen Kriegstagen die Stimmung, wenn man sie auf einen Generalnenner bringen will: »Es wird mit jedem Tag besser, was immer kommen mag.« Ein gefährlicher Optimismus! Wenn das einmal umschlägt. Aber im Grunde hatte es, auch in härtesten Prüfungen, bisher nicht umgeschlagen.

Nicht überall in so weiten Ländern, mit so vielen unterschiedlichen Völkern war das nun so. Mit so einem Generalnenner kann es natürlicherweise in einem so großen, lebendigen Organismus nicht stimmen. Da war zum Beispiel die unterirdische Hestermannstadt. Da stimmte es gar nicht. Der provisorische Name war verblieben, Volksstimme oder Volkshumor hatten keinen anderen, vielleicht volkstümlichen Namen gegeben. Im Grunde schien es vor allem den dort Lebenden ziemlich gleichgültig zu sein, wie die Stadt hieß. Nach dem Hochgefühl der Bewohner in den ersten Tagen war etwas wie eine Apathie gekommen. Eine Krisis, die der alles Technische vorausdenkende Hestermann eben nicht vorausgesehen hatte und Bredow mit all seiner Menschenkenntnis auch nicht, weil dafür gar keine Erfahrung da war. Die Imponderabilien, die unwägbaren Gewichte, die motorlosen Kräfte, die unsichtbaren Erscheinungen hatten diese Krise veranlasst, die wie eine Art Krankheit ausbrach, die einen mehr, die anderen weniger ergriff. Das Unterweltfieber, das mit keinem Thermometer zu messen geht. Der Unterweltkoller, da, wo es heftig war.

Sagt Anton zu David:

»Was liegst du da seit zwei Stunden in dem Liegestuhl und starrst in den Himmel?«

»Wo starre ich hin?«

»In den Himmel, sozusagen.«

»Das ist es. Sozusagen. In den weißen Himmel. Das macht mich verrückt.«

»Wenn es dich verrückt macht, dann lass es doch. Und was macht dich verrückt?«

»Der weiße Himmel. So schön weiß. Hast du schon mal einen so schön weißen Himmel gesehen?«

»Aber du weißt doch genau …«

»Was weiß ich? Dass der Himmel kein Himmel ist? Jeden Abend sehe ich darauf. Und höher geht's nicht. Und also ist es der Himmel. Ganz weiß. Und siehst du das Ding da im Himmel, den Stern?«

»Das Kopfende eines Eisenträgers.«

»Eisenträger, was heißt Eisenträger? Es ist ein Stern in meinem Himmel. Der Mars oder die Venus oder was weiß ich. Vielleicht ist es der Mond. Sicher, es ist ein Mond. Immer so silberblass. Aber immer am gleichen Ort. Verrückter Mond.«

»Komm lieber 'ne Partie Schach spielen.«

»Ja. Kann man auch. Was spielst du, schwarz oder weiß?«

»Wenn ich auswählen kann lieber schwarz.«

»Und ich weiß. Siehst du, wieder weiß. Alles ist hier weiß. Die Straßen und die Häuser, und die Fabriken, und der Himmel und die Erde. Alles ist weiß. Alles ist so weiß.«

Sagt Marta zu Erika:

»Was sind eigentlich Palmen?«

»Na, du siehst hier doch genug. Bäume.«

»Bäume leben doch.«

»Palmen auch.«

»Nein. Die sind tot. Mausetot. Sie rühren sich nie.«

»Andere Bäume regen sich auch nur im Wind.«

»Ist hier kein Wind?«

»Nein. Das weißt du doch.«

»Richtig. Hier ist kein Wind und kein Sturm und kein Hauch in der Luft. Weißt du was in der Bibel steht?«

»Nicht viel.«

»Ich auch nicht. Aber zufällig weiß ich, da steht gleich auf der ersten Seite: im Anbeginn wehte Gottes Atem.«

»Da steht viel so Zeug.«

»Du brauchst statt Gott nur Natur zu sagen, dann ist es ganz richtig. Im Anbeginn war ein Wehen der Natur und daraus wurde das Leben.«

»Das kann schon sein.«

»Und hier ist kein Wehen und kein Wind und mausetote Palmen.«

Sagt Stefan zu Lukas:

»Es ist eben Krieg.«

»Wo?«

»In der Welt.«

»Aber nicht hier unten bei uns.«

»Na, ich meine, wir sind auch so ziemlich mit dabei. Oder nicht?«

»Oder nicht. Wir sind gar nicht dabei. Krieg ist Gefahr. Das ganze Land ist in Gefahr, aber wir nicht.«

»Nein, wir nicht. Wenn man das so bedenkt, so hat das auch sein Gutes.«

»Gutes? Das nennst du gut? Scheiße ist das. Das ist ganz große Scheiße. Wir sind gar nicht mit dabei, wo es um's Leben geht. Nur geht's nicht um's Leben, und nicht mal um's Sterben. Hier geht es um gar nichts. Weißt du, wo wir sind? Wir sind im Nichts.«

Wir sind in der Stadt ohne Kinder. Bedenkt. Keine lachenden Kinder. Nicht einmal ein weinendes Kind. Keine Kinder, die auf der Straße spielen, wenn du es eilig hast und mit deinem Wagen schnell durchwillst, sodass du schimpfen musst. Stadt ohne Kinder. Aber die Vorstellung, dass in dieser Stadt Kinder sein sollten, ist noch schlimmer. Obwohl, wenn die Mordindustrie so weitermacht, auch das bald kommen wird.

Kein Hund, der bellt. Keine Katze, die miaut. Kein Vogel, der über die Dächer fliegt, keine Spatzen, die um Brotkrumen zanken, nicht einmal ein paar ärgerliche Fliegen.

Und auch nicht einmal ein Regenwurm, denn wie sollte ein Regenwurm auf Betonstraßen leben und außerdem regnet es nie. Auf der Oberwelt regnet es auch manchmal wochenlang nicht, oftmals gerade dann nicht, wenn das Land dringend Regen braucht. Aber es kann doch in jedem Augenblick anfangen zu regnen. In der Unterwelt regnet es nie.

»Schau mal aus dem Fenster, was für Wetter ist.«

»Mensch, du bist wohl verrückt!«

So grassierte das Unterweltfieber.

»Ich habe mal ein Jahr lang in der Untergrundbahn gearbeitet, es war immer eine Luft, wie in 'ner Badestube. Aber doch immer nur den halben Tag. Aber hier! Weißt du wie wir aussehen? Wir sind alle gelb.«

»Ich hab mich eben rasiert, aber ich habe nicht gesehn, dass ich gelb bin. Du bist auch nicht gelb. Ich habe keine gelben Gesichter gesehen.«

»Das sieht man hier unten eben gar nicht mehr. Der Michael, mein Vetter vom Silberwalzwerk, war gestern oben, mit noch einem. Wegen irgendeinem Transport. Und da haben sie es oben gesehen. Ganz gelb, wie Chinesen.«

So grassierte das Unterweltfieber.

Das sich aber nach anderer Richtung unerwartet und erstaunlich äußerte. War es die innere Unruhe, die sie antrieb, war es Flucht vor dem Denken? Die Menschen stürzten sich mit Besessenheit und Rastlosigkeit in die Arbeit. Die nötigen Arbeitspausen schienen ihnen zu lang. Gleichartige Betriebe suchten einander in der Produktion zu übersteigern.

»Wie viele Kugellager macht dein Betrieb täglich?«

»Wir sollen täglich 108 machen. Am ersten Tag waren es 102. Am dritten Tag waren wir bei 108. Dann werden es jeden Tag ein paar mehr. Vorgestern waren es 114 und gestern 117. Ich habe gesagt, ›Das hat keinen Zweck, Kameraden. Das Rohmaterial wird nicht nachkommen können.‹ ›Mach ihm Beine‹, haben sie geantwortet, ›wozu bist du Vorarbeiter.‹ ›Alles mit Maß und Vernunft‹, habe ich gesagt. ›Da ist Krieg, der ist auch ohne Maß und Vernunft‹, haben sie gesagt. Schön und gut so weit. Da habe ich vormittags und nachmittags fünf Minuten längere Teepause machen lassen. Das haben sie gemerkt. ›Wenn hier einer sabotieren will, dann soll er es offen sagen‹, haben sie gesagt.«

Auch so grassierte das Unterweltfieber. Die Produktionsziffern waren durchweg über dem Soll. Das trug der alte Bredow mit Stolz im Grünen Saal vor, vom Unterweltkoller erfuhr man dort nichts.

»Mutter, gib mir die Sonne!«, brüllte einer.

»Halt's Maul, du Miesmacher.«

»Bitte sehr, das ist klassisch. Ich hab das mal im Theater gehört. Das Stück war von dem berühmten Ibsen. Mutter, gib mir die Sonne!«

»Das Maul sollst du halten, habe ich gesagt.«

Die Sonne. Die Sonne! Die Sonne! Wo ist die Sonne?

»Weißt du, früher wenn ich nur 'n Mädchen gesehen habe, wurde mir, na du weißt schon wie. Aber jetzt? Ich sag dir, leg mir 'ne Jungfer heute Abend ins Bett und morgen früh geb ich sie dir als Jungfer wieder.«

»Das kommt vom Kornschnaps. Du trinkst zu viel Kornschnaps.«

»Ne, umgekehrt. Ich trink Kornschnaps, weil das so ist. Kommt das vom Krieg und so?«

»Muss wohl. Man hat zu nichts mehr Lust. Seit drei Tagen muss ich an meinen Bruder schreiben. Und ich tu's nicht. Das ist gemein von mir, aber ich tu's nicht.«

»Ist es denn wichtig?«

»Ne. Wichtig wohl nicht. Er hat mir geschrieben, ich soll hier zu 'ner Nummer gehen, 48731 oder so, und Grüße ausrichten von Alexander. Das ist nämlich mein Bruder.«

»Na, und?«

»Ich war beim Meldeamt und habe nach der Adresse von 48731 oder so gefragt. Da haben sie mir gesagt: Ist versetzt. Und die neue Adresse habe ich aufnotiert.«

»Das ist wohl nicht wichtig.«

»Ne. Aber mein Bruder ist Leutnant bei den 17 Bs. Ich sollte ihm doch schreiben.«

»Dann tu's doch.«

»Wenn ich aber keine Lust habe!«

»Aber die 17 Bs, die haben jetzt wohl auch nicht zu lachen.«

»Vielleicht werde ich ihm doch schreiben.«

Auch so grassierte das Unterweltfieber. Die verantwortlichen Ärzte hielten eine Konferenz ab, einer hielt ein Referat über den historischen Höhlenmenschen und sie kamen zu dem Resultat, dass man noch gar keine Erfahrung mit dem Unterweltfieber habe.

Ein alter Dorfarzt, von dem man nicht wusste, wieso er nach Hestermannstadt gekommen, sagte:

»Das ist so wie mit der Seekrankheit. Fängt etwas später an. Ist auch etwas heimtückischer, aber es geht vorüber. Genau wie die Seekrankheit.«

»Waren Sie denn mal Schiffsarzt?«

»Ich? Nein, wo wäre ich. Ich habe nie Wasser gesehen. Ich bin, seit ich studierte, nie aus unserem bescheidenen Dorf heraus gewesen. Eigentlich jetzt zum ersten Mal.«

»Warum meinen Sie denn, dass das wie Seekrankheit ist?«

»Das ist doch einfach. Ich weiß gar nicht, wie es anders sein kann. Da muss es denn so sein.«

Dann muss es so sein.

Dann muss es so sein, dass der Mensch aus Höhlen heraufgekrochen zu sogenannten Gipfeln der Zivilisation wieder herunter muss, in die Höhlen.

Dann muss es so sein, dass weiter nichts dabei herausgekommen ist. Hestermann, der große Höhlenbaumeister, bedauerte sehr, dass diese Katastrophe schon jetzt eingetreten. Ein paar Jahre später hätte er zur absoluten Sicherung der Kriegsproduktion ein Dutzend solcher unterirdischen Großstädte fertig gehabt. Und vielleicht, wenn die Technik sich weiter entwickelt und wenn es dann zum nächsten Krach kommt, wird die ganze Menschheit in sicherem Gewahrsam sitzen, in tiefen Höhlen.

Lange schon haben ja die Menschen gelernt, dass etwa Weizen und Korn nur im Nebenzweck dazu da ist, gegessen zu werden und im Hauptzweck, dass es exportiert oder importiert werde. Und wenn irgendwo in einem brotarmen Land die Menschen nicht genug importieren können, aus währungstechnischen Gründen, dann muss eben durchgehungert werden, denn erst kommt die Geldwährung und alles was damit zusammenhängt, und dann kommt erst das tägliche Brot.

Denn es muss so sein.

Und nur diese Cistransiaten wollen das durchaus nicht begreifen, sagten die weißen Zeitungen.

Brot und Kleidung und alles das ist nicht zum Leben da, sondern die Bedürfnisse des Lebens sind Mittel zum Zweck des internationalen Handels und Weltverkehrs und geregelter Finanzverhältnisse.

Und wenn eine gänzlich unzivilisierte Natur einfach die Sonne scheinen lässt auf Gerechte und Ungerechte, so war das ein vieltausendjähriger Irrtum, zum Mindesten seit der Mensch die Erdherrschaft angetreten hat – früher im Zeitalter der Schachtelhalme und der Saurier mag es richtig gewesen sein, denn sonst hätten wir ja jetzt keine Kohlen –, aber es wird nun höchste Zeit, dass die Menschheit zur Sicherung des Weltwirtschaftssystems einschließlich des militärischen Nachschubs in atombombensichere Höhlenstädte hinabsteige und den gefährlichen Aufenthalt in Licht, Luft, Sonne, Wind, Regen und Bombenprojektilen den zur Herstellung von Trockenmilch in Conservendosen, von Eigelbpulver in Pappkartons, von Dörrobst in Cellophanpackung, von Duft von Maiglöckchen und Frühling in Glasphiolen und aus Teernebenprodukten destilliert und so weiter und so weiter notwendigen Funktionären überlasse. Sowie den zum nationalen oder internationalen Schutz benötigten Armeen und Kriegsmaschinen. Und das am besten schon in Friedenszeiten, damit in normalen Kriegszeiten nicht erst der seekrankheitsartige Unterweltkoller überwunden werden muss. Dann, und wohl erst dann, wird die Menschheit wahrhaft auf dem Gipfel sein.

So muss es sein, weil es so sein muss.

Und wenn es so sein muss, so erfüllt sich des Menschen Kreislauf. Aufgestiegen aus Erdhöhlen und nun zu Erdhöhlen zurückgekehrt. Der Traum des Ikarus ward Wirklichkeit und Fluch. Der Mensch, Beherrscher der Luft, um die Menschheit hinabzustürzen, tausend Klafter unter die Oberfläche der Erde. Da unten vergilbt das Leben und oben regiert der Tod.

Wenn es so sein muss! Oder es muss nicht so sein, dann muss etwas anderes kommen.

Es war aber nicht an der Zeit, über solche Dinge nachzudenken. Es war die Zeit, etwas zu tun. Und die Höhlenbewohner von Cistransatia rackerten und schufteten und schlugen alle Arbeitsrekorde, weil Krieg war und Gefahr und die Forderung war: Waffen, Waffen, Waffen und weil sie das Unterweltfieber zu überwinden hatten.

Und auf den Einbahnstraßen von unten nach oben begannen einzelne Lastautos zu fahren und es wurden mehr und immer mehr und am siebenten Tag schon war es ein ununterbrochener Strom, jeder Wagen bis zur Kapazität seiner Tragfähigkeit geladen mit Fertigprodukten, teils in voller Gebrauchsfähigkeit, teils zur Zusammensetzung in »vorgeschobenen« Distrikten und alles waren Waffen, Waffen, Waffen.

Währenddessen in einer anderen Betonhöhle hinter Lyonels Garten, tief unter den freundlichen Kaskaden, Lyonels »Mönche« saßen und rechneten zum tausendsten Mal an der »Ca-li-fa« Formel herum, und dass

Ca = Calcium, Atomgewicht 40,07
Li = Lithium, Atomgewicht 6,940

und Fa gibt es überhaupt nicht und wenn man Fl dafür setzt, dann ist es Fluorine, mit dem Atomgewicht 19,00 und mit den dreien lässt sich nichts anfangen und die Formel ist Maskerade und Bluff und Schwindel, und wenn man für Ca einfach C setzt, dann ist es Carbon und dann kann man mit 6C beginnen, um über sechs Stufen zu Helium und Hydrogen zu kommen und zur Formel, die Sonnenenergie freimacht und wenn man mit 3Li beginnt, kann man auf die Formel kommen, mit der man Atome zerschmettert, und mit Fl ist gar nichts zu machen und das Ganze ist getarnter Blödsinn und sie kehrten wieder zum handfesten 92 Uranium in der 238 Potenz zurück und zum 93 Uranium in der 239 Potenz und legten das Califa endgültig zur Seite, um nach fünf Minuten wieder dabei zu sein.

Und so lebt der Mensch in abgeschlossener, phosphoreszierender Höhle und bereitet den Tod vor in freier Luft und Sonnenlicht.

Und – so – muss – es – sein?

XXIII.

WILDWEST-FILM

Leistikow, Minister für Schwerindustrie der Cistransiatischen Staaten, schob mit vorsichtiger Handbewegung einen Haufen Blätter und Zeichnungen beiseite, die vor ihm auf dem Arbeitstisch lagen, und legte an ihre Stelle einen schwarz-weiß gezeichneten Plan, den er einem Tischfach entnahm.

»So. Nun soll der Kamerad Prenn hereinkommen«, sagte er zur Schreibmaschinistin.

»Kamerad Prenn«, rief die Schreibmaschinistin zur Tür hinaus, die sie halb geöffnet hatte.

Leistikow betrachtete angelegentlich den Plan, hörte, dass jemand eintrat, sah aber nicht weiter hin und fragte:

»Also, Kamerad Prenn, du weißt ungefähr, um was es sich handelt?«

»Eine Maschine, Ramses, soll irgendwo Übersee an irgendeine elektrische Leitung angeschlossen werden.«

Bei den ersten Worten der Antwort hatte der Minister aufgesehen.

»Nanu«, hatte er etwas erstaunt gesagt, und jetzt:

»Ja, du bist ja ein Mädchen, augenscheinlich.«

»Stimmt«, lachte das Mädchen.

»Ja, da muss ich schon sagen, da weiß ich gar nicht so recht, für so ein gefährliches Unternehmen …«

Die Stenotypistin sah von ihrer Schreibmaschine auf. Ewig haben diese alten Herren das Vorurteil gegenüber Frauen. Sie zeigte ein höchst aggressives Gesicht, auf dem deutlich zu lesen war, dass sie bereit sei, in diesem Streit der Geschlechter aktiv Partei zu nehmen.

»Ich weiß nicht, ob es gefährlich ist, aber ich hörte, dass es sehr wichtig sei«, sagte die Kameradin Prenn.

»Gewiss, ja. Sehr wichtig.«

»Und dass man einen Fachmann braucht.«

»Gewiss, ja.«

»Na also.«

Jetzt lachten beide. Die Stenotypistin merkte, dass der Kampf der Geschlechter erwartungsgemäß siegreich verlaufen war und vertiefte sich wieder in ihre Schreiberei.

»Also wie war noch genau der Name?«

»Anna Prenn.«

»Verwandt mit unserem Minister für Mechanik?«

»Das ist mein Vater.«

»Weiß er davon?«

»Das weiß ich nicht.«

»Da müsste ich doch wohl erst mit ihm Rücksprache nehmen. Ich kann ja telefonieren.«

»Ist das immer so üblich?«

»Nicht eigentlich. Aber in diesem Fall.«

»Ich glaube, mein Vater ist nicht für solche Ausnahme.«

»Mein Kind, du hast eine Art, mit 'nem alten Minister umzugehen …«

»Mit meinem Ministerpapa gehe ich noch ganz anders um.«

Die Stenotypistin drückte eine falsche Taste und der Wagen rutschte rasselnd über die ganze Zeile.

»Also du bist Fachmann für elektrische Starkstrom-Anschlüsse.«

»Vier Jahre Technische Hochschule. Drei Jahre praktische Arbeit, davon ein Jahr in G. Stadtbau II.«

»Und immer so mit elektrischen Kabeln.«

»Ja. Immer so mit elektrischen Kabeln.«

»Entschuldigung, ich bin da nämlich gar kein Fachmann.«

»O bitte. Das macht gar nichts.«

»Das beruhigt mich.«

Wieder lachten beide.

»Also mein Kind, wie du willst.«

»Ich will gar nicht. Ich bin weder vergnügungssüchtig noch abenteuerlustig. Aber Kamerad Minister, die Sache will es. Die Sache.«

»Die Sache. Ja. Die Sache.« Leistikow machte eine Pause und sah das Mädchen an, »also die Sache. Weißt du, was die Ramses-Maschine ist?«

»Ein Elektro-Magnet. Das Magnet-Feld geht über ein radioaktives Feld, das als Transformator wirkt und den verstärkten Magnet-Strom selbständig macht, der dann über einen Accelerator läuft und dann schließlich über neutrale oder elektrische Kabel geleitet werden kann. So viel für Nicht-Fachleute.«

»Danke. Das muss ich nun wohl einstecken.«

»Ich bitte um Entschuldigung.«

»Aber, aber … die Sache will es doch. Also man hat dir gesagt, das ganze Kunststück wäre, den Ramses-Apparat an ein entsprechendes Kabel anzuschließen, um …«

»Ja. Das ist wohl das ganze Kunststück.«

»Und es ist einen Einsatz wert. Das kann ich sagen, Kameradin Prenn, solange du mir nicht in die Augen siehst. Weißt du, um was es geht?«

»Irgendwo Übersee. Irgendein Kabel. Das ist alles, was ich bisher weiß.«

»Also da hätte ich einen Vorsprung und weiß etwas mehr. Also irgendwo Übersee ist in Nomandy. Und da ist eine Stadt ungefähr in der Mitte der beiden Ozeane. Die Stadt ist erst ein paar Jahre alt und du wirst sie auf keinem Plan finden. Sie hat auch, so viel wir wissen, noch gar keinen Namen, nennen wir also die Stadt X. Die Stadt X ist ein großes Industriegelände. Fabriken, ein paar Verwaltungsgebäude und Arbeiterhäuser. Die Fabriken sind wohl zum Teil unterirdisch, aber auch zum Teil überirdisch. Also hier auf dem Plan, das ist die Stadt X. Hier machen sie die Metalle oder was es ist, was weiß ich, woraus das sogenannte Clf oder Califa zusammengestellt wird. Sonst nichts. Kameradin Prenn. Sonst nichts, ja. Hier, etwa 10 km von der Stadtgrenze, nordöstlich, ist ein kleiner Wald. Und hier ist ein Waldweg, quer durch. An dieser Stelle hier, auf diesem Feld vor dem Wald, wo der Waldweg anfängt, werdet ihr ungefähr landen. Auf dem Waldweg ungefähr hundert Meter in den Wald hinein steht ein kleines, grün angestrichenes Stahlhäuschen. Es trägt außen die Anschrift: ›Achtung! Hochspannung! Todesgefahr!‹ Dieses Häuschen ist in normalen Zeiten unbewacht. Aber jetzt wird es wahrscheinlich bewacht sein.«

»Und wenn es bewacht ist?«

»Eine halbe Kompagnie Soldaten ist mit in eurem Flugzeug. Aber die Schwierigkeit wird sein, dass es nicht lautlos zugeht. Verstärkung wird sehr schnell am Ort sein. Vielleicht nach fünf Minuten. Vielleicht auch schon nach zwei Minuten.«

»Reichlich Zeit, um den Ramses anzuschließen.«

»Ja, wenn du es sagst, muss ich es glauben. Aber das Transformator-Häuschen wird abgeschlossen sein. Deshalb geht einer von meinen Spezial-Monteuren mit, der aufschneiden wird.«

»Er muss vorn die Tür aufschneiden, und da sind solche Dinger immer am dicksten.«

»Und wenn er die Seitenwand aufschneidet?«

»Geht nicht, da können Leitungskabel sein, und ist so ein Kabel kaputt, dann ist die ganze Sache wahrscheinlich umsonst.«

»Richtig. Also von vorn. So ein elektrisches Häuschen ist ja wohl nicht gerade als Banktresor gebaut. Aber eine Minute wird er brauchen, bis er aufgemacht hat. Bleibt also eventuell nur etwa eine Minute für den Ramses.«

»Eine Minute. Eine Minute.«

»Das ist wohl knapp.«

»Das kann man wohl sagen. Eine Minute. Ja, wenn der Kamerad Cheng mit ist.«

»Wer ist Kamerad Cheng?«

»Ein Monteur.«

»Es fährt doch ein Monteur mit.«

»Ich hatte gebeten, dass Kamerad Cheng mitfährt. Aber man sagte mir, der sei hier unentbehrlich. Und ein Monteur würde mitkommen, der gerade so gut ist. Aber eine Minute, Kamerad Minister, eine Minute nur. Wenn es sicher sein soll, muss Cheng mit. Cheng ist ein Chinese und was für ein Monteur. Cheng wittert einen Fehler im Kabel, wo andere eine Stunde suchen müssen. Cheng hat den Geruchsinn für Electricität. Können Sie Electricität riechen, Kamerad Minister? Ich kann es nicht, aber Cheng kann es. Cheng muss mit. Dann muss es hier einen Tag ohne Cheng gehen.«

»Wieso einen Tag?«

»Na, wenn wir morgen früh fliegen, sind wir doch morgen Abend zurück.«

»Nein, Kamerad Prenn. Das seid ihr natürlich nicht. Nicht morgen Abend und nicht übermorgen, voraussichtlich eine ganze Weile nicht. Das Flugzeug, das euch rüber bringt, muss sofort zurück, unverzüglich, und hier Meldung machen. Auf euch warten und euch zurücknehmen kann es nicht. Das geht nicht. Das ist ja kein Ausflug, Kamerad Prenn. Ich habe das gleich am Anfang angedeutet.«

»Ich verstehe.«

»Ja. Nach Durchführung eurer Aufgabe könnt ihr nichts anderes tun, als zum nächsten Nomandy-Posten gehen und euch kriegsgefangen geben. Ja. So ist das, und das ist nämlich, warum ich dich hergebeten hatte. Ja. Weil ich dir das selbst sagen wollte.«

Pause. Niemand sagte etwas. Nur die Stenotypistin schlug noch ein paar Tasten an, brach dann mit dem Schreiben ab und wischte sich mit dem Handrücken die Augen.

»Kameradin Prenn, sieh dir die Gans da an«, sagte der Minister, »meine beste Mitarbeiterin. Tüchtig, tüchtig. Viel tüchtiger als ich bin. Ohne Übertreibung. Aber keine Nerven. Jetzt heult sie wieder. Sie hat ein Herz im Leibe, als ob ein Mensch in dieser Zeit sich solchen Luxus erlauben dürfe. Herz und Seele und so. Ja. Wo waren wir stehengeblieben?«

»Bei dem Monteur Cheng. Trotzdem. Eine Minute. In Ordnung, wenn Cheng mit ist. Aber ohne Cheng garantiere ich nichts.«

»Dann muss Cheng also mit.«

So kam es, dass folgenden Tages der Elektro-Monteur Cheng mit einer 4-eckigen Kiste aus starkem Eichenholz als vorletzter in ein großes Flugzeug einstieg. Er bestand darauf, er müsse die nicht sehr schwere Kiste vor sich auf den Knien haben, sie dürfte nicht, wo auch immer, verstaut werden. »Das ist Ramses«, erzählte er immer wieder sich selbst, und war stolz darauf, dass er das Anfangs-R so gut aussprechen konnte, was sonst den Chinesen große Schwierigkeiten macht.

Vorher waren schon fünfzig Soldaten eines Fallschirm-Regiments mit etlichen Offizieren eingestiegen, dann Leistikows Spezial-Monteur mit seinem Hilfsarbeiter, noch einige Elektromonteure, falls Zwischenfälle sie nötig machten, und am Schluss stieg die Spezialistin für Kabelleitungen Prenn ein. Das Flugzeug stieg sofort senkrecht hoch und jagte dann mit Süd-Ost-Kurs davon.

»Meine Tochter als Star in einem Wildwest-Film, schade, dass Hollywood das nicht drehen konnte«, sagte der alte Prenn, der doch irgendwie von der Sache erfahren hatte – wahrscheinlich durch Leistikow – und noch im letzten Augenblick an die Abfahrtsstelle gekommen war.

»Wildwest-Film, ganz richtig, Prenn, wie dieser ganze Krieg bisher«, sagte Leistikow.

Das Flugzeug war schon den Blicken entschwunden. Als es mit etwa 800 km Stundengeschwindigkeit über den Ozean jagte, machte der führende Flugzeugpilot einen Rundgang durch die Flugzeugabteilungen und kam so auch in den Raum, in dem Cheng mit seiner Kiste und Anna Prenn nebeneinander saßen, als er mit plötzlichem Ruck stehenblieb, dann etwas wie einen Luftsprung machte – obwohl man so schon in diesigem Wetter war – und eine umfangreiche Ziffer ausrief, wie mit annähernd gleicher Munterkeit nüchterne, arithmetische Zahlen nicht herausgeschmettert zu werden pflegen: »48731«, und dann noch einmal »48731«.

Ein Schauspieler hätte hier lernen können, dass man auch mit so abstrakten Wortbegriffen eine Menge sagen kann.

Anna Prenn, die bei dem diesigen Wetter über die grauen Wolken hinaus nichts sehen konnte und einstweilen um das Schauspiel des Ozeans aus der Vogelperspektive kam, lag mit geschlossenen Augen in dem langgestreckten Sessel und dämmerte vor sich hin, als diese eindringliche Fanfare sie aus dem Halbtraum riss.

»Pilot 17B, Alex Rettberg«, sagte Anna Prenn, und es war nicht zu sehen, ob sie die Augen noch geschlossen hatte oder nicht doch durch einen schmalen Spalt hervorblinzelte.

Dann war es für Augenblicke ganz still, trotz des Lärms der Flugzeugmaschinen schien es jedenfalls ganz still zu sein.

Cheng, mit der Kiste auf den Knien, schien eingeschlafen zu sein, hielt dabei beide Hände auf dem Kistendeckel, eine Kante umschließend. Aber natürlich schlief er nicht, wie hätte er mit dem Ramses in seiner Obhut das tun können. Er hatte wohl gleich gemerkt, dass er hier im Augenblick überflüssig sei, die Unmöglichkeit aber, irgendwohin entschlüpfen zu können, hatten ihn veranlasst, einfach sich selbst soweit es möglich war auszuschalten, er zog sich in sein eigenes Selbst zurück, das immer schon der Umwelt und auch nächsten Kameraden verschlossen geblieben war.

»48731«, sagte Alex Rettberg noch einmal, dann griff er in die Seitentasche seiner Lederjacke, holte ein schmales Heft heraus, blätterte ein paar Seiten um und las dann etwas nach.

»Anna«, sagte er dann, »Anna Maria«, und nun war es nicht Fanfare, eher Cello-Adagio.

Anna Prenn hatte nun doch langsam, zögernd die Augen aufgemacht und schien gar nicht die Absicht zu haben, die eigene Träumerei fortzusetzen, noch Anlass zu geben, dass Rettberg sich weiter dem lyrischen Adagio hingab.

»Also Pilot 17 B Alex Rettberg«, sagte sie, »bist du hier der Verantwortliche?«

»Gewissermaßen ja.«

»Na, da scheinen die uns hier ja auch nicht allzu hoch einzuschätzen, mit einem Pilotenschüler als Führer.«

Das war eine scharfe Herausforderung, und der im Umgang mit Frauen völlig erfahrungslose, in Psychologie gänzlich unbewanderte Alex Rettberg fiel auch glatt darauf hinein. Er knöpfte die Lederjacke auf, schlug sie etwas zurück und auf den Uniformkragen weisend sagte er:

»Immerhin Fliegerleutnant. Aber das mag ja wohl auch nur unzulänglich sein«, machte dann etwas wie eine militärische Kehrtwendung und ging zur zweiten Kabinentür hinaus, um seinen Inspektionsgang fortzusetzen.

Anna Prenn hatte ihn rufen wollen, aber dann dachte sie im gleichen Augenblick: »Er muss ja doch auf dem Rückweg hier wieder durch.«

Wieder war es ruhig. Aber Cheng blinzelte ein wenig durch die Augenlider und sah, dass Anna Prenn sehr wach war.

»Dumm, dumm«, sagte Cheng.

»Was ist dumm?«, fragte Anna Prenn.

»Ich habe eben geschlafen und geträumt. Habe von einer Tante geträumt. Hatte eine Tante, lange her. Gute Tante, hatte großes Buch. Immer wenn zu Tante kam, habe Buch gelesen. Tante immer gefragt: Cheng, willst du Buch haben? Immer geantwortet: Nein, brauche Buch nicht. Dumm. Dumm.«

»Was war denn dabei dumm?«

»Mein Stolz. Wollte doch gern Buch haben. Wollte aber nicht sagen: Ja. Wegen Stolz. Zu viel Stolz ist dumm. Habe Buch nicht bekommen. Hörst du, Kameradin Anna. Ich war dumm. Hörst du?«

»Ja. Ich höre.«

»Dann ist gut.«

»Cheng, das geht dich gar nichts an.«

»Geht mich an. Ich war dumm. Dumm. Und kein Buch.«

»Aber du hast doch viele Bücher in deiner Stube.«

»Aber nicht Buch von Tante. Versäumt. Versäumt.«

Anna Prenn antwortete nicht mehr.

Dann ging wieder die zweite Kabinentür auf. Der Fliegerleutnant kam zurück und wollte passieren.

»Leutnant Rettberg.«

Er blieb stehen.

»Leutnant Rettberg, ich war dumm.«

Cheng schien wieder zu schlafen.

Alex Rettberg sah Anna Prenn an und auf einmal brach er in lautes, breites Lachen aus und in das Lachen hinein: »Anna Maria, ha-ha, Anna Maria, ha-ha, kann gar nicht dumm sein. Aber ich, ha-ha, ich bin ja so dumm, so dumm.«

»Dann sind wir es beide.«

»Aber wir haben keine Zeit dazu. Anna Maria, auf dieser Fahrt ist keine Zeit, dumm zu sein. Und darum möchte ich sagen …«

»Gar nichts weiter wirst du sagen. Auf dieser Fahrt ist nicht Zeit zu solchem Sagen …«

»Nicht? Also nicht. Gut. Oder nicht gut. Einerlei. Ist aber doch etwas, das gesagt werden muss, gerade auf dieser Fahrt. Und außer mir kann das keiner sagen.«

»Klingt sehr sachlich.«

»Ist auch sehr sachlich.«

»Na, denn los.«

Rettberg sah auf den Chinesen und machte ein unbestimmtes Zeichen.

»Cheng? Wenn Cheng schläft, hört er nicht und sieht er nicht und weiß er nicht. Da könnte ein Gott die Geheimnisse der Schöpfung oder des kommenden Tages ausplaudern. Wenn Cheng abwesend ist, ist er hunderttausend Meilen fern.«

»Also auf die Verantwortung, Anna Maria. Wir werden nämlich in etwa zwei Stunden am Landungsplatz sein, da muss vorher alles klar sein.«

»Ist nicht alles klar?«

»Nicht ganz.«

»Dann wird es freilich Zeit.«

»Also hör zu, Anna Maria. Ihr werdet also drüben abspringen und landen. Was ihr da zu tun und zu lassen habt, weiß ich nicht. Nicht meine Sache. Meine Sache ist … Kennst du meinen Auftrag?«

»Dein Auftrag ist, uns hinzubringen und dann sofort zu Hause zu melden, dass wir irgendwie gelandet sind. Das ist alles was ich weiß.«

»Ja. Das ist mein Auftrag. Also nun höre zu. Ich werde nicht zurückgehen, ohne dich, Anna Maria. Also bitte rede nicht und protestiere nicht. Es ist mein Beschluss. Mein fester Beschluss. Aus. Hier bin ich Kommandeur.«

»Alex Rettberg, Alexander, das ist gegen den Befehl.«

»Jeder Offizier hat das Recht Befehle abzuändern, wenn seine Einsicht für das Notwendige es fordert.«

»Gut auswendig gelernt. Aber hier, Alexander Rettberg, ist keine Notwendigkeit.«

»Nicht? O, hier ist alle Notwendigkeit. Ich wüsste nicht, was auf der ganzen Welt notwendiger wäre.«

»Das ist, Alex Rettberg, höchst subjektiv gesehen.«

»Ich bringe einen höchst notwendigen, sozusagen unersetzlichen Spezialarbeiter mit zurück.«

»Ich weiß nicht, ob dergleichen möglich ist. Aber nehmen wir an, es sei möglich und alles würde klappen, so bleibt es immer gegen die Order. Das muss für dich, Alex Rettberg, schlecht ausgehn.«

»Das ist mir wirklich höchst gleichgültig.«

»Aber mir nicht.«

»Wenn sie vernünftig und gerecht sind, müssten sie mir einen Orden geben, weil ich ihre beste Arbeiterin wiederbringe.«

»Selbst wenn das so wäre, bleibt es doch Disziplinbruch.«

»Wir sind nicht bei den Preußen.«

»Alex Rettberg, du bringst mich in schweren Konflikt.«

»Dann hast du schon halb eingewilligt.«

»Vielleicht.«

»Und ich nehme es für ganz.«

»Nein, Alexander Rettberg. Du sagtest selbst: Halb eingewilligt. Nun käme dann die zweite Hälfte. Meine Bedingung. Nämlich, Cheng muss dann auch wieder mit.«

»Du meinst …«

»Genau was ich sagte. Nicht ohne Cheng.«

»Aber das erschwert …«

»Nicht ohne Cheng.«

»Aber technische Gründe …«

»Also dann lassen wir es und es ist auch besser.«

»Na, also dann riskieren wir es. Also mit Cheng.«

»Gut. Obwohl ich sagen muss, es ist mir nicht munter dabei. Ich kann mit dir nicht weiter rechten, Alex Rettberg, wenn ich auch im Augenblick die besonnenere bin. Mädchen verstehen von solchen Dingen mehr. Aber wie könnte ich jetzt mit dir rechten. Am Ende spräche mein Herz gegen meine Vernunft. Ich denke an meinen Vater, Alex Rettberg, damit du dir nicht etwa einbildest, ich dächte an dich. So. Das ist nun alles gesagt. Und nun, wie denkst du dir das eigentlich, deine Maschine ist doch kein Autobus mit Retourbillet.«

»Also das ist ganz einfach. Eigentlich ist es ein Spielzeug. Ich habe da einen Ballon. Also das ist eine Ballonhülle. Schon angeschraubt an einen kleinen Heliumbehälter. Alles was zu tun ist, dass man den Hahn aufgedreht. Vorher muss man sich richtig einhängen, genau wie in einen Fallschirm. Das ganze ist so ein Mittelding zwischen Spiel und Sport und auch eigentlich nur für eine Person gedacht. Aber der Ballon trägt auch zwei, ich werde noch einen Fallschirmgürtel dran machen. Das ist das Ganze.«

»Und damit sollen wir, nach gelöster Aufgabe, also aufsteigen und wenn es schiefgeht, haben wir Pech gehabt und der Wind zum Beispiel treibt uns irgendwo in die weite Welt.«

»Nein. Wind oder kein Wind, das macht gar nichts. Ihr

habt nur aufzusteigen und zwei Minuten danach haben wir euch schon geangelt. Das ist ein völlig sicheres Verfahren. Ist alles.«

»Das ist alles. Schön. Obwohl …«

»Bitte kein obwohl, bitte nicht wenn und nicht aber. Dafür ist gar keine Zeit. Ein bisschen Glück muss schon auch mit dabei sein. Muss, Anna Maria. Muss. Es kann doch kein bloßer Zufall sein, dass wir hier zusammengekommen sind. Ich habe da einen Bruder, der arbeitet jetzt als Mechaniker in G. Stadtbau 2 und dem hatte ich geschrieben, wegen 48731 und so und gestern erhielt ich Nachricht von ihm, dass 48731 versetzt sei und so, und ich dachte, will mein Schicksal mir nicht treu bleiben, aber es ist mir doch treu geblieben und das kann doch nicht ein Zufall sein. Vertrauen muss man schon manchmal haben und ich habe und das ist alles und so ist das.«

»So ist das, wenn man so einen Mann reden hört, so ist das, und alle Prinzipien stellt er auf den Kopf, so ganz einfach und das ist alles und so ist das.«

»Und es wird höchste Zeit, dass ich wieder in die Flugkabine komme. Ja. Und ich kann dann auch nicht mehr zurückkommen. Den Ballon muss ich herschicken, er ist in einer Segeltuchtasche, am Riemen und kann einfach umgehängt werden. Ja. Der Mann, der ihn bringen wird, wird alles genau zeigen. Ja. Und nun muss ich gehen. Ja.«

Und nach einer kleinen Weile noch mal: »Und nun muss ich gehen. Ja …«

»Nun ja. Dann geh doch schon, du großer Junge. Du großer Junge mit diesem Jungenstreich. Einerlei. Aber ehe du gehst …«, und sie sprang auf, stand vor ihm, fasste seinen Kopf mit beiden Händen und küsste ihn auf den Mund.

»Nun geh, großer Junge. Und kein Wort mehr.«

So ging er, ohne ein weiteres Wort und in all dem Aufruhr wendete er sich nicht einmal zurück.

Anna Prenn sank mit größtmöglicher Geräuschlosigkeit wieder in ihren Liegesessel. Cheng schien noch zu schlafen, aber natürlich wusste sie genau, dass er weder schlief noch geschlafen hatte. Und er wusste, dass sie es wisse. Aber ein Spiel musste weiter gespielt werden.

»Cheng«, rief sie nach einer Weile und nicht eben laut. Er antwortete nicht. Das gehörte wohl zum Spiel. Dann noch einmal: »Cheng, schläfst du?«

Cheng wendete den Kopf.

»Hab ausgeschlafen.«

»Cheng, ich muss dir etwas sagen«, und dann erzählte sie ihm die Sache mit dem Luftballon, als ob er die gar nicht kennte.

Und genau so ließ sich Cheng das erzählen. Und als alles erzählt war, sagte er nur:

»Gut. Gut.«

»Ist das alles, Cheng, was du zu sagen hast?«

»Sage, gut, gut. Meine, es ist Order von Flugzeug-Kommandant. So werden wir ausführen.«

»Freust du dich nicht, Cheng?«

»Nicht Freude, nicht Kummer. Order wird ausgeführt. Aber ...«

»Was für aber, Cheng?«

»Wird nicht gehen.«

»Du meinst, sie werden uns nicht angeln können?«

»Vielleicht nein vielleicht ja. Wird aber doch nicht gehen.«

»Warum nicht, Cheng, was meinst du?«

»Wird nicht gehen, mein ich. Schade. Schade. Aber wird nicht gehen.«

»Warum denn nicht?«

Cheng zuckte nur mit den Achseln und Anna Prenn wusste, dass das eine endgültige Antwort sei und mehr würde er nicht sagen.

Das Flugzeug jagte hinweg über den großen Ozean, ging es vorwärts in die Zeit, ging es rückwärts in die Nacht? Mit den ersten Sonnenstrahlen war man aufgestiegen und mählich wieder in die Dämmerung hinein und in nächtliches Dunkeln und jetzt war es tiefe Nacht geworden. Ist es die Nacht von gestern, ist es die Nacht von morgen? Wo ist die Zeit und wo der Raum? Stand das Flugzeug und war die Welt im vorbeijagenden Taumel oder war die Welt stehen geblieben und das Flugzeug raste dahin, oder war man in wilder Jagd, gegeneinander?

Ein Blick aus dem Flugzeugfenster zeigte bei aller nächtlichen Dunkelheit doch brauende Nebel.

»Cheng, wie viel ist die Uhr?«

»Ist gar keine Uhr. Zeit ist zwischen Mitternacht und Morgen.«

»Wann wird es Morgen, Cheng?«

»Wenn Mitternacht war.«

»Cheng, das ist mir zu mystisch.«

»Was ist das: mystisch?«

»Rätselhaft, Cheng, rätselhaft.«

»Ist nicht Rätsel, ist Technik. Rätsel ist für Geist. Technik ist von Verstand.«

»Das ist mir wieder zu weise, Cheng. Was meinst du? Manchmal weiß ich nicht, was du meinst.«

»Rätsel ist gut, wenn man Lösung findet. Lösung macht Geist froh. Technik ist nicht gut und ist nicht schlecht. Technik ist gut, wenn man gut braucht und böse, wenn man böse braucht. Meistens ist böse.«

»Dann bist du böse, du bist doch auch ein Techniker.«

»Bin kleiner Mann. Kleiner Mann tut, was großer Mensch befiehlt. Kleiner Mensch muss manchmal böse tun. Anna Maria ist großer Mensch.«

»Willst du sagen, dass ich böse bin?«

»Anna Maria ist großer Mensch. Aber Anna Maria ist nicht böse. Anna Maria ist gut, Anna Maria gut.«

»Aber ich tue Böses?«

»Anna Maria tut nicht böse. Aber manchmal muss Anna Maria auch böse tun. Viele Menschen gut, aber müssen böse tun. Ist Fehler in der Welt.«

»Ja, Cheng, das wissen wir ja. Es ist ein Fehler in der Welt.«

»Fehler – wegmachen. Müssen helfen, Fehler wegmachen. Anna Maria helfen, Cheng auch helfen.«

Dann war wieder eine Weile Ruhe und dann kam ein Mann von der Führerkabine und er sagte, er sei Pilot 17B Treskow und er bringe den Ballon. Er erklärte die Maschinerie, das war alles sehr einfach und Cheng hing sich dann die Tasche um.

Der Pilot sagte noch, dass man bald das Meer überquert habe und dann seien es nur noch ein paar hundert Meilen landeinwärts und dann sagte er, er hoffe die beiden Kameraden also später heil wiederzusehen und dann ging er wieder und Cheng sagte, als er gegangen:

»Vielleicht. Vielleicht. Aber es wird nicht gehen.«

»Cheng, du bist ein Defaitist.«

Cheng zuckte nur mit den Achseln.

Nach etlicher Zeit konnte man sehen, wie draußen die Nebelwände sich zerteilten, dünner wurden. Landnähe wahrscheinlich, oder vielleicht war man schon über dem Kontinent. Draußen die Nacht schien schwärzer zu werden.

Und dann wieder nach einer Weile von Träumerei und Gedankenträgheit, waren es Minuten, waren es Stunden, man weiß das bei Zeit und Raum besiegender Fahrt nicht mehr, auf einmal war ein Glockensignal, zweimal kurz, zweimal lang, und wieder zweimal kurz, zweimal lang, und nochmal und nochmal und hieß: Dicht am Ziel, fertigmachen.

Und da war weiter nichts fertigzumachen. Man stand auf und griff mit der Hand nach dem Rücken, wo der Fallschirm fest verhakt war und Cheng schob die Ballontasche zur Seite, aber die Kiste mit dem Ramses, auch an starken, breiten Lederriemen, die hielt er fest im Arm.

Glockensignal.

»Fertig?«, fragte Cheng.

»Fertig«, sagte Anna Prenn.

Wieder Glockensignal.

Man trat aus allen Kabinen hinaus auf den breiten Gang. Weiter vorn auf dem Gang standen schon Soldaten und noch weiter vorn, wo der Gang sich zu einem runden Raum erweiterte, standen Soldaten mit kleineren und mittleren Geschützen.

Dann auf einmal setzten die Flugzeugmaschinen und Motoren aus. Und nach kurzer Zeit hatte man das Gefühl, dass man wirklich in der Luft herumfliege. Nicht mehr das Flugzeug stand still und die Welt jagte vorbei, aber die Welt stand still und das Flugzeug segelte.

Eine Stimme rief: Achtung! Achtung! Uhren vergleichen. Die Zeit ist 2 Uhr 55 morgens! 2 Uhr 55 morgens!

Und dann wieder ein Glockensignal und das hieß: Bereit sein zum Abspringen.

Eine Stimme rief: »Alles fertig zum Abspringen.«

Die Soldaten mit den Geschützen sprangen zuerst, dann die anderen Soldaten, dann die Techniker. Als Anna Prenn absprang, sah sie deutlich, schräg nach unten, Cheng vor sich, mit dem Ramses in beiden Armen, obwohl doch der Apparat innen nach allen Seiten pneumatisch gesichert war, die Kiste wie ein Kind tragend.

Als alle zu Landenden als »abgesprungen« gemeldet waren, gab der Flugzeugkommandant den Befehl: Zweitausend Meter höher.

Der Photograph an Bord fing sofort an, mit dem »Katzenauge«-Spezial-Apparat Aufnahmen der Landung zu machen. Ein Filmstreifen nach dem anderen, jeder mit zwölf Aufnahmen, kam sofort in die Entwicklung. Das Landungsmanöver konnte sofort kontrolliert werden. Das Feld N121-IV,37 war genau erreicht worden, aber die Landenden kamen alle etwas seitlich, nicht in der Feldmitte an. Das würde die Strecke unten für die Soldaten etwas verkürzen, für die Techniker verlängern.

Leutnant Rettberg überprüfte die Bilder mit, obwohl das nicht eigentlich sein Ressort war. Treskow hielt das jetzt hochstehende, reglose Flugzeug. Auf einem der Filmstreifen erkannte Rettberg deutlich den am Boden landenden Chinesen, er schien eine unvorschriftsmäßige Drehung gemacht zu haben, mit dem Rücken nach unten, etwas Lichtes war über ihm, die Ramses-Kiste. Der nächste Film zeigte eine Figur wie alle anderen, aber Rettberg meinte sie deutlich als Anna Prenn zu erkennen, der Reihenfolge nach mochte das richtig sein. Nur zögernd gab er das Filmblättchen weiter.

Die Landung war, soweit ersichtlich, überaus glücklich erfolgt. Die Aufgabe war ausgeführt. Jetzt hätte, laut Dienstbefehl, die Flugmaschine sofort zurück müssen. Um den Befehl wussten nur der Kommandant, und der betrachtete Filmstreifen.

Treskow hielt das Flugzeug hoch oben in dunkler Nacht fast völlig reglos, jeden Winddruck sofort ausgleichend.

Die etwas seitliche Ankunft erleichterte unten den »Platzführern« die Recognoszierung. Inzwischen teilten sich die Gelandeten in zwei Kommandos ein. Eine Weile lag man reglos am Boden. Dichter, hoher Rasen, nur wenig feucht. Dann kam der fast lautlos durchgegebene Befehl zum Abmarsch. Die eine Soldatenkolonne auf einem abhängigen Gelände einem Fluss zu. Die andere Kolonne, Soldaten und die Techniker, quer über das Feld zum Waldrand.

Anna Prenn dachte: Es ist wie auf Leistikows Karte.

Die Techniker-Kolonne kam an den Waldrand, schob sich entlang und da war der Waldweg, wie auf Leistikows Karte. Der Platzführer stellte fest, dass auch das Elektro-Transmission-Häuschen da war, gut hundert Meter wegaufwärts, dass es sogar beleuchtet und natürlich militärisch bewacht war. Im Lichte des Häuschens, unmittelbar davor, stand ein Soldat mit geschultertem Gewehr.

Ein zweiter Soldat patrouillierte auf dem Weg zum Waldrand. Sicher würde ein dritter auf der anderen Seite des Weges sein und wahrscheinlich noch etliche, die jetzt keinen Dienst hatten und irgendwo schliefen, vielleicht in einem Zelt oder so. Die Soldaten traten in Aktion.

Der erste Posten auf Patrouille wurde lautlos übermannt,

beim zweiten, dem Posten am grünen Häuschen, gab es Lärm. Sein Gewehr ging los, hallte durch die Nacht. Alarm war da, Sekunden später kamen etliche Wachsoldaten hinzu. Mehrere Schüsse fielen.

In diesem Moment begann das Ablenkungsmanöver. Die zweite Flusskolonne, die längst eine Brücke gesichtet hatte, begann die Brücke mit Mörsern zu beschießen. Ein sehr lautes Unternehmen. Wenn Verstärkung kommt, wird sie wahrscheinlich zuerst oder ausschließlich sich zur Brücke wenden.

Der Offizier der Waldkolonne gab den Technikern das Zeichen. Schon waren die Spezial-Monteure heran. Das Transmission-Häuschen mit der Anschrift »Achtung! Hochspannung! Todesgefahr!« war abgeschlossen, aber es war gar kein gesicherter Safe. Die Tür aus gewöhnlichem Eisenblech, das Aufschneiden brauchte genau 15 Sekunden, wie Anna Prenn auf ihrer Uhr feststellte. Cheng hatte den Ramses schon aus der Kistenverpackung heraus, in der siebzehnten Sekunde waren Cheng und Anna Prenn im Innern des Häuschens, die Soldaten sahen noch, wie auf einmal die etwas altmodisch aussehenden Schirmmützen der beiden gleich Kugellampen leuchteten. Den Waldweg hinauf wurde noch geschossen. Am Fluss unten entwickelte sich etwas wie Schlachtenlärm. Sechs Mörser hatten die schmale Brücke zusammengeschossen, knallten aber unentwegt weiter, zumeist ins Wasser hinein.

Anna Prenns Minute war um. Der Ramses war an das Überland-Kabelwerk angeschlossen. Gefahr schien nicht im Verzug. So zog Cheng noch ein paar Schrauben nach. »Fertig?« »Fertig.« Anna Prenn schraubte einen kleinen Hebel heraus, wodurch die Ramses-Maschine in Bewegung gesetzt wurde. Fertig!

Anna Prenn machte dem Offizier ihres kleinen Waldkommandos Mitteilung von der durchgeführten Arbeit. Der rief sofort das Brückenkommando an. Die Telefonleitung, die teils im Rasen lag, teils über ein paar Baumzweige gehängt war, funktionierte (noch). Einige Augenblicke danach brach das

Mörsergetöse ab. Auch das kleine Gefecht am Waldweg wurde sofort abgebrochen.

An beiden Stellen waren die cistransiatischen Kommandos in momentaner Übermacht, die Nomandy-Offiziere waren etwas überrascht, als Parlamentäre, mit weißen Tüchern winkend, kamen um zu kapitulieren, aber sie waren gescheit genug, um sofort zu begreifen, dass diese aussichtslose Kampfaktion nicht Zweck an sich sein könne. Da muss doch was dahinter stecken. Die cistransiatischen Unterhändler beantworteten diesbezügliche Fragen mit Achselzucken.

So nahmen zwei Dutzend nomandyscher Soldaten fünfzig Feinde gefangen. Als ihr kommandierender Offizier eine Viertelstunde später sich bei seinen Vorgesetzten erkundigen wollte, wohin die Gefangenen zu bringen seien, dämmerte ihm unklar etwas von dem, was da wirklich los war. Die Telefonleitung funktionierte nicht.

Inzwischen war Anna Prenn bis in die Mitte des leeren Landungsplatzes gelaufen. Der Chinese immer zwei Schritte hinter ihr.

»Cheng!«

Der hatte schon die Ballonhülle ausgepackt, den Heliumhahn angestellt. Die olivgrüne Hülle füllte sich rasch und wurde zur Gaskugel.

»Fünf Meter Radius«, sagte Cheng.

»Vier Drittel Pi fünf hoch drei«, sagte Anna Prenn, »dann wollen wir also einsteigen.«

Beide schnallten sich fest in das Gehänge.

»Fertig?«

»Fertig.«

Cheng schnitt mit einer Drahtschere die dünnen Kabel ab, die den Ballon mit einem kleinen, stählernen Erdanker verbanden.

Der Ballon mit beiden menschlichen Anhängseln schoss auf, als er etwa fünfhundert Meter hoch war, begann er matt zu leuchten. Von der Erde aus mochte er wie ein verbleichender

Stern aussehen, aber niemand sah ihn. Das leere Heliumgehäuse und der blanke Stahlanker waren liegen geblieben.

Wie lange schon steilte man hoch. Anna Prenn wusste nicht, ob es eine Sekunde sei oder eine Stunde, eine Minute oder eine Ewigkeit.

Aber Cheng wusste es genau. Er zählte im Kopf die Sekunden aus. Als er bei 4 war, sah er das weiße, rote und grüne Licht des großen Fliegers schräg über sich. Als er bei 150 war, schien ihm die Position des Fliegers die gleiche. Bei 200 war der Flieger etwas heruntergekommen, aber sonst gleich weit entfernt. Cheng meinte zu hören, dass einer der Motoren sehr langsam lief. Anscheinend segelten der Ballon und der Flieger gleichermaßen im Wind. Auf einmal gab es eine ziemlich kräftige Bö, die den Ballon fasste, hochriss und wieder herunter und danach war der Ballon dicht an den Flieger herangetrieben, so dicht, dass Cheng einen sich langsam drehenden Propeller erkennen konnte, so nah, dass der Ballon Gefahr lief, von den Propellerflügeln zerschlagen zu werden. Da blieb der Propeller stehen und es gab einen Ruck. Der Ballon war geangelt. Dann kam eine Strickleiter, an der Treskow herunterkletterte und im nächsten Augenblick kletterte Anna Prenn hinauf, dann Cheng und zuletzt Treskow, der den schon ausströmenden Ballon mit hinauf und in das Flugzeug bugsierte. Cheng hatte längst aufgehört in Gedanken zu zählen.

Die Sache mit dem nahen Propeller schien ihn etwas aus der Ruhe gebracht zu haben.

Als man an Bord des Flugzeugs kam, war Alex Rettberg nicht zu sehen. Es fiel Anna Prenn schwer, nicht sofort nach ihm zu fragen. Aber Treskow fragte einen der Leute.

»Weiß der Leutnant Bescheid?«

»Nein. Er liegt unter der Zwillingsmaschine, die nicht in Gang zu bringen ist.«

»Alex, Alex!«, schrie Treskow und rannte in den Maschinenraum. Die Stimme schien ungewöhnlich zu hallen, vielleicht kam das, weil es in dem Flugzeug, wo sonst Maschinen ratterten, so still war.

»Alex! Wir haben sie!«, konnte man drinnen Treskow rufen hören.

Dann kam Rettberg aus dem Maschinenraum. Er war über und über mit grünschwarzem Öl verklebt. Aber dass er lachte, konnte man an den Augen und den weißen Zähnen sehen. »Da seid ihr ja«, rief er und wäre sicherlich auf Anna Prenn zugestürzt, wenn ihm nicht die Anwesenheit Chengs Reserve auferlegt hätte, obwohl dieser mit dem Studium eines ganz gewöhnlichen Zimmerthermometers, das an der Kabinenwand hing, eifrig beschäftigt war.

»Das war gar nicht so einfach«, fuhr er fort, »wir haben nämlich Motorendefekt. Weiß der Himmel was da los ist, alle Motoren haben nacheinander ausgesetzt. Wir waren völlig manövrierunfähig. Immer nur so mit dem Wind segeln wir und nicht in Gang zu kriegen. Na, einerlei, jetzt muss es ohne Motoren gehen. Werden wir eben gleich mit der Raketenmaschine losfahren. Das wird aber zuerst einen gewaltigen Ruck geben.«

»Wird keinen Ruck geben«, sagte Cheng vom Thermometer her.

»Warum nicht?«, fragte Rettberg, »dass es der Teufel hole.«

»Raketenmaschine außer Betrieb. Alle Maschinen außer Betrieb«, sagte Cheng ganz ruhig.

»Warum? Warum? Seid ihr alle verrückt geworden?«

»Gar nicht verrückt. Der Ramses, Leutnant. Der Ramses.«

»Was hat das mit dem Ramses zu tun?«

»Alles magnetisch. Zwanzig Kilometer Umkreis alles magnetisiert. Alle Maschinen stehen still.«

»Aber das ist ja … Cheng, wie lange kann das dauern?«

»Wenn keinen Entmagnetisierungsapparat haben, vier bis fünf Jahre.«

»Wie sollen wir da hier wegkommen?«

»Weiß nicht, wenn Leutnant nicht wissen.«

»Da werden ja die von unten kommen und uns holen.«

»Werden nicht kommen. Können nicht aufsteigen.«

»Ja, sollen wir da vier bis fünf Jahre hier zwischen Himmel und Erde hängen?«

»Oder hinunter segeln, Leutnant. Einfach segeln.«

»Dann kriegen die uns ja erst recht.«

Cheng zuckte die Schultern.

Dann war es einen Augenblick ganz still.

»Cheng, du hast es gewusst«, sagte dann Anna Prenn.

Cheng schwieg.

»Warum hast du es nicht gesagt?«

»Habe gesagt: Wird nicht gehen.«

»Ja. Das hast du gesagt. Aber warum hast du es nicht erklärt?«

»Leutnant hätte nicht auf mich gehört. Leutnant ist Kommandant. Hätte nicht gehört. Das ist so. Wenn Cheng der Leutnant wäre, hätte wohl auch nicht gehört. Das muss so sein«, und er lächelte ein ganz wenig.

Da ging Alex Rettberg auf den kleinen Chinesen zu und umarmte ihn. »Ich danke dir, Kamerad Cheng.« Und dann nach einem Augenblick: »Wir werden doch den Raketenantrieb versuchen.«

»Nein, werden wir nicht tun«, sagte Cheng sehr bestimmt. »Maschine sitzt doch fest. Rakete kann nach innen explodieren.«

Treskow trat mit noch einem Mann in die Kabine, beide schienen ziemlich aufgeregt. »Das Raketenrohr sitzt auch fest«, sagte Treskow. »Schwimmt in Glycerin und sitzt doch fest, das ist ein Rätsel, das ist Sabotage.«

»Kein Rätsel und gar keine Sabotage«, sagte Rettberg und erklärte die Situation.

»Es wird einer von unseren Fliegern kommen und uns abholen«, meinte Treskow.

Rettberg sah Cheng wie Hilfe suchend an.

»Kann nicht in Magnetfeld kommen«, sagte Cheng.

»Vielleicht treibt der Wind uns ab.«

»Nicht aus Magnetfeld heraus. Unmöglich.«

»Runtersegeln werden wir nicht«, meinte Rettberg.

Cheng zuckte wieder mit den Schultern. »In Stunde oder so wird der Ramses uns runter holen.«

»Vielleicht stellen die da unten ihn inzwischen ab.«

»Wird zu spät sein, für uns und für sie.«

»Und für sie«, wiederholte Rettberg, »ja, da hätten wir über unserem Pech die Hauptsache beinahe vergessen. Unser Apparat ist hin. Aber ihre geheime Fabrikstadt auch, mit der ganzen Califa-Fabrikation oder wie das Teufelszeug heißt. Na, da muss es eben gehen wie es geht. Treskow, hol alle Leute rein.«

Treskow ging hinaus.

»Anna«, sagte Rettberg, »Anna Maria, das hatte ich mir anders gedacht.«

»Krieg ist eben Krieg.«

»Aber die Leute. Und es ist meine Schuld.«

»Schuld oder nicht Schuld, Alex Rettberg. Ich kann mir nicht helfen, aber im Grund, Alex Rettberg, im letzten Grund finde ich es doch schön. Im Grunde, Alex Rettberg, ist mir eben jetzt froh zu Mute.«

»Aber die Leute, und meine Schuld.«

»Cheng sagt: Das muss so sein.«

»Ich habe gegen den Befehl gehandelt.«

»Cheng hat uns freigesprochen.«

»Du sagst ›uns‹, Anna Maria.«

»Ich sage: uns.«

Die Leute von der Mannschaft traten ein, zuletzt Treskow.

»Wir gehen allmählich herunter, zeigt der Höhenmesser.«

Im Morgengrauen, es schien ihnen feucht und kalt, gaben sich Leutnant Rettberg mit seinen Leuten und zwei Sonderingenieuren bei einem Polizeikommando kriegsgefangen. Sie waren auf dem riesigen, flachen Dach einer Fabrik mitten in der Stadt ohne Namen mühevoll gelandet.

XXIV.

KINDER SPIELEN K R I E G

Im Lande Potatis trieben die Dinge einem Spannungsmoment zu, der eine weitere Steigerung kaum noch auszuhalten schien. Jedenfalls war das die Ansicht des panterraschen Generalinspekteurs Oberst Spark. Etwas archaisch drückte er sich so aus, dass die Lage einem bis zum Äußersten gespannten Bogen gliche, der in jedem Moment brechen könne, und es sei nicht vorauszusehen, nach welcher Richtung die Stücke des berstenden Bogens fliegen würden. »Nach Osten«, antwortete ihm Generaloberst Booth, als er den Bericht entgegennahm. Die Bruchmöglichkeit lag – laut Spark – an zwei Stellen. Zuerst die heißgelaufene Erregung der potatischen Bevölkerung, die umso gefährlicher wurde, je mehr sie unter Druck war, Druck, der nicht als Unterdrückung sich auswirkte, sondern Explosionskräfte kondensierte. Die andere Bruchmöglichkeit war bei der Armee von Vinarnia, deren Unzuverlässigkeit mit der der potatischen Bevölkerung parallel zu laufen schien. Die Frage, was er zur Behebung des nach seiner Ansicht gefährlichen Zustandes zu tun empfehle, beantwortete Spark mit »sofortiger Aktion«.

Für sofortige Aktion war auch der Generaloberst und Stabschef Booth, auch der Chef der nomandyschen Armeen in Potatis, der aber keine Unterstützung von seiner Regierung hatte, denn Boswell stellte weiterhin General Harkensee die Entscheidungen anheim und der Großadmiral folgte dieser Linie mit unveränderter Konzilianz. General Harkensee aber war nicht für die sofortige Aktion, die er »vorschnelle Aktion«

nannte und die darauf hinausgelaufen wäre, dass der Plan Marathon – »ran an den Feind« – dem Plan Salamis – artilleristische Erledigung der geheimnisvollen Feuerwand – vorweggenommen worden wäre. Für Harkensee bildeten die beiden Pläne ein einheitliches Ganzes, das noch nicht fertig war. Die Aufstellung der Schwerstgeschütze war im achten Hundert und der General wusste keinen Anlass, der ihn hätte bewegen können, von der vorgesehenen Zahl Tausend etwas abstrahieren zu lassen.

Keine Unzulänglichkeiten mehr im Plan. Improvisationen im Kriege dürfen höchstens Sache der Taktiker sein. Für den Fall von Unruhen der Potatier erhielt der Zivilgouverneur die Anweisung, »die Sache in Bürgerkrieg abzubiegen«. Und an eine ernste Gefahr bei der Vinarnia-Armee konnte des Generals soldatisches Gemüt einfach nicht glauben.

Alles das ging von der Voraussetzung aus, dass die Weißen zum Mindesten das Gesetz des militärischen Handelns in der Hand hätten. Der Faktor, dass die Gelben zur Aktion übergehen könnten, schien nicht einbezogen zu sein. Ließ der Spionage-Nachrichtendienst so schließen, oder ging man von psychologischen Folgerungen aus, die von dem bisher nur passiven Widerstand gegen die Luftangriffe veranlasst worden waren?

Jedenfalls sah man die Lage im Westen im Grünen Saal erheblich anders an, sowohl auf der kurzen Linie der unmittelbaren kriegspolitischen Bedeutung, wie auch im weiten Aspekt weltanschaulicher, zukunftbauender Betrachtung.

Die Stimmung der Vinarnia-Armee schien, vom Grünen Saal gesehen, keineswegs eine quantité négligeable, die dem traditionellen Kampfgeist weichen würde, sowie die Waffen anfangen würden zu sprechen.

Pazifismus einer Armee? An sich schon eine Contradictio in adjecto. Defaitismus? Vielleicht, und das wäre ein Faktor. Wenn aber diese mühevoll aufrechterhaltene, latente Balance umschlagen würde? Wenn diese Armee bewaffneter Massen nicht mehr gleichgültig sagen würde, dass für sie, die Massen, am Ende doch nichts dabei herauskommen würde als erneute, unerhörte Menschenopfer und es gänzlich gleichgültig sei für sie, die Massen, wer sie weiterhin machthaberisch regieren werde, mit Abhängigkeit von Furcht vor Tagesnot und Zwang, in Unfreiheit der Schrift, sogar der Rede als den ausgesprochenen Gedanken! Wenn diese wieder einmal bewaffneten, vinarnischen Massen ihren seit rund zweihundert Jahren immer wieder nicht eingelösten Wechsel auf das Menschenrecht in Fetzen reißen würden, um sich selber zu Zwangsvollstreckern zu machen? Kein Faktor. Keine Wahrscheinlichkeit? Aber eine Möglichkeit!

Die Vielfältigkeit der Namen politischer Parteien in den Sektoren A, B, C von Potatis war den vierzehn Männern im Grünen Saal bekannt und wurde von ihnen so angesehen, dass es im Grunde nur zwei Parteien seien: die nationalistisch militaristische Partei von Gestern, die die Macht von Morgen anstrebte und hoffte, sie im Wirrwarr des neuen Krieges ergattern zu können, und die Partei derer, die ihr tägliches Brot wollten und die Freiheit, es in Ruhe erwerben und verzehren zu können, also das ihnen mögliche Menschenrecht.

Diese Partei für Menschenrechte war sich einig über das Ziel, aber bis zur Feindschaft uneinig über den Weg, wie dahin zu kommen sei. Die einen wollten geraden Wegs darauf losmarschieren, die anderen wollten warten, bis da die Zugangsstraßen von anderweitigem Verkehr frei sein würden, Wegweiser und Verkehrspolizei da wäre, damit nicht etwa fremde Gärten oder Zierrasen dabei zertreten würde.

Zur Schonung des Rasens war schon viel Menschenblut vergossen worden. Diesem Zwiespalt verdankte jene amorphe dritte Gruppe ihre Existenz, die überhaupt nichts wollte als ihr persönliches Wohlergehen, das ihr durch nichts Vermeidbares gestört werden sollte, am allerwenigsten durch Parteipolitik. Das war die Gruppe der öffentlichen Meinung, die sie mithilfe fremder Militärkommandanten und Civilgouverneure machte.

Sie war stets auf der Seite der stärkeren Bataillone und wenn es ihrem Gewicht auch an Energie fehlte, so war es doch eben ein Schwergewicht und war als solches oftmals unterschätzt worden. (Im Grünen Saal pflegte man immer wieder solches Dinosauriergewicht zu unterschätzen.)

So weit, und in reichlich groben Zügen, die A, B, C Sektoren von Potatis. Im D Sektor war es etwas anders. Die nationalistisch-militärischen, schaumschlagenden Elemente waren da erheblich schweigsamer, da die cistransiatische Überwachungsbehörde hier rigoros zuzugreifen pflegte. Umso gefährlicher war ihre geheime Wühlarbeit, ihre Organisation von Zwangsmaßnahmen gegen anders denkende Landesbrüder, mit geheimem Boykott, mit verlogener Diffamierung durch Verbreitung nichtswürdiger Gerüchte, unlautere Kreditmanipulationen und ähnliche Maßnahmen, denen nicht mit Recht und Gesetz beizukommen war, bis hinunter zu geheimen Parolenanschriften an Mauern und Wände, besonders an die Wände von öffentlichen Bedürfnisanstalten.

(Hier wäre eine lohnende, wenn auch übelriechende Aufgabe für Geschichtspsychologen. Etwa die Untersuchung und Beantwortung der Frage: wie kommt es, dass politische Propaganda, als Anschriften in öffentlichen und privaten Klosetts und Bedürfnisanstalten im Lande Potatis, sich von jeher als überaus wirksam erwiesen hat? Oder: Mut und Tapferkeit bei den Potatiern auf dem Klosett.)

Im Übrigen waren hier die Bewohner zumeist von der Partei der geradenwegs auf das Ziel zumarschierenden Menschenrechtler. Sie marschierten zwar nicht und konnten das wohl auch nicht, versprachen aber, es zu tun. Ursprünglich hatte Opportunismus gegenüber den cistransiatischen Behörden zu dieser Einstellung geführt. Allmählich war dann eine Gewohnheit und bei etlichen auch eine weltanschauliche Überzeugung daraus geworden.

Eines aber verband die Potatier beider Sektorgruppen. Der Wunsch, das Drängen, dass die Sektorenwirtschaft zu Ende komme. Dass eine wirkliche Einheit wiederhergestellt werde. Dass man wieder (oder wie manche sagten: endlich und zum ersten Mal) zu einem Volk werde. Anders als die weißen Regierungen waren die Gelben im Grünen Saal der Ansicht, dass die Potatier diesem Wunsch und Willen, diesem Hoffen und Drängen, dieser Sehnsucht, diesem Verlangen auch Opfer zu bringen bereit seien. Hatte man, gerade vom Grünen Saal aus, diese Möglichkeit bisher hintertrieben und verhindert, so wusste man gerade dort, dass man ein solches historisch bedingtes sich Vollziehen auf die Dauer (und zu Zwecken cistransiatischer Sicherheit) nicht verhindern könne, und also hatte man sich auf Förderung und Hilfe eingestellt.

Das bisherige Resultat war, was der Generalinspekteur Spark in den Sektoren A, B, C zuerst als »unbehagliche Situation« gekennzeichnet hatte, die inzwischen zu einem heiß gelaufenen Gefahrenmoment geworden war.

Ob und wie weit hier Zusammenhänge waren mit dem, was man die »Unzuverlässigkeit« der vinarnischen Armee nannte, wie weit gewisses Fraternisieren von Unten ausging oder von Oben gefördert wurde (nicht von hohen Stäben, aber von mittleren Offizieren), wie weit hier Wechselbeziehungen gingen und ob hier direkte oder indirekte Verbindungen nach Cistransatia bestanden, das kann nur eine spätere, genaue Untersuchung ergeben, das Bild für den Betrachter war, als ob alle diese Konnektionen bestünden und Sparks Analysen ernster zu werten waren als mit der Erwägung, ob man diesen Offizier, der augenscheinlich kein Glück hatte, wiederum und an weniger exponierte Position versetzen solle.

Auch das bleibt späterer historischer Forschung zu untersuchen vorbehalten, was an dem Gerücht, das über die Welt ging, von einer neuen und großen Meuterei vinarnischer Truppen, wahr gewesen. Diese Truppen im rückwärtigen Raum von Potatis A sollten, so hieß es, von panterraschen Truppen entwaffnet werden, weigerten sich, die Waffen abzugeben, es sei zu Kämpfen gekommen und die Entwaffnung sei verhindert worden, wobei umfangreiche Massen potatischer Arbeiter aus den benachbarten Industriewerken auf Seiten der vinarnischen Soldaten mitgekämpft hätten. Die Ursache soll gewesen sein, dass diese vinarnischen Verbände sich geweigert hatten, umfangreiche Minierarbeiten vorzunehmen, bestimmt im Falle der Notwendigkeit, ganze potatische Provinzen in vollkommen tote Wüste zu verwandeln. Das Gerücht wollte sogar vom Einbau von Clf-Bomben in diese Unterminierung wissen. Weder über irgendeinen Rundfunk noch über irgendeine Pressestelle war etwas derartiges verlautbart worden, auch nicht von Cistransatia aus, und dennoch ging dieses Gerücht in der ganzen Welt um. Im gesamten Potatis schuf es allgemeine Erregung. Die nur auf sich selbst bedachte, amorphe Gruppe der öffentlichen Meinung in Potatis wurde angstvoll zurückhaltend bemüht, nirgends mit dabei zu sein. Die öffentliche Meinung stand nur noch in den Zeitungen und wurde nirgends unterstützt, nicht einmal mit zustimmenden Stammtischgesprächen. Dennoch waren diese Leute in der Halböffentlichkeit von Kaffeehäusern und Biergärten leicht festzustellen. Es waren die Leute, die nicht von potatischen Angelegenheiten, sondern von den militärisch »kolossalen« Vorbereitungen und Aufmärschen der weißen Mächte redeten.

Die militärischen Vorbereitungen in den potatischen Aufmarschgebieten waren bei den Weißen und Gelben gleichermaßen außerordentlich und gewaltig. Eine derartig komprimierte Zusammenrottung von Kriegsmaschinen hatte die Welt noch nicht erlebt. Das Menschenmaterial dahinter schien keine wesentliche Rolle zu spielen, man musste sich daran erinnern, dass diese Maschinen doch nicht ohne Menschen in Gang zu halten sind, auch dann nicht, wenn sie als seelenlose, gespenstische Giganten aus eigenen Kräften, aus unbekannten Fernen magnetisch, elektrisch, radio-aktiv gelenkt, einmal losrollen, walzen, torkeln würden, gestaltgewordene Höllenvisionen, hinter denen doch irgendwo Menschen sein müssten. Der ungeheuerliche Aufbau konnte nirgends im Geheimen vor sich gehen und nur technische Einzelheiten konnten verborgen bleiben unter einer Bevölkerung, die so fürchterliche Zurüstungen mit wachsamen Augen beobachten musste, denn diese Bevölkerung musste in ihrer Neutralitätsverstrickung zu hilflosen Opfern werden an Gut und wahrscheinlich Leben, wenn diese infernalische Maschine losgehen würde.

Und hier war ein sehr beachtlicher Umstand, jedenfalls meinte man ihn im Grünen Saal so festgestellt zu haben, dass die Bevölkerung in Potatis D sagte: »Wenn es nur erst losgehen möchte«, und dass die Bevölkerung von Potatis A, B, C sagte: »Wenn es nur nicht losgehen möchte.«

Neu in der Kriegstechnik war, dass alle diese Aufmärsche und Zurüstungen, so getarnt wie sie vorgenommen wurden, insbesondere mit Luftspiegelungen, die denselben Aufbau an zwei oder drei Stellen gleichzeitig und ununterscheidbar erscheinen ließen, ganz ungestört vom Gegner vor sich gingen. Nicht einmal Beobachtungs- und Aufklärungsgeschwader lieferten ernste Luftkämpfe. Diese nervenspannende Stille, aus der man nur den Eisenschritt der gespenstischen Giganten bei Tag und Nacht hörte, wurde von Stunde zu Stunde unerträglicher für die beteiligten Nationen und für die Neutralen in aller Welt. Zu viel schreckliche Gerüchte gingen um, schlichen durch die fernsten Städte der Welt, drängelten sich an Häusermauern empor und krochen durch Fensterritzen und Schlüssellöcher. Lemuren der Furcht und Angst schaufelten überall Gräber für die Toten, die noch nicht da waren. Abergläubische Gemüter in Potatis wollten nächtliche, endlose Züge wandelnder Toter gesehen haben, in lumpigen schmutzigen Leichenhemden. Die einen sagten: Die Toten von morgen gehn schon um. Andere sagten: die Toten von gestern warnen. Manche sagten auch: Es sind die Leichen der im letzten Kriege in den Gaskammern ermordeten, die jetzt keine Ruhe finden.

Neben dergleichen unsinnigem Gefasel gab es auch begründetes oder vielleicht ebenso unbegründetes Gefrage, das aber sinnvoller erschien. Etwa: Was ist in diesen Stahlflaschen, die in ungeheuren Lagern zu Millionen gestapelt werden? Komprimierte Betriebsgase. Wenn es aber doch Giftgase sind? Giftgase, die noch in der Vermengung von 1 zu 1.000.000 mit der Luft menschliche Körper zerfetzen und Lungen verbrennen. Der Ascheregen vom Krakatau ist jahrelang um die ganze Erde gefegt. Wo und wann werden die Giftgase haltmachen?

Oder: Ist es wahr, dass die »Maulwürfe« bis zu 4000 Meilen weit kommen und das innerhalb einer Woche? »Maulwürfe« nannte man im Volksmund traktorartige Maschinen, die in der Neigung von etwa 30° in die Erde sich eingrabend unterirdische Gänge bauten. Warum diese Maulwürfe bis zu viertausend Meilen kommen sollten und nicht auch bis zu fünftausend oder unlimitiert weit, zeigt die Gedankenlosigkeit, mit der solcher und jeglicher Unsinn im Zeitalter der »Technokratie« kolportiert wurde.

So gingen die Gespenster um. Aschfahl oder nachtschwarz. Aber auch solche Reden wurden geführt: Haben die Gelben mit ihren ersten Zetteln nicht schreckliche Maßnahmen angedroht, für den nächsten Tag?

»Rettet euch heute, morgen ist es zu spät«, und so? Und nichts ist geschehen und es sind schon zwei Wochen vergangen. Ist ja alles Quatsch!

Wenn es aber doch kein Quatsch ist? Man kann nie wissen, wann es morgen ist!

Wer weiß das?

Die Regierung?

Die Generäle?

Der liebe Gott?

Die Seestraße?

Der kleine Mann mit dem Sparkassenbuch und dem Loch im Strumpf?

Das kleine Männchen mit dem großen Ehrgeiz, Primerus, der Währungsdiktator ohne Diktaturgewalt, trieb sich seit Tagen stundenlang im Treibhaus der grünen Nelken herum und lieber noch hätte er sich in ein Mauseloch verkrochen. Er hatte sein Wort nicht gehalten, aber zum ersten Mal, seit sein Wort von Bedeutung war. In vierzehn Tagen sollte alles vorüber sein und die vierzehn Tage waren um, und es hatte noch nicht einmal angefangen.

Vierzehn Tage?

Vierzehn Wochen?

Vierzehn Monate?

Vierzehn Jahre?

Wer weiß das? Wer weiß was?

Er hatte Angst vor Merton, der Boxererscheinung von der Seestraße, und zitterte bei jedem Telefonanruf.

Aber Merton rief gar nicht an, er ließ ihn in seiner Angst schmoren.

Irgendwo in einem Zimmer spielten Kinder »Kaufmann«.

»Was wünschen Sie?«

»Haben Sie Eier?«

»Eier? Wie viel Eier wollen Sie?«

»Zwölf Stück, bitte.«

»Ich habe nur noch sechs. Das sind die letzten.«

»Ja. Dann geben Sie mir sechs. Was kosten sie?«

»Fünf Silberlinge das Stück.«

»Das ist ja Wahnsinn!«

Irgendwo anders in einem Zimmer sind Kinder und spielen:

»Was gibt es Neues?«

»Nichts, mein Lieber. Ich höre gar nichts!«

»Immer noch nichts Neues.«

»Nein. Gar nichts.«

»Aber das ist ja nicht zum Aushalten.«

»Ja. Das ist zum Verrücktwerden.«

Fragt die Mutter: »Was spielt ihr denn da?«

Antworten die Kinder:

»Wir spielen Krieg.«

XXV.

DURCHBRUCHSSCHLACHT DER »SEIFENBLASEN«

Am ersten Tag der dritten Kriegswoche circulierten überall in Panterra, in Nomandy und in Vinarnia Millionen gelber Zettel, die anscheinend aus Cistransatia stammten, von denen man aber nicht wusste, wie sie herübergekommen sein konnten.

Man sagte, »Maulwürfe« hätten sich von cistransiatischen Grenzen aus unter der Erde durchgearbeitet und brächten die Flugblätter nächtlicher Weile, die – so lautete die opportunistische Formulierung der sogenannten öffentlichen Meinung – von unlauteren Elementen in Empfang genommen und verteilt wurden. Es hatte keiner speziellen technischen Kenntnisse bedurft, um solche unsinnige Erklärung zu widerlegen, aber es erfolgte nirgends eine solche offizielle oder offiziöse Gegenerklärung. Im Gegenteil, die Zeitungen und auch der Rundfunk unterstützten diese bare Torheit, indem sie etwas allgemein von »Maulwurfsarbeit« redeten. Dann hieß es weiter und wurde kolportiert, diese Flugblätter seien gewiss auch Gelbe Zettel, sehr ähnlich den in den ersten Tagen von Cistransatia abgeworfenen, aber sie seien doch aus einem etwas anderen, leichteren aber festeren Papier. Jedenfalls war der Ursprung rätselhaft und die Regierungen schienen bemüht zu sein, dass eben über diesen rätselhaften Ursprung mehr diskutiert werde als über den eigentlichen Inhalt.

Dieser Inhalt appellierte an die drei Völker, die als Brudervölker angesprochen wurden, insbesondere wandte er sich an alle »produktiv werktätigen« Menschen, die »alle, alle Brüder« seien. Dann hieß es, dass der Krieg, der noch gar nicht angefangen habe, der noch im Stadium der Mobilmachung und der Vorbereitung sei, bereits ungeheure Menschenopfer gekostet habe, nämlich tausende »braver Flieger« von Panterra und »hundertausende unwissender, ahnungsloser, völlig unbeteiligter Menschenbrüder« in China (Halb-Süd), die »einfach zu Experimentierzwecken« schändlich ermordet worden seien. (Von der inzwischen erfolgten Militärischen Besetzung von China-Halbsüd durch cistransiatische Truppen, von der ebenfalls jetzt erfolgten offiziellen Anerkennung der »Rebellen-Regierung«, von der Unterstützung dieser Regierung seitens der Regierung von Cistransatia in ihren Aspirationen auf weitere chinesische Provinzen, Aspirationen, die wahrscheinlich nur mit dem Totalanspruch auf ganz China Halt machen würden, von der militärischen Zurichtung von China-Halbsüd zu einem strategischen Sprungbrett für Cistransatia, wo man nicht mit Sicherheit wusste, wohin dieser Sprung führen sollte, von all diesen Dingen war in den ominösen gelben Zetteln nicht die Rede.) Dann aber hieß es, dass der »wirkliche Krieg« jetzt in jeder Stunde, in der nächsten Minute vielleicht, schon mit fürchterlicher Gewalt losbrechen könne, Völker, Länder, Kulturen vernichtend, die nicht die cistransiatischen sein würden. (Eine »freche Überheblichkeit«, kommentierten Zeitungen und Rundfunk der weißen Koalition diesen Punkt.) »Im letzten, in diesem allerletzten Augenblick«, so hieß es endlich, wendeten sich die Arbeiter und Bauern und werktätigen Menschen von Cistransatia an ihre Brüder in aller Welt, mit der fordernden Bitte, diesen sonst unvermeidlichen Ausbruch entsetzlicher, brudermörderischer Gewalt zu verhindern, indem sie jede Mitarbeit am Kriege als Soldaten, als Beamte, als Fabrikarbeiter verweigerten. (»Das könnte ihnen so passen«, kommentierten weiße Zeitungen und Rundfunk, »dass wir uns wehrlos ihrer barbarischen Kriegsmaschinerie ausliefern.«) Und die gelben Zettel schlossen mit der Aufforderung, »die Regierungen, die dieses Verbrechen auf sich geladen«, zu stürzen und neue Regierungen zu bilden, die den Frieden der Welt wiederherstellen könnten. Unterschrieben waren diese Blätter: »Das werktätige Volk von Cistransatia, eure Brüder.«

In den drei Ländern, wo diese gelben Zettel unerforschlicher Herkunft zirkulierten, löste der Inhalt unterschiedliche Wirkungen aus. In Nomandy meinte die öffentliche Meinung, über das »infame Machwerk« zur Tagesordnung hinweggehen zu können. In den Fabriken, den Bergwerken, den großen Farmen sprachen sich die Vorarbeiter dahin aus, dass schon die Diskussion über dieses verräterische Zeug unpatriotisch und unloyal sei und darum nicht geduldet werden könne. Zuwiderhandelnde setzten sich der Gefahr der Arbeitsentlassung aus. Wo es doch, etwa in Arbeitspausen, zu Diskussionen kam, wurde von den Leitungen rigoros durchgegriffen. An einer Stelle kamen über hundert Metallarbeiter zur Entlassung, was in allen Zeitungen sofort in großer Aufmachung gemeldet wurde, um als warnendes Beispiel seine Wirkung zu tun.

Es hieß, dass die Erbitterung hierüber weite Massen ergriffen habe, aber Erbitterung der Arbeitermassen galt so lange nicht als Faktor, als die Produktionsziffern sie nicht zum Ausdruck brachten, und das taten sie nicht.

Vinarnia, das in der Koalition als der schwächste und wenigst zuverlässige Teilhaber galt, geriet zweifellos in Unruhe. Allerdings waren hier die gelben Zettel an die Armee, die schon seit einer Woche von der übrigen Zivilbevölkerung fast hermetisch abgeschlossen war – Kasernen und Soldatenläger wirkten wenigstens nach außen hin fast wie Gefängnisse –, kaum herangekommen.

Aber die Arbeiterschaft und auch viele Kreise kleiner Beamter und Angestellter reagierten heftig. In etlichen großen Fabriken war ein zwölfstündiger »Sitzstreik«, bei denen die Arbeiter in den Werken blieben, erklärt worden und wurde durchgeführt. Innerhalb dieser Frist sollten die Gewerkschaftsführer und sonstige Arbeiter-Organisations-Leiter eine Erklärung zur Lage abgeben. Allerdings war kein klares Bild zu haben – zum Mindesten im Ausland nicht –, was geschehen würde, wenn eine solche Erklärung nicht erfolgte, auch nicht einmal, wohin die Arbeiterschaften denn überhaupt in dieser Sache gravitierten. In neutralen Nachbarstaaten wurde kommentiert, dass die Mehrheit doch national eingestellt sei. Aber was war an diesem Tage in Vinarnia wahrhaft »national«?

Panterra war in diesem Stadium zweifellos noch der stärkste Faktor der Koalition, wenngleich das Schwergewicht mit mechanischer Präzision in nicht allzu geraumer Zeit an Nomandy würde übergehen müssen. Die Haltung der Armee war einwandfrei, die großen Kontingente im potatischen Aufmarschgebiet lehnten es ab, von den gelben Zetteln auch nur Kenntnis zu nehmen. Sie hatten anderes zu tun. Harkensees Artillerie-Stellung summierte im neunten Hundert. Davon wusste der Soldat in der Sache nichts, aber er wusste, dass die Vorbereitung in drei oder vier Tagen abgeschlossen sein würde, und dann würde etwas losgehen, was die Welt noch nicht erlebt hatte. Im Lande Panterra selbst lehnte das maßgebende Bürgertum die gelben Zettel als üble Machenschaften gleichfalls heftig ab, zum Mindesten in der Öffentlichkeit, also dort, wo man die öffentliche Meinung machte. Im engsten privaten Kreis oder im häuslichen Alleinsein war das allerdings oftmals sehr anders. Die drückende Ahnung vom langen Krieg mit seinen üblen Nebenerscheinungen von peinlichen Rationierungen, zwangvollen Einschränkungen und Entbehrungen, wie man sie vielfach erinnerte, manchmal aus Erzählungen her befürchtete, umflorte da das patriotische Gepränge. Die Einberufungen zum Militär gingen schon ziemlich weit und schufen hunderttausendfältige Sorgen, die im Gesamtmaßstab immer als belanglos hingestellt werden, für den einzelnen, den es betrifft, aber sehr einschneidend sind. Soll man den ganzen Feuerzauber nicht lieber heute noch löschen, wo er noch gar nicht richtig ausgebrochen? Sollte man nicht ruhig weiterhin in seinen Kramladen gehen und Gemüse verkaufen oder Schreibheft, oder Rohgummi oder La-Plata-Mais oder Industrieaktien, anstatt vielleicht morgen schon mit einem Gestellungsbefehl in der Hand eine Heldenuniform anzuziehen, Frau und Kinder dem lieben Gott und der vaterländischen Fürsorge überlassend? Gerade die Frauen dachten oft mit heftigem Widerwillen daran, dass sie, die schon einmal schöne, blühende Jugendjahre hinter Werkbänken und Maschinentischen in hässlichen Notstandsfabriken zugebracht hatten, nun in reifen Frauenjahren noch einmal durch die Entsagungszustände hindurchsollten. Für wie lange? Wer weiß das? Wofür? Für mancherlei Versprechungen, die nachher, weil die Umstände es nicht erlauben, unerfüllt bleiben. Die Umstände? Wer macht die Umstände? Wer weiß das? Wer weiß was? Vor solchen Gedanken sahen die gelben Zettel ganz anders aus als im Tagesgetriebe. Aber so vertrauliche Zwiegespräche oder Selbstgespräche schaffen nichts, bauen nichts, zerstören nichts, helfen nichts und ändern auch nichts. Selbst hunderttausend- oder millionenfach summieren sie nicht. Anders als die Arbeiterschaft, die solchen Erwägungen offenen und ungenierten Ausdruck gab. Wie? Was? Prestigegründe erlauben das jetzt nicht mehr? Mein Prestige, das sind meine zwei geraden Beine, auf denen ich stehe, und ich habe nicht die geringste Lust, aus mir fremden Prestigegründen diese mir sehr konkreten Prestigegründe herzugeben. Geheime Sympathie für die Brüder in Cistransatia? Keine Spur. Höchstens Neid, wenn ich ehrlich bin, Neid, weil nach allem, was man so hört, sie besser dran sind als ich und meine Kollegen hier. Das Vaterland in Gefahr? Noch nicht. Vielleicht aber schon morgen, wenn ich das verhindern kann, dann möcht ich es verhindern, so einfach ist mein Patriotismus. Aber vielleicht verstehe ich nicht genug davon. Dann will ich mal mit den anderen darüber reden, ich will mal auf den Oval-Platz gehen, da werden ja mehr Kollegen sein. Vielleicht auch eines der großen Tiere von der Gewerkschaft, und wird uns erzählen, was gespielt wird. Und wenn keiner da ist, soll man nach einem schicken. So ist das, ganz einfach. Heute noch.

Ganz einfach und vielleicht etwas zu einfach, wenn bei solchen Massenversammlungen nichts weiter herauskommt als irgendeine Resolution, in der man irgendwelchen Gefühlen »glühenden« oder »flammenden« oder »herzlichen« oder »brüderlichen« oder sonstwie irgendwelchen superlativistischen Ausdruck gibt und im übrigen die Entscheidung den »großen Tieren« für den nächsten Tag zuschiebt.

Die Entscheidung? Ist da eine Entscheidung? Und ist die jetzt bei den »großen Tieren«?

Und sonst? Sonst denkt man, dass kein Mensch auf der Welt jetzt irgendetwas Wichtiges zu entscheiden hat, außer Harkensee. Und Harkensee? Der denkt das Gleiche.

Das war ein großer Irrtum! Denn es ward Abend und es ward Morgen und ein ganzer Tag war wieder vergangen und nichts war erfolgt als Antwort oder als Reaktion auf die gelben Zettel.

Und dann gab es einen Stoß und einen Krach und da war ein Plan »Marathon – ran an den Feind«, aber General Harkensee hatte das Zeichen nicht gegeben und der Stoß erfolgte auch nicht von Westen nach Osten, sondern von Osten nach Westen.

Ganz unplanmäßig. Ganz unerwartet. Der Spionagedienst hatte nicht funktioniert und der Aufklärungsdienst auch nicht. Waren die Gelben mit ihren Vorbereitungen früher fertig geworden, oder hatten sie erfahren, dass die Weißen in nunmehr zwei bis drei Tagen fertig sein würden? Griffen die Gelben wirklich an, oder handelten sie nach dem viel diskutierten Kriegslehrsatz, dass Angriff die beste Verteidigung sei?

In der ersten Dämmerung des Spätsommermorgens – noch war die Sonne nicht herauf, aber der Himmel stand hoch in grünlichem Azur – waren auf einmal die cistransiatischen Tanks, oder was man Tanks nannte, im Vorfeld der weißen Stellungen. Rätselhaft, wie sie so dicht herangekommen waren. Lautlos, und sie bewegten sich lautlos vorwärts. Jedenfalls war da nichts von dem rasselnden Lärm fahrender Tankkolonnen.

Fuhren sie, glitten sie, rollten sie? Dem Auge schienen sie zu rollen. Es waren die cistransiatischen Kugeltanks, von denen ja schon viel geredet worden war. Da waren sie also wirklich. Ungeheure, spiegelblanke Kugeln, in denen das Grün, Gelb, Braun des Bodens schillerte und der grünlich-blaue Himmel und später, als die Sonne da war, glichen sie fantastischen riesigen Seifenblasen, schillernd in allen Farben des Spektrums. Hätte man nicht gewusst, dass sie Tod und Verderben waren, man hätte das Bild schön und großartig nennen müssen.

Drehten sie sich wirklich vorwärts, gleich Riesenspielzeug, oder war es nur Lichtwirkung, dass es so aussah? In gewaltiger, breiter Front waren sie da und rollten heran, gegen alle Gesetze des Tankangriffs. Dicht massiert, immer die zweite Reihe auf den Lücken der ersten. Tief gestaffelt. Wie tief? Nicht abzusehen. Eine Armada. Nein. Ein Meer.

Und immer noch lautlos. Kein Schuss war gefallen. Die weißen Soldaten, die das Schauspiel sahen, meinten den Atem anhalten zu sollen. Damit man doch irgendetwas hört. Hexerei? Höllenkunst? Quatsch. Sowas gibt es ja gar nicht. Und doch, wie Zauberei.

Und immer noch lautlos. Nein. Da ist etwas wie leises Summen und Brummen. Sind das Fliegen, Bienen, Wespen, Mücken, die anfangen zu schwärmen? Oder kommt das von den Seifenblasen her? Haben sie doch Motorherzen und sind keine leblosen Gespenster?

Und dann, nun sind sie auf Gewehrschussweite heran, dann setzt mit einem ungeheuren Schlag die Abwehr ein.

Die weiße Armee hat die furchtbare Nervenprobe des tatenlosen Abwartens bestanden. Das war nie geprobt worden. Das nicht.

Auf keinem Manöverfeld. Das war improvisiert. Aber sie hatte bestanden!

Und nun, welch ein Schlag! Aus wie viel tausend Tankabwehrgeschützen. Der Boden schüttert. Die Erde will bersten.

Und Schlag und Schlag, dass jedes Ohr betäubt ist und die Sinne in Wirrnis.

Dann aber fängt das Hirn wieder an aufzunehmen, was die Augen gesehn in dem schmetternden Eisenniederprall und das war ein erstaunliches Bild und der Verstand gibt Rechenschaft, die ist: das ist etwas Ungeheures!

Denn das furchtbare Stahlbombardement war an den ankreisenden Seifenblasen völlig wirkungslos gewesen. Die Geschosse waren abgeglitten, so als hätten sie an dem blankglatten Rund nirgends Halt finden können. In Kurven, in Bögen, in Halbkreisen fuhren die Schwergeschosse um die Ballone herum. Ganze, niederhagelnde Granatschwaden schienen die Richtung zu ändern und vorwärts oder seitlich horizontal weiter zu fliegen, dabei von Bogen zu Bogen die leuchtenden Kuppeln umsegelnd, um schließlich irgendwo in der Luft, im Erdboden sich einwühlend, zu explodieren. Wirbel von Eisenstaub und Erde mit flammendem Rauch durchzogen, allüberall. Tausendfach und tausendfach der Boden zerborsten, Himmel und Erde ineinander geknäult und die phantastischen Kolonnen gleiten weiter, heran und heran in unveränderter Ordnung. Wo hier und da eine Distanz gestört worden war, glich sich das wie magisch wieder aus.

Die Abwehr tost weiter, Schlag um Schlag, mit gleicher Wirkungslosigkeit. Näher und näher kommt es heran, gleitend, kreisend, Orange und Rot, Gelb und Grün, Blau und Purpur, Azur und Violett. Und immer noch lautlos im Höllenlärm. Noch ist von den Gelben kein einziger Schuss abgegeben. Haben sie überhaupt Geschütze? Man hört nichts. Man sieht auch nichts derartiges. Doch ein Blendwerk der Hölle?

Schon kommen Vorpostensoldaten in wilder Jagd zurück. Auf Fahrrädern, auf Kleinautos, atemlos auch zu Fuß. Die gespenstischen Seifenblasen sind in ihren Stellungen. Seid ihr alle? Nein. Wo sind die anderen? Die Anderen? Niedergewalzt. In den Boden planiert. Ich weiß es nicht. Fragt mich nicht. Fragt mich nicht!

Was ist das? Das ist ein Einbruch in die Stellung. Auf breiter Front. Wie weit? Jedenfalls so weit, wie die Augen sehen können. So weit, wie die besten Feldgläser sehen können und das ist schon ziemlich weit. Die Seifenblasen sind eingebrochen, ohne einen Schuss zu tun. Unverletzliche Seifenblasen. Achilles zehntausendfach. Und wo ist diese Unverletzliche Achillesferse?

Es muss etwas geschehen. Es muss sofort etwas geschehen, wenn dieser Einbruch nicht im ersten Anlauf schon zum Durchbruch werden soll. Es muss etwas geschehen. Soll man etwa mit Handgranaten und Bajonett, Mann um Mann an diese Unverletzlichen herangehen? Wie sagen die von vorn Fliehenden? Niedergewalzt. In den Boden planiert. Blendwerk und Hexenkunst? Gibt es nicht. Wir stehen. Wir stehen!

Es muss etwas geschehen. Aber was? Das kann jetzt nur einer verantworten. Harkensee. Der General. Wo ist der General jetzt? Der General, dieser General ist wo er jetzt sein muss, am Ort der Gefahr.

Ohne Grund und Begründung hatte General Harkensee sein Hauptquartier von Irgendwo in Panterra nach Irgendwo in Potatis verlegt. Drei Tage früher als vorgesehen. Einem inneren Gefühl folgend. Einer inneren Stimme. Keiner Vision der Phantasie, dergleichen ist nicht Sache des Generals. Aber jenes Gefühl von dem der General, als er noch auf der Militärakademie junge Offiziere gelehrt hatte, sagte, man habe es oder habe es nicht, und wer es nicht habe, sei kein richtiger Soldat. Die innere Stimme hatte ihm befohlen: Geh und geh heute und jetzt. So war er gegangen und so war er jetzt da.

Oberst Spark, der zur Berichterstattung zum General gekommen war – jetzt war aber keine Zeit für Berichterstattung – meinte und dachte vielleicht dabei an die Ehrenrettung seiner besonderen Fliegerwaffe, man sollte die ganzen »Globaltanks« – das Wort war seine Erfindung – mit Clf-Bomben einfach »ersäufen«. Das hätte man vor ein paar Stunden tun können, als sie, aus eigenem Raum kommend, sich in Bewegung setzten. Jetzt, nach dem gelungenen Überraschungsmanöver, war das nicht möglich ohne eigene große Kontingente mitzuvernichten. Forderte die Gefahr solches Opfer? Der anwesende Regierungsvertreter protestierte, weil solche Aktion große Massen der Potatis-Bevölkerung mitvernichten würde, was unübersehbare Folgen haben könne. Diese Angstgebärde der Zivilisten hatte den General fast veranlasst, dem Rat Sparks beizustimmen. Unübersehbare Folgen? Gefährliche Folgen? Nur von lebendigen Menschen kann Gefahr kommen. Die Anderen haben keine militärischen Folgen mehr. Aber keine Irrgänge hier. Harkensee war gegen die Sparksche Aktion, weil sie jetzt verspätet war. Und Spark war ja nun einmal kein glückhafter Offizier.

Der General entschloss sich, den »Salamis«-Plan gewissermaßen preiszugeben. 980 Geschütze waren schussfertig gemeldet. Die noch fehlenden zwanzig in letzter Installation. Darum ging es nicht. Es ging darum, dass die gewaltige Artillerieaktion zu ganz anderem als dem vorgeplanten Zweck losgehen würde, dass die Niederkämpfung der Feuermauer zu vertagen war und ihr das Überraschungsmoment später fehlen würde.

Aber es muss jetzt, jetzt im Augenblick muss etwas geschehen. Die Möglichkeiten der Situation sind zu erwägen und das Notwendige muss geschehen.

Der Befehl war, mit einer Salve der Salamis-Artillerie und weitergehendem Trommelfeuer die anrollenden Globaltanks zu erledigen. »Rücksichtslos«, hieß es ausdrücklich in dem Befehl und es schien fast, dass diese Rücksichtslosigkeit sich darauf bezog, dass auch mit dieser Aktion Verluste in den eigenen Reihen nicht zu vermeiden sein würden.

Drei Minuten waren den 980 Geschützen zwecks Vorbereitung zur Verfügung gestellt. Innerhalb dieser drei Minuten war auch die gesamte, in der Front der angreifenden Globaltanks stehende Truppe von dem Bevorstehenden zu unterrichten, dass es sich um eine Artilleriesalve handle und niemand glaube, der Weltuntergang sei da. Diese letzte Information konnte nur sehr teilweise durchgegeben werden.

Denn plötzlich war etwas wie rotes Licht über den gesamten Schlachtfeldern.

Es war, als ob man auf einmal durch rote Scheiben sehe, aber diese roten Scheiben wurden immer dicker und dicker, man sah nur noch das Rote, die Welt dahinter war kaum noch erkennbar.

Spezialbeobachter berichteten später, insbesondere auf Grund von laufenden photographischen Aufnahmen, dass im Augenblick der höchsten Intensität dieses roten Lichtes, etwa zehn Sekunden nach seinem Beginn, die Globaltanks plötzlich angehalten und sich geöffnet hätten. Die Globen spalteten sich von unten nach oben, die Seifenblasen waren auf einmal ebenso viele Höllenrachen, ihr wahres Gesicht, zwei ungeheure Artilleriesalven, anscheinend frontal-horizontal geschossen, brachen heraus, dann klappten die Höllenrachen wieder zu, die Seifenblasen glitten weiter. Die Spezialbeobachter konnten weiter feststellen, dass die trotz aller bisherigen Misserfolge pausenlos weiter feuernden Abwehrgeschütze in diesen Momenten ihre ersten Erfolge hatten. Etliche Globaltanks hatten Volltreffer erhalten und blieben liegen, andere waren mehr oder minder heftig angeschlagen, bei manchen konnte der Höllenrachen nicht mehr schließen, sie konnten später mit Zielfeuer erledigt werden. Hier war die Achillesferse der Unverletzlichen. Sie hieß: Schussbereitschaft.

Als nach weiteren etwa zehn Sekunden das Rote anfing sich zu verziehen und die Welt wieder Erscheinung wurde, konnte man sehen, dass die peinliche Ordnung der Seifenblasen gestört war, sie fuhren jetzt rascher und hintere Reihen waren bemüht, entstandene Lücken nach vorn aufzufüllen.

Der Einbruch in die Frontlinie hatte sich erheblich vertieft. Kein Zweifel, man war mitten in einem Durchbruch. Die beiden Salven der Tankartillerie hatten schwere Verheerungen angerichtet, die weiße Armee hatte eine schlimme Feuertaufe erhalten, aber sie stand und ihrem Gegner war das gespenstisch Teuflische genommen. Die Seifenblasen waren also doch nur Tanks. Aber man war jetzt aneinander. »Ran an den Feind.« Die Seifenblasen waren tief in den weißen Linien. Aus der unmittelbaren Nähe angesehen, verloren sie ihr Farbenspiel, waren schwärzlich grau, wie schwerer, unpolierter Stahl, kreisrund und dem nach Anpackmöglichkeit suchenden Blick nirgends einen Anhalt gewährend. Hoffnungsloses Beginnen, den Ungeheuern mit Maschinengewehren, mit Handgranaten, mit Flammenwerfern zu Leibe zu gehen. Was da stand, und es waren viele, wurde niedergerollt, ganze Tankabwehr – Geschützbauten, Maschinengewehrnester, Infanterieverhaue – wurden überwalzt, Erdboden, Baum, Strauch, Waffen vieler Kaliber, explodierende Munitionsvorräte und überall Menschen und Menschen, alles wurde eingeebnet, planiert. Wo erst drei oder vier Reihen rollend passiert hatten, fuhren die Nachkommen dann auf schrecklicher, glatter Ebene. Nichts hinterließen die mörderischen Ungeheuer, nicht einmal ein Schlachtfeld. Nur ein glattes Nichts.

Noch standen die Weißen, da kam der Befehl: Zurück und absetzen vom Feind. Zurück. Zurück. Zurück. Das war wie Kommando zu wilder Flucht. Viele verstanden den Befehl im Wirrwarr des Schreckens gar nicht. Viele vermochten ihm zu folgen. Nach einer weiteren Minute rannten, jagten, stolperten Menschenmassen vor den Seifenblasen her, mit jeder Sekunde Abstand gewinnend und wieder ward das rote Licht, alle Sicht raubend, die Massen jagten weiter, aus dem Roten heraus oder in das Rote hinein, was wusste man noch, und wieder stockten die Tankkolonnen, öffneten die Höllenschlunde, feuerten zwei furchtbare Salven und schlossen sich wieder. In diesem Augenblick, noch war das Rote überall, geschah ein ungeheuerlicher Schlag. Die Erde schütterte. Grund und Boden brach auf. Das Firmament zerklaffte. Zeit und Raum spalteten aus den Fugen.

Man sagte später, auch Harkensee, der alte Artilleriegeneral, sei wie betäubt gewesen. Und doch war dieses sein Schlag. Die Granatensalve aus des Generals 980 bereiten Geschützen schlug schmetternd ein Loch in die Welt. Das ableuchtende rote Licht riss in Fetzen. Aus allen Fugen blendete es grell und weißleuchtend auf. Die klaftertief einschlagenden Schwergeschosse explodierten himmelhoch in blitzender Weißglut.

Nichts stand in diesem Augenblick, auch nicht die weiße Armee. Jedermann torkelte, aus dem Gesetz des Lebens geworfen. Es brennt, es brennt die Welt. Es brauchte Zeit, Sekunden, vielleicht einen Minutenteil, bis die Kontrolle der Sinne, Verstand und Logik wiederkehrten.

In diesem Moment rückkehrender Beobachtung sahen die Soldaten zwei Dinge.

Das eine war, dass die Granatensalve die schrecklich planierte Ebene wieder ungeheuerlich aufgerissen und zerpflügt hatte. Die Ordnung der Seifenblasen bestand nicht mehr. Alles war aufgelöst, verschoben, ineinandergepfercht oder in riesige Abstände auseinandergerissen. An manchen Stellen waren die Globen zu riesigen Trauben aufeinander getürmt. An anderen Stellen lagen sie aufgespalten, zerfetzt, kochend, brennend, krepierende Ungeheuer, immer noch höllisch. Und wieder andere, nur aufgepellt in der teufelsstählernen Schale, schossen aus allen Rohren. Und noch andere, und es waren noch viele, rollten weiter, rollten vorwärts, vorwärts und irisierend in sieben mal sieben Farben des Regenbogens.

Das andere war, dass hoch, hoch oben, noch über den berghohen Explosionsgipfeln im aufgerissenen Firmament, riesige Flugzeuggeschwader heranzogen, so viele, dass man über dem Lärm der jetzt trommelnden Artillerie ihre Maschinen tosen hörte. Oder war das nur Einbildung? Hörte man nur die eigene Ohrenbetäubung? Aber die Flieger waren da. Freunde? Feinde? Sie flogen quer zu der Schlachtlinie. Scheinbar? Wirklich? Der Teufel kennt sich aus, hier ist die Hölle los. »Gottesgericht!«, schreit einer, »Gottesgericht!« Und dann bricht er in wildes Lachen aus. Schockwirkung? Oder ist er wirklich wahnsinnig geworden? Im Augenblick ist das ganz einerlei. Es heißt überhaupt, dass keiner, der an diesem Tage in der ersten Linie mit dabei war, heile Nerven behalten hätte. Es heißt, sie hätten alle so etwas Absonderliches im Blick und viele auch in der Rede. Es heißt, sie, die es überlebten, seien allesamt Helden, aber die Heldenverehrer werden ihrer Bewunderung nicht froh. Es heißt, viele Mädchen hätten später Angst bekommen, vor ihren zurückgekehrten Heldenbräutigams, Frauen vor ihren Heldengatten, Kinder vor ihren Heldenvätern, und nur Mütter hätten das Erbarmen aufgebracht, hinter der irrlichternden Heldengeste ihr armes, versehrtes Kind zu lieben.

Aber das ist später. Jetzt ziehen die Flugzeuggeschwader querfeldein. Ziehen dahin, ohne sich darum zu kümmern, dass da ein Soldat seinen Stiefel nach ihnen wirft. Seinen Stiefel, in dem noch der von einem Granatsplitter abgeschlagene Fuß steckt.

Dann kam eine zweite, anscheinend noch viel umfangreichere Geschwadergruppe, die aber viel höher flog. Auch querfeldein, aber in umgekehrter Richtung. Jetzt war das klar. Die einen waren die »unseren«, die anderen die Feinde. Welche welche waren, wusste man nicht. Einerlei, es wird nun da oben was losgehen, dann wird man schon merken.

Aber einstweilen ging da oben nichts los, nur dass die ersten, tiefer liegenden Geschwader auf einmal dem Blick entschwanden. Sie nebelten ein, das war deutlich zu sehen. Aber diese weißlichen Nebelwolken waren nur wenige Sekunden lang da, lösten sich auf und dann war alles weg. Wieder eine Hexerei, die nur blauen Himmel übrig ließ. Einige sagten, der blaue Himmel sei auch ein Höllenspuk, er sei da, wo die entschwundenen Flieger sein müssten, viel zu blau. Und da säßen sie, das wären sie, das zu blaue Blau. Vielleicht stimmte das. Nach den Gesetzen des Verstandes musste irgendetwas Wahres daran sein. Jedenfalls sah man nach kurzer Weile an anderer, vorwärts gerückter Stelle im Firmament wieder schnell entstehende und sich auflösende Nebel, aber keine Flugzeuge.

Einige sagten, die verschwundenen Flieger wären die cistransiatischen, die machten einfach blauen Nebel. Mit Pulver von Lapislazuli, davon gäbe es in dem Lande so viel, dass es gar nicht darauf ankäme. Andere sagten, es sei Cianogen.

Dann waren die höher Fliegenden über dem scheinbar allzu blauen Raum und auf einmal brannte da oben die Luft, die Hölle war in den Himmel versetzt, der Himmel in die Hölle. Himmlische Hölle, höllischer Himmel, wer kennt sich da aus. Aus dem Flammengewirre kam es dann herabgestürzt, brennende, wild explodierende Wirbel, die Hölle auf Erden vereinigte sich mit der Hölle im Himmel. Alles brannte. Holz und Eisen, Stahl und Glas, Aluminium und Stoffe und Benzin und tote und lebende Menschen. Alles brannte. Es blieben aber auch verkohlte Reste, aus denen man ersehen konnte, dass da Freund und Feind niedergestürzt war. Um was ging es da oben? War diese Maschinenschlacht um der Schlacht willen? Hatte der eine oder der andere ein Ziel darüber hinaus? Das zeigte sich sehr bald, denn wie viel immer von den cistransiatischen Flugzeugen abgestürzt waren – es hieß, es seien auch manche der Mannschaften mit Fallschirmen heruntergekommen, irgendwo in das Feld der Seifenblasen, und seien, Freund und Feind, niedergewalzt worden –, ein Teil war durchgebrochen und schmetterte jetzt Bomben in die Stellungen der Schwerartillerie.

Die Brisanzgewalt dieser Bomben war in den diamantharten Festungswerken nicht sonderlich wirkungsvoll, dagegen zeigte sich eine sonderbare Nebenwirkung. Oder war es die beabsichtigte Hauptwirkung? In einem weiten Umkreis des Bombenniedergangs wurde für alle Menschen – und wie man später feststellte, auch Tiere – das Atmen schwer und schwerer. Es war nicht möglich zu verbleiben. Viele flüchteten nach rückwärts, aber nicht alle kamen mehr in Atemraum. Diese Bomben gaben etwas her, ein Gas oder vielleicht ganz etwas anderes, das der Luft den Sauerstoff zu entziehen schien. Jedenfalls ergaben die Analysen nur Spuren davon. Die Atmosphäre schien zu Nitrogen geworden. Völkerrechtslehrer diskutierten späterhin, ob man hier von einem Bruch der Völkerrechtlichen Abkommen sprechen könne, aber die Versuche, hier Giftgaskonstruktionen zu machen, waren doch wohl von einer einseitigen Stellungnahme diktiert und wurden von verantwortungsbewussten Rechtsgelehrten nicht ernst genommen, wohl aber von nationalistisch-fanatisierten, lärmenden Elementen. Mit oder ohne Völkerrecht, für die Betroffenen war das im Augenblick, wo ihnen der Atem auszugehen drohte, höchst gleichgültig. In etlichen Stellungen öffnete man, in richtiger Erkenntnis, Sauerstoffbehälter, das schuf zunächst Linderung, bis die Vorräte verbraucht oder von dem zum Sauerstoffschwamm gewordenen Raum aufgesogen waren. Der Zustand dauerte etliche Stunden, bis dann langsam von außen normale Luft wieder eindrang. Inzwischen mussten die Geschützbemannungen zurückgezogen werden. Bei vielen, die entseelt in den Stellungen geblieben waren, waren später Wiederbelebungsversuche erfolgreich. Aber für etliche Stunden war ein Großteil der Salamis-Geschütze zum Schweigen gebracht worden.

Diese Zeit hatte ausgereicht, um dem immer noch beachtlichen Rest der Seifenblasen-Tanks zu einem endgültigen Durchbruch der Stellungen zu verhelfen. Cistransiatische Infanterie, motorisierte Geschütze und Genietruppen waren in die Einbruchs- und Durchbruchstellungen vorgerückt, bis hart an die entozonisierte Geschützlinie und im Augenblick, wo diese anfing, für Menschenleben wieder brauchbar zu werden, entspann sich ein wütender, mörderischer Kampf mit schweren Verlusten auf beiden Seiten und wechselseitigem Erfolg. Etliche von den Gelben gestürmte Stellungen konnten von ihnen gehalten werden, aus anderen wurden sie wieder hinausgeworfen.

Die Armeen waren jetzt in einander verbissen. Die Schlacht ging mit fürchterlichen Menschenopfern weiter. Der Einsatz von Kampfflugzeugen aller Arten war von beiden Seiten sehr groß, ebenso die Anwendungen neuartiger Waffen, Geschütze besonders kleiner Kaliber mit ungeheuren Streu- und Sprengwirkungen, Flammenwerfer, Lichtblender, Detonationsmaschinen von ungeheurer Lautstärke, deren Chockwirkungen anfangs beträchtlich waren, Vereisungsmaschinen, alle Schrecknisse ebenso kühner wie mörderischer Phantasie wurden losgelassen. In einer von den Gelben gestürmten Stellung brach ein furchtbarer, künstlicher Sandsturm los, der etliche Quadratkilometer in wenigen Minuten zu meterhoher Wüste machte, in der alles, einfach alles begraben war. Und drüber weg, hoch, groß, in buntem Farbenspiel und schrecklicher Majestät, rollten die cistransiatischen Globaltanks. So tobte und toste, raste, flammte, schmetterte die Schlacht weiter, Stunde um Stunde, ohne dass die Anfangsresultate noch wesentlich sich änderten. Die Linie verlief jetzt im Allgemeinen entlang den Stellungen der Salamis-Geschütze, an etlichen Stellungen etwas drüber weg, an anderen etwas zurückgebogen.

Das sah alles in allem nach einem wesentlichen taktischen Erfolg der Gelben aus. Für die hohen Militärs war, mehr noch als die tatsächliche Situationsveränderung, von der man nicht wusste, ob sie zu weiterem Vorstoß der Gelben oder zur Rückrevision führen würde, den hohen Militärs war die Erkenntnis wichtiger, dass über die Anwendung aller Errungenschaften der Technik hinaus auch dieser Krieg wieder zu einem Krieg der Menschen gegen Menschen werden würde, langwierig, zäh, mörderisch, Auge um Auge, Zahn um Zahn, Herz um Herz, bis zum Zerreißen der Nerven. Das war die Erkenntnis wenigstens der hohen Militärs der Weißen. Für Harkensee war das keine neue Erkenntnis, er hatte es vorausgerechnet.

Aber der Vorstoß der Gelben war ihm höchst unliebsam. Ihr taktischer Erfolg würde ihm den strategischen Plan umwerfen, wenn er Bestand hätte. Er darf keinen Bestand haben. Er muss gleich und sofort revidiert werden. Und Harkensee sammelte mit enormem Kraftaufgebot der Militärtransporte ein Riesenaufgebot an Reserve. Der »letzte Mann« sollte nach wenigen Stunden schon in Schlacht und Bresche geworfen werden. Der letzte Mann.

Der letzte Mann bezifferte sich auf etwa eine Million. Das war Vinarnias Kampf-Armee, die aus ihren abgeschlossenen Garnisonen und Kasernements in die vorderen Linien übergeleitet wurde. Oberst Spark, der Inspekteur, trug tiefe Bedenken, er machte mehrfach den Anlauf, mit dem General darüber zu reden, aber Harkensee, die Absicht sehr wohl durchschauend, schnitt ihm jedes Mal das Wort ab und sprach von etwas anderem.

Die gelbe Armee erwartete den Gegenangriff. Die Volksbeauftragten gaben an diesem Tage kein Kriegsbulletin heraus.

XXVI.

SCHRECKEN UND TOTENFEIER

Der Gegenstoß erfolgte in breitester Front im Grauen des nächsten Morgens, ziemlich genau 24 Stunden nach Beginn des Global-Tanks-Angriffs. Die taktische Idee war, dass das Zentrum, die Panterra-Armee, eine schwere Schlacht liefern sollte, die große Einheiten fesseln müsse, ohne vorerst eigentlichen Terrain-Gewinn zu suchen. Der rechte Flügel, Vinarnia, in ähnlicher Kampfweise, sollte sogar dabei etwas Terrain langsam preisgeben. Der linke Flügel, Nomandy, in Kombination mit einem schon laufenden Umgehungsmanöver, sollte Einbruch und Durchbruch erzwingen und beginnen, die cistransiatische Armee schräg weg, wie einen schiefgelegten Teppich, aufzurollen.

Die Schlacht im Centrum entwickelte sich planmäßig zu ansteigender Gewalt, mit Einsatz großer Massen von Menschen und Material. Gewaltige Reihen von Tanks stießen hier aufeinander. Die Zahl der Global-Tanks schien nicht unermesslich zu sein. Jedenfalls benutzten die Gelben an diesem Tage hier in der Hauptsache schwere Tanks mehr normaler Art, die auch als Kampfinstrumente geeigneter waren. Mit Einbrüchen, Durchbrüchen, Abriegelungen, Gegendurchbrüchen tobte das Schlachtgewitter hin und her, die vom General gestellte Aufgabe erfüllend und große Kontingente der Gelben bindend.

Die großangelegte Umgehung des linken Flügels gelang hingegen nicht. Trotz des erstaunlichen Bewegungstempos der motorisierten Kolonnen traf man überall auf schon stehende oder anrückende cistransiatische Bereitschaften. Man musste das Manöver aufgeben, um die Linien nicht zu dünn werden zu lassen, so entwickelte sich auch diese Schlacht in der Art des Centrums.

Hingegen schien der rechte Flügel mit unerhörter Wucht angegriffen zu haben. Wider Erwarten? Als die ersten Erfolgsmeldungen von dort kamen, blinzelte der General dem Oberst Spark zu, als wolle er fragen: »Was sagst du nun?« Sparks Prognose schien wiederum verkehrt gewesen zu sein. Schon mussten die Transportmaßnahmen der Reserven umgeschaltet werden. Die Aufrollung, Zurückwerfung, wenn es glückte Einrollung der Gelben würde vom rechten Flügel her erfolgen.

Als der Tag im Zeichen eines herrlichen, frühherbstlichen Morgenrots stand, eines Gnadengeschenks der Natur an die unglückselige Menschheit, versammelten sich beim General die Meldungen über die ausgezeichneten Fortschritte im Vinarnia-Abschnitt. Der Einbruch wölbte sich in einem großen, nur etwas reichlich spitz zugehenden Bogen. Das Vorgehen der Spitzengruppen war fast zu rasch, aber die Seiten würden schon noch nachkommen. Im Ansatz dieses Bogens setzten die Gelben zu einem verzweifelten Gegenangriff an, mit Benutzung von Global-Tanks, um den Elan des vinarnischen Angriffs zu stoppen.

Und dann, auf einmal, schwiegen die Meldungen vom rechten Flügel. So als ob Telefon, Telegraphen, Radiosender, alles abgerissen, unterbrochen wäre. Alle Versuche vom Hauptquartier des Generals aus, die Verbindung wieder herzustellen, blieben völlig erfolglos. Nach einer guten Viertelstunde sandte man schließlich Blitzflieger hinüber. Die ersten, die nach wenigen Minuten wieder zurück kamen, meldeten eine Katastrophe. Ein Teil der bis dahin so sieghaften Vinarnia-Armee, insbesondere die im Einbruchsbogen stehenden Truppen, schienen in Kriegsgefangenschaft geraten zu sein. Der cistransiatische Gegenangriff muss zu einem blitzartigen Erfolg geführt haben. Unbegreiflich schnell. »Unbegreiflich«, sagte selbst der General.

Oberst Spark erbleichte.

Der General sah es und deutete es richtig, ohne dass ein Wort gewechselt wurde. Der Oberst vermutete Verrat. Und das vermutete auch der General. Innerhalb weniger Sekunden wechselte er seine Einschätzung der Vinarnia-Armee, nicht nur als dem ihm unterstellten Kriegswerkzeug, sondern die Erkenntnis der Denkart dieser Armee ging in ihm auf, blitzartig. Das war, so wurde ihm unumstößlich klar, weit mehr als ein taktischer, ein strategischer Umstand. Verrat? Er hätte es nicht fertig gebracht, es so zu nennen und er hat auch später in diesem Zusammenhang nie das Wort gebraucht. Es war seinem Verstand ohne weiteres klar, wogegen sich seine Seele sträubte, es einzugestehen. Hier fiel eine Entscheidung, die ganz etwas anderes war als eine verlorene Schlacht.

Und noch war diese Schlacht ja nicht verloren.

Die weiteren, rückkehrenden Verbindungsflieger bestätigten nur, was der General jetzt wusste. Sie, die Melder, berichteten, dass große Kontingente der Vinarnia-Armee zum Feinde übergingen. »Mit fliegenden Fahnen«, sagte der eine und andere. (Obwohl es da gar keine Fahnen gab.)

Noch aber war diese Schlacht nicht verloren.

Der General sah auf Sparks kreideweißes Gesicht. Hat der Unglücksrabe recht behalten? Er sieht ihn an, denkt und denkt und wie aus dem Schulfach der Erinnerung etwas hervorkramend, gibt er mit zitternder Stimme einen unerhörten Befehl.

Und schaut und schaut auf Sparks kreideweißes Gesicht. Und denkt: Der da ist schuld. Weil er ein glückloser Mensch ist. Ein Unglücksbringer. Solche Menschen dürfen nicht sein, wo es um Soldatenglück geht. Ist da irgendwo Verrat? Dann ist der bleiche Gesell da der Verräter. Warum? Weil er ein Ungläubiger ist. Seine bloße Existenz ist Verrat. Ein Unglückseliger. Man sollte ihn verhaften und abführen lassen, irgendwo hin, außerhalb der Welt.

Wohin verliert sich der General mit abwegigem Denken? Er gibt sich einen Ruck. Strafft sich. Tut ein, zwei Schritte. Steht ganz allein.

Die Unglücksmeldungen vom rechten Flügel überstürzen sich.

Der General steht allein. Fest und gerade. Wie in frühen Tagen auf dem Paradefeld. Er hat einen Befehl gegeben. Der wird dem Spuk am rechten Flügel ein Ende machen.

Hier geht es um das Schicksal der Schlacht der Tausend Geschütze. Hier wird nicht dilettiert. Hier werden keine Kriegsamateure losgelassen. Hier ist kein Plan Omega und kein Plan Kappa. Hier ist die Schlacht der Tausend Geschütze.

Der General steht ganz allein. Festung gerade. Seine Augen sind kohlrabenschwarz.

Immer noch kommen Hiobsmeldungen vom rechten Flügel. Generaloberst Booth nimmt sie an. Nimmt mechanische Kenntnis. Was ist das noch?

Der General hat einen Befehl gegeben und jeder hat das gehört.

Und dann kommt die Meldung, dass der Befehl des Generals ausgeführt sei. Nicht über's Telefon. Ein hoher Offizier mit vielen Ordensbändern überbringt sie. Ein alter Herr mit weißem Haar. Er hält seine hohe Mütze in der Hand. Die Mütze ist ganz zerknüllt. Die Hand zur Faust verkrampft. Jetzt steht er vor dem General und man sieht, auch er hat kohlrabenschwarze Augen.

Die Meldung beinhaltet, dass von zwölf Spezialbombern je eine Clf-Bombe in vorgeschriebenen Abschnitten des Schlachtfeldes des rechten Flügels abgeworfen worden sind.

Sonst nichts.

Der General, reglos, sagt: »Danke.«

Eine Sekunde lang stehen beide Männer einander gegenüber. Dann macht der General eine Bewegung, als ob er auf den Offizier im weißen Haar zuwolle. Unterlässt es aber und versteinert wieder in Reglosigkeit. Der Offizier geht wieder hinaus, die zerknüllte Mütze in verkrampfter Faust.

Ein paar junge Stabsoffiziere stecken flüsternd die Köpfe zusammen.

»Wer war das?«

»Der Militär-Attaché für besondere Aufgaben von Vinarnia.«

Die jungen Stabsoffiziere verstummen.

Dann kamen die Detailmeldungen.

Das Gesamtgelände des rechten Flügels hatte im Augenblick aufgehört, als Kampfgebiet zu existieren.

Ein atomisiertes Leichenfeld, unter unzugänglichen, grünlich schwelenden, webenden Nebelschwaden.

Wie groß die Verluste? An Menschen? An Material? Das konnte nur geschätzt, nie festgestellt werden. Was war von der Front-Armee Vinarnias auf weißer Seite noch nach? Dem Bestand, subtrahiert, fehlte rund eine halbe Million Menschen. Vierzig Divisionen? Waren die alle dahin und tot und atomisiert? Jedenfalls waren sie in diesem Krieg kein Faktor mehr. Und wie viele Gelbe? Man schätzte im Hauptquartier des Generals zwischen zehn und fünfzehn Divisionen. Und wie viel Zivilisten? Wie viel ahnungslose Männer, Frauen, Kinder von Potatis? Keiner wusste es, auch Spark nicht. Aber man schätzte, dass über zweihundert Seifenblasen mit zerplatzt seien. »Zerplatzt«, sagten die Herren. Aber das Grauen verliert nicht seinen Schrecken, wenn es mit Gassenbesorgungen belegt wird. Der Schrecken, den keiner eingestand und der allen in den Gliedern war.

Und die Scham! Die Scham des zivilisierten Menschen, der die Zivilisation ermordet sieht. Das Bild des weißhaarigen Offiziers, wie er dastand, zwei Schritte vor dem General. Der Erinnerung versuchte jeder, der es miterlebt und überlebt hatte, noch nach Jahr und Tag davonzulaufen.

Die ozonfressenden Bomben auf der einen Seite und die atomisierenden Bomben auf der anderen Seite. Quitt. Rechnung ging wohl auf. Einerlei, was Völkerrechts-Gelehrte später dazu sagen werden!

Die Situation war für Weiß gerettet und die Zivilisation war ermordet. Die Zivilisation war ermordet, aber über zweihundert Schwerstgeschütze entlang der Front des rechten Flügels waren gerettet. Jedenfalls die Stellungen nicht von den Gelben besetzt.

Und unmittelbar hinter dem Raum der Atomverschwadung sammelten sich Harkensees Taucherdivisionen. Die nach wenigen Stunden schon, in ihren Taucherrüstungen mit künstlicher Atemluft-Zuführung, in das Schreckensreich vorzugehen hatten, um die Geschützstellungen zu besetzen. (Ehe Gelb einen solchen Versuch möglicherweise anstellen würde.)

Der Schrecken der Kunde ging über das ganze Schlachtfeld, über das Zentrum und hinüber zum weit hinausgezogenen linken Flügel. Der Schrecken, der an diesem Tage stärker war als alles Wüten technischer Kriegsgewalt. Ein Schrecken, wie ihn kein General und kein Soldat, kein Blitzflieger-Kommandeur, kein Tankfachmann und kein Kreuzritter fassbar in seine Erwägungen einbeziehen kann. Der Schrecken kroch an zehntausend Stellen des enormen Schlachtfeldes Freund und Feind gleichermaßen und zur gleichen Zeit an. Und etwas Sonderbares geschah. Noch ehe die Sonne ihre flache Mittagshöhe erreicht hatte, flaute die Schlacht ab und verstarb. Da war kein Befehl gewesen und erst recht kein Übereinkommen. Die Schlacht erstarb am Schrecken.

Motorenbatterien, Tankmaschinen, Seifenblasen mit geschlossenem oder aufgerissenem Visier, Kriegsmaschinen infernalischster Arten, alles lag gleich schlafenden Ungeheuern. Und die Millionen-Armeen der Menschen saßen grau und reglos auf ihren Fahrzeugen, auf Rädern und Achsen, Lafetten und Motorhauben, auf Straßenrändern und Gräben, auf Strauchwerk und Waldgestrüpp, in Stoppelfeldern oder im nassen Dreck und alle Waffen schwiegen. Kein weißer und kein gelber Befehlshaber hätte einen Schuss erzwingen können. Keiner hätte es über sich gebracht, solchen Befehl zu geben.

Nichts hatte sich an diesem Tage der Schlacht der Tausend Geschütze für die Strategen geändert und die Schlacht war vor der Zeit am Schrecken gestorben.

Unheimlich braute die Stille über dem ganzen Raum.

Welch eine Totenfeier.

XXVII.

DAS VOLK GREIFT EIN

Die Ruhe über der Schlachtfront war am nächsten Tag zu einer Art Lethargie geworden. Jedenfalls konnte der Geist der weißen Armeen so bezeichnet werden. Sicherlich waren sie aus dem Zustand herausgesprungen, wären sie von Gelb angegriffen worden. Aber Gelb griff nicht an. Gelb blieb reglos. Die Stille braute weiter. Reglos.

In Nomandy ließ der Großadmiral sich die aufgenommenen Platten mit den ausführlichen Berichten drei- und viermal wiederholen. Der charmante Plauderer schwieg. Er konnte den Vorgang nicht begreifen, jedenfalls nicht, soweit es die nomandyschen Armeen anging. Boswell machte einen Versuch zur Erklärung. Als er von Imponderabilien sprach, unterbrach der Großadmiral, sehr gegen seine Gewohnheit, und fragte in einem Ton, der gar keine Antwort wollte: »Was sind das? Imponderabilien?« Grady schwieg.

Die weißen Regierungen kamen überein, keine Bekanntmachungen der Vorgänge herauszugeben. Das heißt, die Regierung in Capita lehnte es ab, an den Besprechungen teilzunehmen und erklärte nur, von dem resultierenden Beschluss Kenntnis genommen zu haben. So wurde lediglich ein gemeinsames, amtliches Bulletin herausgegeben: Im potatischen Aufmarschgebiet ist eine Schlacht großen Umfanges in der Entwicklung begriffen.

Die Schweigetaktik misslang, war schon misslungen, als man sie beschloss. Gerücht und Kunde von furchtbaren Vorgängen in diesem Zusammenhang waren schon vorher da. Wie sie über schmale und weite Meere gekommen, war und blieb unerklärlich. Die Nationen, abseits vom Unmittelbaren, wurden nicht vom Grauen in Erstarrnis gebannt, sondern in Erregungszustände, die sich unterschiedlich äußerten.

In Nomandy inszenierte die Regierung zur Beschwichtigung spürbarer, wenn auch zumeist heimlicher, unterirdischer Kritik, eine laute Pressekampagne, mit heftigen, allgemeinen, anklagenden Angriffen eben der Regierung, darauf hinauslaufend, dass das in Ferien seiende Parlament sofort einberufen werden solle, um eine genaue Regierungserklärung zu fordern. Damit gewann man die Zeit, die zu einer weiteren und, wie man erwartete, glückhaften Entwicklung der militärischen Situation nötig sei, womit der »Böse Zwischenfall« sich dann in sich selbst erledigt haben würde.

In Panterra war die Lage besonders in den großen Städten sehr ernst, so ernst, dass man sie im Kabinett als »unübersichtlich« bezeichnete. Vielleicht, weil man sich nicht darüber klar war, wohin die »unübersichtlichen« Kräfte eigentlich trieben. Die maßgeblichen Inauguratoren der »öffentlichen Meinung« formulierten zwar sehr kurz und opportunistisch loyal: »unverändertes Vertrauen in General Harkensee«, aber breite Massen schienen so bedrohlich »unübersichtlich«, dass der Premierminister meinte, ehe man Beschlüsse fasste, mit dem General Rücksprache nehmen zu sollen. Das war ihm von Seniora aus nicht gelungen. Der General sei unerreichbar, hieß es vom Hauptquartier aus. So flog er hinüber. Aber auch hier kam er durch den »Drahtverhau«, wie er es etwas antiquiert militärisch bezeichnete, von mittleren und höheren Stabsoffizieren nicht durch. »Der General ist unerreichbar. Wir wissen selbst im Moment nicht, wo er ist.« Die erste Hälfte dieses Bescheids stimmte. Dass die zweite Hälfte nicht stimmen könne, wusste der Premierminister, und die so Erklärenden wussten, dass der Premierminister das für eine Lüge hielt. In den höchsten Stellen des Hauptquartiers hieß es und sickerte dann auch zu den mittleren Stabsoffizieren durch, dass der General rastlos und unentwegt in seinem Kabinett auf und ab ginge. Kein Wort spräche, mit niemandem, auch nicht mit der Ordonnanz Tenner, der als einziger seit 24 Stunden Eintritt habe, um die Meldungen und den Tee und etlichen trockenen Biskuit zu überbringen. (Von den Biskuits, hieß es, läge mehr zerbröckelt auf dem Fußboden, als der General zu sich genommen habe.) Schließlich erklärte der Premierminister, er werde den Raum nicht verlassen, bis er den General gesprochen habe. Es war ein recht eleganter Raum, mit einem großen Teppich ausgelegt und mit einem halben Dutzend schwerer Lederklubsessel. Der Empfangsraum des Hauptquartiers für hohe Zivilpersonen. Ein älterer Major, der in der Offiziersmesse als »enfant terrible« bekannt war, machte die Bemerkung dazu: »Es ist wohl das Vernünftigste, was er unter gegenwärtigen Umständen tun kann.« »Warum?« »Ich meine nur so.«

Es kam aber noch ein anderer Mann an dem für Militärs vorgesehenen Entrée vorgefahren und ging in das nicht so comfortabel eingerichtete Offiziersempfangszimmer. Und obwohl der Befehl, dass niemand zum General vorgelassen werden dürfe, keine Ausnahme vorsah, glaubte der Adjutant des Generals, diesen Besucher doch durch Tenner melden lassen zu müssen.

Der Besucher wurde sofort empfangen und blieb über eine Stunde beim General.

Es war Lepage, der Marschall von Vinarnia.

Niemand hat je erfahren, was die beiden Männer miteinander gesprochen. Als der Marschall das Hauptquartier des Generals wieder verließ, vermochte niemand in der Maske seines Gesichts etwas zu lesen.

Für die Regierungen von Panterra und Nomandy war die Lage in Vinarnia an diesem Tage völlig unklar, undurchsichtig und darum unheimlich. Nichts über die amtliche Meldung von der in Entwicklung begriffenen, großen Schlacht war verlautbart worden. Dennoch wusste das ganze Land von den schrecklichen Vorgängen und eine gleiche, unerklärliche Ruhe, wie an den Fronten, hatte sich verbreitet. Dem psychologischen Beobachter, es gab an diesem Tage keinen, wäre vielleicht ersichtlich geworden, dass dieser gespenstischen Ruhe die Frontlethargie fehlte. Es war eine schrecklich in sich verbissene Stille. Menschen gingen in düsterem Schweigen aneinander vorüber. Selbst die uralten Gebäude und Kathedralen in vielen Städten, deren Gemäuer sonst vom Geschehen der Jahrhunderte zu wispern pflegten, schienen in das finstere Brüten versunken. Was brütete das Land? Grobdrähtige Politiker, die an diesem Tage die feinfühligen Psychologen ersetzten, meinten: Etwas Ungeheures. Sie meinten, das brütende Schweigen könne in jedem Augenblick zu einem grausigen Aufschrei umschlagen. Wie ist das? Was ist das, wenn eine Nation aufschreit? Wie nennen das die Historiker? Hatte der General den Faktor in die Berechnungen einbezogen? Wie lange, wie lange noch kann das Schweigen vor dem gellenden Ausbruch dauern? Grobdrähtige Politiker meinten, bis zum nächsten Augenblick und darüber hinaus kann man gar nichts wissen.

Aber es kam nicht dazu.

Ein Schicksal, das gewaltiger ist als was der Mensch ersinnen kann, nahm die Gewalt und Macht der Welt an sich und bediente sich des Volkes von Panterra als seines Instruments.

Die gegen das Gesetz der Logik, der Sittlichkeit, der Natur und alles Schöpferischen revoltierende Kreatur wurde wieder in die ihr gemäße Ordnung zurückgestellt.

Der Premierminister von Panterra, in der allzu komfortablen Abgeschlossenheit des eleganten Warteraums, meinte in die gepolsterte Stille hinein etwas von höchst beunruhigender Geschäftigkeit zu bemerken. Er hatte da keine Erfahrung, vielleicht geht es normaler Weise so in einem Kriegs-Hauptquartier zu. Es war nicht seine Sache. Aber wenn es nicht seine Sache war, warum zerrte diese Unruhe, die er mehr erfühlte als er sie in Wirklichkeit feststellen konnte, so heftig an seinen Nerven? Sicherlich hörte er einmal, ein zweites Mal, ein drittes, ein viertes Mal hastige und heftige Schritte an einer Tür vorbeigehen. Jedes Mal hatte er aufspringen wollen, um zu fragen, was es gäbe. Aber das wäre völlig ungehörig gewesen. Gegen den Takt und auch gegen die Würde. Persönlich galt ihm Würde nicht, oder nicht viel, aber schließlich repräsentierte er hier die Regierung eines Weltreichs.

Wie lange war er hier? Er sah auf die Uhr. Eben waren es zwanzig Minuten gewesen. Jetzt war es über eine Stunde. Welch ein Umstand. Der Premierminister eines Weltreichs, dieses Weltreichs und an diesem Tage, seit mehr als einer Stunde ohne Verbindung mit seiner Regierung, gleichsam ohne Verbindung mit der Umwelt. Das ist einfach grotesk. Das ist völlig unmöglich. Er sah sich um und entdeckte mitten auf einem polierten Mahagonitisch einen elektrischen Klingelknopf. Er erhob sich, um zu klingeln.

Ehe er noch den Tisch erreicht hatte, trat Generaloberst Booth ein. Der Premierminister, der sich auf militärische Rangabzeichen schlecht verstand, herrschte ihn an.

»Herr Oberst, man scheint mich hier vergessen zu haben.«

»Keineswegs«, erwiderte der Generaloberst gelassen. Seine Ruhe war sehr künstlich.

»Seit mehr als einer Stunde bin ich ohne Nachrichten von der Außenwelt.«

»Darum bin ich hier.«

»Ich weiß nicht, wie ich das vor meiner Regierung verantworten soll!«

»Dazu, fürchte ich, wird keine Gelegenheit sein.«

»Oberst, wie soll ich das verstehen?« Er verstand es wirklich nicht.

»Ich bedaure sehr, mitteilen zu müssen, dass es im Augenblick in Seniora keine Regierung gibt. Jedenfalls keine Regierung unter Ihrer werten Premierschaft.«

»Ich verstehe nicht, … oder …«

Generaloberst Booth stand schweigend mit gesenktem Haupt.

»Oberst, wollen Sie sagen … Revolution?«

»Jedenfalls Umsturz.«

»Ich muss sofort zurück.«

»Ich glaube, das im Augenblick nicht empfehlen zu dürfen. Ich glaube, der einzig sichere Ort für Sie ist im Augenblick hier.«

»Also doch Revolution.«

»Das Wort hat in unseren Zeiten einen bösen Beigeschmack bekommen. Ich möchte es Umsturz nennen.«

»Das ist das Ende.«

Generaloberst Booth, mit gesenktem Kopf, schwieg.

Da schwieg auch der Mann, der nicht mehr Premierminister war.

In diesem Augenblick wurde die Tür geöffnet. Tenner meldete: General Harkensee.

Der General trat ein. Der Mann in Generalsuniform, vom Aussehen Harkensees. Und doch nicht der General, wie der Mann ihn kannte, der nicht mehr Premierminister war. Nicht mehr der General, wie Booth ihn kannte, der ihn noch vor einem Tage gesehen hatte.

Der General ging langsam, müde bis zur Mitte des Zimmers.

Generaloberst Booth machte eine Verbeugung zu beiden Männern, wollte den Raum verlassen. Tenner hielt ihm die Tür geöffnet.

»Booth, bleiben Sie«, sagte der General, »und auch Tenner soll bleiben.«

»Booth, haben Sie den Herren Premierminister informiert?«

»Zu Befehl. Ja.«

»Dann bleibt mir nicht mehr viel zu sagen. Außer einem. Ja. Das ist nicht mehr wichtig. Nein. Aber immerhin. Nun, ja. Es hat sich in Seniora eine provisorische Regierung gebildet. Und diese provisorische Regierung, diese provisorische Regierung hat mich meiner Dienste als kommandierender General enthoben.«

»Nein«, sagte Generaloberst Booth.

»Doch, Booth. Doch.«

»Und … werden Sie … zurücktreten?«, fragte der Mann, der nicht mehr Premierminister war, obwohl man ihn hier noch so nannte.

»Die Regierung hat mich enthoben.«

»Aber Sie werden nicht zurücktreten!«

»Ich habe in langen Jahren zu befehlen gelernt, in noch längeren Jahren zu gehorchen.«

»Aber die Armee, General, die Armee wird es nicht dulden!«

Da straffte sich der müde Mann in Uniform und es war General Harkensee.

»Rebellion, Herr Premierminister. Das wäre mein letzter Dienst an der Armee, dass ich eine Rebellion unerbittlich ausgemerzt. Booth, was gebührt im Kriege dem Rebellen?«

Booth, mit gesenktem Haupt, schwieg.

»Tenner, beweisen Sie dem Herrn Generaloberst, dass Sie das Reglement gelernt haben. Was gebührt dem Rebellen im Krieg?«

»Der Tod, Herr General.«

»Hören Sie, Herr Premierminister. Der Tod.«

»Ist diese provisorische Regierung nicht eine Rebellenregierung?«

»Das, Herr Premierminister, ist nicht meine Sache. Das gehört in Ihr Ressort. Ich bin Soldat. Ich bin ein Soldat, der einmal General war.«

»Und noch, General, sind Sie Oberbefehlshaber auch der Nomandy-Armee.«

»Ich begehre nicht, den Herren von der Seestraße Untertan zu sein und auch nicht dem Herrn Primerius oder wie er heißt, ich meine den Clf-Jongleur.«

»Was gedenken Sie zu tun, General?«

Der General sank wieder in Müdigkeit und Bejahrtheit zurück.

»Ich bin einige Jahrhunderte zu spät auf die Welt gekommen«, sagte er, »sonst hätte ich sagen können: Ich gehe in ein Kloster.«

»Das ist das Ende«, brauchte der ehemalige Premierminister zum zweiten Mal hier die Wendung.

»Mein Ende. Und auch wohl Ihr Ende. Ja. Aber die Welt geht weiter. Und Panterra geht weiter. Ich habe die ganze letzte Nacht Zeit gehabt, darüber nachzudenken. Denken Sie, Herr Premierminister. Mitten in diesem Kriege, mitten in dieser entsetzlichen Schlacht, habe ich Zeit gehabt, gründlich nachzudenken.«

»Ist das, was das möglich machte, nicht auch eine Militär-Rebellion, General?«

Und noch einmal straffte sich der General.

»Nein und tausendmal Nein. Hier stehe ich für diese meine Armee, und ich sage, was hier geschah, war nicht mein Wille und war keines Offiziers Wille und war nicht der Wille der Armee und ist es nicht. Was sich hier vollzieht, das, das ist Gottes Wille.«

»Amen«, sagte Tenner.

Der ehemalige Premierminister hatte sich der Gewalt von Harkensees Rede nicht entziehen können, aber Tenners »Amen« ernüchterte ihn. Auf einmal merkte er, dass ihm kalt sei. »Tiefstes Mittelalter«, dachte er und im nächsten Augenblick, »es ist höchste Zeit, dass mit dem Mittelalter Schluss gemacht werde.« Und noch einen Augenblick später flüchtete er vor seinen eigenen Gedanken und dachte: »Es ist alles verwirrt. Ich bin krank. Ich bin einfach krank. Ich glaube, ich habe Fieber.«

Die aufdämmernde Erkenntnis als Resultat des Nicht-auf-halbem-Wege-Stehen-Bleibens, sondern des Wirklich-zu-Ende-Denkens kam zu spät. Er mochte getrost in Krankheit flüchten. Da war einmal ein Mann gewesen, der war tot. Nichts war von ihm als ein Hut, mit den Initialen T. S. Der Mann war tot und viele, furchtbar viele sind tot. Und der Mann, der nicht mehr Premierminister war und für Lebende und Tote keine Verantwortung mehr hatte, mochte sich getrost ins Bett legen.

Ein Offizier von Harkensees Stab hatte die Unterhaltung der gestürzten Großen unterbrochen, mit der Meldung, dass zwei Herren angekommen seien, die den General sofort sprechen wollten.

»Meine Nachfolger«, sagte Harkensee.

»Sie sind in Civil«, sagte der Offizier.

Der General machte nur eine belanglose Handbewegung.

XXVIII.

OHNE SIEGER UND BESIEGTE

Die Unterdrückung der Nachrichten über die Geschehnisse war auch in Nomandy nicht mehr aufrecht zu halten. Dieses sind Auszüge aus dem Nachrichtenteil des »C-R« (»Centralstadt – Reporter«) vom gleichen Tage, der Zeitung mit der größten Auflagenzahl der Welt:

Situation in Capita vom dortigen Special-Berichterstatter.

… und obwohl die Gesamtlage immer noch unübersichtlich ist, muss man sagen, dass die Spannung und Erregung in der Hauptstadt so weit getrieben ist, dass eine Explosion in jedem Moment erfolgen kann. Sowohl der Polizei-Präfekt wie auch die Militärkommandantur sprechen sich dahin aus, dass sie für die Haltung ihrer Leute, im Falle diese zur Aufrechterhaltung der Ruhe und Ordnung einzusetzen wären, keine Gewähr übernehmen können. Eine große Kommission von Gewerkschaftsführern und sonstigen Arbeiterführern tagt im alten Rathaus in Permanenz. Es heißt, dass diese Gruppe alle Fäden in der Hand habe, obwohl die Regierung noch besteht. Es heißt ferner, dass der Ausbruch einer Revolution bisher von dieser Kommission und ihren sehr strikten Befehlen verhindert worden ist und zwar im Einvernehmen mit den Arbeiterführern in Panterra. Nach den Vorgängen in Panterra, im Besonderen in Seniora, sieht es so aus, als ob das Schwergewicht der diesseitigen politischen Geschehnisse sich vollkommen nach dort verlagert hat …

Zum Umsturz in Panterra. Von unserem mit Blitzflugzeug nach Seniora entsandten Chef-Reporter.

... der unmittelbare Anlass zu all diesen noch in Entwicklung begriffenen neuen Umständen war nicht von den Ereignissen an der Front gegeben worden, sondern durch eigentlich nebensächliche Geschehnisse.

Es war durch die *frühen* Morgenzeitungen verlautbart worden, dass in Orplitia, dem überseeischen Anschlussstaat von Panterra, ein dreitägiger, bedingter Generalstreik proklamiert worden sei. Bedingt insofern, als die lebensnotwendigen Industrien, wie Wasser-, Elektrizitäts- und Gas-Werke, Lebensmittel-Transport und Verteilung und so weiter, nicht einbegriffen sind. Dieser Streik ist ein Novum, da er von Arbeitern und Arbeitgebern gemeinsam beschlossen worden ist. Es ist ein Proteststreik gegen die von den Regierungen von Panterra und Nomandy beschlossene Abschaffung der Goldwährung, die ohne Befragung der Regierung von Orplitia durchgeführt worden war. Orplitia, dessen Hauptindustrie die Goldförderung ist, fühlt sich in seinen vitalen Interessen auf das heftigste bedroht und fürchtet einen wirtschaftlichen Zusammenbruch. Darum also ein dreitägiger Proteststreik, bei dem aber die Arbeiterführerschaft verlangt haben soll, dass einzelne ausgesprochene Kriegsindustrien den Streik als Protest gegen den Krieg (der im Zusammenhang auch mit der Währungsveränderung entstanden sei, was radikale Arbeiterorganisationen bisher in Abrede gestellt hatten) bis auf Weiteres zu verlängern.

Obwohl die verantwortlichen Gewerkschaftsführer in Panterra die gänzlich unfundierte Forderung zum Eintritt in einen Sympathiestreik ablehnten, sind mancherlei Arbeiterorganisationen einfach in wilde Streiks getreten, wodurch die weiteren Bewegungen ins Rollen kamen.

Telegramm aus Port Orplit (verspätet eingetroffen). Die Ausfahrt des 16.000-Tonnen-Schiffes »Pax Vobiscum« mit über 3000 Mann orplitianischer Truppen an Bord ist verhindert worden, auf Grund eines gemeinschaftlichen Beschlusses der Hafenarbeiter und der Schiffsmannschaft. Die Direktion der Schifffahrtsgesellschaft hat sich dem Beschluss angeschlossen.

Zum Umsturz in Panterra. Zweiter, telefonischer Bericht.

... Massen der in wilde Streiks getretenen Arbeiter marschierten in ungeordneten Zügen nach dem Siegesplatz. Da Zusammenstöße zwischen den wilden Demonstranten und organisierten Arbeitern befürchtet wurden, war der Platz von der Polizei gesperrt. Der Mob erzwang dann mit einem Hagel von Steinwürfen den Zugang zum Siegesplatz, marschierte aber von dort aus weiter in das Regierungsviertel. Die Gewerkschaftsführer haben dann, da die Polizei zu schwach schien, in Eile organisierte Arbeitsmassen auf die Straße beordert und von diesen die Straßen und Plätze des Regierungsviertels besetzen lassen, um Ausschreitungen seitens der wilden Demonstranten vom Siegesplatz zu verhindern. Unter diesen aufmarschierenden Arbeiterorganisationen, die nur unklar über Ziel und Zweck ihrer Mobilmachung informiert waren, verbreitete sich, zumeist während des Anmarsches, die ungenaue und propagandistisch ausgewertete Kunde von den Vorgängen am Kriegsschauplatz, sodass diese Marschkolonnen der Ansicht waren, man hätte sie zu Protestkundgebungen gegen diese Geschehnisse auf die Straße gerufen. Die anfängliche Ordnung verwilderte in der Aufregung und der Führerschaft entglitt die Befehlsgewalt. Da von den Massen, es waren über 200.000 Arbeiter allein im Regierungsviertel, niemand wusste, wie weit man zu gehen, vor welchen Maßnahmen man Halt zu machen habe, so wurden nicht nur die Straßen, sondern in wilden Ausbrüchen auch die Regierungsgebäude und sogar das Parlamentsgebäude besetzt.

Der sehr resolute Handelsminister Stander, der in Vertretung des an der Front weilenden Premierministers von einem Balkon des Parlamentsgebäudes aus zu den revoltierenden Massen zu sprechen versuchte, wurde einfach niedergeschrien.

Die organisierten Arbeiter fraternisierten längst mit den wilden Streikern. Auf einmal erschien an dem Balkonplatz, von dem Minister Stander verjagt worden war, ein Mann mit einer roten Fahne, der im ersten Augenblick von Extremisten mit viel Gebrüll begrüßt wurde, dann aber von den Organisierern gleichfalls verjagt wurde. An seiner Stelle erschien dann ein Mann, dieses Mal mit der Flagge von Panterra und erklärte unter begeisterten Zurufen der Menge, dass die Regierung zurückgetreten sei und dass eine neue, provisorische Regierung gebildet worden wäre …«

Hier brach der Bericht ab, mit dem Bemerken der Redaktion, dass der eigens nach Seniora entsandte Chef-Reporter verhindert worden wäre, wahrscheinlich durch Maßnahmen der Rebellenregierung, seinen Bericht zu enden.

Das stimmte. Aber einen Satz hatte er doch noch gesagt, der von der Redaktion aus Vorsichtsgründen opportunistischer Loyalität unterschlagen worden war. Der letzte Satz des Reporters hatte gelautet:

»… dass eine neue, provisorische Regierung gebildet worden wäre, mit der alleinigen Aufgabe, den Frieden durch sofortige Verhandlungsaufnahme mit den alliierten Staaten, wie auch mit cistransiatischen Staaten wiederherzustellen.«

So war dieser läppische, entstellende Bericht des einzigen Satzes beraubt worden, der ihm Existenzberechtigung gegeben hätte.

Der charmante Großadmiral raste, nachdem er Boswell nur telefonisch und Grady gar nicht verständigt hatte, über den Ozean und zur Front. Er kam zu spät. Die neuen Männer von Panterra hatten bereits Maßnahmen getroffen, die sich auch auf die Nomandy-Armee so auswirken, dass keine Macht der Welt sie hätte veranlassen können, die ruhenden Waffen wieder zum Kampf aufzunehmen. Die Seestraße tobte und fegte den charmanten Großadmiral und den allen Charmes baren Primerus gleichzeitig aus dem Amt. (Die kleine Bankgröße, obwohl sie der Seestraße nun doch beinah im Wort geblieben war. Aber so ganz anders als man gedacht. Das Clf als Währungsgrundlage war völlig problematisch geworden, nachdem an eine Produktion für lange Zeit nicht zu denken war. In der Produktionsstadt, in all ihrer absoluten Bombensicherheit, waren die Produktionsmaschinen durch hochmagnetische Strömungen heillos ruiniert, festgefahren, geborsten, zermahlen und zerschrottet.)

Für ein paar Tage war Chaos. Aber diesmal nicht, wie nach früheren Kriegskatastrophen, langwieriges Chaos der fundamentalen Massen, die die Last getragen hatten und tragen, sondern Chaos im spitzgiebeligen Überbau. Der in Wolkenfernen hochgestaffelte Überbau schütterte, mitsamt seinem goldenen Kopf, der Seestraße. Tief klafften die Risse.

Diese darzustellen bedarf es des analytischen Fachmanns. Es gehört nicht mehr zu den Aufgaben dieser Schrift. Aber auch sonst muss der Berichterstatter hier die Feder aus der Hand legen. Es würde ein besonderes Buch brauchen, um die wirklichen Vorgänge in Seniora an diesem letzten Tage, von dem diese Schrift berichtet, aufzuzeigen. Zu deuten, wie das war, als eine Arbeiterschaft von Millionen, ein jeder mit seinem starken Werkzeug in der schweren Hand, aus den Fabriken, aus den Werken, aus den Minen, den Zechen, von den Werkstätten und Werkbänken, von den stillgelegten Motoren, von den stehengebliebenen Transportmaschinen und Fahrzeugen jeglicher Art, von den Feldern und Farmen, von Scheunen und Tennen, von Lagerhäusern und Silos, von allen Rädern und Getrieben hinausging auf die Straße, um die aus den Angeln gehobene Welt mit dem totalsten Generalstreik, der je gewesen, wieder einzulenken auf neue Weise.

Es würde ein weiteres Buch brauchen um darzustellen, wie in Vinarnia eine Revolution sich erfüllte, ohne jene revolutionären Erscheinungen, die den Menschen zum Schrecken werden und dass hier diese Nation noch einmal der Welt den führenden Schwung ihres Geistes zeigte.

Es würde ein drittes, sehr umfangreiches Buch brauchen, um zu zeigen, wie es wieder Frieden ward, nachdem der Krieg zwar sein schreckliches Gesicht gezeigt, nicht aber seine ganze Mordarbeit getan hatte. Wichtiger als der Bericht von diesem Kriege und seinen Umständen, Ursachen, Wirkungen im Kleinen und Großen wäre die bedeutende Niederschrift der Friedensverhandlungen und des Friedensschlusses, der gelungen ist, über alle Hindernisse hinweg, allen Gegensätzen zum Trotz. Ein Friedensschluss ohne Grenzregulierungen, ohne Kriegsgewinne oder Kriegsentschädigungen, ohne Markierung von Nationen als Sieger oder Besiegte.

Doch aber ein Frieden, in dem sehr materielle Dinge geordnet wurden. Das tägliche Brot, mit allem was dazugehört, der Menschen von Fernost bis Fernwest, ihre Freiheiten, Pflichten und Rechte, im Erdall, als Menschheit. Ganz ohne Glockengeläute und doch als ein unverletzlicher und der Menschheit heiliger Friede. Heilig und das möge heißen zum Heile, auch den Völkern und Nationen, die vermuteten, meinten, glaubten und zu Recht oder Unrecht hofften, nicht unmittelbar daran beteiligt zu sein.

Und vielleicht findet sich einer, der noch eine kleine Schrift hinzufügt von der Rückkehr einiger Kriegsgefangener von Nomandy nach Cistransatia. An einem der Tage, wo eine Menschenmillion wieder aufstieg aus der unterirdischen Stadt mit dem weißen Himmel in eine Sonnen- und Regenwelt der Gnade. Und wie ein junger Leutnant vor ein Kriegsgericht gestellt wurde, wie da mancherlei Leid war, das im Rahmen der Geschehnisse so gar keine Rolle spielt und das doch menschlicher Kummer war und schließlich und endlich auch wohl berechtigte menschliche Freude wurde.

Nachwort

»When you see something that is technically sweet, you go ahead and do it and you argue about what to do about it only after you have had your technical success. That is the way it was with the atomic bomb.«
J. Robert Oppenheimer (1954)

Ein Mann schreibt einen Brief. Seine Lage ist prekär, er weiß nicht, wo er hingehört, von was er existieren soll, was die Zukunft bringen wird. Der Zweite Weltkrieg ist vorbei, und der Mann überlegt, ob er aus dem Exil in England zurückkehren soll. Er traut dem Frieden nicht, bezweifelt, dass er als Jude in Deutschland willkommen wäre. Fast sechzig ist er schon. »Das ist etwas und nicht mehr viel nach«, schreibt er im Januar 1946 an Hans Henny Jahnn. »Ich habe keine zehn Jahre mehr zum Abwarten.«

Zu viel ist Justin Steinfeld in seinen ersten fünfzig Jahren zugestoßen. Von seinen Eltern war er zum Kaufmannsberuf bestimmt, aber natürlich stand ihm der Sinn nach Höherem. In seinem Buch *Ein Mann liest Zeitung* malt er ein kleines Selbstportrait: »Ein den Hamburgern unangenehmer Geselle, dem es immer um eine geistige Sache ging, anstatt um deftige Rumpsteaks mit Kräuterbutter, und der irgendwie auch ein Verrückter war, denn er wollte eine kulturpolitische Zeitschrift herausgeben, in Hamburg, der Millionenstadt, die nicht einen einzigen literarischen oder musikalischen oder künstlerischen Verlag hat.« Diese Zeitschrift war die *Tribüne*, mit der er für den »geistigen Fortschritt« kämpfen wollte. Steinfeld wirkte an Theaterproduktionen mit, verstand sich aber nicht unbedingt als Autor, sondern als Kritiker, der sich mit der Sprache gegen die Nationalsozialisten zur Wehr setzte.

Ohne selber Mitglied der KPD zu sein, bewegte sich Steinfeld in Hamburg im Umkreis von Ernst Thälmann. Er war Teil des Komitees, das die Ereignisse beim Altonaer Blutsonntag untersuchte. Mit Freunden gründete er das Kollektiv Hamburger Schauspieler. Hier lernte er auch Hans Henny Jahnn kennen. 1930 hatte er in einer Resolution Hamburger Künstler verkündet: »Wir wollen kein parteipolitisches, sondern ein menschheitspolitisches Theater!«

Die Partei habe ihn ins Exil befohlen, wird er später sagen, aber den Ausschlag gab die Hamburger Polizei. Bald nach der Machtübergabe an die Nationalsozialisten wurde Steinfeld in Schutzhaft genommen. Nach der vorläufigen Entlassung machte er sich besser davon. »Unter Umständen, die einer Wildwesterzählung nichts nachgibt [sic!]«, floh er im August 1933 über das Riesengebirge in die Tschechoslowakei und erreichte Prag. Seine Frau folgte ihm mit ihrem Kind ein Jahr später. Die Tschechoslowakei war alles andere als ein sicheres Drittland: Im gleichen August ermorden SA-Handlanger den nach Marienbad geflohenen Schriftsteller Theodor Lessing. Zwei Tage nach dessen Tod erscheint sein letzter Text in der Exilzeitschrift *Die Wahrheit*: »Wir sind, deutsche Emigranten, unter vielen Leiden und mit schweren Opfern in die Fremde gegangen, haben Heim und Haus verloren und keinerlei Existenzmittel, auch nicht die bescheidensten, retten können. Viele sterben dahin, manche enden durch Selbstmord. Der Fall, daß ein Mann wie ich, von über sechzig Jahren, noch einmal seine ganze Existenz umzustellen und von vorne zu beginnen vermag, ist angesichts der vielen furchtbaren Einzelschicksale noch ein Glücksfall.«

In seinem Brief an Jahnn erwähnt Steinfeld, welche Aussichten ihm Rudolf Thomas, der Chefredakteur des *Prager Tagblatts*, für seine unsichere Existenz eröffnet hatte: »Sie haben hier zwei Möglichkeiten. In die Moldau zu springen oder mit Schuhbandeln zu handeln.« Thomas beging beim deutschen Einmarsch ins Sudetenland im Oktober 1938 zusammen mit seiner Frau Selbstmord.

Steinfeld entwickelte in Prag eine gewaltige Produktivität, schrieb unermüdlich Theaterkritiken und politische Kommentare, arbeitete als Redakteur bei der *Wahrheit* und machte sich einen Namen, weil er beispielsweise die Theaterproduktionen anderer Emigranten keineswegs schonte. Der Kampf gegen die Nazis musste jetzt von Prag aus geführt werden: »Wir sind in später, vielleicht in letzter Stunde. Antifascisten aller Länder vereinigt Euch! Zur internationalen, antifascistischen Aktion!«

Die Nazis hatten ihn 1935 zusammen mit Bertolt Brecht, Erika Mann und Erich Ollenhauer ausgebürgert, eine Liste, die sich wie eine Ehrentafel liest. Beim Einmarsch der deutschen Truppen in Prag im Frühjahr 1939 wurde nach Steinfeld gefahndet, in einer wiederum abenteuerlichen Flucht über Polen konnte er nach England entkommen. Dort wurde er keineswegs gastfreundlich aufgenommen, sondern als mutmaßlich feindlicher Ausländer mit mehr als zweitausend weiteren Flüchtlingen nach Australien deportiert und in ein Lager gesperrt. Erst 1941 durfte er nach England zurück.

Thomas Mann wird seinen *Doktor Faustus* mit einem Gebet beenden: »Ein einsamer Mann faltet seine Hände und spricht: Gott sei euerer armen Seele gnädig, mein Freund, mein Vaterland.« Leonhard Glanz, der kaum weniger um sein Vaterland bangt, hat diese Geduld nicht, er hört schon die »Posaunen und die Pauken des Weltgerichts, das auf uns alle niederschmettert – *Dies irae, dies illa, / solvet saeclum in favilla* – und uns bleibt nicht die Zeit, die Hände zu falten. Denn wir wollen nicht gelebt werden, wir wollen leben. Wir wollen unser Leben leben und dabei sein.«

Auf diesem hohen Ton endet der Roman *Ein Mann liest Zeitung* von Justin Steinfeld. Glanz, der Zeitungsleser, ist wie sein Autor seiner Kaufmannsbestimmung entkommen, bei ihm ist es unfreiwillig. Steinfeld lässt seine Spielfigur sein bisheriges Leben in Hamburg Revue passieren, während die Situation für ihn und die anderen im Prager Wartesaal immer bedrohlicher wird. Sie wissen nicht, was aus ihnen werden soll, während Hitler schließlich die Unterstützung Italiens, Frankreichs und Englands für das Münchner Abkommen findet. Die Tschechoslowakei wird zerschlagen und die Emigranten werden damit erneut zur Flucht gezwungen. Walter Boehlich, der das Buch bei seinem Erscheinen 1985 feierte, sah darin ein »Zeugnis, das einer ablegen wollte von schrecklichen Zeiten«.

Steinfeld schrieb von der »Pflicht der Emigration, das restliche, noch nicht fascisierte Europa vor Barbarei, Tyrannei und Fascismus bewahren zu helfen«. Den Emigranten ist das nicht gelungen, es brauchte Hilfe von außen, um den Nationalsozialismus zu besiegen. Steinfeld war damit gerettet, aber heimatlos. In der Nähe Londons konnte er in einem Haus wohnen, das dem tschechoslowakischen Flüchtlingsfonds gehörte. Deutschland zahlte ihm spät eine Wiedergutmachungsrente, aber er wollte nicht mehr zurück.

Erst im Exil, nach dieser Odyssee über Prag, London, Australien und wieder nach England, hat er zu schreiben begonnen. Während des Krieges war er nicht bereit, in der BBC bei der Propaganda gegen Deutschland mitzumachen. Steinfeld hatte Umgang mit anderen Exilanten, auch wenn ihn deren mangelndes politisches Bewusstsein ebenso irritierte wie die Rumpsteakhaftigkeit der Nachkriegsjahre. Seinen revolutionären Überschwang, der den Kommunisten Steinfeld den Faschismus in Europa bekämpfen ließ, musste er in England dämpfen. Wie resigniert er gewesen sein muss, lässt ein Stoßseufzer ahnen, der ihm zwischendurch entfährt: »Hatten gedacht, ein Reich aufzubauen glücklicher Menschen von dieser Welt. Aber, und er streckte die geballte Rechte hoch, die da dulden das nicht. Sie wollen das nicht haben, dass hier glückliche Menschen leben. Die da, die ein verfluchtes Geschlecht sind.«

Steinfeld galt als umtriebiger Aktivist, nicht als Schriftsteller. »Er glaubte an Rußland, er liebte Deutschland, alles nahm bei ihm extreme Formen an«, erinnerte sich Gabriele Tergit, die in den englischen Exiljahren Umgang mit ihm hatte. Niemand scheint gemerkt zu haben, dass der Journalist Steinfeld das Schreiben nicht etwa aufgegeben hatte, sondern an einem Riesenwerk arbeitete, das die ganzen Schrecken des Jahrhunderts abbilden sollte.

Tergit ist auch die Schilderung einer Szene zu verdanken, in der sich Steinfeld an die Öffentlichkeit wagte, so klein sie auch war. Bei der Feier zu seinem Geburtstag 1956 präsentierte Steinfeld ein umfängliches Manuskript. Von fünfzehnhundert, sogar von zweitausend Seiten war die Rede, und das sollte nur der Anfang sein. Der Autor war sich anscheinend bewusst, dass er für sein Mammutunternehmen keinen Verleger würde finden können, aber das schien ihn nicht zu kümmern. Ein Schauspieler las, und die Gäste staunten: »Wir wurden Zeuge einer Eruption, bei der ein kreativer Kopf mit dem großen Pinsel Geruch, Geschmack, Farbe und das Parfum des Menschenlebens aufs Papier warf, unbekümmert um Konvention und Gefälligkeit. Nichts davon war leer, nichts trivial. Es war der seltene Fall von echter Kunst und kam von einem unveröffentlichten, unbekannten Autor, der bereits siebzig Jahre alt war.«

Heute kann man nur spekulieren, welcher Text da vorgetragen wurde. Bisher durfte man annehmen, dass es sich um *Ein Mann liest Zeitung* gehandelt hat, das Buch, das erst Jahrzehnte später, 1984, aus dem Nachlass veröffentlicht wurde. In diesem Nachlass findet sich ein handschriftliches Blatt, das einen vorläufigen Obertitel »Ursachen und Wirrungen« festhält und auf dem *Ein Mann liest Zeitung* als »1. Teil« bezeichnet wird. Der unbekannte Autor saß aber an einem weiteren, an einem bis heute unbekannt gebliebenen Manuskript. *Califa oder Die Liebe zu einer Starkstromtechnikerin* ist ein völlig anderes Projekt, dennoch könnte es sich um eine Art Fortsetzung handeln, einen 2. Teil. Wenn *Ein Mann liest Zeitung* eine Chronik des Scheiterns ist und den Weg in die unabwendbare Katastrophe der deutschen Invasion in Prag schildert, treibt die Schreckensphantasmagorie *Califa* mit ihren scheinbar erfundenen Staaten Panterra, Nomandy und Cistransatia oder Potatis, mit ihren Generalskarikaturen, Währungsspekulanten, geltungssüchtigen Wissenschaftlern und schafsgeduldigen Bürgern unaufhaltsam auf einen Weltuntergang zu, wie ihn sich Stanley Kubrick in »Dr. Seltsam oder Wie ich lernte, die Bombe zu lieben« ausmalte. Es ist gut möglich, dass der Text, der Gabriele Tergit 1956 so begeisterte, der apokalyptische Schluss von *Califa* war: »Eine derartig komprimierte Zusammenrottung von Kriegsmaschinen hatte die Welt noch nicht erlebt. Das Menschenmaterial dahinter schien keine wesentliche Rolle zu spielen, man musste sich daran erinnern, dass diese Maschinen doch nicht ohne Menschen in Gang zu halten sind, auch dann nicht, wenn sie als seelenlose, gespenstische Giganten aus eigenen Kräften, aus unbekannten Fernen magnetisch, elektrisch, radio-aktiv gelenkt, einmal losrollen, walzen, torkeln würden, gestaltgewordene Höllenvisionen ...«

Heute vermag niemand mehr zu sagen, ob Steinfeld mit seinem Totalroman unzufrieden war und ihn als Fragment liegen ließ. In seiner revolutionären Ungeduld hatte er in seinem Brief an Hans Henny Jahnn von zehn Jahren gesprochen und in diesen zehn Jahren hat er zwei umfangreiche Bücher geschrieben, womöglich sogar noch ein weiteres, das nur bruchstückhaft überliefert ist.

Wie sein Leonhard Glanz war Steinfeld im englischen Exil wieder der Mann, dem in seiner Ohnmacht nur die Lektüre der Zeitung blieb. Wie in Prag ist er wehrlos. Gegen die neue Weltbedrohung versagt auch der gewöhnliche Antifaschismus. Der Zweite Weltkrieg endet, nachdem die Amerikaner über Hiroshima und Nagasaki die Atombombe abgeworfen haben. Vier Jahre später zündet die Sowjetunion ihre erste Atombombe in Semipalatinsk. Über Europa hat sich, so beschreibt es der ehemalige britische Premier Winston Churchill, »von Stettin an der Ostsee bis Triest an der Adria ein Eiserner Vorhang gesenkt«, hinter dem der Machtbereich der Sowjetunion liegt. Westberlin wird eingeschnürt und muss aus der Luft versorgt werden. In Prag übernehmen die Kommunisten die Macht, in Peking wird die Volksrepublik China ausgerufen. Mit chinesischer Unterstützung fällt Nordkorea im Süden ein, die USA kommen Südkorea zu Hilfe. Es ist wieder Krieg, wenn auch weit weg, im Fernen Osten. Deutschland ist besiegt, Hitler ist tot, aber ein neuer Weltkrieg droht auszubrechen: Der Mann liest davon in der Zeitung und erfährt: Großbritannien zündet seine erste Atombombe, die Amerikaner entwickeln die Wasserstoffbombe, die Sowjetunion folgt, dann China. 1953 zeigte die Weltuntergangsuhr der amerikanischen Atomphysiker auf zwei Minuten vor Mitternacht.

Der Weltuntergang, wie ihn das in religiöser Furcht gehaltene Mittelalter regelmäßig erwartete, schien manchmal nur eine Frage von Monaten zu sein. Elias Canetti, aus Wien vertrieben und ebenfalls im englischen Exil, schreibt 1952 das Stück »Die Befristeten« mit der Vorgabe, dass jeder Mensch auf den Tag genau weiß, wann er sterben werde. »Flieger waren über der Stadt«, setzt apokalyptisch raunend Wolfgang Koeppens Roman *Tauben im Gras* (1951) ein, »unheilkündende Vögel. Der Lärm der Motoren war Donner, war Hagel, war Sturm. Sturm, Hagel und Donner, täglich und nächtlich, Anflug und Abflug, Übungen des Todes, ein hohles Getöse, ein Beben, ein Erinnern in den Ruinen.«

In der Luft ist aber mehr als der Lärm der Flugzeuge, es ist das zweifelhafte Gleichgewicht des Schreckens. Deutschland war 1946 Steinfelds große »Sorge«, eine Sorge, »die mich mehr quält, als die Atombombe«. Dennoch beschäftigt sie ihn. In *Califa* ist ohne weiteres die Welt der fünfziger Jahre erkennbar, als die Welt im Schatten der Bombe lebte. Für Martin Heidegger ist sie die letzte Perversion der Technik: »Der Mensch starrt auf das, was mit der Explosion der Atombombe kommen könnte.« Noch mehr graut ihm vor der Wasserstoffbombe, »deren Initialzündung, in der weitesten Möglichkeit gedacht, genügen könnte, um alles Leben auf der Erde auszulöschen«. Robert Jungk, der ebenfalls nach Prag geflohen war, ehe er in die Schweiz entkam, schreibt seine Reportage *Heller als tausend Sonnen* (1956). Karl Jaspers denkt über *Die Atombombe und die Zukunft des Menschen* (1958) nach. In Ian Flemings James-Bond-Romanen muss die Welt vor den Bösewichtern gerettet werden, die mit der Bombe die Welt zu vernichten drohen. Sogar der Nazi-Schriftsteller Edwin Erwin Dwinger ging mit der Zeit und brachte 1957 einen Weltuntergangsroman mit dem Titel *Es geschah im Jahre 1965* heraus.

In seiner Abschiedsrede beklagte Dwight Eisenhower 1960 die Übermacht des militärisch-industriellen Komplexes, den er als General und Präsident selber mitaufgebaut hatte. Der heiße Krieg war vorbei, aber als Scheinfrieden mit Hochrüstung ging es weiter. Das Kriegführen wurde technisch perfektioniert. Steinfeld weiß, dass Deutschland Aufmarschgebiet in diesem neuen Krieg sein wird, der gar nicht Krieg heißen soll, in dem es aber »um's Ganze« gehen soll: »›Um's Ganze‹ hieß, um die ganze Welt. Was da einsetzte, war gedacht als endgültige Auseinandersetzung zwischen zwei Weltanschauungen und zum Mindesten die Inhaber der einen von diesen zwei Weltanschauungen waren der Ansicht, man müsse die Welt nicht nur anschauen, man muss sie auch besitzen.«

Califa oder Die Liebe zu einer Starkstromtechnikerin ist der bisher völlig unbekannte Roman des Atombombenzeitalters. Die Literaturgeschichte muss deshalb nicht nachträglich korrigiert werden, das Buch gehört nicht unbedingt neben Canetti und Koeppen, aber in einen weltgeschichtlichen Zusammenhang, über den heute nur mehr verschämt gesprochen wird, eine Zeit, als für die Großmächte der Einsatz der Atombombe eine selbstverständliche Option war.

Der 70-jährige Autor konnte Mitte der Fünfziger nicht wissen, wie genau er in seinem phantastischen Romanfragment die politische Wirklichkeit im Spiel der Großmächte beschrieb. Der junge Harvard-Professor Henry Kissinger machte sich einen Namen als »Kriegstheoretiker«, weil er erklärte, »ein begrenzter Atomkrieg ist unsere wirkungsvollste Strategie«, und sogar davon überzeugt war, dass ein solcher Krieg gewonnen werden könne. *Kernwaffen und auswärtige Politik* (1957) wurde das strategische Lehrbuch für deutsche Verteidigungspolitiker wie Helmut Schmidt und Franz Josef Strauß.

Wie dieser begrenzte Einsatz aussieht, lässt sich bei Steinfeld nachlesen: »Das Resultat war, dass der Distrikt Fi-Ang in Fernost-Süd aufgehört hatte für Lebewesen zu existieren und nichts war da als eine ›bläulich-grünliche Nebeldecke‹, wobei der Mann immer an im Wasser zerlaufenen Absinth denken musste und die Photos durch den Nebel hindurch hatten ergeben, dass das Resultat, nämlich die Zerstörung, eine totale war.« Nicht zufällig gilt Kissinger als eines der Vorbilder für den größenwahnsinnigen Wissenschaftler in Kubricks Film.

Bei einer Inspektionsreise bemerkte Kissinger 1952 den mangelnden Wehrwillen der jüngeren Deutschen. »Die Angst vor einem neuen Krieg, vor neuen Bombardements und neuer Besatzung ist allgegenwärtig.« Die Blockbildung des Kalten Krieges erforderte einen deutschen Wehrbeitrag. Bei Steinfeld läuft das Programm der Besatzungsbehörde darauf hinaus, »dass in den entwaffneten, entmilitarisierten Sektoren Potatis A und B sofort eine Million Mann in militärische Ausbildung genommen werden sollten«.

Gegenwartssatt wird in diesem nur scheinbar in einer weltfremden Zukunft angesiedelten Roman die Wiederbewaffnung Deutschlands ebenso angedeutet wie die Berlin-Blockade, der chinesische Bürgerkrieg, der mit der Niederlage Chiang Kai-sheks und dem Sieg Maos endete, das erstmalige Durchbrechen der Schallmauer, der Nürnberger Prozess gegen die Hauptkriegsverbrecher und die Staatsgründung Israels. Nicht einmal die sarkastische Bemerkung, dass die öffentliche Meinung auf die »Vernichtungsmeldung mit erhöhtem Konsum« regiere, ist aus der Luft gegriffen. Das später vielbefabelte deutsche Wirtschaftswunder setzte erst 1950 durch die Hamsterkäufe bei Beginn des Koreakrieges ein.

Die Liebesgeschichte zwischen dem Piloten Alex Rettberg und der Starkstromtechnikerin Anna Prenn wird fast erdrückt vom expressionistischen Pathos, mit dem die donnergrollende Kriegsmaschine anläuft: »Die Granatensalve aus des Generals 980 bereiten Geschützen schlug schmetternd ein Loch in die Welt. Das ableuchtende rote Licht riss in Fetzen. Aus den Fugen blendete es grell und weißleuchtend auf. Die klaftertief einschlagenden Schwergeschosse explodierten himmelhoch in blitzender Weißglut. Nichts stand in diesem Augenblick, auch nicht die weiße Armee. Jedermann torkelte, aus dem Gesetz des Lebens geworfen. Es brennt, es brennt die Welt.«

Ein anderer Exilautor, Peter Weiss, verkündet an Silvester 1950 die allgemeine Abrüstung. Bei einem geheimen Treffen, so geht die »Neujahrsfantasie«, hätten sich Josef Stalin, Harry Truman und Mao Tse-tung auf einen sofortigen Waffenstillstand verständigt. »Den drei Herren war plötzlich bewusst geworden, was für eine ungeheure Verantwortung auf ihnen lag, und vor der wachsenden Gefahr eines erweiterten internationalen Krieges waren sie der Ansicht, dass keinerlei politische, ideologische oder wirtschaftlichen Probleme eine Vernichtung von Menschenwerten rechtfertigen könnten, die der künftige Krieg bedeuten würde.«

Teil der Vereinbarung sollte eine »Abrüstung sämtlicher Befestigungen und Explosivwaffen sein, die Kriegsflotten und Munitionsfabriken sollten verschrottet werden. Natürlich eine Fantasie. Die Fantasie Steinfelds ist eine andere, aber sie ist ähnlich unwahrscheinlich, nämlich dass »eine Arbeiterschaft von Millionen, ein jeder mit seinem starken Werkzeug in der schweren Hand, aus den Fabriken, aus den Werken, aus den Minen, den Zechen, von den Werkstätten und Werkbänken, von den stillgelegten Motoren, von den stehengebliebenen Transportmaschinen und Fahrzeugen jeglicher Art, von den Feldern und Farmen, von Scheunen und Tennen, von Lagerhäusern und Silos, von allen Rädern und Getrieben hinausging auf die Straße, um die aus den Angeln gehobene Welt mit dem totalsten Generalstreik, der je gewesen, wieder einzulenken auf neue Weise«.

Auch wegen dieser unerwarteten Reminiszenz aus der Arbeiterbewegung wirkt *Califa* mit seinem großen menschheitspolitischen Theater heute vollkommen aus aller Zeit gefallen, dabei ist Steinfelds Roman von einer bestürzenden Aktualität. Die Atombombe einzusetzen, um den Krieg zu beenden, war sowohl in Korea wie später in Vietnam eine Option verrückter Militärs, die von der Politik im Zaum gehalten werden konnten. Aber so geht die Welt: Nach Jahrzehnten mit multilateralen Konferenzen und Beschlüssen, nach all den Abrüstungsverträgen und den demontierten Atomsprengköpfen, ist bei Russlands Krieg gegen die Ukraine schon wieder vom begrenzten Einsatz von Nuklearwaffen die Rede.

Willi Winkler, Dezember 2023